EVELYN HUGO'NUN YEDİ KOCASI

Evelyn Hugo'nun Yedi Kocası
Özgün Adı | *The Seven Husbands of Evelyn Hugo*
Taylor Jenkins Reid

Yabancı Yayınları | 294

Yayım Sorumlusu | Ece Çavuşlu
Redaksiyon | Ece Karaağaç
Düzelti | Ece Yücesoy
Kapak ve Grafik Uygulama | Aslıhan Kopuz

1. Baskı, Haziran 2022, İstanbul
ISBN: 978-625-8387-19-3

© Taylor Jenkins Reid, 2017
© Yabancı Yayınları, 2020
Türkçe Çeviri © Elif Nihan Akbaş, 2020

Sertifika No: 46603

Bu eser Onk Telif Hakları Ajansı aracılığıyla satın alınmıştır.
Yayıncının yazılı izni olmaksızın alıntı yapılamaz.

YabancıTM Penguen Kitap-Kaset Bas. Yay. Paz. Tic. A. Ş.'nin tescilli markasıdır.
Caferağa Mah. Neşe Sok. 1907 Apt. No: 31 Moda, Kadıköy - İstanbul
Tel: (0216) 348 36 97 – Faks: (0216) 449 98 34
www.yabanciyayinlari.com – info@yabanciyayinlari.com – www.ilknokta.com

Kapak, İç Baskı: Deniz Ofset Matbaacılık
Maltepe Mah. Hastane Yolu Sok. No: 1/6 Zeytinburnu-İstanbul
Tel: (0212) 613 30 06
Sertifika No: 48625

TAYLOR JENKINS REID

EVELYN HUGO'NUN YEDİ KOCASI

Çeviren
Elif Nihan Akbaş

Lilah için...
Ataerkilliği parçala, tatlım.

NEW YORK TRIBUNE

PRIYA AMRIT   2 MART 2017

Evelyn Hugo Kıyafetlerini Açık Artırmayla Satacak

Film efsanesi ve 60'lı yılların medya yıldızı Evelyn Hugo, en unutulmaz kıyafetlerinden on ikisini, geliri meme kanseri araştırmalarında kullanılmak üzere Christie's üzerinden açık artırmaya çıkaracağını açıkladı.

    79 yaşındaki Hugo uzun zamandır bir ihtişam ve zarafet ikonu. Sade ama aynı zamanda seksi stiliyle tanınıyor. Hugo'nun en meşhur görüntülerinin önemli bir kısmı da moda ve Hollywood arşivlerinin mihenk taşları olarak görülüyor.

    Hugo tarihinin parçalarından birine sahip olmak isteyenler, yalnızca elbisenin kendisiyle değil, nerede giyildikleriyle de ilgileniyor. Satışa çıkan elbiseler arasında Hugo'nun 1959 Akademi Ödülleri'nde giydiği zümrüt yeşili Miranda La Conda'nın yanı sıra, 1962'de *Anna Karenina*'nın prömiyerinde giydiği lila sufle ile organze derin yuvarlak yaka ve 1982'de *All for Us*'la Oscar kazandığında üzerinde bulunan lacivert ipekten Michael Maddax da bulunuyor.

    Hugo, bir dizi Hollywood skandalından da payını almıştı ki bunların içinde yedi evliliğinin yanı sıra film yapımcısı Harry Cameron'la on yıllar süren ilişkisi de var. Hollywood dünyasının iki isminin, bu açık artırmada da etkisi şüphesiz büyük olan Connor Cameron adında bir kızları vardı. Bayan Cameron geçen yıl, 41 yaşına girdikten kısa bir süre sonra meme kanserinden hayatını kaybetti.

1938'de Küba göçmeni bir ailenin kızı olarak Evelyn Elena Herrera adıyla dünyaya gelen Hugo, New York'un Hell's Kitchen mahallesinde büyüdü. 1955'te Hollywood'a geldi ve saçlarını sarıya boyatarak adını Evelyn Hugo olarak değiştirdi. Hugo, neredeyse bir gecede Hollywood seçkinlerinden biri hâline geldi. 80'lerin sonunda emekli olup yatırımcı Robert Jamison'la —üç kez Oscar kazanan aktris Celia St. James'in ağabeyi— evlenmeden önce otuz yıldan uzun bir süre spot ışıklarının altında kaldı. Yedinci kocasının ölümüyle dul kalan Hugo, Manhattan'da yaşıyor.

Yapay güzelliği, ihtişamın en gözde örneği ve cüretkâr seksapeliyle uzunca bir süre dünya genelinde sinema izleyicisi için bir cazibe kaynağı oldu. Açık artırmanın 2 milyon dolara kadar çıkması bekleniyor.

1

"**O**FİSİME GELEBİLİR MİSİN?"
Önce çevremdeki masalara, sonra tekrar Frankie'ye bakarak gerçekten kiminle konuştuğundan emin olmaya çalıştım. Kendimi işaret ettim. "Bana mı diyorsun?"

Frankie'nin pek sabrı yoktu. "Evet, Monique, sen. O yüzden 'Monique, ofisime gelebilir misin?' dedim."

"Pardon, yalnızca son kısmı duydum."

Frankie arkasını döndü. Ben de not defterimi alıp peşinden gittim.

Frankie'de çok çarpıcı bir şey vardı. Geleneksel olarak çekici biri olduğunu söyleyebileceğimizden pek emin değildim. Sert hatları, iri gözleri vardı. Ama yine de hayranlıkla bakmaktan kendinizi alabileceğiniz biri değildi. 1.80'lik ince bedeni, kısa kesilmiş kıvırcık saçları, parlak renklere ve büyük takılara ilgisiyle Frankie bir yere girdiğinde, herkes onu fark ederdi.

Bu işi almamın bir nedeni de o sayılabilirdi. Gazetecilik eğitimi alırken ona hayrandım. Şimdi başında bulunduğu ve benim de hizmet verdiğim derginin sayfalarındaki bütün yazılarını okurdum. Dürüst olmak gerekirse, siyahi bir kadının işlerin başında olması da oldukça ilham vericiydi. Frankie bana, çift ırklı bir kadın olarak —açık kahverengi tenim, siyahi babamdan aldığım koyu kahverengi gözlerim ve yüzümde beyaz annemden aldığım çok sayıda çille— günün birinde benim de idareci olabileceğimi hissettiriyordu.

"Otursana," dedi Frankie, koltuğuna çökerken. Eliyle de Luciste masasının karşısındaki turuncu sandalyeyi işaret etti.

Sakince oturup bacak bacak üstüne attım. İlk sözü Frankie'ye bıraktım.

Frankie bilgisayarına bakarak, "Evet, işler şaşırtıcı bir hâl aldı," dedi. "Evelyn Hugo'nun temsilcileri uzun bir yazı dizisi istiyor. Özel bir röportaj."

İçimden bir an, *Vay canına!* demek geldi. *İyi de bunu neden bana söylüyorsun?* "Tam olarak ne hakkında?" diye sordum.

Frankie, "Benim tahminim, şu yürüttüğü elbise açık artırmasıyla ilgili," dedi. "Anladığım kadarıyla Amerika Meme Kanseri Vakfı için olabildiğince yüksek bir miktar toplamak onun için çok önemli."

"Ama onlar bunu doğrulamıyor mu?"

Frankie başını iki yana salladı. "Yalnızca Evelyn'in anlatacağı şeyler olduğunu söylüyorlar."

Evelyn Hugo tüm zamanların en büyük film yıldızlarından biriydi. İnsanların onu dinlemesi için söyleyecek bir şeyleri *olmasına* ihtiyacı yoktu.

"Bu bizim için müthiş bir kapak konusu olabilir, değil mi? Yani sonuçta o yaşayan bir efsane. Sekiz kez filan evlenmişti, değil mi?"

"Yedi," dedi Frankie. "Ve evet, büyük bir potansiyeli var. Tam da bu yüzden bir sonraki aşamada bana karşı hoşgörülü olmanı umuyorum."

"Ne demek istiyorsun?"

Frankie derin bir nefes alırken yüzünde kovulmak üzere olduğumu düşündürecek bir ifade belirdi. Ama sonra, "Evelyn özellikle seni istiyor," dedi.

"Beni mi?" Son beş dakikadır ikinci kez birinin benimle konuşmak istemesine şaşırıyordum. Özgüvenim üzerinde çalışmam gerekiyordu. Şu kadarını söyleyeyim, son zamanlarda biraz darbe almıştı. Ama neden hep ağrıyormuş gibi davranacaktım ki?

"Dürüst olmak gerekirse, benim tepkim de bu oldu," dedi Frankie.

Ben de dürüst olayım, biraz gücenmiştim. Tamam, neden böyle düşündüğünü anlayabiliyordum. *Vivant*'a geleli henüz bir yıl bile olmamıştı. Genelde şişirme haberler yapıyordum. Bundan önce kendilerini haber dergisi olarak gören ama aslında güçlü manşetleri olan bir blogdan ibaret sayılabilecek güncel haber ve kültür sitesi *Discourse* için yazıyordum. Genellikle Modern Yaşam bölümü için gündemdeki konuları ele alıyor ve kısa fikir yazıları yazıyordum.

Yıllarca serbest çalıştıktan sonra *Discourse* işi bir cankurtaran olmuştu. Ama *Vivant* bana iş teklif edince kendimi engelleyememiştim. Bir kuruma dahil olma ve efsanelerle çalışma şansının üzerine balıklama atlamıştım.

İlk iş günümde ikonik, kültüre etki eden kapaklarla süslenmiş duvarların arasından yürümüştüm. Birinde kadın aktivistlerden Debbie Palmer, 1984 Manhattan'ına yukarıdan bakan bir gökdelenin tepesinde çıplak ve özenli bir poz vermişti; birinde sanatçı Robert Turner bir kanvasa resim yaparken çekilmişti ve metin, ta 1991'de onun AIDS olduğunu bildiriyordu. *Vivant* dünyasının bir parçası olmak gerçekdışı gelmişti. O parlak sayfalarda adımı görmek istemiştim hep.

Ama ne yazık ki son on iki sayıda, *Discourse*'taki meslektaşlarım viral hâline gelen yazılarıyla dünyayı değiştirmeye çalışırken ben üst tabakanın eski moda sorunlarıyla uğraşmaktan başka bir şey yapmamıştım. Yani, kısacası kendimi pek etkileyememiştim.

"Bak, seni sevmediğimizden değil, seviyoruz," dedi Frankie. "*Vivant*'a büyük işler yapacağını düşünüyoruz. Ama ben bu işi daha tecrübeli, tanınmış birine vermeyi umuyordum. Sana karşı açık olmak istiyorum, seni Evelyn'e gidecek ekibe almayı düşünmediğimizi söyledim. Beş büyük isim gönderdik ama bize şöyle dediler."

Frankie bilgisayar ekranını bana doğru çevirerek, Evelyn Hugo'nun reklamcısı olduğunu varsaydığım, Thomas Welch adında birinden gelen bir e-postayı gösterdi.

Kimden: Thomas Welch
Kime: Troupe, Frankie
Cc: Stamey, Jason; Poewrs, Ryan

Monique Grant yoksa Evelyn de yok.

Şaşkınlıkla Frankie'ye baktım. Dürüst olmak gerekirse, Evelyn Hugo'nun benimle herhangi bir şey yapmak istemesi karşısında biraz havalanmıştım.

Frankie bilgisayarını kendi önüne doğru çevirirken, "Evelyn Hugo'yla *tanışıyor musun?* Bunun sebebi böyle bir şey mi?" diye sordu.

"Hayır," dedim, bu soruyu sormasına bile şaşırarak. "Birkaç filmini izlemişliğim var ama o benden önceki dönemin yıldızı."

"Onunla kişisel bir bağın yok mu?"

Başını salladım. "Kesinlikle hayır."

"Sen de Los Angelesli değil misin?"

"Evet ama Evelyn Hugo'yla aramda olabilecek tek bağ, babamın eskiden onun setlerinden birinde fotoğrafçılık yapmış olması olabilir. Eskiden set fotoğrafçılığı yapardı. Anneme sorabilirim."

"Harika. Teşekkürler." Frankie bana beklentiyle baktı.

"Hemen mi sormamı istiyorsunuz?"

"Mümkünse."

Cebimden telefonumu çıkarıp anneme mesaj attım: *Babam Evelyn Hugo'nun filmlerinden herhangi birinde çalıştı mı?*

Üç noktanın yanıp sönmeye başladığını gördüm. Başımı kaldırdığımdaysa Frankie'yi telefonuma bakmaya çalışırken buldum. İhlalinin farkına vararak arkasına yaslandı.

Telefonum çınladı.

Annemden mesaj gelmişti: *Olabilir. O kadar çok filme gitti ki akılda tutmak zor. Neden sordun?*

Uzun hikâye, diye cevap verdim. *Evelyn Hugo ile bir bağlantım var mı, onu çözmeye çalışıyorum. Sence babam onunla tanışıyor muydu?*

Annem cevap verdi: *Ha! Hayır. Baban setteki hiçbir ünlüyle takılmazdı. Birkaç ünlü arkadaş edinsin diye çok uğraştım ama...*

Güldüm. "Görünüşe göre hayır. Evelyn Hugo ile bir bağlantım yok."

Frankie başını salladı. "Tamam, güzel. O hâlde diğer teori, Evelyn'in çalışanları daha az etkili birini seçmek istediler ki seni, dolayısıyla da hikâyeyi kontrol edebilsinler."

Telefonumun tekrar titreştiğini hissettim. *Sen sorunca hatırladım, babanın eski çalışmalarının olduğu bir kutu göndermek istiyorum sana. Muhteşem şeyler. Bende olmalarını seviyorum ama senin daha çok seveceğini düşünüyorum. Bu hafta gönderirim.*

"Yani zayıf olanı avladıklarını düşünüyorsun," dedim Frankie'ye.

Frankie hafifçe gülümsedi. "Bir anlamda."

"Yani Evelyn'in adamları derginin künyesine baktılar, alt sıralardaki bir yazar olarak benim adımı buldular ve bana diş geçirebileceklerini düşündüler. Böyle mi düşünüyorsun?"

"Böyle olmasından korkuyorum."

"Peki bunu bana neden söylüyorsun?"

Frankie her sözcüğünü özenle seçmek istermiş gibi düşündü. "Çünkü sana diş geçirebileceklerini düşünmüyorum. Seni hafife aldıklarını düşünüyorum. Ve bu kapağı istiyorum. Bunu manşetten çıkmak istiyorum."

"Yani?" diye sordum sandalyemde hafifçe kıpırdanarak.

Frankie ellerini önünde birleştirerek masaya yerleştirip bana doğru eğildi. "Sana Evelyn Hugo'ya karşı koyabilecek cesaretin olup olmadığını soruyorum."

Bugün birinin bana sorabileceği her şeyi sıraya koysam bu muhtemelen dokuz milyonuncu sırada falan olurdu. Evelyn Hugo'ya karşı koyacak cesaretim var mı? Hiçbir fikrim yoktu.

"Evet," dedim sonunda.

"Bu kadar mı? Sadece evet mi?"

Bu fırsatı istiyordum. Bu hikâyeyi yazmak istiyordum. En alttaki kadın olmaktan sıkılmıştım. Bir zafere ihtiyacım vardı. "Kesinlikle evet?"

Frankie düşünceyle başını salladı. "Daha iyi ama yine de ikna olmadım."

Otuz beş yaşındaydım. On yıldan uzun bir süredir yazarlık yapıyordum. Günün birinde bir kitap anlaşması yapmayı umuyordum. Kendi hikâyelerimi seçmek istiyordum. Evelyn Hugo gibi biri aradığında insanların ulaşmak için mücadele ettikleri o isim olmak istiyordum. Burada, *Vivant*'ta uygun şekilde kullanılmıyordum. Eğer istediğim yerde olmak istiyorsam bir şeylerin çözülmesi, birilerinin yolumdan çekilmesi gerekiyordu. Ve bu hemen olmalıydı çünkü bu lanet olası kariyer, elimde kalan tek şeydi. Bir şeylerin değişmesini istiyorsam, bir şeyleri yapma biçimimi değiştirmem gerekiyordu. Muhtemelen keskin bir değişim olacaktı bu.

"Evelyn beni istiyor," dedim. "Sen de Evelyn'i istiyorsun. Seni ikna etmesi gereken benmişim gibi görünmüyor, Frankie. Görünüşe bakılırsa daha çok senin *beni* ikna etmen gerekiyor."

Frankie'nin üzerine bir ölüm sessizliği çöktü. Birbirine bastırdığı parmaklarının üzerinden bana bakıyordu. Zor bir hedef seçmiştim. Iskalamış olabilirdim.

Ağırlık antrenmanlarını denemeye karar verip de yirmi kiloluk ağırlıklarla başladığımda da böyle hissetmiştim. Çok geçmeden ne yaptığımı bilmediğim ortaya çıkmıştı zaten.

Sözümü geri alıp defalarca özür dilememek için kendimi zor tuttum. Annem beni kibar, ağırbaşlı biri olarak yetiştirmişti. Nezaketin bir tür boyun eğiş olduğunu kabul edeli uzun zaman olmuştu ama bu tarz bir nezaketten de fazla uzaklaşmamıştım. Dünya, onu yönetmesi gerektiğini düşünen insanlara saygı duyuyordu. Bunu hiçbir zaman anlamasam da artık mücadele etmeyi bırakmıştım. Günün birinde Frankie olmak için buradaydım. Hatta belki ondan da büyük biri. Gurur duyacağım, büyük, önemli işlere imza atmak için. Bir iz bırakmak için. Ve henüz bu hedeflerin yanından bile geçmiyordum.

Sessizlik öyle uzun sürdü ki bir an her saniye artan gerilim yüzünden çözüleceğimi düşündüm. Ama ilk çözülen Frankie oldu.

"Tamam," dedi. Ayağa kalkarken elini uzattı.

Ben de elimi uzatırken içimde şaşkınlık ve yakıcı bir gurur vardı. Elini sağlam sıktığımdan emin olmaya çalıştım. Frankie'nin eli ise tam bir mengeneydi.

"Becer şu işi, Monique. Hem bizim için hem kendin için. Lütfen."

"Başaracağım."

Tokalaşmayı bıraktık ve ben kapıya doğru ilerlemeye başladım. "*Discourse* için yazdığın hekim destekli intihar yazısını okumuş olabilir," dedi Frankie ben odadan çıkmak üzereyken.

"Ne?"

"Etkileyiciydi. Belki de o yüzden seni istiyordur. Biz de seni öyle bulduk. Müthiş bir hikâyeydi. Sadece çok tuttuğu için değil, senin sayende. Çok iyi bir iş olduğu için."

Kendi irademle yazdığım, gerçekten anlamı olan ilk hikâyelerden biriydi. Özellikle de Brooklyn restoran bölgesinde küçük saksılarda ürün yetiştirme olayının popülerleşmesiyle ilgili bir işe atandıktan sonra önermiştim bu konuyu. Yerel bir çiftçiyle görüşmek için Park Slope pazarına gittiğimde ona hardal otlarını hiç denemediğimi itiraf etmiştim de bana kız kardeşi gibi konuştuğumu söylemişti. Bir sene öncesine kadar gayet etoburken birden vegan olmuş, beyin kanseriyle savaşırken tamamen organik bir beslenme benimsemiş.

Laf lafı açınca bana kardeşiyle birlikte katıldığı, ölmek üzere olanlar ve sevdikleri insanlar için açılan hekim destekli intihar destek grubundan bahsetmişti. Gruptakilerin çoğu, onuruyla ölme hakkı için mücadele ediyormuş. Sağlıklı beslenme kardeşinin hayatını kurtarmayacakmış ve hiçbiri onun daha fazla acı çekmesini istemiyormuş.

O an o destek grubundaki insanlara ses vermeyi içtenlikle istediğimi anlamıştım.

Discourse ofisine dönüp bu haberi önermiştim. Daha önce *hipster* trendleri ve ünlülerle ilgili düşünce yazılarımın yerden yere vurulduğu düşünülürse bu önerimin de geri çevrileceğini düşünüyordum. Ama şaşırtıcı bir şekilde bana yeşil ışık yakmışlardı.

Haber üzerinde yılmadan çalıştım, kilise bodrumlarındaki toplantılara katıldım, üyelerle röportajlar yapmış, yazmış ve bir daha yazmıştım... Ta ki yazımın acı çeken insanların yaşamlarını sona erdirmelerine yardım etmenin tüm karmaşasını, hem merhameti hem de ahlaki kuralları yansıttığından emin olana kadar.

En gurur duyduğum hikâyemdi o. Birkaç kez buradaki mesaimi bitirdikten sonra eve dönüp o yazıyı tekrar okuduğum, kendime neler yapabileceğimi, hazmetmesi ne kadar zor olsa da gerçeği paylaşmanın tatminini hatırlattığım olmuştu.

"Teşekkürler," dedim Frankie'ye.

"Sadece yetenekli olduğunu söylüyorum. Belki o yüzden seni seçti."

"Muhtemelen öyle değildir."

"Evet," dedi. "Muhtemelen değildir. Bu hikâyeyi, artık her ne olacaksa, iyi yaz. Bir sonrakinde öyle olacaktır."

JULIA SANTOS   **4 MART 2017**

Evelyn Hugo Her Şeyi Tüm Açıklığıyla Anlatıyor

Dediklerine göre büyüleyici/YAŞAYAN EFSANE/dünyanın en güzel sarışını Evelyn Hugo elbiselerini açık artırmayla satışa çıkarıyormuş *ve* on yıldan uzun süredir hiç yapmadığı bir şeyi yaparak bir röportaj için anlaşmış.

    LÜTFEN bana nihayet o lanet kocalarından bahsetmeye hazır olduğunu söyleyin. (Dördü anlarım, beş de olur, hadi zorlarsınız, altı da tamam ama yedi? Yedi koca? 80'lerin başında, kongre üyesi Jack Easton'la ilişki yaşadığını herkesin bildiğinden bahsetmiyorum bile. Hadi kızım!)

    Eğer kocaları hakkında açıkça konuşmayacaksa dua edelim de en azından o kaşları nasıl elde ettiğini açıklasın. Diyorum ki SERVETİNİ PAYLAŞ, EVELYN.

    E'nin o pirinç sarısı saçları; koyu, ok gibi gergin kaşları; yanık teni ve kızıl-kahve gözleriyle poz verdiği eski fotoğraflarını gördüğünüzde, her ne yapıyorsanız boş verip ona bakmaktan başka seçeneğiniz olmuyor.

    Vücudundan bahsetmiyorum bile.

    Popo yok, kalça yok… İncecik bir bedende koca memeler sadece.

    Yetişkinlik yıllarımın tamamını böyle bir bedene sahip olmak için çalışarak geçirdim. (Not: Hâlâ çok uzağındayım. Belki de bu hafta her öğlen *spagetti bucatini* yediğimdendir.)

Beni öfkelendiren tek bir şey var: Evelyn bu iş için herhangi birini seçebilirdi. (Mesela ben?) Ama o *Vivant*'ın çaylaklarından birini seçti. Kimi isterse seçebilirdi. (Mesela ben?) Neden şu Monique Grant denen hatun (neden ben değilim)?

    Eh, peki. Beni seçmediğine biraz üzüldüm.

    Cidden *Vivant*'ta işe girmeliyim. Bütün iyi işleri onlar kapıyor.

YORUMLAR:

Hihello565 yazdı: *Vivant*'takiler bile *Vivant*'ta çalışmak istemiyor artık. Şirket amirleri, zırvalığa kur yapan sansürcü muhabirler üretiyor.

    Pppppppppps'den Hihello565'e yanıt: Evet, tabii. İçimden bir ses diyor ki ülkenin en saygın, içeriği en dolu dergisi sana iş teklif etse ânında üstüne atlarsın.

EChristine999 yazdı: Evelyn'in kızı yakınlarda kanserden ölmemiş miydi? Sanki öyle bir şeyler okumuştum. Çok acı. Bu arada Evelyn'in bahsettiğin fotoğrafı Harry Cameron'ın mezarındaki mi? Beni aylarca perişan etmişti. Güzel aileydi. İkisini de kaybetmiş olması üzücü.

MrsJeanineGrambs yazdı: Evelyn Hugo ZERRE KADAR umurumda değil. BIRAKIN ŞU İNSANLARI YAZMAYI. Evlilikleri, ilişkileri ve filmlerinin çoğu tek bir şey olduğunun göstergesi: Kaşar. *Three A.M.* kadınlar için bir utanç kaynağı. Dikkatinizi bunu hak eden insanlara verin.

SexyLexi89 yazdı: Evelyn Hugo tüm zamanların en güzel kadını olabilir. *Boute-en-Train*'deki o çırılçıplak sudan çıktığı sahne ve kameranın tam siz göğüs uçlarını görecekken kararması? Çok iyi.

PennyDriverKLM yazdı: Sarı saç ve siyah kaşı MODA yapan Evelyn Hugo'ya selam olsun. Evelyn, seni selamlıyorum.

YuppiePigs3 yazdı: Fazla zayıf! Tipim değil.

EvelynHugoBirAzizdi yazdı: Bu kadın, şiddet gören kadınların kurdukları organizasyonlara ve LGBTQ+ çıkarları adına MİLYONLARCA DOLAR yardımda bulundu. Şimdi de kanser araştırmaları için kıyafetlerini satıyor ve sen yalnızca kaşlarından mı bahsediyorsun? Cidden mi?

JuliaSantos@TheSpill'den EvelynHugoBirAzizdi'ye yanıt: Sanırım haklısın. ÖZÜR DİLERİM. Savunmam şu: Milyonlar kazanmaya 60'larda lanet bir şıllık olarak başladı. Yeteneği ve güzelliği olmasa o prestiji asla kazanamazdı. O LANET KAŞLARI olmasa da güzel olamazdı. Ama tamam, sen haklısın.

EvelynHugoBirAzizdi'den JuliaSantos@TheSpill'e yanıt: Ah, cadılık ettiğim için üzgünüm. Öğle yemeğini atlamışım da. Mea Culpa.* Ne olursa olsun *Vivant* bu hikâyeyi senin yapacağının yarısı kadar bile güzel anlatamaz. Evelyn seni seçmeliydi.

JuliaSantos@TheSpill'den EvelynHugoBirAzizdi'ye yanıt: Değil mi????? Monique Grant da kimmiş? SIKICI. Ayağını denk alsın...

---

* (Lat.) Benim hatam. –çn

2

Birkaç günü Evelyn Hugo'yla ilgili bulabildiğim her şeyi araştırarak geçirdim. Eski Hollywood yıldızlarıyla ilgilenmek bir yana, hiçbir zaman bir film meraklısı da olmamıştım. Ama Evelyn'in yaşamından –en azından kayıtlardaki kısmından– en az on pembe dizi çıkardı.

On sekiz yaşındayken, boşanmayla sonuçlanan erken bir evlilik yapmıştı. Sonra Hollywood imtiyazlılarından Don Adler'la stüdyo destekli flörtleri ve fırtınalı evliliği. Söylentilere göre Evelyn ondan dayak yediği için ayrılmış. Sonra Fransız Yeni Dalga akımından bir filmle geri dönüşü. Şarkıcı Mick Riva'yla hızlı bir Vegas kaçamağı. Zarif Rex North'la, ikisinin de başkalarıyla ilişkisi olduğu için sona eren görkemli bir evlilik. Harry Cameron'la hayatının en güzel aşk hikâyesi ve kızları Connor'ın doğumu. Yürek parçalayan boşanmalarının ardından Evelyn'in eski yönetmeni Max Girard'la hızlı evliliği. Kendisinden çok daha genç olan Kongre Üyesi Jack Easton'la ilişkisi olduğuna dair, Girard'la evliliğini bitiren iddialar. Ve son olarak yatırımcı Robert Jamison'la evliliği. Söylentiler, Evelyn'in eski rol arkadaşı ve Robert'ın kardeşi Celia St. James'e nispet olsun diye bu evliliği yaptığı yönündeydi. Kocalarının hepsi öldü ve bu ilişkilerin iç yüzünü bilen tek kişi Evelyn artık.

Şunu söylemeliyim ki yaptığım çalışma ondan bu konuda birkaç laf almak için biçilmiş kaftandı.

Akşam ofiste mesaiye kaldıktan sonra nihayet dokuza birkaç dakika kala eve kapağı atabilmiştim. Dairem küçüktü. Sanırım en uygun ifade *kutu gibi bir ev* olabilir. Ama eşyalarınızın yarısı gittiğinde o küçük yerlerin size ne kadar geniş görüneceğine şaşarsınız.

David beş hafta önce taşındı. Giderken götürdüğü tabak çanağın yerine hâlâ yenilerini alamadım. Annesinin geçen sene bize evlilik hediyesi olarak verdiği orta sehpasının yerine de bir şey koyamadım. Tanrım! Birinci yıl dönümümüzü bile göremedik.

Ön kapıdan girip çantamı kanepeye bırakırken David'in orta sehpayı da götürmesinin ne kadar aşağılık bir davranış olduğunu düşündüm yine. San Fransisco'daki yeni stüdyosu, promosyon olarak önerilen cömert yerleştirme paketi sayesinde dayalı döşeliydi. Sehpayı, ısrarla ona ait olduğunu iddia ettiği komodin ve tüm yemek kitaplarıyla birlikte depoya koyacağını düşünüyordum. Yemek kitaplarını özleyeceğimi söyleyemem. Yemek yapmam. Ama içinde, "Monique ve David, birlikte nice mutlu yıllara," yazan bir şeyin yarı yarıya size ait olduğunu düşünüyorsunuz ister istemez.

Paltomu asarken, hangi sorunun gerçeği daha iyi yansıttığını düşündüm: David yeni işi kabul edip *ben olmadan* San Fransisco'ya mı taşındı, yoksa ben New York'tan *onun için* ayrılmayı kabul mü etmedim? Ayakkabılarımı çıkarırken cevabın ikisinin ortasında bir yerde olduğuna karar verdim yine. Ama her seferinde içimi sızlatan o düşünceye dönüp sarılıyordum: *O cidden gitti.*

Kendime bir *pad thai* siparişi verip duşa girdim. Suyu neredeyse kaynar dereceye ayarladım. Tenimi yakacak kadar sıcak olmasını seviyordum. Şampuan kokusunu da seviyordum. Sanırım en mutlu olduğum yer duş başlığının altıydı. Burada, buharların arasında şampuan köpükleriyle kaplıyken kendimi geride bırakılmış Monique Grant gibi hissetmiyordum. Hatta hızını kaybetmiş yazar Monique Grant gibi de hissetmiyordum. Yalnızca ama yalnızca lüks banyo gereçlerinin sahibi Monique Grant'tım. Durulandım, kurulandım, üzerime eşofman altımı geçirdim ve tam saçlarımı yüzümün önünden çekerken teslimatçı kapıyı çaldı.

Kucağımda plastik kapla oturmuş televizyon izlemeye çalışıyordum. Dikkatimi dağıtmaya karar vermiştim. Beynimin bir şey yapmasını, işi ya da David'i düşünmekten başka herhangi bir şey yapmasını istiyordum. Ama yemek bittiğinde bunun faydasız bir çaba olduğunu anlamıştım. Çalışsam da olurdu.

Bu fazlasıyla göz korkutucuydu – Evelyn Hugo'yla röportaj yapmak, onun hikâyesini kontrol etmek, onun benimkini kontrol etmediğinden emin olmaya çalışmak. Genelde fazla hazırlıklı olma eğilimindeyimdir. Ama daha da önemlisi her zaman biraz devekuşu gibiyimdir. Yüzleşmek istemediğim şeylerden kaçınmak için kafamı kuma gömmeye dünden razıyımdır.

O nedenle sonraki üç gün boyunca Evelyn Hugo'yu araştırmaktan başka bir şey yapmadım. Günlerimi onun evlilikleri ve skandallarıyla ilgili eski makaleleri araştırarak, akşamlarımıysa eski filmlerini izleyerek geçirdim.

Carolina Sunsets, *Anna Karenina*, *Jade Diamond* ve *All for Us*'tan videolar izledim. *Boute-en-Train*'deki sudan çıkma sahnesinin GIF'ini o kadar çok izledim ki uyuyakaldığımda rüyalarımda bile tekrar tekrar oynuyordu.

Filmlerini izledikçe ona, her bir parçasına âşık olmaya başlamıştım. Akşamları saat on birle iki arasında, dünyanın geri kalanı uyurken dizüstü bilgisayarım onun görüntüsüyle titreşiyor, sesi oturma odamı dolduruyordu.

Çarpıcı derecede güzel bir kadın olduğunu inkâr etmenin bir mânası yoktu. İnsanlar genelde düz, kalın kaşlarından ve sarı saçlarından bahseder ama ben gözlerimi kemik yapısından alamıyordum. Çene kemiği güçlü, elmacıkkemikleri çıkıktı ve ikisi de gelmiş geçmiş en dolgun dudaklara doğru uzanıyordu. Gözleri iriydi ama büyük badem şeklini alacak kadar yuvarlak değildi. Yanık teni açık renk saçlarıyla birlikte ona plaj kadını havası veriyor ama bir yandan da onu seçkin gösteriyordu. Doğal olmadığını biliyordum. Öylesi bronz bir tende öyle sarı saçlar... Yine de *öyle olması* gerektiği hissinden kurtulamıyordum. İnsanlar bu şekilde doğabilmeliydi.

Sinema tarihçisi Charles Redding'in, Evelyn'in yüzü için, "Kaçınılmaz. Öyle seçkin, öyle mükemmele yakın ki ona bakınca hatlarının er ya da geç tam da o oranda, o kombinasyonla gerçekleşmek zorunda olduğu hissine kapılıyorsunuz," demesinin kısmen bu yüzden olduğuna da hiç şüphem yoktu.

Evelyn'in 50'lerde dar kazaklar ve mermi sutyen giydiği görselleri, Don Adler'la evlendikten hemen sonra Sunset Stüdyoları'nda çekilmiş basın fotoğraflarını, 60'ların başındaki uzun, düz saçlı ve yuvarlak, kalın perçemli hâliyle kısacık şortlar giydiği fotoğraflarını topladım.

Tek parça beyaz bir elbise giyerek bozulmamış bir plajda, deniz kenarında oturduğu bir fotoğraf vardı. Başında geniş, kenarları sarkık, yüzünün çoğunu kaplayan siyah bir şapka vardı. Beyaza çalan sarı saçlarına ve yüzünün sağ tarafına güneş vuruyordu.

Favorilerimden biri, 1967'nin Altın Küre töreninden siyah-beyaz bir fotoğraftı. Geçitte oturuyor. Saçları gevşek bir topuz yapılmış. Üzerinde açık renkli, derin yuvarlak yakalı, dantelli bir elbise. Göğüs dekoltesi kontrollü ama cüretkâr. Sağ bacağı, eteğin yüksek yırtmacından çıkmış.

Yanında isimleri tarihe karışmış iki adam var. Evelyn sahneye bakarken onlar Evelyn'e bakıyor. Hemen yanındaki göğsüne bakarken onun yanındaki de bacağına çevirmiş gözlerini. İkisi de kendinden geçmiş gibi görünüyor, bir parça daha görebilmeyi umuyorlar.

Belki de bu fotoğraf üzerine fazla düşünmüştüm ama tekrar eden bir kalıbı fark etmeye başlamıştım: Evelyn karşısındakinde bir parça daha alabileceğine dair bir umut bırakıyordu daima. Ve bunu her zaman reddediyordu.

1977 yılına ait *Three A.M.*'deki o çok konuşulan seks sahnesinde, Don Adler'ın üzerinde ters kovboy pozisyonunda durup kıvranırken memelerini üç saniye kadar görebiliyordunuz. Filmin elde ettiği inanılmaz gişe rakamlarının, çiftlerin birkaç kez üst üste izlemeye gitmesinden kaynaklandığı söylentileri yıllarca sürmüştü.

Ne kadarını verip ne kadarını kendine saklayacağını nasıl da biliyordu!

Şimdi söyleyecek bir şeyleri var diye bu tamamen değişecek miydi yani? Yoksa benimle de tıpkı yıllarca seyircilerle oynadığı gibi oynayacak mıydı?

Evelyn Hugo bana, tetikte kalmamı sağlayacak kadarını anlatacak ama aslında hiçbir şeyi gerçekten açıklamayacak mıydı?

3

Alarmımın çalmasına yarım saat varken uyandım. E-postalarımı kontrol ettim. Gelenler arasında, konu kısmında "BENİ BİLGİLENDİR" yazan ve büyük harflerle bağıran Frankie'den de bir ileti vardı. Hafif bir kahvaltı yaptım.

Siyah, bol bir pantolonla beyaz bir tişört giydim, üzerine en sevdiğim balıksırtı spor ceketimi geçirdim. Uzun, sıkı buklelerimi başımın tepesinde topuz yaptım. Lenslerimi takmaktan vazgeçerek en kalın siyah çerçeveli gözlüğümü aldım.

Aynaya bakarken, David gittiğinden beri yüzümün zayıflamış olduğunu fark ettim. Her zaman ince bir vücudum olsa da biraz kilo alsam hemen popoma ve yüzüme giderdi. İki yıllık sevgililiğimiz ve on bir aylık evliliğimiz süresince David'le olmak da biraz kilo almak demekti. David yemeyi severdi. Ancak o sabahları erkenden kalkıp koşuya çıkarken ben uyumaya devam ederdim.

Şimdi aynada toparlanmış ve zayıflamış hâlime bakarken içimde bir güven hissi belirdi. İyi görünüyordum. İyi hissediyordum.

Kapıdan çıkmadan önce annemin geçen sene Noel'de aldığı devetüyü renkli kaşmir şalı aldım. Ardından yola koyuldum. Metroya, Manhattan'a ve tekrar yukarı, şehre.

Evelyn'in evi Beşinci Cadde'nin hemen dışından Central Park'a bakıyordu. Bu evden başka, İspanya'da Malaga'nın hemen dışında, deniz kenarında bir villası olduğunu öğrenecek kadar internet araştırması yapmıştım. Buradaki ev 60'ların başından beri onundu.

Harry Cameron'la almışlardı. Villa ise Robert Jamison yaklaşık beş yıl önce öldüğünde miras kalmıştı. Lütfen hatırlatın da bir daha dünyaya gelirsem arka planda malı götüren bir film yıldızı olarak geleyim.

Evelyn'in binası, en azından dışarıdan bakınca oldukça sıradışıydı. Kireçtaşı, savaş öncesi, güzel sanatlar tarzı. Daha içeri adımımı bile atmadan yumuşak bakışları ve nazik bir tebessümü olan yaşlıca, yakışıklı bir kapı görevlisi tarafından karşılandım.

"Size nasıl yardımcı olabilirim?" diye sordu.

Kendimi utana sıkıla, "Evelyn Hugo'yla görüşmek için gelmiştim. Adım Monique Grant," derken buldum.

Adam gülümseyerek kapıyı açtı. Beni beklediği açıktı. Asansöre kadar bana eşlik ederek en üst katın düğmesine bastı.

"İyi günler, Bayan Grant," dedi ve kapanan asansör kapısının ardında kayboldu.

Evelyn'in zilini çaldığımda saat tam tamına on birdi. Kapıyı kot pantolon ve lacivert bluz giymiş bir kadın açtı. Elli yaşında görünüyordu. Belki bir iki yaş daha büyüktü. Asya kökenliydi ve kuzguni siyah saçları sımsıkı atkuyruğu yapılmıştı. Elinde yarısı açılmış bir mektup yığını tutuyordu.

Gülümseyerek elini uzattı. "Sen Monique olmalısın," dedi ben de elimi uzatırken. Başka insanlarla tanışmaktan içtenlikle keyif alan insanlardan biri gibi görünüyordu. Bugün karşılaştığım her şeye karşı nötr kalma konusundaki yeminime rağmen onu şimdiden sevmiştim.

"Ben Grace."

"Merhaba Grace," dedim. "Tanıştığımıza memnun oldum."

"Ben de. İçeri gel."

Grace önümden çekilerek eliyle içeri girmemi işaret etti. Montumu çıkarmak için çantamı yere koydum.

Girişteki dolaplardan birini açıp bana ahşap bir askı uzatırken, "Buraya koyabilirsin," dedi.

Bu portmanto, benim dairemdeki banyo kadar vardı. Evelyn'in Tanrı'dan bile zengin olduğu bir sır değildi. Ama bunun gözümü korkutmasına izin vermemeye çabalamam gerekiyordu. Kadın hem güzel, hem zengin, hem güçlü, hem seksi hem de çekiciydi. Bense sıradan bir faniydim. Ne yapıp edip kendimi ikimizin eşit koşullarda olduğuna ikna etmeliydim. Yoksa bu iş yürümezdi.

"Harika," dedim gülümseyerek. "Teşekkürler." Montumu askıya asıp askılığa yerleştirerek Grace'in portmantonun kapağını kapayabilmesi için çekildim.

"Evelyn yukarıda hazırlanıyor. Sana ne ikram edeyim? Su, kahve, çay?"

"Kahve harika olur," dedim.

Grace beni oturma odasına götürdü. Aydınlık, havadar bir odaydı. Zeminden tavana dek uzanan beyaz kitaplıkların dışında iki tane de içi doldurulmuş krem rengi koltuk vardı.

"Otur lütfen," dedi Grace. "Nasıl alırsın?"

"Kahvemi mi?" diye sordum bir an kendimden emin olamayarak. "Kremalı? Yani süt de olur. Ama krema olursa şahane olur. Ya da evde ne varsa işte." Kendimi toparlamaya çalıştım. "Demek istediğim, eğer varsa birazcık krema rica ediyorum. Sence gergin miyim?"

Grace gülümsedi. "Biraz. Ama endişelenmeni gerektirecek hiçbir şey yok. Evelyn çok nazik bir insandır. Kendine özgü ve çok özel biridir ki buna alışmak biraz zaman alabilir. Ama birçok insanın yanında çalıştım. Evelyn'in diğer hepsinden iyi olduğunu söylediğimde bana güven."

"Bunu söylemen için sana para mı verdi?" diye sordum. Espri yapmaya çalışmıştım ama sesim istediğimden daha sert ve suçlayıcı çıkmıştı.

Neyse ki Grace güldü. "Geçen sene Noel ikramiyesi olarak kocamla beni Londra'yla Paris'e gönderdi. Yani dolaylı yoldan da olsa, evet, sanırım verdi."

Tanrım. "İşte şimdi oldu. Ayrıldığında işine talibim."

Grace güldü. "Anlaştık. Birazcık kremalı kahven hemen geliyor."

Oturup cep telefonumu çıkardım. Annemden bana şans dileyen bir mesaj gelmişti. Cevap vermek için ekrana dokundum. Otomatik düzeltme *erken* sözcüğünü *deprem*'e çevirmesin diye canla başla uğraşırken merdivenlerden ayak sesleri duydum. Dönüp baktığımda yetmiş dokuz yaşındaki Evelyn Hugo'nun bana doğru ilerlediğini gördüm.

Fotoğraflarından herhangi birindeki kadar nefes kesiciydi.

Bir balerinin duruşuna sahipti. Vücuduna yapışan siyah bir pantolonla uzun, gri-lacivert çizgili bir kazak giymişti. Her zaman olduğu gibi zayıftı. Yüzüne işlem yaptırdığını yalnızca onun yaşında olan hiç kimsenin bir doktor yardımı olmaksızın böyle görünemeyeceğini düşünerek varsayabilirdim.

Cildi ışıl ışıl parlıyordu. Sanki temizlenmek için ovulmuş gibi hafifçe kızarmıştı. Takma kirpikleri vardı. Ya da kirpik uzatıcı kullanmıştı. Bir zamanlar belirgin olan yanakları birazcık çökmüştü. Ama onlarda da yumuşak bir pembelik vardı. Dudaklarıysa koyu ten rengiydi.

Saçları omuzlarına dökülüyor ve –beyaz, gri ve sarının hoş bir diziliminden oluşan– en açık renkler yüzünü çevreliyordu. Saçlarının üçlü işlemden geçtiğine emindim ama görüntü, yıllara meydan okuyan bir kadın güneşin altında oturmuş havası veriyordu.

Kaşları, bir zamanlar imzası olan koyu, kalın, düz çizgiler yıllar içinde incelmişti. Artık saçlarıyla aynı renkteydiler.

Yanıma geldiğinde ayağında ayakkabı yerine büyük, kısa ve kalın örgü çoraplardan olduğunu fark ettim.

"Monique, merhaba," dedi Evelyn.

Adımı söylerken sanki beni yıllardır tanıyormuş gibi sıradan ve güvenli konuşması bir an beni şaşırttı. "Merhaba," dedim.

"Ben Evelyn." Uzanıp elimi tuttu ve sıktı. Odadaki, hatta dünyadaki neredeyse herkes bildiği hâlde kendi adını söylemenin, eşsiz bir güç biçimi olduğunu düşündüm.

Grace, beyaz bir tabağa konmuş beyaz bir kahve kupasıyla içeri geldi. "Al bakalım. Birazcık kremalı."

"Çok teşekkürler," dedim kahveyi alırken.

Evelyn, "Ben de öyle severim," dedi. İtiraf etmekten utansam da bu beni heyecanlandırdı. Sanki onu memnun etmişim gibi hissettim.

"İkinizden biri başka bir şey daha ister mi?" diye sordu Grace.

Ben başımı salladım, Evelyn ise cevap vermedi. Grace odadan çıktı.

"Gel," dedi Evelyn. "Oturma odasına geçelim, rahat ederiz."

Ben çantama uzanırken Evelyn de elimdeki kahveyi alıp benim yerime taşıdı. Bir yerlerde karizmanın "teslimiyete teşvik eden cazibe" olduğunu okumuştum. Tam da şu an, Evelyn benim kahvemi taşırken o sözü hatırlamaktan alamadım kendimi. Böylesine güçlü bir kadının bu kadar küçük ve mütevazı bir davranışta bulunması kesinlikle büyüleyiciydi.

Yerden tavana kadar pencereleri olan geniş, aydınlık bir odaya geçtik. Arduaz kaplı mavi kanepenin karşısında istiridye rengi koltuklar vardı. Ayağımızın altındaki kalın halı parlak fildişi rengindeydi. Gözlerim onu takip ederken, pencereden gelen ışığın altındaki devasa siyah piyano beni fazlasıyla etkiledi. Duvarlarda ise siyah beyaz yakınlaştırılmış fotoğraflar vardı.

Kanepenin üzerindeki, Harry Cameron'ın bir film setinde çekilmiş fotoğrafıydı.

Şöminenin üzerinde 1959 versiyonu *Küçük Kadınlar*'ın Evelyn'li afişi vardı. Evelyn, Celia St. James ve iki diğer aktrisin yüzlerinden oluşuyordu görüntü. Bu dört kadının hepsi 1950'lerde her evde konuşuluyor olabilirdi ama zamanı aşan yalnızca Evelyn ile Celia olmuştu. Şimdi afişe bakarken Evelyn ile Celia diğerlerinden daha çok parlıyormuş gibi görünüyordu. Tabii bunun sadece bir geri-görüş önyargısı olduğundan emindim. Her şeyin nasıl geliştiğini bildiğim için görmek istediğimi görüyordum.

Evelyn kahve fincanımla tabağını siyah lake sehpanın üzerine bıraktı. Konforlu koltuklardan birine otururken bana da, "Otur," dedi. Ayaklarını altına aldı. "Nereye istersen."

Başımı sallayıp çantamı yere bıraktım. Kanepeye otururken not defterimi çıkardım.

Doğrulurken, "Elbiselerini açık artırmaya çıkarıyorsun yani," dedim. Kalemimin tepesine basıp dinlemeye hazırlandım.

Evelyn, "Aslında seni buraya çağırmak için biraz sahtekârlık yaptım," diye cevap verdi.

Dosdoğru ona baktım. Yanlış anladığımdan emindim. "Efendim?"

Evelyn koltuğuna yerleşip bana baktı. "Bir avuç elbiseyi Christie's'e veriyor olmamla ilgili anlatacak çok bir şey yok."

"Ee, o zaman..."

"Seni buraya başka bir şey konuşmak için çağırdım."

"Nedir o?"

"Hayat hikâyem."

"Hayat hikâyen mi?" dedim şaşkınlıkla ve onunla eş düzeyde görünmek için çabalayarak.

"Her şeyi ifşa edeceğim bir anlatı."

Evelyn Hugo'nun her şeyini anlatması... Bilemiyorum. Yılın hikâyesi gibi bir şey olurdu. "Bu anlatıyı *Vivant* aracılığıyla yapmak mı istedin?"

"Hayır," dedi.

"Anlatmak istemiyor musun yani?"

"*Vivant*'a anlatmak istemiyorum."

"O hâlde ben neden buradayım?" Biraz öncekinden bile daha anlaşılmaz geliyordu her şey.

"Hikâyeyi anlatacağım kişi sensin."

Tam olarak ne söylediğini çözmeye çalışarak ona baktım.

"Hayatını anlatacaksın ve *Vivant*'a değil de bana anlatacaksın?"

Evelyn başıyla onayladı. "Anlamaya başladın."

"Tam olarak ne teklif ediyorsun?" Dünyanın en merak edilen insanlarından birinin bana yaşam hikâyesini *öylesine* anlatmaya karar vermesi gibi bir durum söz konusu bile olamazdı. Bir şeyleri kaçırıyor olmalıydım.

"Sana hayat hikâyemi anlatmam ikimiz için de faydalı olacak. Ama dürüst olmak gerekirse, daha çok senin için faydalı olacak."

"Ne kadar kapsamlı bir şeyden bahsediyoruz?" Belki de havalı bir restrospektif istiyordu. Kendi seçeceği bir yerden yayınlanacak hafif bir hikâye.

"Ne var ne yoksa. İyi, kötü ve çirkin. 'Sana yaptığım her şeyle ilgili tamamen doğruları anlatacağım' anlamına gelen hangi klişeyi kullanırsan kullan."

Vay canına!

Onun elbiselerle ilgili sorulara cevap vereceği beklentisiyle buraya geldiğim için kendimi salak gibi hissettim. Not defterimi önümdeki sehpaya bıraktıktan sonra kalemi usulca defterin üzerine koydum. Bunu en güzel şekilde ele almak istiyordum. Sanki göz kamaştırıcı, narin bir kuş bana doğru uçup omzuma konmuştu da en doğru hareket dışında herhangi bir şey yaparsam kaçacaktı.

"Pekâlâ, doğru anladıysam eğer, diyorsun ki birtakım günahlarını itiraf etmek..."

Evelyn'in o âna dek oldukça rahat ve mesafeli olan duruşu değişti. Bana doğru eğildi. "Günahları itiraf etmekten bahsetmedim. İtiraf bir yana, günah bile demedim."

Hafifçe geriledim. Batırmıştım. "Affedersin," dedim. "Kötü bir sözcük seçimi oldu."

Evelyn bir şey demedi.

"Özür dilerim, Bayan Hugo. Tüm bunlar benim için biraz fazla gerçeküstü."

"Bana Evelyn diyebilirsin," dedi.

"Peki Evelyn, bir sonraki adımımız nedir? Birlikte tam olarak ne yapacağız?" Kahve fincanını alıp dudaklarıma götürerek küçücük bir yudum aldım.

"*Vivant* için bir kapak hikâyesi yapmıyoruz," dedi.

"Tamam, buraya kadar anladım," dedim fincanı bırakırken.

"Bir kitap yazacağız."

"Biz mi?"

Evelyn başıyla onayladı. "Sen ve ben," dedi. "Çalışmalarını okudum. Açık, kısa ve net iletişimini sevdim. Yazılarının hayran kaldığım doğrudan bir niteliği var. Bunun benim kitabımda da kullanılabileceğini düşünüyorum."

"Benden hayalet yazar olarak otobiyografini yazmamı mı istiyorsun?" Bu şahaneydi! Kesinlikle ama kesinlikle şahane. *Bu* New York'ta kalmak için iyi bir nedendi. Harika bir neden. San Fransisco'da böyle şeyler olmazdı.

Evelyn başını iki yana salladı. "Hayat hikâyemi sana veriyorum, Monique. Ben sana bütün gerçeği anlatacağım ve sen de onun hakkında bir kitap yazacaksın."

"Sonra da senin isminle basıp herkese senin yazdığını söyleyeceğiz. Hayalet yazarlık bu zaten." Yeniden kahve fincanını aldım.

"Üzerinde benim adım olmayacak. Ben ölmüş olacağım."

Kahveyi püskürttüm. Beyaz halıda bir sürü kahve lekesi belirdi.

"Ah, aman Tanrım!" dedim fincanı bırakırken. Sanırım sesim biraz fazla çıkmıştı. "Halına kahve döktüm."

Evelyn eliyle sallayarak geçiştirdi ama Grace kapıyı tıklatarak hafifçe araladı ve başını uzattı.

"Her şey yolunda mı?"

"Korkarım döktüm," dedim.

Grace kapıyı tamamen açıp içeri girdi ve halıya baktı.

"Gerçekten çok üzgünüm. Sadece biraz şok oldum da..."

Evelyn'in bakışlarını yakaladım. Onu çok iyi tanımasam da bana sessiz olmamı söylediğini anlayabiliyordum.

"Sorun değil," dedi Grace. "Ben hallederim."

Evelyn birden ayağa kalkarak, "Aç mısın, Monique?" diye sordu.

"Pardon?"

"Caddenin biraz ilerisinde gerçekten şahane salatalar yapan bir yer biliyorum. Benden."

Neredeyse öğlen olmuştu ama kaygılandığımda hemen iştahım kesilirdi. Yine de evet demek zorunda kaldım çünkü bunun cevap bekleyen bir soru olmadığını net olarak anlamıştım.

"Harika," dedi Evelyn. "Grace, Trambino'yu arar mısın?"

Evelyn elini omzuma koyarak beni yönlendirdi ve on dakika bile geçmemişken Yukarı Doğu Yakası'nın bitkileri tıraşlanmış kaldırımlarında yürüyorduk.

Havadaki keskin serinlik beni şaşırmıştı. Evelyn'in de montunu ince beline iyice sardığını fark ettim.

Güneş ışığında yaşlandığına dair işaretler daha kolay seçiliyordu. Gözlerinin beyazı gölgeliydi. Elleri de neredeyse şeffaflaşmıştı. Mavi damarlarının açıkça görünüşü bana büyükannemi hatırlattı. Cildinin yumuşak, kâğıtsı hassaslığını, sekmeyip yerinde kalışını severdim.

"Evelyn, öleceğim derken ne demek istedin?"

Evelyn güldü. "Kitabı ben öldükten sonra, izin alınmış bir biyografi olarak yayımlamanı istediğimi söylüyorum."

"Tamam," dedim sanki birinin size bunu söylemesi son derece normal bir şeymiş gibi. Sonra birden farkında vardım, hayır, bu deliceydi. "Kabalık etmek istemem ama bana öleceğini mi söylüyorsun?"

"Herkes ölecek, tatlım. Sen de öleceksin, ben de öleceğim. Şu herif de ölecek."

Kabarık, siyah tüylü bir köpekle birlikte yürüyen orta yaşlı bir adamı işaret etti. Adam Evelyn'in sözlerini duydu, onu işaret eden parmağını gördü ve sonunda konuşanın kim olduğunu idrak etti. Yüzündeki ifade jetonunun ne kadar geç düştüğünü gösteriyordu.

Kapısındaki iki basamağı inerek bir restorana girdik. Evelyn arka taraftaki bir masaya oturdu. Onu bu masaya yönlendiren kimse olmamıştı. Sanki o nereye gideceğini biliyor, herkesin onu takip edeceğini varsayıyordu. Siyah pantolonlu, beyaz gömlekli ve siyah kravatlı bir garson masamıza iki bardak su bıraktı. Evelyn'inkinde buz yoktu.

"Teşekkürler, Troy," dedi Evelyn.

"Söğüş salata mı?" diye sordu adam.

"Bana uyar ama arkadaşımdan emin değilim," dedi Evelyn.

Masadaki peçeteyi açıp kucağıma serdim. "Söğüş salata kulağa hoş geliyor, teşekkürler."

Troy gülümseyerek yanımızdan ayrıldı.

Evelyn, normal bir sohbetin ortasındaki iki arkadaşmışız gibi, "Söğüş salatayı seveceksin," dedi.

"Pekâlâ," dedim sohbete yeni bir yön vermeye çalışarak. "Yazacağımız kitaptan biraz daha bahseder misin?"

"Sana bilmen gereken her şeyi söyledim."

"Bana yalnızca benim kitabı yazacağımı ve senin öleceğini söyledin."

"Kelime seçimlerine biraz daha dikkat etmen gerek."

Burada olmanın beni aştığını hissetmiş olabilirdim –hayatta olmak istediğim yere gelememiş de olabilirdim– ama kelime seçimi hakkında bir iki şey bilirdim.

"Seni yanlış anlamış olmalıyım. Fakat sözcüklerimi seçerken iyice kafa yorarım."

Evelyn omuzlarını silkti. Bu konuşma onun için önemsizdi. "Henüz gençsin. Sizin nesliniz büyük anlamlar taşıyan sözcükleri rasgele kullanır."

"Anlıyorum."

"Ayrıca herhangi bir *günahı* itiraf edeceğimi de söylemedim. Anlatacaklarıma günah demek yanıltıcı ve kırıcı olur. Uzaktan bakıldığında ne kadar sert, hatta iğrenç görünseler de yaptığım şeyler –en azından senin bekleyeceğin türden olmayanlar– için pişmanlık duymuyorum."

"*Je ne regrette rien*,"* dedim su bardağımı kaldırıp bir yudum alarak.

---

* (Fr.) Hiçbir şeyden pişman değilim anlamına gelen bir Edith Piaf şarkısı. –*çn*

"Aynen öyle," dedi Evelyn. "Ama o şarkı daha çok, geçmişte yaşamadığın şeyler için pişman olmamakla ilgili. Benim demek istediğimse, bugün olsa yine çoğunlukla aynı kararları vereceğim. Daha açık olmak gerekirse, pişman olduğum şeyler *var*. Sadece... gerçekten ahlaksızca şeyler değiller. Söylediğim yalanların ya da kırdığım insanların çoğu için pişmanlık duymuyorum. Kimi zaman doğru olanı yapmanın hoş görünmediği gerçeğiyle bir sorunum yok. Ayrıca kendime merhamet gösteriyorum. Kendime güveniyorum. Mesela biraz önce, evdeyken günahları itiraf etmekten bahsettiğinde sana çıkışmamı ele alalım. Hoş bir şey değildi ve hak ettiğinden de emin değilim. Ama bunu yaptığım için pişman değilim. Çünkü kendime göre nedenlerim olduğunu biliyorum ve buna neden olan bütün düşünce ve hisler doğrultusunda elimden gelenin en iyisini yaptım."

"*Günah* sözcüğüne içerledin çünkü senin üzgün ve pişman olduğunu ima ediyordu."

Salatalarımız geldi. Troy hiçbir şey söylemeden Evelyn'inkinin üzerine biber öğütmeye başladı ve Evelyn gülümseyerek elini kaldırana kadar durmadı. Ben biber istemedim.

"Bir şey için üzülebilirsin ama bu ondan pişmanlık duymanı gerektirmez," dedi Evelyn.

"Kesinlikle," dedim. "Anlıyorum. Umarım ileriye dönük olarak aynı görüşte olduğumuzu düşünür, bana inanmaya karar verirsin. Üzerinde konuştuğumuz şey çeşitli şekillerde yorumlanabilecek olsa bile..."

Evelyn çatalını aldı ama kullanmadı. "Vasiyetimi ellerinde tutacak bir gazeteciyle konuşurken net olmayı ve söylediğim her şeyin kesin olmasını oldukça önemli buluyorum," dedi Evelyn. "Eğer sana bütün hayatımı anlatacaksam, gerçekten neler olduğunu, tüm evliliklerimin ardındaki gerçekleri, çektiğim filmleri, sevdiğim, yattığım, kırdığım, kendimden ödün verdiğim insanları ve tüm bunların bende bıraktıklarını anlatacaksam, beni *anlayacağından* emin olmam gerek. *Tam olarak* sana anlatmaya çalıştığım şeyi dinleyeceğinden ve hikâyeme kendi varsayımlarını katmayacağından emin olmalıyım."

Yanılmıştım. Bu konuşma Evelyn için önemsiz değildi. Evelyn, çok önemli meseleler hakkında sıradan şeylermiş gibi konuşabiliyordu. Ama şimdi, tam da şu anda, böylesine spesifik noktalara değinmek için zaman harcadığını görünce, bunun *gerçek* olduğunu kavramaya başlamıştım. Gerçekten oluyordu. Gerçekten bana yaşam öyküsünü anlatmayı düşünüyordu. Kariyerinin, evliliklerinin ve imajının ardındaki kumlu gerçekleri içerdiği su götürmez bir hikâye. Kendini gerçekten inanılmaz savunmasız bir durumda bırakacaktı. Bana çok büyük bir güç veriyordu. Bu gücü *neden* bana verdiğini bilmiyordum. Ama o gücün bana *verildiği* gerçeğini değiştirmiyordu bu. Şimdi bana düşen, buna değer olduğumu, bu güce saygıyla yaklaşacağımı Evelyn'e göstermekti.

Çatalımı bıraktım. "Kesinlikle haklısın. Düşünmeden konuştuysam gerçekten özür dilerim."

Evelyn elini salladı. "Düşünmeden konuşmak kültürün bir parçası artık. Yeni moda bu."

"Birkaç soru daha sormamda bir sakınca var mı? Genel durumu kafamda oturttuktan sonra yalnızca söylediklerine ve anlatmak istediklerine odaklanacağıma söz veriyorum. Kendini öyle anlaşılmış hissedeceksin ki sırlarını korumak için benden daha uygun hiç kimse aklına gelmeyecek."

İçtenliğim kısacık bir an da olsa gardını düşürmesine neden oldu. "Başlayabilirsin," dedi salatasından bir çatal alırken.

"Eğer bu kitabı sen vefat ettikten sonra yayımlayacaksam ne tür bir finansal kazanç bekliyorsun?"

"Benim için mi, senin için mi?"

"Seninle başlayalım."

"Hiçbir şey. Unutma, ölmüş olacağım."

"Söylemiştin."

"Sıradaki soru."

Planlı bir hareketle öne doğru eğildim. "Kendimi böyle kaba bir duruma sokmaktan nefret ediyorum ama nasıl bir zamanlama öngörüyorsun? Bu kitabı yıllarca elimde mi tutacağım? Yani sen..."

"Ölene kadar mı?"

"Yani... evet," dedim.

"Sıradaki soru."

"Ne?"

"Sıradaki soru lütfen."

"Bu sorumu cevaplamadın ki."

Evelyn sessiz kaldı.

"Pekâlâ, o hâlde benim maddi kazancım ne olacak?"

"Çok daha ilgi çekici bir soru. Hem bunu sorman neden bu kadar uzun sürdü merak ediyorum doğrusu."

"Sordum işte."

"Sen ve ben, önümüzdeki... Bu iş ne kadar sürecekse o kadar zaman görüşeceğiz ve sana her şeyi, tamamen her şeyi anlatacağım. Sonra ilişkimiz bitecek. Duyduğun her şeyi bir kitap hâline getirmekte özgür olacaksın. Ya da belki de mecbur olacaksın demeliyim. Ve bu kitabı en yüksek teklifi verene satabileceksin. Bu noktada gerçekten yüksek bir tekliften bahsediyorum. Acımasız bir pazarlığa oturman konusunda ısrarcıyım, Monique. Beyaz bir adama verecekleri ücreti al onlardan. Bunu başardıktan sonra, her bir kuruşu senin olacak."

"Benim mi?" dedim şaşkınlıkla.

"Biraz su iç istersen. Birazdan bayılacakmış gibi duruyorsun."

"Evelyn, senin hayatınla ilgili izin alınmış bir biyografiden bahsediyoruz. Yedi evliliğinin hepsini anlattığın bir kitaptan..."

"Evet?"

"Böyle bir kitap milyonlarca dolar eder. Hiç pazarlık yapmasam bile..."

"Ama yapacaksın," dedi Evelyn suyundan bir yudum alarak. Kendinden oldukça memnun görünüyordu.

Artık *o* soruya sıra gelmişti. Çok uzun zamandır etrafında dolanıyorduk. "Peki, Tanrı aşkına, neden benim için böyle bir şey yapıyorsun?"

Evelyn başını salladı. Bu soruyu bekliyordu. "Şimdilik, bunu bir hediye gibi düşün."

"Ama neden?"

"Sıradaki soru."

"Ciddiyim."

"Ben de ciddiyim, Monique, sıradaki soru."

Çatalımı yanlışlıkla fildişi rengi masa örtüsünün üzerine düşürdüm. Salata sosunun yağı kumaşa bulaşarak daha koyu ve daha şeffaf bir alan oluşturdu. Söğüş salata lezzetliydi ama çok soğanlıydı. Nefesimdeki ısının etrafımdaki boşluğa yayıldığını hissedebiliyordum. Neler dönüyordu?

"Nankörlük etmek gibi bir niyetim yok ama sanırım tüm zamanların en ünlü aktrislerinden birinin neden beni biyografi yazarı olarak seçtiğini ve bana hikâyesi üzerinden milyonlarca dolar kazanma fırsatı sunduğunu bilmek hakkım."

"*The Huffington Post* otobiyografimi on iki milyon dolara satabileceğimi yazmıştı."

"Yüce Tanrım!"

"Meraklılar öğrenmek istedi sanırım."

Evelyn'in bu kadar eğlenmesi, beni şaşırtmaktan keyif alırmış gibi görünmesi tüm bunların, en azından bir dereceye kadar bir güç oyunu olduğunu gösteriyordu. Başka insanların yaşamını değiştirecek konularda şövalyelik yapmayı seviyordu. Gücün tanımı da bu değil miydi zaten? Senin için hiçbir anlamı olmayan şeyler yüzünden insanların kendilerini öldürmelerini izlemek?

"On iki milyon çok para, beni yanlış anlama ama..." dedi, cümleyi tamamlamasına gerek kalmadan ben kafamda tamamlamıştım bile. *Benim için pek bir şey değil.*

"Ama Evelyn, yine de neden? Neden ben?"

Evelyn yüzünde tahammül gösterdiğini belirten bir ifadeyle bana baktı. "Sıradaki soru."

"Bütün saygımla belirtiyorum ki bu konuda pek adil davranmıyorsun."

"Sana bir servet kazanma ve alanında aniden yükselme şansı sunuyorum. Adil olmak zorunda değilim. Hele senin adil tanımın buysa hiç!"

Bir yandan üzerinde düşünülmesine bile gerek olmayan bir karar gibi görünüyordu. Ama bir yandan da Evelyn bana somut hiçbir şey vermemişti. Ayrıca bir hikâyeyi kendi çıkarlarım için çalmaktan işimi kaybedebilirdim. O iş, şu anda sahip olduğum tek şeydi. "Düşünmek için biraz zamanım var mı?"

"Ne hakkında düşüneceksin?"

"Tüm bunlar hakkında."

Evelyn'in gözleri belli belirsiz kısıldı. "Tanrı aşkına, bunda düşünecek ne var?"

"Seni kırdıysam özür dilerim," dedim.

Evelyn sözümü kesti. "Beni *kırmadın*." Onu kızdırabileceğimi düşünmemin onu kızdırdığının oldukça net bir ifadesi.

"Düşünmem gereken pek çok yönü var," dedim. Kovulabilirdim. O vazgeçebilirdi. Bu kitabı ilgi çekecek şekilde yazmayı başaramayabilirdim.

Evelyn beni daha iyi duymak istermiş gibi öne doğru eğildi. "Mesela?"

"Mesela *Vivant*'la nasıl baş edeceğim? Seninle özel bir röportaj yapacağımı düşünüyorlar. Şu anda fotoğrafçılarla görüşüyorlardır."

"Thomas Welch'e hiçbir şey için söz vermemesini söyledim. Kapak hikâyesi konusunda çılgınca varsayımlarda bulunmaları onların sorunu."

"Ama benim de sorunum. Çünkü artık onlarla ilerlemek gibi bir niyetin olmadığını biliyorum."

"Ee?"

"Ee'si, ben ne yapacağım? Ofise dönüp patronuma *Vivant*'la görüşmeyeceğini, onun yerine birlikte bir kitap yazmaya karar verdiğimizi mi söyleyeceğim? Arkalarından iş çevirmişim, mesai saatlerimi onların hikâyesini çalmak için kullanmışım gibi görünecek."

"Bu gerçekten de benim sorunum değil," dedi Evelyn.

"İşte bu yüzden düşünmem gerek. Çünkü *benim* sorunum."

Evelyn beni anlamıştı. Su bardağını masaya bırakıp doğruca gözlerimin içine bakmasına ve dirseklerine dayanarak öne eğilmesine bakarak söyleyebilirdim ki beni ciddiye alıyordu. "Eline, hayatta bir kez karşına çıkabilecek bir fırsat geçti, Monique. Bunu görebiliyorsun, değil mi?"

"Elbette."

"O hâlde kendine bir iyilik yap ve hayatı taşaklarından yakalamayı öğren, tatlım. Yapılacak en zekice hareket karşında dururken doğru olanı yapmaya çalışarak elini kolunu bağlama."

"Bu konuda işverenlerime karşı dürüst olmam gerektiğini düşünmüyor musun? Onlara kazık atmaya çalıştığımı düşünecekler."

Evelyn başını iki yana salladı. "Ekibim özellikle seni istediğinde, şirketin daha üst düzey birilerinin ismini sundu. Ya sana konuşacağımı ya da kimseyle konuşmayacağımı açıkça ifade ettiğimde ancak seni göndermeyi kabul ettiler. Bunu neden yaptılar biliyor musun?"

"Çünkü benim bu işi kıvıra—"

"Çünkü bir iş yönetiyorlar. Sen de öyle. Şu an ise senin işin tavan yapmak üzere. Yapman gereken bir seçim var. Birlikte bir kitap yazıyor muyuz, yazmıyor muyuz? Şunu bil ki, eğer bu kitabı sen yazmayacaksan, işi başka birine vermeyeceğim. Hikâye de benimle birlikte ölecek."

"Hayat hikâyeni neden yalnızca *bana* anlatıyorsun? Beni tanımıyorsun bile. Bu çok mantıksız."

"Sana mantıklı gelecek şekilde davranmak gibi bir zorunluluğum yok."

"Neyin peşindesin, Evelyn?"

"Çok fazla soru soruyorsun."

"Seninle röportaj yapmak için buradayım."

"Yine de." Suyundan bir yudum aldı, yutkundu, sonra gözlerimin içine baktı. "Birlikte geçireceğimiz süre boyunca hiçbir soru sormayacaksın," dedi. "İşimiz bitmeden önce öğrenmek istediğin ne varsa anlatmış olacağım, söz. Ama aklındaki soruları kendim istediğim zaman yanıtlayacağım, bir dakika bile önce olmaz. İpler benim elimde olacak."

Onu dinledim ve üzerinde düşündüm. Şartları ne olursa olsun bunu kabul etmemek için tam bir ahmak olmak gerekirdi. David'i San Fransisco'ya gönderip New York'ta kalmam, Özgürlük Heykeli'ni sevmemden değildi. Kalmıştım çünkü olabildiğince yükselmek istiyordum. Kalmıştım çünkü günün birinde adımı, babamın bana verdiği adı büyük, kalın puntolarla yazılmış görmek istiyordum. Fırsat karşımda duruyordu.

"Tamam," dedim.

"Tamam o hâlde. Bunu duyduğuma sevindim." Evelyn'in omuzları gevşedi. Yeniden suyunu eline alarak gülümsedi. "Monique, sanırım seni sevdim," dedi.

Derin bir nefes aldım ve ancak o an nefes alıp verişimin ne kadar zayıflamış olduğunu fark ettim. "Teşekkürler, Evelyn. Bu benim için çok değerli."

4

Yeniden Evelyn'in evinin antresindeydik. "Yarım saat sonra ofisimde buluşalım."

Evelyn koridor boyunca yürüyüp gözden kaybolurken, "Tamam," dedim. Montumu çıkarıp portmantoya astım.

Bu süreyi Frankie'ye bilgi vermek için kullanmalıydım. Onu biraz daha bilgilendirmezsem peşime düşerdi.

Yalnızca bu işin üstesinden nasıl geleceğime karar vermem gerekiyordu. Bu fırsatı elimden almaya çalışmayacağından nasıl emin olabilirdim?

Sanırım tek seçeneğim, her şey plana uygun ilerliyormuş gibi davranmaktı. Tek planım yalan söylemekti.

Derin bir nefes aldım.

Çocukluğuma ait en eski anılarımdan biri, annemle babamın beni Malibu'daki Zuma Plajı'na götürüşüydü. Mevsimlerden bahardı sanırım. Su henüz yeterince ısınmamıştı.

Annem kumlarda kalarak örtümüzü serip şemsiyemizi kurmuştu. Babamsa beni kaptığı gibi kıyıya doğru koşmuştu. Onun kollarında kendimi ne kadar hafif hissettiğimi hatırlıyordum. Sonra ayaklarımı suya değdirmişti. Çok soğuk olduğunu söyleyerek ağlamaya başlamıştım.

Babam da benimle aynı fikirdeydi. Su soğuktu. Ama sonra, "Yalnızca beş kez nefes al. Bittiğinde o kadar soğuk gelmeyeceğine bahse girerim," demişti.

Babamın ayağını suya sokuşunu, nefes alışını izlemiştim. Ben de ayağımı suya sokarak onunla birlikte nefes almıştım. Tabii ki haklıydı. Artık o kadar da soğuk değildi.

O günden sonra ne zaman ağlayacak gibi olsam babam benimle birlikte nefes aldı. Dirseğim sıyrıldığında, kuzenim bana Oreo dediğinde, annem köpek alamayacağımızı söylediğinde babam yanıma oturur, benimle birlikte nefes alırdı. O anları düşünmek bunca yıl sonra bile canımı acıtabiliyordu.

Ama şimdi, tam burada, Evelyn'in antresinde nefes almaya devam ediyor, babamın bana öğrettiği gibi yoğunlaşıyordum.

Sakinleştiğimi hissedince telefonumu çıkarıp Frankie'nin numarasını tuşladım.

"Monique." İkinci çalışta açtı. "Anlat hadi, nasıl gidiyor?"

"İyi gidiyor," dedim, sesimin ne kadar düz çıktığına şaşırarak. "Evelyn bir ikondan bekleyebileceğin her şeyi taşıyor. Hâlâ muhteşem. Her zamanki gibi karizmatik."

"Ve?"

"Ve işler yolunda."

"Elbiseler haricinde bir şeylerden de bahsedecek mi?"

Kıçımı kurtarmak için ne söyleyebilirdim? "Biliyorsun, açık artırmanın basında yer bulmasını istiyor, onun dışında ketum. Şimdilik iyi çocuğu oynayıp, zorlamaya başlamadan önce güvenini kazanmaya çalışıyorum."

"Kapak için poz verecek mi?"

"Konuşmak için erken. Güven bana, Frankie," dedim. Bunun ağzımdan bu denli içten çıkmasından iğrendim. "Bunun ne kadar önemli olduğunu biliyorum. Ama şu an yapabileceğim en iyi şey, Evelyn'e kendimi sevdirdiğimden emin olmak. Böylece onu etkileyeceğim ve istediğimizin arkasında duracak gücüm olacak."

"Tamam," dedi Frankie. "Açıkçası elbiselerle ilgili birkaç sözden daha fazlasını istiyordum ama yine de diğer dergiler on yıllardır ondan bu kadarını bile alamadı..." Frankie konuşmasını sürdürdü ama ben dinlemeyi bırakmıştım. Frankie'nin o kısa açıklamaları bile alamayacağı gerçeğine fazlasıyla odaklanmıştım.

Bense çok ama çok daha fazlasını alacaktım.

"Gitmem gerek," diyerek izin istedim. "Birkaç dakikaya devam edeceğiz."

Telefonu kapatıp tuttuğum soluğu verdim. *Bu vartayı atlattık.*

Evin içinde ilerlerken mutfaktan Grace'in sesini duydum. Kapıyı açtığımda çiçeklerin saplarını kestiğini gördüm.

"Böldüğüm için özür dilerim. Evelyn onunla çalışma odasında buluşmamı istedi ama odanın nerede olduğunu bilmiyorum."

"Ah," dedi Grace, makası bırakıp ellerini bir havluya silerken. "Sana göstereyim."

Peşinden merdivenleri çıktım ve Evelyn'in çalışma odasına girdik. Duvarlar çarpıcı bir kömür grisine boyanmıştı, yerdeki halı altına çalan bir bej tonundaydı. Geniş pencereler koyu mavi perdelerle örtülmüştü. Karşı tarafındaysa gömme kitaplık vardı. Devasa bir cam masanın karşısında gri-mavi bir kanepe duruyordu.

Grace gülümseyerek çıkıp Evelyn'i beklemem için beni yalnız bıraktı. Çantamı kanepeye bırakıp telefonuma baktım.

"Sen masaya geç," dedi Evelyn, içeri girerken. Bana bir bardak su uzattı. "Sanırım en uygunu benim anlatmam, senin de yazman."

"Sanırım," dedim masanın ardındaki sandalyeye otururken. "Daha önce hiç biyografi yazmaya kalkmamıştım. Ne de olsa bir biyografi yazarı değilim."

Evelyn bana manidar bir bakış attı. "Sana bir şey anlatayım. On dört yaşındaydım, annem ölmüştü, babamla yaşıyordum. Büyüdükçe babamın beni bir arkadaşıyla, patronuyla ya da durumunu düzeltmesine yardım edecek herhangi biriyle evlendirmeye kalkmasının an meselesi olduğunu fark ettim. Dürüst olmak gerekirse, gelişip serpildikçe babamın da benden faydalanmayacağı düşüncesi kesinliğini giderek yitiriyordu.

"O kadar meteliksizdik ki üst kattaki dairenin elektriğini kaçak olarak kullanıyorduk. Bizim evde onların elektrik devresine bağlı bir priz vardı. Bir şeyi kullanmamız gerektiğinde fişini oraya takıyorduk. Hava karardıktan sonra ödev yapmam gerekirse o prize bir lamba takıyor, kitabımla birlikte altına oturuyordum.

"Annem bir azizeydi. Gerçekten öyleydi. Çarpıcı bir güzelliği vardı, inanılmaz bir şarkıcıydı ve altın gibi bir kalbi vardı. Ölmeden önce bana hep Hell's Kitchen'dan kurtulacağımızı ve doğruca Hollywood'a gideceğimizi söylerdi. Dünyanın en ünlü kadını olacağını, bize deniz kenarında bir malikâne alacağını söylerdi. Ben de ikimizin öyle bir evde yaşadığını, partiler verip şampanya içtiğimizi hayal ederdim. Sonra o öldü. Bir rüyadan uyanmak gibiydi. Birdenbire o hayallerin hiçbirinin gerçekleşmeyeceği bir dünyada buldum kendimi. Sonsuza dek Hell's Kitchen'a tıkılıp kalacaktım.

"On dördümdeyken göz kamaştırıcıydım. Ah, dünyanın, gücünün farkında olmayan kadınları tercih ettiğini biliyorum ama tüm bunlardan çok sıkıldım. İnsanların başını döndürürdüm. Bununla gurur duymuyorum, hayır. Kendi yüzümü ben çizmedim. Kendime bu vücudu ben vermedim. Ama burada oturup da faziletli biriymiş gibi, 'Ah, kahretsin! İnsanlar gerçekten güzel olduğumu mu düşünüyordu?' demeyeceğim.

"Arkadaşım Beverly ile aynı binada oturan Ernie Diaz diye bir çocuk vardı. Elektrikçiydi. O da MGM'den birini tanıyordu. En azından öyle bir söylenti vardı. Bir gün Beverly bana gelip Ernie'nin Hollywood için bir ışık işi aldığını söyledi. Ben de o hafta sonu Beverly'ye uğramak için bir bahane bulup 'yanlışlıkla' Ernie'nin kapısını çaldım. Beverly'nin evini gayet iyi biliyordum ama Ernie'nin kapısını çalıp 'Beverly Gustafson'ı gördün mü?' diye sordum.

"Ernie yirmi iki yaşındaydı. Kesinlikle yakışıklı değildi ama yüzüne bakılmayacak gibi de değildi. Bana Beverly'yi görmediğini söyledi. O beni izlerken ben de ona bakıyordum. Benim gözlerime takılan, oradan aşağı inerek en sevdiğim yeşil elbisemin içindeki bedenimin her bir noktasında gezinen gözlerini izledim.

"Ernie az sonra, 'Canım, on altı yaşında mısın?' diye sordu. Hatırla, on dört yaşındaydım. Ama ne yaptım biliyor musun? 'Yeni girdim,' dedim."

Evelyn bana anlamlı bir bakış attı. "Ne demek istediğimi anlıyor musun? Eğer karşına hayatını değiştirecek bir fırsat çıktıysa, o fırsatı kaçırmamak için ne yapman gerekiyorsa yapmaya hazır olmalısın. Dünya sana isteklerini vermez, sen onları alırsın. Benden öğreneceğin bir şey varsa, bu olmalı."

Vay canına! "Tamam," dedim.

"Daha önce hiç biyografi yazmamış olabilirsin ama şimdi başlıyorsun."

Başımı salladım. "Anladım."

"Güzel," dedi Evelyn koltukta gevşeyerek. "Peki, nereden başlamak istersin?"

Not defterimi alıp son birkaç sayfaya karaladığım sözcüklere baktım. Tarihler, film isimleri, klasik fotoğraflarına referanslar, sonlarına soru işareti eklenmiş dedikodular. Sonra büyük harflerle yazıp kalemimle üzerinden tekrar tekrar geçtiğim, kâğıdın dokusunu bozana kadar her harfini koyulaştırarak yazdığım "Evelyn'in hayatının aşkı kim???" sorusu.

Bu büyük bir soruydu. Kitabın kancasıydı.

Yedi koca.

En çok hangisini sevmişti? *Gerçek* olan hangisiydi?

Hem bir gazeteci hem de okur olarak öğrenmek istediğim buydu. Kitabın başlangıç noktası olmasa da buradan başlayabilirdik. Evliliklerinin içinde en önemlisinin hangisi olduğunu öğrenmek istiyordum.

Başımı kaldırıp Evelyn'e baktığımda doğrulmuş beni beklediğini gördüm.

"Hayatının aşkı kimdi? Harry Cameron mı?"

Evelyn biraz düşündü, sonra acele etmeden yanıt verdi. "Senin kastettiğin anlamda değil, hayır."

"Hangi anlamda peki?"

"Harry benim en iyi arkadaşımdı. Beni o keşfetti. Beni koşulsuz seven tek insandı. Benim de en saf duygularla sevdiğim tek insandı sanırım. Kızımdan sonra tabii. Ama hayır, hayatımın aşkı değildi."

"Neden?"

"Çünkü hayatımın aşkı başka biriydi."

"Peki, hayatının aşkı *kimdi* o zaman?"

Evelyn bu soruyu bekliyormuş gibi, sanki her şey tam da onun beklediği şekilde gelişiyormuş gibi başını onaylarcasına salladı. Sonra birden başını iki yana sallamaya başladı. "Biliyor musun?" dedi ayağa kalkarak. "Saat biraz geç oldu. Sence de öyle değil mi?"

Saatime baktım. İkindi vaktiydi. "Öyle mi?"

"Bence öyle," dedi. Bana, ardımdaki kapıya doğru yürüdü.

"Tamam," dedim ben de onu karşılamak için ayağa kalkarak.

Evelyn kolunu omzuma koyarak beni koridora doğru yönlendirdi. "Pazartesi görüşelim. Olur mu?"

"Şey... Elbette. Evelyn, seni kıracak bir şey mi söyledim?"

Evelyn beni merdivenlere yöneltti. "Hiç de değil," dedi korkularımı savuşturarak. "Hiç de değil."

Havada tam olarak tanımlayamadığım bir gerilim vardı. Evelyn antreye kadar bana eşlik etti. Portmantonun kapağını açtı. Uzanıp montumu aldım.

"Yine burada?" dedi Evelyn. "Pazartesi sabahı? On gibi diyelim mi?"

"Olur," dedim kalın montumu omuzlarıma geçirirken. "Sen nasıl istersen."

Evelyn başını salladı. Bakışları bir an omzumun üzerinden arkaya yöneldi ama özel bir şeye bakıyormuş gibi görünmüyordu. Sonra ağzını açtı. "Gerçeğin etrafına ağlar örmeyi öğrenmek için çok zaman harcadım," dedi. "O ördüğüm ağı sökmek biraz zor. O işte epey iyiydim. Ama şimdi gerçeği *nasıl* anlatacağımdan emin değilim. Bu konuda pek pratiğim yok. Yaşam biçimime aykırıymış gibi geliyor. Ama başaracağım."

Nasıl cevap vermem gerektiğini bilemeyerek başımı salladım.
"O zaman... Pazartesi?"

"Pazartesi," dedi Evelyn uzun uzun gözlerini kırpıştırıp başıyla onaylayarak. "O zamana kadar hazır olacağım."

Serin havada metroya doğru yürüdüm. Tıklım tıklım dolu bir araca sıkışıp başımın üzerindeki tutamağa tutundum. Evime doğru ilerledim, ön kapıyı açtım.

Kanepeme oturup dizüstü bilgisayarımı açtım ve birkaç e-postayı cevapladım. Yiyecek bir şeyler sipariş etmek için ayağa kalktım. İşte ancak o zaman sehpanın artık olmadığını hatırladım. David gittiğinden beri ilk kez, bu eve girer girmez David'i düşünmemiştim.

Bütün hafta sonu, cuma gecesi, dışarıda geçirdiğim cumartesi gecesi ve parktaki pazar sabahı boyunca zihnimde dönüp duran şey, *Evliliğim neden başarısız oldu?* değil de, *Evelyn Hugo kime âşıktı?* oldu.

5

Bİ̇R KEZ DAHA EVELYN'İN çalışma odasındaydım. Pencereden içeri giren güneş Evelyn'in yüzünü öyle bir aydınlatıyordu ki sağ tarafı hiç görünmüyordu.

Gerçekten yapıyorduk. Evelyn ve ben. Özne ve biyografi yazarı. İşte başlıyordu.

Siyah tayt ile düğme yaka, lacivert bir erkek gömleği giymiş, kemer takmıştı. Bense her zamanki gibi kot, tişört ve spor ceket giymiştim. Bütün gün ve gerekirse bütün gece burada kalma niyetiyle giyinmiştim. O anlatmaya devam ettikçe ben burada dinleyecektim.

"Evet," dedim.

"Evet," dedi Evelyn. Sesi beni devam etmeye teşvik eder gibiydi.

O, kanepede otururken benim onun masasında oturmam biraz karşı taraflarmışız gibi hissettiriyordu. Bense onun aynı tarafta yer aldığımızı hissetmesini istiyordum. Çünkü öyleydik, değil mi? Ama söz konusu Evelyn ise bundan asla emin olunamayacağı izlenimine kapılmıştım.

Gerçekten doğruyu söyleyebilir miydi? Bunu yapabilir miydi?

Kanepenin yanındaki koltuğa oturdum. Kucağımda defterim, elimde kalemimle öne doğru eğildim. Telefonumu çıkarıp ses kayıt uygulamasını açarak kayıt tuşuna bastım.

"Hazır olduğuna emin misin?" diye sordum.

Evelyn başıyla onayladı. "Sevdiğim herkes artık ölü. Koruyacağım kimse kalmadı. Kendimden başka yalan söyleyecek kimse kalmadı. İnsanlar sahte hayat hikâyemin girift detaylarını yakından takip etti. Ama hayır... Ben hiç... Gerçek hikâyeyi bilmelerini istiyorum. Gerçek beni."

"Pekâlâ," dedim. "O hâlde bana gerçek seni göster. Ben de dünyanın anlamasını sağlayayım."

Evelyn bana bakıp hafifçe gülümsedi. Duymak istediği şeyi söylemiştim. Neyse ki içimden gelmişti.

"Kronolojik olarak ilerleyelim," dedim. "Bana ilk kocandan, seni Hell's Kitchen'dan çıkaran Ernie Diaz'dan bahset."

"Peki," dedi Evelyn başıyla onaylayarak. "İyi bir başlangıç noktası."

ZAVALLI
ERNIE DIAZ

◆ ◆ ◆

6

Annem Broadway'de koro kızıydı. On yedisinde babamla birlikte Küba'dan göç etmiş. Büyüdüğüm zaman, *koro kızı*'nın aynı zamanda fahişeliği adlandırmak için de kullanılan bir şey olduğunu öğrendim. Annem fahişelik yaptı mı yapmadı mı bilmiyorum. Yapmadığını düşünmek istiyorum. Utanılacak bir şey olduğundan değil, hayır. Ama istemediğin birine bedenini vermenin nasıl bir şey olduğu hakkında bir şeyler biliyorum. Umarım bunu yapmak zorunda kalmamıştır.

Zatürreden öldüğünde on bir yaşındaydım. Onunla ilgili çok anım yok yani. Ama ucuz vanilya koktuğunu ve harika *caldo gallego** yaptığını hatırlıyorum. Bana asla Evelyn demezdi, hep *mija*** derdi. Bu da bana kendimi özel hissettirirdi. Sanki ben ona aitmişim, o da bana aitmiş gibi. Annemin en çok istediği şey bir film yıldızı olmaktı. Filmlere kapağı atarsa bizi oradan çıkarıp babamdan uzaklaştırabileceğine gerçekten inanıyordu.

Ona benzemek istiyordum.

Sık sık keşke ölüm döşeğindeyken etkileyici bir şeyler söylemiş olsaydı diye düşünürüm. Her zaman benimle olacak bir şeyler. Ama ölene kadar hastalığının ne kadar ciddi olduğunu bilmiyor-

---

* Sözlük anlamı Galiçya Çorbası olan İspanyolca bir ifade. Lahana, kara lahana, kuru fasulye, patates gibi çeşitli ve tarife göre değişen malzemelerden yapılır. –*çn*
** İspanyolcada "benim kızım" anlamına gelen "mi hija" ifadesinin kısaltması. –*çn*

duk. Bana söylediği son şey, *Dile a tu padre que estaré en la cama*, oldu. "Babana söyle, yatakta olacağım."

O öldükten sonra yalnızca duşta, kimsenin beni görüp duyamayacağı, gözyaşlarımla su damlacıklarını ayırt edemeyeceğim bir yerde ağlamaya başladım. Neden öyle yaptığımı ben de bilmiyorum. Tek bildiğim, ancak birkaç ay sonra ağlamadan duş almayı başardığımdı.

Ve annemin ölümünden sonraki yaz, vücudum gelişmeye başladı.

Göğüslerim büyüyordu ve bir türlü durmuyordu. On iki yaşına geldiğimde bana uygun bir sutyen var mı diye annemin eski eşyalarını karıştırmam gerekti. Bulduğum tek sutyen bana küçüktü ama yine de kullandım.

On üç yaşına geldiğimde boyum 172 santim olmuştu. Koyu kahverengi parlak saçlarım, uzun bacaklarım, hafif bronz bir tenim ve elbiselerimin düğmelerini zorlayan göğüslerim vardı. Yetişkin adamlar bile ben sokaktan geçerken beni izliyordu. Aynı binada oturan bazı kızlar artık benimle takılmak istemiyordu. Zor, insanı yalnız bırakan bir durumdu. İstismarcı bir baba, annesizlik, arkadaşsızlık ve bedenimde zihnen henüz hazır olmadığım bir cinsellik.

Köşedeki ıvır zıvır mağazasının kasiyeri Billy denen şu çocuktu. Okulda yanımda oturan kızın on altı yaşındaki ağabeyi. Bir ekim günü biraz şeker almak için mağazaya gittiğimde beni öptü.

Beni öpmesini istemiyordum. Onu ittim ama kolumu tuttu.

"Yapma ama," dedi.

Dükkân boştu. Kolları güçlüydü. Beni daha sıkı tuttu. O an, ben izin versem de vermesem de benden istediğini alacağını anlamıştım.

İki seçeneğim vardı. Ya karşılıksız boyun eğecektim ya da bedava şeker karşılığında.

Sonraki üç ay boyunca o mağazadan istediğim her şeyi aldım. Karşılığında da her cumartesi akşamı Billy'yle görüşerek gömleğimi çıkarmasına izin verdim. O konuda bir seçim şansım olduğunu hiç hissetmedim. İstenmek, tatmin etmek zorunda olmak anlamına geliyordu. En azından o zamanlar öyle düşünüyordum.

Bir gün karanlık, sıkış tepiş depoda, tahta bir sandığa dayanmış dururken, "Benim üzerimde böyle bir gücün var," dediğini hatırlıyorum.

Kendini, beni arzulamasının benim hatam olduğuna inandırmıştı.

Ben de ona inanmıştım.

Şu zavallı oğlanlara ne yaptığıma baksana, diye düşünüyordum. Tabii bir de, *İşte benim değerim, gücüm*, diye.

Beni bir kenara attığında –benden sıkıldığı, daha heyecan verici birini bulduğu için– hem derin bir rahatlama duymuş hem de başarısızlığa uğramışım gibi hissetmiştim.

Yapmam gerektiğini düşündüğüm için karşısında gömleğimi çıkardığım bir çocuk daha vardı. Sonra seçim yapan taraf olabileceğimi fark etmeye başladım.

Kimseyi istemiyordum, problem buydu. Tamamen körelmek için hemen kendi vücudumu çözmeye başladım. İyi hissetmek için oğlanlara ihtiyacım yoktu. Bunun farkında varmak bana büyük bir güç kazandırdı. Cinsel olarak kimseye ilgi duymuyordum. Ama istediğim *bir şey* vardı.

Hell's Kitchen'dan kurtulmak istiyordum.

Evden, babamın bayat tekila kokan nefesinden ve ağır elinden uzaklaşmak istiyordum. Bana bakacak birini istiyordum. Güzel bir ev ve para istiyordum. Yaşamımdan çok, çok uzaklara kaçmak istiyordum. Annemin günün birinde gideceğimize söz verdiği yere gitmek istiyordum.

Hollywood meselesi buydu işte. Hem bir mekân hem de bir histi o. Eğer oraya gidersen, Güney California'ya da gidebilirdin. Güneşin daima parladığı, kasvetli binaların ve çamurlu kaldırımların yerini palmiye ağaçlarına ve portakal bahçelerine bıraktığı o bölgeye. Ama aynı zamanda filmlerde resmedilen bir yaşam biçimine de.

Ahlaklı ve adil bir dünyaya, iyi adamların kazanıp kötü adamların kaybettiği, yüzündeki acının yalnızca seni daha güçlü kıldığı, böylece sonunda daha fazlasını kazanabileceğin bir dünyaya kaçmak demekti.

Yaşamın sırf göz kamaştırıcı hâle geldiği için kolaylaşmadığını anlamam yıllarımı aldı. Ama on dördümdeyken beni buna hayatta inandıramazdınız.

Böylece en sevdiğim yeşil elbisemi giydim. Artık bana küçük gelmeye başlayan o elbiseyi. Ve Hollywood'a gideceğini duyduğum çocuğun kapısını çaldım.

Yalnızca yüzüne bakarak Ernie Diaz'ın beni gördüğüne memnun olduğunu söyleyebilirdim.

Bekâretimi bunun karşılığında verdim işte. Hollywood'a bir bilet.

Ernie ile 14 Şubat 1953'te evlendik. Evelyn Diaz adını aldım. Henüz on beş yaşındaydım ama babam belgeleri imzalamıştı. Ernie'nin reşit olmadığımdan şüphelendiğini sanıyorum. Ama bu konuda yüzüne karşı yalan söylemiştim, bu da ona yetmişti. Çirkin biri değildi ama özel bir çekiciliği de yoktu. Güzel bir kızla evlenmek için pek şansı olmayacaktı. Sanırım o da bunu biliyordu. En azından karşısına böyle bir şans çıktığında bunu kaçırmayacak kadar biliyordu.

Birkaç ay sonra Ernie'nin 49 model Playmouth'una atlayıp batıya doğru yol aldık. Ernie set teknisyeni olarak çalışmaya başladığında onun arkadaşlarıyla kalıyorduk. Çok geçmeden kendi dairemize çıkacak kadar para biriktirdik. Detroit Caddesi ve De Longpre'deydik. Yeni kıyafetlerim vardı artık. Hafta sonları rosto pişirecek kadar da param.

Liseyi bitirmem gerekiyordu ama Ernie elbette karnemi kontrol edecek değildi. Ben de okulun zaman kaybından başka bir şey olmadığını biliyordum. Hollywood'a tek bir şey için gelmiştim ve onu yapacaktım.

Okula gitmek yerine her öğlen Formosa Cafe'ye gidip indirimli içki saati boyunca orada takıldım. Mekânı dedikodu haberciliği yapan gazetelerden biliyordum. Ünlü insanların orada takıldığından haberdardım. Bir film stüdyosunun hemen yanındaydı zaten.

O yalın yazılı, siyah tenteli kırmızı bina, her gün uğradığım bir yer olmuştu. Bunun vasat bir hamle olduğunu biliyorum ama elimdeki tek hamle oydu. Aktris olmak istiyorsam keşfedilmeliydim. Bunun film insanlarının bulunabileceği yerlerde takılmak dışında bir yolu olup olmadığını da bilmiyordum.

Ben de her gün oraya gidip bir bardak kolayı yavaş yavaş içtim. Bazen o kadar uzun zamanda içiyordum ki barmen sonunda nasıl bir oyun oynadığımı bilmiyormuş gibi davranmaktan sıkıldı.

Üç hafta kadar sonra bir gün, "Bak," dedi bana. "Eğer Humphrey Bogart'ın gelmesini bekleyerek öylece oturmak istiyorsan sorun yok. Ama bir faydan olsun. Bana para kazandıracak bir sandalyeyi kola yudumlaman için sana vermeyeceğim."

Yaşça büyüktü. Belki elli yaşında vardı. Ama saçları gür ve siyahtı. Alnındaki çizgiler bana babamı hatırlatıyordu.

"Ne yapmamı istiyorsun?" diye sordum.

Çoktan Ernie'ye verdiğim bir şeyi istemesinden de endişe etmiyor değildim. Ama o bana bir garson önlüğü fırlatıp siparişleri almamı istedi.

Garsonlukla ilgili en ufak bir fikrim yoktu ama bunu ona söyleyecek değildim. "Peki," dedim. "Nereden başlamalıyım?"

Yan yana dizilmiş masaları işaret etti. "Şuradaki birinci masa. Diğerlerini sayarak kendin bulabilirsin."

"Tamam," dedim. "Anladım."

Bar taburesinden kalkıp, menülerini kapamış sohbet eden takım elbiseli üç adamın oturduğu masa ikiye doğru ilerlemeye başladım.

"Hey, çocuk!" diye seslendi barmen.

"Evet?"

"Tam bir afetsin. Beş dolarına bahse girerim ki hayallerin gerçek olacak."

O gün on sipariş aldım, üç kişinin sandviçlerini karıştırdım ve dört dolar kazandım.

Dört ay sonra o zamanlar Sunset Stüdyoları'nda genç bir yapımcı olan Harry Cameron, yan taraftaki çekim alanından bir idareciyle görüşmek için geldi. İkisi de biftek istediler. Hesabı götürdüğümde Harry başını kaldırıp bana baktı ve "Tanrım!" dedi.

İki hafta sonra Sunset Stüdyoları'yla bir anlaşma imzalamıştım.

♦ ♦ ♦

Eve döndüğümde Ernie'ye Sunset Stüdyoları'ndan birinin benimle birazcık ilgilenmesiyle şok olduğumu anlattım. Aktris olmanın eğlencelik bir heves olduğunu, gerçek işim olan anneliğe başlayana kadar zaman geçireceğimi söyledim. Birinci sınıf bir palavra.

O zamanlar neredeyse on yedi yaşındaydım ama Ernie hâlâ daha büyük olduğumu sanıyordu. 1954'ün sonlarıydı. Her sabah kalkıp Sunset Stüdyoları'na gidiyordum.

Nasıl rol yapacağımı bilmiyordum ama öğreniyordum. Birkaç romantik komedide figüranlık yaptım. Bir savaş filminde kısa bir repliğim oldu.

"Neden yapmasın ki?" Repliğim buydu.

Yaralı bir askere bakan hemşireyi oynuyordum. Sahnedeki doktor, askeri bana kur yapmakla şaka yollu suçluyordu. Ben de, "Neden yapmasın ki?" diyordum. Beşinci sınıf müsameresindeki bir çocuk gibi, hafif bir New York aksanıyla söylemiştim bunu. O zamanlar pek çok sözcüğü aksanlı kullanırdım. New Yorklu gibi konuşulan İngilizce. Amerikalı gibi konuşulan İspanyolca.

Film vizyona girince Ernie'yle beraber izlemeye gittik. Ernie bunu eğlenceli bulmuştu. Küçük karısının bir filmde küçük bir repliği vardı.

Daha önce hiç bu kadar para kazanmamıştım. Neredeyse, şef teknisyenliğe yükselen Ernie kadar kazanıyordum. Ben de gidip oyunculuk dersleri için Ernie'den izin istedim. O akşam ona *arroz con pollo** pişirdim ve özellikle önlüğümü çıkarmadan servis

---
* Tavuk ve pilavla yapılan, genellikle safran kullanılan bir İspanyol yemeği. –çn

yaptım. Benim zararsız ve evcil olduğumu görmesini istiyordum. Onun için tehdit oluşturmazsam ilerleyebileceğimi düşünüyordum. Kendi paramı nereye harcayacağımı ona sormak sinirime dokunuyordu ama başka bir seçeneğim de yoktu.

"Elbette," dedi Ernie. "Akıllıca bir davranış olur. Kendini geliştirirsin. Belli mi olur, günün birinde bir filmde başrol bile olabilirsin."

Oynayacaktım.

Ona bir yumruk geçirmek istemiştim.

Ama bunun Ernie'nin suçu olmadığını anlamaya başlamıştım. Kesinlikle Ernie'nin suçu değildi. Ona kendimi başka biri olarak tanıtmış, sonra da gerçekte kim olduğumu göremediği için öfkelenmeye başlamıştım.

Altı ay sonra bir repliği içtenlikle söyleyebiliyordum. Müthiş filan değildim ama yeterince iyiydim.

Üç filmde, gündelik, diyaloglu rollerde yer aldım. O sırada bir romantik komedide Stu Cooper'ın ergen kızı rolü için birini aradıklarını duydum. Ve bu işi istediğime karar verdim.

Benim düzeyimdeki aktrislerin yapmaya cesaret edemeyeceği bir şey yaptım. Harry Cameron'ın kapısını çaldım.

"Evelyn," dedi beni gördüğüne şaşırarak. "Bu şerefi neye borçluyum?"

"Caroline rolünü istiyorum," dedim. "*Love Isn't All*'daki Caroline."

Harry bana oturmamı işaret etti. Bir yapımcıya göre oldukça yakışıklıydı. Buradaki yapımcıların çoğu şişmandı ve saçları dökülmüştü. Ama Harry uzun ve inceydi. Gençti. Aramızda on yaş bile olmadığını düşünüyordum. Üzerine tam oturan takımlar giyiyor ve bunların her zaman buz mavisi gözlerine uyduklarından emin oluyordu. Onda belli belirsiz bir Ortabatılı havası vardı. Görünüşünde değil de insanlara yaklaşımında. Önce kibarlık, sonra güç.

Harry, set alanında doğrudan göğüslerime bakmayan tek erkekti. Aslına bakarsan, bu beni biraz rahatsız ediyordu. Sanki bir şeyleri yanlış yaptığım için dikkatini çekemediğimi hissediyordum. Eğer bir kadına tek özelliğinin arzulanabilir olmak olduğunu söylersen, sana inanırdı. On sekizimden bile önce ben buna inanmıştım.

"Sana yalan söylemeyeceğim, Evelyn. Ari Sullivan o rol için seni asla onaylamaz."

"Neden?"

"Doğru tip değilsin."

"O ne demek?"

"Kimse senin Stu Cooper'ın kızı olduğuna inanmaz."

"Kesinlikle olabilirim."

"Olamazsın."

"Neden?"

"*Neden* mi?"

"Evet, nedenini öğrenmek istiyorum."

"Senin adın Evelyn Diaz."

"Yani?"

"Seni bir filmde oynatıp Meksikalı değilmişsin gibi davranamam."

"Ben Kübalıyım."

"Şu durumda hiçbir farkı yok."

Aslında fark vardı ama ona bunu açıklamaya çalışmanın hiçbir faydası olmadığını görmüştüm. "Tamam," dedim. "O zaman Gary DuPont'un filmine ne dersin?"

"Gary DuPont'la romantik bir filmde başrol oynayamazsın."

"Neden?"

Harry sanki, Gerçekten söylememi istiyor musun, der gibi bakmıştı bana.

"*Meksikalı* olduğum için mi?" diye sordum.

"Gary DuPont'un filminde sarışın bir güzel olması gerektiği için."

"Sarışın bir güzel olabilirim."

Harry bana baktı.

Biraz daha zorladım. "Bu işi istiyorum, Harry. Sen de yapabileceğimi biliyorsun. Şu anda elinizdeki en ilgi çekici kızlardan biriyim."

Harry güldü. "Hakkını teslim edeyim, çok cüretkârsın."

Harry'nin sekreteri kapıyı çaldı. "Böldüğüm için özür dilerim ama Bay Cameron, saat birde Burbank'te olmanız gerek."

Harry saatine baktı.

Son bir hamle daha yaptım. "Bunu düşün, Harry. İyiyim, daha iyi de olabilirim. Ama beni bu küçük rollerde harcıyorsunuz."

Harry ayağa kalkarken, "Ne yaptığımızı biliyoruz," dedi.

Ben de onunla birlikte ayağa kalktım. "Bundan bir yıl sonra kariyerimi nerede görüyorsun, Harry? Üç repliği olan bir öğretmeni mi oynayacağım?"

Harry yanımdan geçerek kapıyı açtı ve beni dışarı davet etti. "Göreceğiz," dedi.

Cepheyi kaybetmiş olabilirdim ama savaşı kazanmakta kararlıydım. Ari Sullivan'ı stüdyonun yemek salonunda bir sonraki görüşümde hemen önünde "yanlışlıkla" çantamı düşürerek, almak için eğilirken ona güzel bir manzara sundum. Benimle göz göze geldi ama sanki ondan hiçbir şey istemiyormuşum, kim olduğuna dair bir fikrim yokmuş gibi yanından yürüyüp geçtim.

Bir hafta kadar sonra yapımcı ofislerinin olduğu bölümde yolumu kaybetmiş gibi gezinirken koridorda onunla karşılaştım. İri bir adamdı ama ona yakışıyordu. Gözleri öyle koyu bir kahverengiydi ki gözbebeklerini seçmek zordu. Kirli sakalı kalıcıydı. Ama çok güzel bir gülüşü vardı. Ben de ona odaklanmıştım.

"Bayan Diaz," dedi. Adımı öğrenmiş olmasına hem şaşırmış hem de şaşırmamıştım.

"Bay Sullivan," dedim.

"Bana Ari de, lütfen."

"Peki, selam Ari," dedim elimle koluna dokunarak.

Ben on yediydim. O ise kırk sekiz.

O akşam, sekreterinin mesaisi bittikten sonra eteğimi kalçama çekmiş masasında uzanıyordum. Ari'nin yüzü bacaklarımın arasındaydı. Reşit olmayan kızlara oral seks yapma fetişi olduğunu sonradan öğrendim. Yedi dakika kadar sonra pervasız bir zevkle patlamış gibi davrandım. Sana iyi olup olmadığını söyleyemem. Ama orada olmaktan mutluydum çünkü bunun, istediğimi almamı sağlayacağını biliyordum.

Seksten keyif almaktan kasıt, zevk veren bir şey olduğuysa, keyif almadan çok seks yaptığımı söyleyebilirim. Ama eğer o alışverişi yapmaktan mutluluk duymayı kastediyorsam, nefret ettiğim bir seks pek olmadı.

Oradan çıkarken Ari'nin odasında sergilediği Oscar ödüllerini gördüm. Kendi kendime, günün birinde bu ödülü alacağımı söyledim.

Love Isn't All ve oynamak istediğim Gary DuPont filmi birer hafta arayla vizyona girdi. *Love Isn't All* başarısız oldu. Benim istediğim rolde, Gary'nin karşısında oynayan Penelope Quills ise korkunç yorumlar aldı.

Penelope'yle ilgili yorumlardan birini kesip, "Ben olsam çok daha iyisini yapardım," notunu ekleyerek şirket içi postasıyla Harry ve Ari'ye gönderdim.

Ertesi sabah karavanımda Harry'den bir not buldum: "Tamam, sen kazandın."

Harry beni ofisine çağırarak, Ari'yle görüştüğünü ve ellerinde benim için iki rol olduğunu söyledi.

Bir savaş-romantizm filminde dördüncü başrol olan İtalyan vârisi oynayabilirdim. Ya da *Küçük Kadınlar*'da Jo rolünü üstlenebilirdim.

Jo'yu oynamanın ne anlama geldiğini biliyordum. Jo'nun beyaz bir kadın olduğunu biliyordum. Yine de o rolü istiyordum. Bir bebek adımı için sırtüstü yatmamıştım.

"Jo," dedim. "Bana Jo'yu ver."

Böylece yıldız makinesini harekete geçirdim.

Harry beni stüdyonun stilisti Gwendolyn Peters'la tanıştırdı. Gwen saçlarımın rengini açarak omzuma kadar kısalttı. Kaşlarımı şekillendirdi. Saç çizgimin hemen altına taşan saç tellerini yoldu. Bir beslenme uzmanıyla tanıştım. Bana üç kilo verdirdi. Yaptığı sadece beni sigaraya yeniden başlatmak ve bazı yemekleri lahana çorbasıyla değiştirmekti. Bir diksiyon hocasıyla çalıştım. New York aksanımı yok ederken İspanyolcayı da tamamen yasakladı.

Sonra bir de o zamana kadarki hayatıma dair üç sayfalık bir anket doldurmam gerekti. Babam neyle geçiniyordu? Boş zamanlarımda ne yapardım? Evcil hayvanım var mıydı?

Soruları dürüstçe cevaplayarak anketi verdiğimde araştırmacı tek oturuşta okudu ve "Ah, hayır, hayır, hayır. Bu işe yaramaz. Bundan böyle, annen bir kazada öldü, seni baban büyütmek zorunda kaldı. Manhattan'da inşaatçı olarak çalışıyordu. Yaz aylarında hafta sonları seni Coney Island'a götürürdü. Birileri sorarsa tenis oynamayı ve yüzmeyi seviyorsun. Roger adında da bir Saint Bernard'ın var," dedi.

En az yüz tane tanıtım fotoğrafı çektirdim. Yeni sarı saçlarım, daha ince bedenim ve daha beyaz dişlerimle ben. Bana ne pozlar verdirdiklerine inanamazsın. Sahilde gülümserken, golf oynarken, set dekoratörlerinin bir yerlerden ödünç aldığı bir Saint Bernard tarafından çekiştirilerek sokakta koşarken... Greyfurt tuzlarken, ok atarken, sahte bir uçağa binerken fotoğraflarım vardı. Tatil fotoğraflarına girmiyorum bile. Bunaltıcı derecede sıcak bir eylül günüydü ve ben kırmızı kadifeden bir elbisenin içinde, süslenip aydınlatılmış bir yılbaşı ağacının yanı başında, içinde yeni doğmuş bir kedi bulunan kutuyu açıyormuş gibi yapıyordum.

Kostümcüler, Harry Cameron'ın emirleri doğrultusunda, nasıl giyineceğim konusunda katı ve saldırgandı. Mutlaka dar bir kazak oluyor ve en tepeye kadar ilikleniyordu.

Bana 90-60-90 ölçüleri bahşedilmemişti. Kıçım bir duvar gibi düzdü. Üstüne tablo bile asabilirdin, o derece. Erkeklerin ilgisini çeken göğüslerimdi. Kadınlar da yüzüme hayrandı.

Dürüst olmak gerekirse, ne yapmaya çalıştığımızı tam olarak ne zaman anladığımdan emin değilim. Ancak fotoğraf çekimlerinin yapıldığı o haftalardan birinde birdenbire anladım.

Birbirine zıt iki şey olacak şekilde tasarlanıyordum. Parçalara ayrılması zor ama tutunması kolay, karmaşık bir imajım olacaktı. Hem naif hem de erotik olmam gerekiyordu. Sanki benim hakkımdaki ahlaksız düşünceleri anlayamayacak kadar ahlaklıymışım gibi davranmalıydım.

Tamamen saçmalıktı tabii ki. Ama oynaması kolay bir roldü. Kimi zaman bir aktris ile bir yıldız arasındaki farkın, yıldızın dünyanın ondan olmasını beklediği kimliğe bürünürken huzursuz olmaması olduğunu düşünürüm. Ve ben hem masum hem davetkâr görünmekten hiç rahatsız olmuyordum.

Fotoğraflar banyo edilince Harry Cameron beni odasına çekti. Ne hakkında konuşmak istediğini biliyordum. Yerine konması gereken son bir parça kaldığının farkındaydım.

"Amelia Dawn'a ne dersin? Hoş bir tınısı var, öyle değil mi?" dedi. İkimiz onun ofisinde oturmuştuk. O masasında, ben sandalyede.

Düşündüm. "Baş harfleri EH olacak bir şeye ne dersin?" diye sordum. Annemin bana verdiği ada, Evelyn Herrera'ya olabildiğince yakın bir şey istiyordum.

"Ellen Hennessey?" Beğenmediğini belirtir gibi başını salladı. "Yok yok, çok sıkıcı."

Ona baktım ve bir gece önceden hazırladığım repliği, sanki o an aklıma gelmiş gibi söyleyiverdim. "Evelyn Hugo'ya ne dersin?"

Harry gülümsedi. "Fransız tınısı var," dedi. "Sevdim."

Ayağa kalkıp elini sıktım. Hâlâ alışmaya çalıştığım sarı saçlarım, görüşümün etrafında bir çerçeve oluşturmuştu.

Elim kapının kolundayken Harry beni durdurdu.

"Bir şey daha var," dedi.

"Peki."

"Röportajdaki cevaplarını okudum." Doğruca bana baktı. "Ari, yaptığın değişikliklerden çok memnun kaldı. Büyük bir potansiyelin olduğunu düşünüyor. Stüdyo da birkaç randevuya çıkmanın, Pete Greer ve Brick Thomas gibi heriflerle şehirde görünmenin iyi olacağını söylüyor. Don Adler bile olabilir."

Don Adler, Sunset'in en çekici aktörüydü. Anne babası, Mary ve Roger Adler, 1930'ların büyük yıldızlarındandı. Don, Hollywood hanedanının bir üyesiydi.

"Sorun olur mu?" diye sordu Harry.

Doğrudan Ernie'den bahsetmiyordu çünkü gerek olmadığını biliyordu.

"Sorun değil," dedim. "Hiç sorun değil."

Harry başını salladı. Bana bir kartvizit uzattı.

"Benny Morris'i ara. İyi bir avukattır. Ruby Reilly ile Mac Riggs'in evliliklerini iptal ettirmeyi başardı. Senin işini halletmene de yardımcı olur."

Eve gidip Ernie'ye ondan ayrılacağımı söyledim.

Altı saat boyunca ağladı. Sonra, gecenin ilerleyen saatlerinde, ben yatağımızda onun yanında uzanmışken, "*Bien.** Eğer istediğin buysa." dedi.

Stüdyo ona bir ödeme yaptı, ben de ondan ayrılmanın beni ne kadar üzdüğünü söyleyen samimi bir mektup bıraktım. Doğru değildi ama bu evliliği başlattığım gibi, onu seviyormuşum gibi yaparak bitirmeyi ona borçlu olduğumu hissediyordum.

Ona yaptığım şeyle gurur duymuyordum. Onun kalbini bu şekilde kırmak kolay değildi. O zaman da değildi, şimdi de değil.

Ama öte yandan Hell's Kitchen'dan çıkmaya nasıl muhtaç olduğumu da biliyordum. Babanın sana fazla ilgili bakmasını istememenin, senden nefret edip dövmeye mi yoksa gereğinden fazla sevdiğine mi karar vereceğini bilmemenin nasıl hissettirdiğini biliyordum. Seni bekleyen geleceği görmenin nasıl bir his olduğunu da. Babanın yeni bir versiyonu olan bir koca, yapmak istediğin son

---

* (İsp.) İyi. –*çn*

şey buyken yatakta ona teslim olmak, et alacak paran olmadığından akşam yemeklerinde yalnızca gevrek ya da konserve mısır yemek...

Kendini o hapishaneden kurtarmak için elinden gelen her şeyi yapan on dört yaşındaki kızı nasıl suçlayabilirim ki? Peki ya artık bunu yapmak bir tehlike yaratmayacakken o evliliği bitiren on sekiz yaşındaki o kızı nasıl yargılayabilirim?

Ernie, ona sekiz çocuk doğuran Betty adında bir kadınla evlendi. Sanırım 90'ların başında öldü. Çok sayıda torunu oldu. Stüdyodan aldığı parayı Fox çekim stüdyosunun yakınlarındaki Mar Vista'da bir ev almak için kullandı. Bir daha ondan haber almadım.

Eğer iyi biten her şey iyidir düşüncesini ölçüt alıyorsak, sanırım üzgün olmadığımı korkmadan söyleyebilirim.

7

Grace içeri girerek, "Evelyn," dedi. "Bir saat sonra Ronnie Beelman'le yemeğin var. Hatırlatmak istedim."

"Ah, doğru," dedi Evelyn. "Teşekkürler." Grace odadan çıkınca bana döndü. "Yarın devam etsek olur mu? Aynı saatte?"

"Tabii, olur," dedim eşyalarımı toplamaya başlarken. Bacağım uyuşmuştu, açmaya çalışırken parkeye birkaç kez ayağımı vurdum.

"Sence şimdiye kadar nasıl gidiyor?" diye sordu Evelyn ayağa kalkıp bana doğru ilerlerken. "Bundan bir hikâye çıkarabilecek misin?"

"Her şeyi yapabilirim," dedim.

Evelyn güldü ve "Aferin," dedi.

❖ ❖ ❖

Telefonu açtığımda annem, "İşler nasıl gidiyor?" diye sordu. "İşler" diyordu ama aslında, *David olmadan hayat nasıl gidiyor?* demek istediğini biliyordum.

"İyi," dedim çantamı kanepeye bırakıp buzdolabına doğru yürürken. Annem daha önce David'in benim için en iyi adam olmayabileceği konusunda beni uyarmıştı. Onu Şükran Günü için Encino'daki eve götürdüğümde henüz birkaç aydır çıkıyorduk.

Annem, David'in kibarlığını, masayı kurarken ve kaldırırken yardım etmeyi önermesini sevmişti. Ama şehirdeki son günümüzün sabahı, David henüz uyanmamışken annem bana David'le anlamlı bir bağımız olup olmadığını sorguladığını, böyle bir ilişki "görmediğini" söylemişti.

Ona görmesine gerek olmadığını, benim o bağı *hissettiğimi* söylemiştim.

Ama sözleri aklımın bir kenarında kalmıştı. Kimi zaman bir fısıltı şeklinde, kimi zaman yüksek sesle yankılanıp dururdu.

Bir yıldan biraz daha uzun bir zaman sonra anneme nişanlandığımızı söylediğimde annemin onun ne kadar nazik olduğunu, benim yaşantıma nasıl da pürüzsüz uyum sağladığını görmesini ummuştum. David her şeyi kolaylaştırıyordu ve o günlerde bu çok değerli, çok ender bulunan bir şeymiş gibi geliyordu. Yine de annemin endişelerini yeniden ortaya dökmesinden, bana hata yaptığımı söylemesinden korkmuştum.

Yapmadı. Hatta hep destek oldu.

Şimdi bu desteğin bir tür onaydan değil de saygıdan mı kaynaklandığını merak ediyordum.

"Düşündüm de..." dedi annem, ben buzdolabının kapısını açarken. "Ya da sanırım bir plan yaptım demeliyim."

Bir şişe Pellegrino'nun yanı sıra küçük domateslerin bulunduğu plastik kabı ve burrata peynirinin bulunduğu sulu şişeyi aldım.

"Ah, olamaz," dedim. "Ne yaptın?"

Annem güldü. Bildim bileli harika bir kahkahası vardı. Kaygısız, genç bir gülüş. Benimkiyse tutarsızdı. Bazen çok yüksek sesle çıkardı, bazen de bir vızıltıyı andırırdı. Kimi zaman ihtiyar bir adamınkine benzerdi. David en içten olanın ihtiyar adam gülüşüm olduğunu söylerdi. Çünkü kimse bilinçli olarak öyle bir ses çıkarmak *istemezmiş*. En son ne zaman öyle güldüğümü bile hatırlamıyordum artık.

"Henüz bir şey yapmadım," dedi annem. "Hâlâ fikir aşamasında. Ama seni ziyarete gelmeyi düşünüyorum."

Bir an hiçbir şey söylemedim. Artıları ve eksileri hesaplarken az önce ağzıma attığım koca bir peynir parçasını çiğniyordum. Eksi: O buradayken giydiğim her kıyafeti eleştirecekti. Artı: Makarna, peynir ve hindistancevizli kek yapacaktı. Eksi: Üç saniyede bir iyi olup olmadığımı soracaktı. Artı: Birkaç günlüğüne de olsa eve döndüğümde içerisi bomboş olmayacaktı.

Yutkundum. "Tamam," dedim sonunda. "Harika fikir. Belki seni bir gösteriye de götürürüm."

"Ah, Tanrı'ya şükür," dedi. "Biletimi almıştım bile."

"Anne," dedim inler gibi.

"Ne? Hayır deseydin iptal edecektim. Ama demedin. O zaman harika. İki haftaya oradayım. Olur, değil mi?"

Annem geçen sene kısmi emeklilikle* ders saatleri azaldığından beri böyle bir şey olacağını biliyordum. Özel bir lisenin fen departmanının başkanı olarak on yıllar geçirmişti. Bana başkanlığı bıraktığını ve yalnızca iki ders vereceğini söylediğinde boş zamanlarının artacağını ve dikkatini başka şeylere vereceğini anlamıştım.

"Tabii, olur," dedim domatesleri kesip üzerine zeytinyağı dökerken.

"Yalnızca iyi olduğundan emin olmak istedim," dedi annem. "Orada olmak istiyorum. Senin..."

"Biliyorum, anne," diyerek sözünü kestim. "Biliyorum. Anlıyorum. Teşekkür ederim. Geleceğin için. Zevkli olacak."

Aslında *zevkli* filan olacağı yoktu. Ama iyi olacaktı. Kötü bir gün geçirirken partiye gitmek gibi. Gitmek istemezsiniz ama gitmeniz gerektiğini bilirsiniz. Eğlenmeyeceğinizi bilseniz de evden çıkmak size iyi gelecektir.

"Gönderdiğim paketi aldın mı?" dedi annem.

"Paket mi?"

"Babanın fotoğrafları."

"Ah, hayır," dedim. "Almadım."

Bir an sessiz kaldık. Sonra annem sessizliğimden bezdi. "Tanrı aşkına, konuyu sen aç diye bekliyorum ama artık dayanamayaca-

---

* Belirli bir yaşın üzerindeki çalışanların çalışma saatlerini azaltarak aşama aşama emekli olmasını sağlayan sistem. –çn

ğım. Evelyn Hugo'yla nasıl gidiyor?" dedi. "Öğrenmek için can atıyorum ama hiçbir şey söylemiyorsun!"

Pellegrino'mu kadehe doldururken ona Evelyn'in hem çok içten hem de okunması zor biri olduğu anlattım. Sonra benimle *Vivant* için görüşmediğini, benden bir kitap yazmamı istediğini söyledim.

"Kafam karıştı," dedi annem. "Senden onun biyografisini yazmanı mı istiyor?"

"Evet," dedim. "Çok heyecan verici olsa da tuhaf bir şeyler var. Demek istediğim, *Vivant*'la bir röportaj yapmayı aklından bile geçirmemiş. Sanırım..." Sustum çünkü söylemek üzere olduğum şeyin ne olduğunu tam olarak kestiremiyordum.

"Ne?"

Bir kez daha düşündüm. "*Vivant*'ı bana ulaşmak için kullanmış. Hiç bilmiyorum. Ama Evelyn işini çok iyi biliyor. Bir şeylerin peşinde."

"Ben seni istemesine şaşırmadım. Yeteneklisin, parlaksın..."

Annemin öngörülebilirliği karşısında gözlerimi devirirken buldum kendimi ama yine de memnun olmuştum. "Hayır, biliyorum, anne. Ama bu işin içinde bir şey var. Eminim."

"Biraz kaygı verici geliyor kulağa."

"Sanırım."

"Endişelenmeli miyim?" diye sordu annem. "Yani *sen* endişeli misin?"

Bu meseleyi hiç bu kadar açık düşünmemiştim ama sanırım cevabım hayırdı. "Sanırım kafam endişelenemeyecek kadar karışık," dedim.

"Peki, o hâlde en ağız sulandırıcı kısmını annenle paylaş. Seni doğururken yirmi iki saat sancı çektim. Bunu hak ediyorum."

Güldüm. Öylece çıktı ağzımdan. Biraz ihtiyar adam gülüşünü andırıyordu. "Tamam," dedim. "Söz veriyorum."

◆ ◆ ◆

"Evet," dedi Evelyn. "Hazır mıyız?"

O koltuğuna oturmuştu. Ben de masadaki yerimi almıştım. Grace bir tepsi içinde yaban mersinli muffin, iki beyaz fincan, bir karaf kahve ve paslanmaz çelik bir sütlük getirmişti. Ayağa kalkıp kendime kahve doldurdum, krema ekledim, masaya döndüm, kayıt tuşuna bastım ve sorusuna cevap verdim. "Evet, hazırım. Başlayabilirsin. Sonra ne oldu?"

LANET OLASI
DON ADLER

◆ ◆ ◆

8

K*ÜÇÜK KADINLAR*'IN ÖNÜME konmuş bir havuç olduğu ortaya çıktı. Çünkü "Genç Sarışın Evelyn Hugo" olur olmaz, Sunset benim oynamamı istediği her türden film çıkardı ortaya. Aptalca duygusal komediler.

İki nedenden dolayı karşı çıkmadım. Birincisi, kabul etmek dışında bir seçeneğim yoktu çünkü kartları elinde tutan ben değildim. İkincisi ise, yıldızım parlıyordu. Hızla.

Bana başrolünü verdikleri ilk film *Father and Daughter* oldu. 1956'da çektik filmi. Dul babamı Ed Baker oynuyordu ve ikimiz aynı anda birilerine âşık oluyorduk. O sekreterine, ben de babamın çırağına.

O sıralar Harry, Brick Thomas'la birkaç randevuya çıkmam için bana baskı yapıyordu.

Brick, eski çocuk yıldızlardan biri ve kendini mesih zanneden bir matine idolüydü. Yalnızca yanında dururken bile kendini beğenmişliğinin içinde boğulabilirdim.

Bir cuma gecesi Brick'le birlikte, Chasen's'in birkaç blok ilerisinde Harry ve Gwendolyn Peters'la buluştuk. Gwen bana bir elbise ve çorap giydirdi, ayağıma topukluları geçirdi. Saçımı topuz yaptı. Brick kot ve tişörtle gelmişti. Gwen ona da hoş bir takım elbise giydirdi. Harry'ye ait son model kırmızı Cadillac Biarritz'le ön kapıya uzanan bir kilometreyi katettik.

İnsanlar, biz daha arabadan inmeden Brick'le ikimizin fotoğraflarını çekmeye başladılar. İkimizin ancak sığdığı yuvarlak bir kabine götürüldük. Bir Shirley Temple istedim.

"Kaç yaşındasın, tatlım?" diye sordu Brick bana.

"On sekiz," dedim.

"Bahse girerim duvarında resmim vardır, ha?"

Önümdeki içeceği kavrayıp suratına boca etmemek için büyük bir mücadele verdim. Sonunda olabildiğince kibar bir gülümsemeyle, "Nereden bildin?" diye sordum.

Fotoğrafçılar biz birlikte otururken fotoğrafımızı çektiler. Onları görmemişiz gibi yaparak kol kola gülüyormuşuz pozu verdik.

Bir saat sonra yine Harry ve Gwendolyn'in yanındaydık, kendi kıyafetlerimizi giydik.

Brick, vedalaşmadan önce bana dönüp gülümsedi. "Yarın ikimiz hakkında epey bir dedikodu çıkacak," dedi.

"Kesinlikle öyle."

"Söylesene, gerçek olmalarını ister misin?"

Sessiz kalmalıydım. Yalnızca tatlı tatlı gülümsemeliydim. Ama ben, "Çok beklersin!" dedim.

Brick bana baktı, gülümsedi ve az önce onu aşağılamamışım gibi el salladı.

"Şu herifin yaptığına bak!" dedim. Harry çoktan kapımı açmış, arabaya binmemi bekliyordu.

"*Şu herif* bize dünyanın parasını kazandırıyor," dedi ben yerime otururken.

Harry de diğer koltuğa oturup kontağı çevirdi ama arabayı hareket ettirmedi. Dönüp bana baktı. "Sevmediğin aktörlerle sürekli vakit geçirmen gerektiğini söylemiyorum," dedi. "Ama biri hoşuna giderse ve işler gazetecilere bir iki poz verecek kadar ilerlerse senin için iyi olur. Stüdyonun hoşuna gider. Hayranların da öyle."

Saf saf, önüme gelen her erkeğin ilgisini çekmeye çalışıyormuşum gibi davranmakla işimin bittiğini düşündüm. "Tamam," dedim huysuzlanarak. "Denerim."

Sonra bunun kariyerim için yapılabilecek en iyi şey olduğunu bilerek Pete Greer ve Bobby Donovan'la randevularımda dişlerimi göstere göstere sırıttım.

Ama Harry bana Don Adler'la bir randevu ayarladığında bu fikre en başta neden gücendiğimi bile unuttum.

✦ ✦ ✦

Don Adler beni Mocambo'ya, şehrin şüphesiz en popüler kulübüne davet etti ve beni gelip evimden aldı.

Kapıyı açtığımda onu hoş bir takım elbisenin içinde ve elinde bir demet zambakla karşımda buldum. Topuklular ayağımdayken benden yalnızca birkaç santim uzundu. Açık kahve saçları, ela gözleri, köşeli çenesi ve gördüğünüz an gülümsemenize neden olan o nazik gülümseyişi. Annesini meşhur eden gülümseyişin aynısıydı ama artık bu gülümseme daha güzel bir yüzdeydi.

"Senin için," dedi hafif utanarak.

"Vay canına," dedim çiçekleri alırken. "Harika görünüyorlar. İçeri gel, içeri gel. Şunları suya koyayım."

Üzerimde safir mavisi kayık yaka bir kokteyl elbisesi vardı. Saçlarımı topuz yapmıştım. Lavabonun altından bir vazo alıp içine su doldurdum.

Mutfağımda dikilmiş beni bekleyen Don'a, "Bunları yapmana gerek yoktu," dedim.

"Biliyorum," dedi. "Yapmak istedim. Bir süredir seninle görüşebilmek için Harry'nin peşindeydim. Yani sana kendini biraz olsun özel hissettirmek istedim."

Çiçekleri tezgâhın üzerine koydum. "Gidelim mi?"

Don başıyla onaylarken elimi tuttu.

Üstü açık arabasında Sunset Strip'e doğru ilerlerken "*Father and Daughter*'ı izledim," dedi.

"Aa, öyle mi?"

"Evet. Ari bana ilk montajı izletti. Çok başarılı olacağını düşündüğünü söyledi. *Senin* de çok başarılı olacağını düşünüyor."

"Peki ya *sen* ne düşünüyorsun?"

Highland'deki bir kırmızı ışıkta durmuştuk. Don bana baktı. "Ben, senin hayatım boyunca gördüğüm en muhteşem kadın olduğunu düşünüyorum."

"Ah, kes şunu," dedim. Güldüm, hatta biraz kızardım da.

"Gerçekten. Ayrıca hakiki bir yeteneksin. Film bittiğinde Ari'ye baktım ve 'Bu kız tam bana göre,' dedim."

"Dememişsindir," dedim.

Don elini kaldırdı. "İzci sözü."

Don Adler gibi bir adamın benim üzerimde dünyadaki diğer erkeklerden farklı bir etki bırakması için kesinlikle hiçbir neden yoktu. Brick Thomas'tan daha yakışıklı, Ernie Diaz'dan daha samimi değildi. Onu sevsem de sevmesem de bana yıldız olmanın yolunu açabilirdi. Ama bu tür şeyler mantığa meydan okuyordu. Nihayetinde ben de suçu feromon hormonuna attım.

İşte bu ve Don Adler'in, en azından başlarda, bana insan gibi davranması. Güzel bir çiçek görüp koşa koşa onu koparmaya giden insanlar vardır. O çiçeği ellerinde tutmak, ona sahip olmak isterler. Çiçeğin güzelliği onların olsun, onların malı olsun, onların kontrolünde olsun isterler. Don onlardan değildi. Yani en azından başlarda öyle değildi. Don çiçeğin yanında olmaktan, ona bakmaktan mutlu olabilen, çiçeği sadece bir *varlık* olarak değerli gören biriydi.

Böyle bir adamla, o zamanki Don Adler gibi biriyle evlenmenin olayı buydu. Ona, "Yalnızca varlığından mutluluk duyabildiğin bu güzel şey artık senin," diyordu insan.

Don'la gece boyunca Mocambo'da partideydik. Acayip bir manzaraydı. Dışarıdaki kalabalık balık istifi gibi sıkışmış, içeri girmeye çalışıyordu. İçerisi ise tam bir ünlü bahçesiydi. Bütün masalar ünlü insanlarla doluydu. Yüksek tavanlar, inanılmaz sahne numaraları ve her yerde kuşlar... Camdan kafeslerin içinde gerçek, canlı kuşlar vardı.

Don beni MGM ve Warner Brothers'tan birkaç aktörle tanıştırdı. Yakın zamanda serbest çalışmaya başlayan ve *Money, Honey* ile başarı elde eden Bonnie Lakeland'le tanıştım. Birkaç kez insanların Don'dan Hollywood'un prensi diye bahsettiğini duydum. Birileri üçüncü kez bunu söylediğinde Don'un bana dönüp, "Beni hafife alıyorlar. Çok yakında kral olacağım," demesini oldukça çekici bulmuştum.

Mocambo'da gecenin geç saatlerine dek kaldık. Ayaklarımız acıyana kadar dans ettik. Ne zaman bir şarkı bitse artık oturacağımızı söylüyor ama yeni bir şarkı başlar başlamaz pistten ayrılmayı reddediyorduk.

Beni arabasıyla eve bıraktı. Geç saatlerde sokaklar sessiz, şehrin ışıkları loştu. Binaya vardığımızda benimle kapıya kadar yürüdü. İçeri gelmek istemedi. Sadece, "Bir daha ne zaman görüşebiliriz?" diye sordu.

"Harry'yi arayıp randevu al," dedim.

Don elini kapıya yasladı. "Hayır," dedi. "Gerçek bir görüşme. Ben ve sen."

"Bir de kameralar?" dedim.

"Sen orada olmalarını istiyorsan sorun değil," dedi. "İstemiyorsan ben de istemem." Gülümsedi. Hoş, muzip bir gülüş.

Güldüm. "Tamam," dedim. "Önümüzdeki cuma nasıl?"

Don kısa bir süre düşündü. "Sana bir gerçeği açıklayabilir miyim?"

"Eğer gerekiyorsa."

"Programıma göre önümüzdeki cuma gecesi Natalie Ember'la Trocadero'ya gideceğim."

"Ah."

"İsim. Adler ismi. Sunset benim ünümün her bir zerresinden faydalanmak istiyor."

Başımı iki yana salladım. "Sadece isimden ibaret olduğunu sanmıyorum," dedim. "*Brothers in Arms*'ı izledim. Muhteşemdin. Bütün seyirciler sana bayıldı."

Don utangaç bakışlarını bana çevirip gülümsedi. "Gerçekten öyle mi düşünüyorsun?"

Güldüm. Doğru olduğunu biliyordu, sadece benim ağzımdan duymak hoşuna gidiyordu.

"Sana bu zevki tattırmayacağım," dedim.

"Keşke tattırsan."

"Bu kadarı yeter," dedim ona. "Sana ne zaman boş olduğumu söyledim. Gerisi sana kalmış."

Dimdik durarak sözlerimi sanki ona emir veriyormuşum gibi dinledi. "Tamam. Natalie'yi iptal edeyim o hâlde. Cuma günü yedide seni buradan alırım."

Başımı sallayarak gülümsedim. "İyi geceler, Don," dedim.

"İyi geceler, Evelyn," dedi.

Kapıyı kapıyordum ki elini uzatarak beni engelledi.

"Bu gece iyi vakit geçirdin mi?" diye sordu.

Ne söyleyeceğimi, nasıl söyleyeceğimi düşündüm bir süre. Sonra kontrolümü kaybettim. Birilerinin ilk kez beni heyecanlandırabilmesiyle sersemlemiştim. "Hayatımın en güzel gecelerinden biriydi," dedim.

Don gülümsedi. "Benim de öyle."

Ertesi gün *Sub Rosa* dergisinde fotoğrafımız çıktı. Altında da, "Don Adler ile Evelyn Hugo çok uyumlu bir çift oldu," yazıyordu.

9

FATHER AND DAUGHTER BÜYÜK BİR başarı kazandı. Yeni karakterimin Sunset'i ne kadar heyecanlandırdığının bir işareti olarak filmin başlangıç jeneriğinde adımı, "Evelyn Hugo'yu sunar" diye lanse ettiler. Adımın bu şekilde yazıldığı ilk ve tek film oldu.

Açılış gecesinde annemi düşündüm. Orada benimle olabilseydi ışıl ışıl parlardı, biliyordum. *Başardım,* demek isterdim ona. *İkimizi de oradan çıkardım.*

Film iyi iş yapınca Sunset'in *Küçük Kadınlar*'a muhakkak yeşil ışık yakacağını düşündüm. Ama Ari beni ve Ed Baker'ı bir an önce başka bir filmde oynatmak istemişti. O zamanlar devam filmleri çekmezdik. Onun yerine aynı filmi farklı bir isim ve biraz daha farklı bir düşünceyle çekerdik.

Böylece *Next Door*'un çekimlerine başladık. Ed, ailem öldükten sonra beni yanına almış olan amcamı oynuyordu. İkimiz de yan evimizde yaşayan dul anne ve oğluyla romantik ilişkiler yaşıyorduk.

Don da o sıralar aynı çekim stüdyosunda bir gerilim filmi çekiyordu. Her gün set yemek arası verdiğinde beni ziyarete gelirdi.

Hayatımda ilk kez vurulmuş, âşık olmuş ve şehvet duymuştum.

Gözlerimi ona çevirdiğimde canlandığımı hissediyor, ona dokunmak için bahaneler uyduruyor, ortalıkta yokken bile konuşmayı bir şekilde ona getiriyordum.

Harry onun adını duymaktan bıkmıştı.

"Ev, tatlım, ciddiyim," dedi Harry, bir öğle sonrası ofisinde birer içki içerken. "Şu Don Adler lafları canıma tak etti artık." O zamanlar her gün mutlaka Harry'yi ziyaret eder, nasıl diye kontrol ederdim. Bu ziyaretleri hep işle ilgiliymiş gibi göstermeye gayret ediyordum ama o zaman bile onun hayatımda arkadaşa en yakın insan olduğunu biliyordum.

Elbette Sunset'teki çekim stüdyosunda bir sürü aktrisle arkadaş olmuştum. Özellikle de Ruby Reilly en sevdiğimdi. Uzun, ince biriydi. Aniden patlayan bir kahkahası ve tarafsız bir havası vardı. Sözünü asla sakınmadığı hâlde neredeyse herkesi baştan çıkarabilirdi.

Kimi zaman Ruby ve stüdyodaki kızlardan birkaçıyla yemeğe çıkar, olan bitenlerin dedikodusunu yapardık. Dürüst olmak gerekirse, bir rol kapmak için her birini hızla gelen bir trenin altına atabilirdim. Onların da aynısını bana yapacağına emindim.

Güven olmadan yakınlık mümkün değildir. Bizim birbirimize güvenmemiz için de aptal olmamız gerekirdi.

Ama Harry farklıydı.

Harry de ben de aynı şeyi istiyorduk. Evelyn Hugo'nun her evde konuşulan bir isim olmasını. Ayrıca birbirimizden hoşlanıyorduk da.

"Ya Don hakkında konuşuruz ya da *Küçük Kadınlar*'a ne zaman yeşil ışık yakacağın hakkında," dedim takılarak.

Harry güldü. "Benimle ilgisi yok. Biliyorsun."

"Peki Ari neden ağırdan alıyor?"

Harry, "Hemen şimdi *Küçük Kadınlar*'a başlamak istemezsin," dedi. "Birkaç ay beklemen daha iyi olur."

"Kesinlikle hemen şimdi başlamak istiyorum."

Harry başını iki yana sallayarak ayağa kalkıp kendine bir kadeh viski doldurdu. Bana ikinci martiniyi teklif etmemişti. İlkini bile içmemiş olmam gerektiğini bildiği için böyle yaptığını biliyordum.

"Gerçekten çok büyük bir isim olabilirsin," dedi Harry. "Herkes öyle söylüyor. Eğer *Next Door* da tıpkı *Father and Daughter* gibi iyi gişe yaparsa, Don'la da böyle devam ederseniz çok önemli biri olabilirsin."

"Biliyorum," dedim. "Ben de bunu umuyorum zaten."

"*Küçük Kadınlar*'ın tam da insanlar senin yalnızca tek bir şey yapabildiğini düşünmeye başladığı anda çıkmasını istersin."

"Ne demek istiyorsun?"

"*Father and Daughter*'la büyük bir çıkış yakaladın. İnsanlar senin komik olabileceğini biliyor. Sevimli olduğunu düşünüyorlar. Seni o resmin içinde seviyorlar."

"Kesinlikle."

"Şimdi aynısını tekrar yapacaksın. Onlara büyüyü yeniden yaratabileceğini göstereceksin. Sadece tek seferlik bir başarı olmadığını."

"Tamam..."

"Belki Don'la bir film yaparsın. Ne de olsa Ciro's'da ya da Trocadero'daki danslarınızın fotoğraflarını yeterince hızlı basamazlar."

"Ama..."

"Beni dinle. Don'la bir film yap. Matine romansı olabilir. Bütün kızların senin yerinde, bütün erkeklerin de seninle olmak isteyecekleri bir şeyler."

"Güzel."

"Ve tam da herkes seni tanıdığını düşünürken, Evelyn Hugo'yu 'çözdüklerini' düşünürken, Jo'yu oyna. Herkesi şok et. Bırak izleyiciler kendi kendilerine, 'Özel biri olduğunu biliyordum,' diye düşünsün."

"Ama *Küçük Kadınlar*'ı neden hemen yapamıyorum? Şimdi de böyle düşünüyorlar."

Harry başını hayır dercesine salladı. "Çünkü onlara sana yatırım yapmaları için zaman vermelisin. Seni tanımaları için zaman vermen gerek."

"Tahmin edilebilir olmam gerektiğini söylüyorsun."

"Tahmin edilebilir olmanı ve sonra tahmin edilemez bir şey yapmanı söylüyorum. Ondan sonra seni sonsuza dek severler."

Onu dinledim, üzerine düşündüm. "Gözümü boyuyorsun," dedim.

Harry güldü. "Bak, bu Ari'nin planı. Hoşuna gitsin ya da gitmesin, seni *Küçük Kadınlar*'da oynatmadan önce birkaç filmde daha oynamanı istiyor. Ama *Küçük Kadınlar*'ı seninle yapacak."

"Tamam," dedim. Başka şansım var mıydı ki zaten? Sunset'le üç yıllık sözleşmem daha vardı. Sorun çıkarırsam istedikleri zaman beni bırakma hakları vardı. Beni başka bir şirkete ödünç verebilir, projeleri kabul etmeye zorlayabilir, ödeme yapmayabilirlerdi. Aklına ne gelirse. İstedikleri her şeyi yapabilirlerdi. Sunset benim sahibimdi.

"Şimdiki işin," dedi Harry, "Don'la gerçekten yürütüp yürütemeyeceğini görmek. Bu ikinizin de çıkarına olur."

Güldüm. "Ah, demek *şimdi* de sen Don'dan bahsetmek istiyorsun."

Harry gülümsedi. "Burada oturup onun nasıl da rüya gibi bir adam olduğundan bahsetmeni dinlemek istemiyorum. Çok sıkıcı. Bilmek istediğim, siz ikiniz bu işi resmiyete dökmeye hazır mısınız?"

Don'la şehrin çeşitli yerlerinde görülüyor, Hollywood'un bütün eğlence yerlerinde fotoğraf veriyorduk. Dan Tana's'da akşam yemeği, Vine Street Derby'de öğle yemeği, Beverly Hills Tenis Kulübü'nde tenis. Ne yaptığımızın da gayet farkındaydık. Herkesin içinde gösteriş yapıyorduk.

Benim, adımın Don'la birlikte anılmasına ihtiyacım vardı, Don'un da Yeni Hollywood'un bir parçası gibi görünmeye. İkimizin diğer yıldızlarla çift olarak çıktığımız yemeklerde çekilen fotoğrafları onun çapkın imajını pekiştiriyordu.

Ama bundan hiç bahsetmezdik. Çünkü bir arada olmaktan samimi bir mutluluk duyuyorduk. Hatta kariyerlerimizi birer ikramiye gibi hissetmemize yardımcı oluyordu.

Don'un *Big Trouble* filminin ilk gösteriminin yapılacağı gece Don jilet gibi koyu bir takımla beni almaya geldiğinde elinde bir Tiffany kutusu vardı.

"Bu da ne?" diye sordum. Üzerimde siyah-mor çiçek desenli bir Christian Dior vardı.

"Açsana," dedi Don gülümseyerek.

Kutunun içinde devasa bir platin ve elmas yüzük duruyordu. Ortasında kare kesim bir taş vardı, kenarlarıysa örgülüydü.

Soluğum kesildi. "Sen..."

Böyle bir şeyin gelmekte olduğunu seziyordum çünkü Don'un benimle birlikte olmayı ne kadar istediğini, bu arzunun onu öldürdüğünü biliyordum. Aleni girişimlerine rağmen ona direniyordum. Ama bu gitgide zorlaşıyordu. Kuytu köşelerde öpüşmelerimiz, kendimizi limuzinlerin arkasında baş başa bulmalarımız arttıkça onu geri püskürtmem zorlaşıyordu.

Daha önce hiç böyle fiziksel bir arzu duymamıştım. Dokunulmak için yanıp tutuşmanın nasıl bir şey olduğunu bilmiyordum – Don'a kadar. Kendimi onun yanında buluyor, çaresizce ellerini çıplak tenimde hissetmek istiyordum.

Biriyle sevişmek fikri de hoşuma gitmişti. Daha önce seks yapmıştım ama benim için hiçbir anlamı yoktu. Don'la *sevişmek* istiyordum. Onu *seviyordum*. Ve bunu doğru sürdürmemiz gerekiyordu.

İşte olmuştu. Bir evlilik teklifi.

Yüzüğe dokunmak, gerçek olduğundan emin olmak için elimi uzattım. Ben yüzüğe dokunamadan Don kutuyu kapadı. "Sana evlenme teklif etmiyorum," dedi.

"Ne?" kendimi aptal gibi hissetmiştim. Büyük hayaller kurmuştum. O an, sanki adı Evelyn Hugo'ymuş gibi etrafta dolanıp bir film yıldızıyla evlenebileceğini düşünen Evelyn Herrera'dan başkası değildim.

"En azından şimdilik."

Hayal kırıklığımı gizlemeye çalıştım. "Nasıl istersen," dedikten sonra arkamı dönüp çantamı aldım.

"Asma yüzünü," dedi Don.

"Kim yüzünü asmış?" dedim. Dairemden çıkarken kapıyı çektim.

"Bu gece teklif edeceğim." Sesi savunma yapar, âdeta özür diler gibiydi. "Gösterim sırasında. Herkesin önünde."

Yumuşadım.

"Yalnızca emin olmak istedim. Yani bilmek..." Don elimi tutup önümde diz çöktü. Kutuyu tekrar açtı. İçtenlikle bana baktı. "Evet der misin?"

"Gitmemiz gerek," dedim. "Kendi filmine geç kalamazsın."

"Evet diyecek misin? Yalnızca bunu bilmem gerek."

Gözlerinin içine bakarak, "Evet, şapşal," dedim. "Sana deliriyorum."

Beni yakalayıp öptü. Biraz canım yanmıştı. Dişleri altdudağıma çarptı.

Evlenecektim. Bu kez sevdiğim biriyle. Filmlerde hissediyormuş gibi yaptığım şeyleri hissettiren biriyle.

Hell's Kitchen'daki o küçük daireden daha ne kadar uzağa gidebilirdim ki?

Bir saat kadar sonra kırmızı halının üzerinde, bir fotoğrafçı ve gazeteci deryasının arasında Don Adler dizlerinin üzerine çöktü.

"Evelyn Hugo, benimle evlenir misin?"

Ağlayarak başımı evet dercesine salladım. Ayağa kalkıp yüzüğü parmağıma taktı. Sonra bana sarılıp havada döndürdü.

Don beni yere bırakırken salonun kapısında bizi alkışlayan Harry Cameron'ı gördüm. Bana göz kırpıyordu.

SUB ROSA

4 Mart 1957

Don ve Ev, Sonsuza Dek!

Bunu ilk kez burada duyacaksınız millet: Hollywood'un yeni gözde çifti Don Adler ve Evelyn Hugo evleniyor!

Seçkin Bekârların En Seçkini, kendine ışıl ışıl parlayan genç, sarışın bir yıldızı eş olarak seçti. İkili orada burada gezip tozuyor, öpüşüp koklaşıyordu. Şimdi işi resmiyete dökmeye karar verdiler.

Söylentilere göre Don Adler'ın gurur duyulası ebeveynleri Mary ve Roger Adler, Evelyn'in aileye katılmasından çok mutluymuş.

Düğünlerinin bu senenin olayı olacağına son kuruşunuza dek parayı basın. Böyle şaşaalı bir Hollywood ailesi ve böylesine güzel bir gelin! Bütün şehir onları konuşacak.

10

ÇOK GÜZEL BİR DÜĞÜN YAPTIK. Mary ve Roger Adler, üç yüz konuğu ağırladı. Ruby baş nedimemdi. Boynu taş işlemeli tafta bir elbise giymiştim. Gül desenli iğne oyası vardı. Kolları bileklerime kadar iniyordu ve uzun eteği dantelliydi. Sunset'in başkostümcüsü Vivian Worley tasarlamıştı. Saçlarımı Gwendolyn yaptı. Basit ama kusursuz bir topuz yapıp tül duvağımı o topuza iliştirdi. Düğünün büyük kısmını biz planlamamıştık. Kontrol neredeyse tamamen Mary ve Roger'daydı. Onlardan kalan kısımlar da Sunset'teydi.

Don'un oyunu tam da ebeveynlerinin istediği gibi oynaması bekleniyordu. O zaman bile onların gölgesinden kurtulmaya hevesli olduğunu, kendi yıldızının onlarınkinden daha parlak olmasını arzuladığını görebiliyordum. Don, şöhretin peşinden koşmaya değer tek güç olduğuna inandırılarak yetiştirilmişti. Onda sevdiğim şey, girdiği her ortamda en sevilen insan hâline gelerek bütün gücünü ele geçirmeye hazır oluşuydu.

Düğünümüz başkalarının heveslerine göre planlanmış olsa da aşkımız ve birbirimize bağlılığımız kutsaldı. Beverly Hills Hotel'de Don'la birbirimizin gözlerinin içine bakarak el ele tutuştuğumuz ve "Kabul ediyorum," dediğimiz an, Hollywood'un yarısı çevremizi sarmış olduğu hâlde orada sadece ikimiz vardık sanki.

Gecenin sonlarına doğru, düğün çanları çalıp da evli bir çift olduğumuz ilan edildikten sonra Harry beni bir kenara çekip nasıl olduğumu sordu.

"Şu an dünyanın en ünlü geliniyim," dedim. "Harikayım."

Harry güldü. "Mutlu olacak mısın?" diye sordu. "Don'la? Sana iyi bakabilecek mi?"

"Bundan hiç şüphem yok."

Kalbimin derinliklerinde bir yerde beni, en azından olmaya çalıştığım beni anlayan birini bulduğuma inanıyordum. On dokuz yaşındayken, Don'un benim mutlu sonum olduğuna inanıyordum.

Harry kolunu omzuma atarak, "Senin adına sevindim, çocuk," dedi.

Harry'nin çekmesine müsaade etmeden elini tuttum. İki kadeh şampanya içmiştim, kendimi dinç hissediyordum. "Nasıl oldu da hiçbir girişimde bulunmadın?" diye sordum. "Birbirimizi birkaç yıldır tanıyoruz. Yanağımdan bile öpmedin."

Harry gülümseyerek, "İstersen yanağından öpebilirim," dedi.

"Hayır, demek istediğim... Biliyorsun."

"Bir şeyler olmasını mı istemiştin?" diye sordu.

Harry Cameron bana çekici gelmiyordu. Üstelik çekici erkekler sınıfına girecek biri olmasına rağmen. "Hayır," dedim. "İstediğimi sanmıyorum."

"Ama benim bir şeyler olmasını istememi istedin, öyle mi?"

Gülümsedim. "İstediysem ne olmuş? Bu o kadar yanlış bir şey mi? Ben bir aktrisim, Harry. Bunu sakın unutma."

Harry güldü. "Yüzünün her yerinde 'aktris' yazıyor. Bunu her gün ama her gün hatırlıyorum."

"O zaman neden, Harry? Gerçek ne?"

Harry viskisinden bir yudum alıp kolunu benden çekti. "Açıklaması zor."

"Dene."

"Çok gençsin."

Elimde onu savuşturdum. "Çoğu erkek böyle küçük bir ayrıntıyı sorun ediyormuş gibi görünmüyor. Kocam benden yedi yaş büyük."

Dönüp baktığımda Don'un dans pistinde annesiyle salındığını gördüm. Mary, ellilerinde olmasına rağmen hâlâ muhteşemdi. Sessiz film dönemlerinde ünlenmiş, işi bırakmadan önce birkaç diyaloglu film de yapmıştı. Uzun boylu ve insanı her şeyden çok çarpan yüzüyle göz korkutucuydu.

Harry viskisinden bir yudum daha alıp kadehini bıraktı. Düşünceli görünüyordu. "Uzun ve karmaşık bir hikâye. Ama şu kadarını söyleyeyim ki hiçbir zaman benim tipim olmadın."

Bunu öyle bir söylemişti ki sanki bana bir şeyler anlatmaya çalışıyordu. Harry benim gibi kızlarla ilgilenmezdi. Harry genel olarak kızlarla ilgilenmezdi.

"Sen benim dünyadaki en iyi arkadaşımsın, Harry," dedim. "Bunu biliyorsun, değil mi?"

Gülümsedi. Büyülendiği, rahatladığı için gülümsediği izlenimine kapıldım. Ne kadar belli belirsiz olsa da kendini açıklamıştı. Ben de doğrudan olmasa bile onu kabul ediyordum.

"Öyle miyim gerçekten?"

Başımla onayladım.

"Tamam, o hâlde sen de benim."

Kadehimi ona doğru kaldırdım. "En iyi arkadaşlar birbirlerine her şeyi anlatırlar," dedim.

Kadehini kaldırırken gülümsedi. "Bunu yemedim," diye takıldı. "Bir an bile!"

Don yanımıza gelip sohbetimizi böldü. "Karımla dans etsem sorun olmaz, değil mi Cameron?"

Harry teslim olurmuş gibi ellerini kaldırdı. "Tamamen senindir."

"Öyle."

Don'un elini tuttum. Beni dans pistinin etrafında döndürdü. Gözlerimin içine baktı. Gerçekten bana bakıyordu. Beni görüyordu.

"Beni seviyor musun, Evelyn Hugo?" diye sordu.

"Dünyadaki her şeyden çok. Sen beni seviyor musun, Don Adler?"

"Gözlerini, memelerini ve yeteneğini seviyorum. Neredeyse hiç kıçın olmamasını seviyorum. Seninle ilgili her şeyi seviyorum. Yani evet demek yeterli olmaz."

Güldüm ve onu öptüm. Etrafımız insanlarla çevriliydi. Dans pisti tıklım tıklımdı. Don'un babası Roger, bir köşede Ari Sullivan'la puro içiyordu. Kendimi eski yaşamımdan, eski benden, herhangi bir şey için Ernie Diaz'a muhtaç olan o kızdan milyonlarca kilometre uzakta hissediyordum.

Don beni kendine doğru çekerek ağzını kulaklarıma yapıştırdı. "Ben ve sen. Bu şehri biz yöneteceğiz," diye fısıldadı.

Beni dövmeye başladığında iki aylık evliydik.

11

EVLENDİKTEN ALTI HAFTA sonra Puerto Vallarta'daki bir mekânda Don'la başrolünü paylaştığımız acıklı bir film çektik. Adı *One More Day*'di. Yaz tatilinde ailesiyle ikinci evlerine gelen Diane adında zengin bir kız ve ona âşık olan kasaba yerlisi Frank'in hikâyesi. Doğal olarak bir araya gelemiyorlardı çünkü kızın ailesi onaylamıyordu.

Evliliğimizin ilk haftalarında Don çok mutluydu. Beverly Hills'te bir ev almış, içini mermer ve keten beziyle dekore etmiştik. Neredeyse her hafta sonu havuz partileri veriyor, öğleden sonraları gece yarısına kadar şampanya ve kokteyl içiyorduk.

Doğrusu Don krallar gibi sevişiyordu. Bir yığın insanı idare eden birinin özgüveni ve gücüyle. Onun altında eriyordum. Onun istediği an, istediği ne varsa yapıyordum.

İçimdeki bir tuşa dokunmuştu sanki. Beni, sevişmeyi bir araç olarak gören bir kadından sevişmenin bir ihtiyaç olduğunu bilen bir kadına dönüştüren bir tuş. Ona ihtiyacım vardı. Görülmeye ihtiyacım vardı. Onun bakışlarıyla hayat buluyordum. Don'la evli olmak bana hiç bilmediğim bir yanımı göstermişti. Sevdiğim bir yanımı.

Puerto Vallarta'ya gittiğimizde çekimlere başlamadan önce şehirde birkaç gün geçirdik. Kiralık teknemizle suya açıldık. Okyanusa daldık. Kumların üzerinde seviştik.

Ama çekimlere başladığımızda Hollywood'un günlük stresi yeni evli kozamızı parçalamaya başladı. Rüzgârın tersine döndüğünü söyleyebilirim.

Don'un son filmi, *The Gun at Point Dume* gişede iyi sonuçlar almıyordu. İlk kez bir Western'de rol almıştı. İlk kez aksiyon filmi kahramanı olmuştu. *PhotoMoment*'ta "Don Adler, bir John Wayne değil," diyen bir değerlendirme yayımlandı. *Hollywood Digest*, "Adler, silah tutan bir ahmağa benziyor," yazmıştı. Bunların canını sıktığını, kendinden şüpheye düşmesine neden olduğunu söyleyebilirim. Maskülen bir aksiyon kahramanı olarak kendini kabul ettirmek, planının hayati bir parçasıydı. Babası zıpır komedi filmlerinde düz bir adamı oynamıştı genelde. Bir soytarı gibi. Don, bir kovboy olduğunu kanıtlamaya kararlıydı.

Yakın zamanda Seyirci Ödülleri'nde, En İyi Çıkış Yapan Yıldız ödülünü almamın da faydası olmadı.

Diane ile Frank'in sahilde son bir kez öpüştükleri veda sahnesini çektiğimiz gün, Don'la kiraladığımız bungalovda uyandık ve Don bana ona kahvaltı hazırlamamı söyledi. Dikkatini çekerim, kahvaltı hazırlamamı *rica etti* demiyorum. Emir verdi. Yine de ses tonunu görmezden gelerek hizmetçiyi aradım.

Maria adında Meksikalı bir kadındı. Oraya ilk gittiğimizde yerlilerle İspanyolca konuşup konuşmamak konusunda kararsızdım. Derken bu konuda karar bile vermeden herkesle yavaş, anlaşılır bir İngilizceyle konuşurken buldum kendimi.

"Maria, lütfen Bay Adler'a kahvaltı hazırlar mısın?" dedim telefona. Sonra Don'a dönerek, "Ne istersin? Kahve ve yumurta olur mu?" diye sordum.

Los Angeles'taki hizmetçimiz Paula her sabah ona kahvaltı hazırlardı. Neleri sevdiğini biliyordu. O an buna hiç dikkat etmemiş olduğumu fark ettim.

Öfkelenen Don yastığını başının altından çekip yüzüne kapatarak çığlık attı.

"İçine ne kaçtı senin?" diye sordum.

"Bana kahvaltı hazırlayacak türden bir eş olmayacaksan bile en azından nasıl kahvaltı ettiğimi öğrenebilirsin," deyip banyoya gitti.

Rahatsız olmuştum ama büyük bir şaşkınlık yaşadığımı söyleyemem. Kısa sürede Don'un yalnızca mutluyken kibar olduğunu ve yalnızca kazanırken mutlu olduğunu öğrendim. Onunla kazandığı bir dönemde tanışmış, yükseldiği dönemde evlenmiştim. O tatlı Don'un onun tek yüzü olmadığını çabuk öğrendim.

Daha sonra kiralık Corvette'imizde ilerlerken Don anayoldan çıkarak sete doğru uzanan on blok boyunca ilerlemeye başladı.

"Buğune hazır mısın?" diye sordum. Onu canlandırmaya çalışıyordum.

Don yolun ortasında arabayı durdurdu. Bana döndü. "Senin yaşından uzun süredir profesyonel aktörlük yapıyorum ben." Doğruydu ama yalnızca teknik olarak. Bebekken Mary'nin sessiz filmlerinden birinde görünmüştü. Ondan sonra ise yirmi bir yaşına gelene kadar herhangi bir filmde rol almamıştı.

Arkamızda birkaç araç birikmişti. Trafiği tıkıyorduk. "Don..." dedim onu ilerlemesi için teşvik etmeye çalışarak. Beni dinlemiyordu. Arkamızdaki beyaz kamyonet bizi geçmek için dönüş almaya başlamıştı.

"Dün Alan Thomas bana ne dedi biliyor musun?" dedi Don.

Alan Thomas yeni menajeriydi. Don'u Sunset Stüdyoları'ndan ayrılıp serbest çalışmaya teşvik ediyordu. Kariyerlerinin yönünü kendi başlarına belirleyen pek çok aktör vardı. Büyük yıldızlara büyük ödemeler yapılıyordu. Don da sabırsızlanmaya başlamıştı. Tek bir filmle, anne babasının tüm kariyerleri boyunca kazandıklarından daha çok kazanmaktan bahsedip duruyordu.

Kanıtlayacak bir şeyleri olan adamlara karşı tetikte olmak gerek.

"Şehirde herkes neden hâlâ Evelyn Hugo olarak devam ettiğini soruyormuş."

"İsmimi yasal olarak değiştirdim ya. Ne demek istiyorsun?"

"Afişleri diyorum. Üzerinde 'Don ve Evelyn Adler' yazmalı. İnsanlar bunu konuşuyor."

"Kim diyormuş bunu?"

"İnsanlar."

"Hangi insanlar?"

"İlişkimizde senin sözünün geçtiğini düşünüyorlar."

Başımı ellerimin arasına aldım. "Don, aptallaşma."

Bir araba daha yanımızdan dolaşıp geçti. Don'la beni fark edişlerini izledim. *Sub Rosa* dergisinde Hollywood'un gözde çiftinin birbirini nasıl boğazladığına dair tam sayfa haber olmamıza ramak kalmıştı. Muhtemelen, "Adlerler Çıldırdı mı?" gibi bir şey derlerdi.

Don'un da benimle aynı anda manşetleri gözünde canlandırdığını sanıyorum çünkü arabayı çalıştırıp sete doğru yola çıktı. Çekim alanına çektiğimizde, "Neredeyse kırk beş dakika geç kaldığımıza inanamıyorum," dedim.

Don ise, "Hey, biz Adler çiftiyiz, geç kalabiliriz," dedi.

Bunu kesinlikle iğrenç bulmuştum. Don'un karavanında yalnızca ikimiz kalana kadar bekledim. Sonra, "Bu şekilde konuştuğunda at kıçına benziyorsun. İnsanların seni duyabileceği yerlerde böyle şeyler söylememelisin," dedim.

Ceketini çıkarıyordu. Kostümcü her an gelebilirdi. Oradan çıkıp kendi karavanıma gitmeliydim. Onu öyle bırakmalıydım.

"Bana kalırsa yanlış bir izlenime kapılmışsın, Evelyn," dedi Don.

"Nasıl bir yanlış izlenimmiş bu?"

Burnumun dibine girdi. "Biz eşit değiliz, sevgilim. Sana bunu unutturacak kadar nazik davrandıysam özür dilerim."

Bir an söyleyecek hiçbir şey bulamadım.

"Bence bu son filmin olmalı," dedi. "Çocuk yapmamızın zamanının geldiğini düşünüyorum."

Kariyeri istediği gibi gitmiyordu. Ve eğer ailesindeki en ünlü kişi o olmayacaksa, benim de o insan olmama izin vermeyecekti.

Gözlerinin içine bakarak, "Kesinlikle ama kesinlikle hayır," dedim.

Yüzüme bir tokat attı. Keskin, hızlı, güçlü.

Ne olduğunu bile anlamadım. Yüzüm, gerçekliğine inanamadığım o darbenin etkisiyle yanıyordu.

Eğer hiç tokat yemediysen sana şunu söyleyeyim, son derece utanç verici bir şey. Çoğunlukla da sen ağlamak iste ya da isteme gözüne yaşlar dolduğu için. Darbenin şoku ve gücü, gözyaşı kanallarını tetikliyor.

Yüzüne tokat yiyip metanetli görünmenin hiçbir yolu yok. Yapabileceğin tek şey hareketsiz kalıp karşıya bakmak ve yüzünün kızarıp gözlerinin dolmasına izin vermek.

Ben de öyle yaptım.

Babam bana vurduğunda yaptığım gibi.

Elimi çeneme götürdüğümde cildimin yanışını hissedebiliyordum.

Yönetmen yardımcısı kapıyı çaldı. "Bay Adler, Bayan Hugo yanınızda mı?"

Don konuşamadı.

"Bir dakika, Bobby," dedim. Sesimin ne kadar normal ve kendine güvenli çıktığına şaşırdım. Hayatı boyunca bir fiske bile yememiş bir kadının sesi gibiydi.

Kolayca ulaşabileceğim bir ayna yoktu. Don sırtını aynaya yaslamış, görüşümü engelliyordu. Çenemi öne doğru uzattım.

"Kızarmış mı?" diye sordum.

Don bana bakamıyordu bile. Ama hızla bir göz atıp başıyla onayladı. Çocuksu ve utanmış bir hâli vardı. Sanki ona komşunun camını kıran o mu diye sormuştum.

"Dışarı çıkıp Bobby'ye kadınsal sıkıntılar yaşadığımı söyle. Başka bir şey sormaya utanacaktır. Sonra kostümcüne benim karavanıma gelmesini söyle. Bobby de benimkine yarım saat içinde burada olmasını söylesin."

"Tamam," dedi. Sonra ceketini alıp dışarı çıktı.

O, kapıdan çıkar çıkmaz kendimi içeri kilitleyip duvarın dibine çöktüm. Gözyaşlarım öyle hızlı döküldü ki kimse nereden geldiklerini anlayamazdı.

Doğduğum yerden binlerce kilometre uzaklara gelmiş, doğru zamanda doğru yerde olmanın bir yolunu bulmuştum. Adımı, saçlarımı, dişlerimi ve vücudumu değiştirmiştim. Nasıl rol yapılacağını öğrenmiştim. Doğru arkadaşlar edinmiştim. Ünlü bir aileye gelin olmuştum. Amerika'nın büyük bir kısmı adımı biliyordu.

Ama yine de...

Yine de...

Yerden kalkıp gözlerimi sildim. Kendimi toparladım.

Kenarı beyaz lambalarla süslenmiş üç aynanın karşısına kurumla oturdum. Kendimi bir film yıldızının kulisinde bulduğumda hiç sıkıntım kalmayacağını düşünmem ne kadar aptalcaydı.

Birkaç dakika sonra saçımı yapmak için gelen Gwendolyn kapıyı çaldı.

"Bir saniye!" diye seslendim.

"Evelyn, hızlı olmamız gerek. Zaten programın gerisindesiniz."

"Sadece bir saniye!"

Aynada kendime baktım ve o kızarıklığı yok edemeyeceğimi fark ettim. Mesele Gwen'e güvenip güvenmediğime karar vermekti. Güvendiğime karar verdim. Güvenmek zorundaydım. Kalkıp kapıyı açtım.

"Ah, tatlım," dedi. "Korkunç görünüyorsun."

"Biliyorum."

Bana daha dikkatli bakınca gördüğünün ne olduğunu idrak etti. "Düştün mü?"

"Evet," dedim. "Öyle oldu. Düştüm. Tezgâhın üzerine. En kötü darbeyi çenem aldı."

İkimiz de yalan söylediğimi biliyorduk.

Gwen beni bir yalan bulmaktan kurtarmak için mi yoksa sessiz kalmaya teşvik etmek için mi düştüğümü sordu, hâlâ emin değilim.

O zamanlar dövülen tek kadın ben değildim. Pek çok kadın benim yaşadıklarımı yaşıyordu. Bu tür şeyler için bir sosyal kod vardı. İlk kural ise bu konuda ağzını açmamaktı.

Bir saat sonra bir refakatçiyle sete götürülüyordum. Sahildeki bir malikânenin hemen dışında çekecektik sahneyi. Don sandalyesinde oturmuştu. Yönetmenin hemen arkasında, kuma batan dört ahşap bacak. Bana doğru koştu.

"Nasıl oldun, tatlım?" Sesi öyle canlı, öyle iç rahatlatıcıydı ki bir an için olanları unuttuğunu düşündüm.

"İyiyim. Hadi halledelim şunu."

Yerlerimizi aldık. Sesçi mikrofonlarımızı taktı. Işıkçılar düzgün ışık alıp almadığımızı kontrol etti. Kafamdaki her şeyi bir kenara bıraktım.

"Bir dakika, bir dakika!" diye haykırdı yönetmen. "Ronny, boom'un sorunu ne..." Dikkatini konuşmaya vererek kameradan uzaklaştı.

Don mikrofonunun üzerini örttü. Ardından elini göğsüme koyarak benimkini de örttü.

"Evelyn, çok üzgünüm," diye fısıldadı kulağıma.

Geri çekilip şaşkınlıkla yüzüne baktım. Daha önce kimse vurduğu için benden özür dileyememişti.

"Sana el kaldırmamalıydım," dedi. Gözleri dolmuştu. "Kendimden utanıyorum. Senin canını acıtacak bir şey yaptığım için çok utanıyorum." Acı çekiyormuş gibi görünüyordu. "Kendimi affettirmek için her şeyi yaparım."

Belki de düşündüğüm hayat o kadar da uzakta değildi.

"Beni affedebilecek misin?" diye sordu.

Belki de bu sadece bir hataydı. Belki bir şeylerin değişmesi gerektiği anlamına gelmiyordu.

"Elbette affedebilirim," dedim.

Yönetmen yeniden kameraya koştu. Don geri çekilip ellerini mikrofonlarımızın üzerinden çekti.

"Ve... oyun!"

One More Day ile Don da ben de Akademi Ödüllerine aday gösterildik. Genel olarak ne kadar yetenekli olduğumuzun hiçbir önemi olmadığı konusunda herkesin hemfikir olduğunu düşünüyordum. İnsanlar bizi bir arada görmeyi seviyordu.

Dönüp bakınca ikimiz de iyi miydik, değil miydik bilmiyorum. Bir türlü izleyemediğim tek filmim odur.

12

Bİr adam sana vurur, özür diler, sen de bir daha asla tekrarlanmayacağını düşünürsün.

Ama sonra ona bir aile isteyip istemediğinden emin olmadığını söylediğinde sana bir kez daha vurur. Kendine bunun, o yaptığı şeyin anlaşılabilir olduğunu söylersin. Söylediklerini biraz kaba bir biçimde söylemişsindir. Günün birinde bir ailen olmasını istiyorsundur. Gerçekten istiyorsundur. Ama filmlerle birlikte nasıl idare edeceğinden emin değilsindir. Daha açık konuşman gerekiyordur.

Ertesi sabah adam özür dileyerek sana çiçek getirir. Diz çöker.

Üçüncüsü, dışarı çıkıp Romanoff's'a gitmek ya da evde kalmak konusundaki bir anlaşmazlıkla ilgilidir. Seni arkandaki duvara ittirdiğinde, bunun aslında evliliğinizin halkın gözündeki *imajıyla* ilgili olduğunu anlarsın.

Dördüncüsü, ikinizin de Oscar'ı kazanamamasından hemen sonradır. İpek, zümrüt yeşili, tek omuzlu bir elbise vardır üzerinde. O ise kuyruklu bir smokin giymiştir. Davet sonrası partide çok içmiş, yarasını bu şekilde geçirmeye çalışmıştır. Evin önüne park etmiş arabanın ön koltuğundasındır ve inmek üzeresindir. Kaybettiği için üzgündür.

Ona sorun olmadığını söylersin.

Sana onu anlamadığını söyler.

Senin de kazanamadığını hatırlatırsın ona.

"Evet ama senin ailen Long Island'da yaşayan döküntülerden başka bir şey değil. Kimse senden bir şey beklemiyor," der.

Yapmaman gerektiğini bilirsin ama yine de, "Ben Hell's Kitchen'danım seni pislik," dersin.

Park hâlindeki arabanın kapısını açıp seni dışarı sürükler.

Ertesi sabah gözyaşlarına boğulduğunda aslında ona artık inanmıyorsundur. Bundan sonrası yalnızca *senin ne yaptığındır*.

Tıpkı elbisendeki bir deliği çengelli iğneyle tutturmak ya da penceredeki bir çatlağı bantlamak gibi.

Harry Cameron kostüm odasına gelip de bana güzel haberi verdiğinde tam da orada sıkışıp kalmıştım işte. Sorunun kökenine inmektense özrü kabul etmenin daha kolay olduğu kısma. Harry, *Küçük Kadınlar*'ın nihayet onay aldığını söyledi.

"Sen Jo olacaksın. Ruby Reilly, Meg'i; Joy Nathan, Amy'yi; Celia St. James ise Beth'i oynayacak."

"Celia St. James mi? Olympian Stüdyoları'ndan olan mı?"

Harry başıyla onayladı. "Neden yüzün asıldı? Ben heyecanlanacağını düşünmüştüm."

"Ah," dedim ona doğru biraz daha dönerek. "Heyecanlıyım. Kesinlikle çok heyecanlıyım."

"Celia St. James'i sevmiyor musun?"

Gülümsedim. "O ergen sürtük çaktırmadan beni oynayacak."

Harry başını arkaya atarak güldü.

Celia St. James, daha bu senenin başlarında manşetlerde yer almaya başlamıştı. On dokuz yaşındayken bir savaş dönemi filminde genç yaşta dul kalmış bir anneyi oynamıştı. Herkes, önümüzdeki senenin baskın isimlerinden olacağını söylüyordu. Tam da stüdyonun Beth'i oynamasını isteyeceği türden biri.

Aynı zamanda tam da Ruby'yle ikimizin nefret edeceği türden biri.

"Yirmi bir yaşındasın, şu an buradaki en büyük film yıldızıyla evlisin ve Akademi Ödülleri'ne aday gösterilmenin üzerinden çok geçmedi, Evelyn."

Harry haklıydı ama ben de haklıydım. Celia sorun olacaktı.

"Tamam. Ben hazırım. Hayatımın en iyi performansını sergileyeceğim. İnsanlar filmi izlediklerinde 'Beth kimdi? Ah, şu ölen ortanca kardeş mi? Ne olmuş ki ona?' diyecekler."

"Bundan hiç şüphem yok," dedi Harry kolunu omzuma atarak. "Olağanüstüsün, Evelyn. Bütün dünya bunu biliyor."

Gülümsedim. "Gerçekten böyle mi düşünüyorsun?"

Yıldızlar hakkında herkesin bilmesi gereken budur işte. Ne kadar sevildiğimizin söylenmesini severiz ve tekrarlamanızı isteriz. Hayatımın sonraki dönemlerinde insanlar sürekli gelip, "Eminim ne kadar harika olduğunuzu söyleyerek kafanızı ütülememi istemezsiniz," derlerdi. Bense espri yaparmış gibi, "Ah, bir kere daha duymaktan zarar gelmez," derdim. Ama gerçek şu ki övgü bağımlılıktır. Ne kadar çok övgü alırsan, ayakta kalmak için daha fazlasına ihtiyaç duyarsın.

"Evet," dedi Harry. "Gerçekten böyle düşünüyorum."

Sandalyemden kalkıp Harry'ye sarıldım. Ama sarılırken ışık, elmacıkkemiğimin üstünü, gözümün altındaki şişmiş noktayı aydınlattı.

Harry'nin bakışlarının yüzümde dolaşmasını izledim.

Sakladığım hafif morluğu, kalın makyajımın altından kanayan pembe-mavi cildimi görebiliyordu.

"Evelyn..." dedi. Başparmağını, sanki gördüğünün gerçek olduğundan emin olmak istermiş gibi yüzüme değdirdi.

"Harry, yapma."

"Onu öldüreceğim."

"Hayır, yapmayacaksın."

"Biz dostuz, Evelyn. Sen ve ben."

"Biliyorum," dedim. "Biliyorum."

"Dostlar birbirlerine her şeyi anlatır demiştin."

"Bunu söylediğimde ne kadar saçmaladığımın sen de farkındaydın."

Bir süre birbirimize baktık.

"Bırak yardım edeyim," dedi. "Ne yapabilirim?"

"Günlük çekimlerde Celia'dan, diğerlerinin hepsinden daha iyi görünmemi sağlayabilirsin."

"Onu kastetmiyorum."

"Ama yapabileceğin yalnızca bu."

"Evelyn..."

Dudaklarımı birbirine bastırdım. "Buradan çıkış yok, Harry." Ne demek istediğimi anlamıştı. Don Adler'dan ayrılamazdım.

"Ari'yle konuşabilirim."

"Onu seviyorum," dedim ve arkamı dönüp küpelerimi takmaya giriştim.

Gerçek buydu. Don'la sorunlarımız vardı ama kimin sorunu yoktu ki? Üstelik o içimde bir şeyleri ateşleyebilmiş tek adamdı. Bazen onu arzuladığım, kendimi onun dikkatini çekmek için uğraşırken bulduğum, hâlâ onun onayına ihtiyaç duyduğum için kendimden nefret ediyordum. Ama durum buydu. Onu seviyordum, yatağımda olmasını istiyordum. Ayrıca spot ışıklarının da altında olmak istiyordum.

"Konu kapanmıştır."

Bir dakika sonra odamın kapısı tekrar çalındı. Gelen Ruby Reilly'ydi. Genç bir hemşireyi oynadığı bir dram filmi çekiyordu. Üzerinde siyah bir tunik ve beyaz önlüğüyle karşımızda durdu. Şapkası elindeydi.

"Duydun mu?" dedi Ruby bana. "Ah, tabii ki duydun. Harry burada olduğuna göre..."

Harry güldü. "Üç hafta içinde provalara başlıyorsunuz."

Ruby, Harry'nin koluna şakayla vurdu. "Ah, hayır o değil! Celia St. James'in Beth rolünü aldığını duydun mu? O şıllık hepimizi utandıracak."

"Gördün mü Harry?" dedim. "Celia St. James her şeyi mahvedecek."

13

KÜÇÜK KADINLAR'IN PROVALARINA başlayacağımız sabah Don beni yatakta kahvaltıyla uyandırdı. Yarım bir greyfurt ve yanmış bir sigara. Bunu son derece romantik bulmuştum çünkü tam olarak istediğim şeydi.

"Bugün için iyi şanslar, tatlım," dedi giyinip kapıya doğru ilerlerken. "Celia St. James'e gerçek bir aktris olmanın ne demek olduğunu göstereceğine eminim."

Ona gülümseyerek iyi günler diledim. Greyfurtu yedikten sonra tepsiyi yatakta bırakıp duşa girdim.

Duştan çıktığımda hizmetçimiz Paula yatak odasını topluyordu. Sigaramın izmaritini yorganın üzerinden alıyordu. Sigarayı tepside bırakmıştım ama düşmüş olmalıydı.

Evde pek derli toplu olduğum söylenemezdi.

Dün gece çıkardığım kıyafetler yerdeydi. Terliklerimse şifonyerin üzerinde. Havlum lavabonun içindeydi.

Paula işi için biçilmiş kaftandı. Beni özellikle sevimli bulmadığını da söylemeliyim. Açıkça anlaşılıyordu bu.

"Sonra halletsen olur mu?" dedim ona. "Çok üzgünüm ama sete yetişmem gerek, acelem var."

Kibarca gülümseyip çıktı.

Aslında acelem filan yoktu. Sadece giyinmek istiyordum ve Paula'nın gözleri önünde giyinecek değildim. Kaburgalarımda çürükler, koyulaşmış ve sararmaya başlamış izler olduğunu görmesini istemiyordum.

Don dokuz gün önce beni merdivenlerden ittirmişti. Bunca yıl sonra bile bundan bahsederken onu savunmam gerektiğini hissediyorum. Kulağa geldiği kadar kötü olmadığını, merdivenin alt basamaklarında olduğumuzu ve beni sadece zemine kadar olan dört basamaktan düşmeme neden olacak kadar ittiğini söylemek zorunda hissediyorum kendimi.

Ne yazık ki kapının yanında duran, anahtarları ve postaları koyduğumuz masaya çarpmıştım düşerken. Sol yanım masaya denk gelmiş, üst çekmecenin kulpu kaburgama çarpmıştı.

Kaburgamın kırılmış olabileceğini söylediğimde Don, "Ah, olamaz, tatlım. İyi misin?" demişti sanki beni iten o değilmiş gibi.

Ben de bir ahmak gibi, "İyiyim sanırım," demiştim.

O morluk kolay kolay geçmeyecekti.

Paula bir dakika geçmeden kapıdan içeri daldı.

"Affedersiniz, Bayan Adler, unuttuğum bir şey..."

Paniklemiştim. "Tanrı aşkına, Paula! Sana çıkmanı söyledim!"

Arkasını dönüp çıktı. Beni daha çok kızdıran şey belliydi. Madem bir hikâye satacaktı, neden bunu satmamıştı? Neden bütün dünyaya Don Adler'ın karısını dövdüğünü söylememişti? Neden *benim* peşime düşmüştü?

◆ ◆ ◆

İki saat sonra *Küçük Kadınlar* setindeydim. Sesli çekim stüdyosu, pencerelerdeki karlara kadar bir New England barakasına dönüştürülmüştü.

Ruby'le ikimiz, Celia St. James'in filmi bizden çalmaması için birleşmiştik. Beth'i kim oynarsa oynasın seyircinin elini mendillerine uzatmasına neden olacağı gerçeğini pek önemsemiyorduk.

Bir aktrise, yükselen dalganın bütün tekneleri yükselttiğini söyleyemezsin. Bizim için işler öyle yürümez.

Ancak provaların ilk gününde, Ruby'yle birlikte set mutfağında kahve içerek vakit öldürürken Celia St. James'in hepimizin ondan nefret ettiğini hiç anlamadığı ortaya çıktı.

"Ah, Tanrım," dedi Ruby'yle benim yanımıza gelerek. "Çok korkuyorum."

Gri bir pantolon ile soluk pembe, kısa kollu bir süveter giymişti. Çocuksu, sıradan birini andıran bir yüzü vardı. Büyük, yuvarlak, soluk mavi gözler; uzun kirpikler; aşk meleğinin yayına benzer dudaklar; uzun, kızıl saçlar. Mükemmel sadeliğin ta kendisiydi.

Ben, insanların asla tam anlamıyla taklit edemeyeceklerini bildikleri türden bir güzelliğe sahiptim. Erkekler de benim gibi bir kadının yanına bile yaklaşamayacaklarını bilirlerdi.

Ruby'nin seçkin, soğuk bir güzelliği vardı. Ruby havalıydı. Ruby şıktı.

Ama Celia'nın sanki onu ellerinde tutuyormuşsun, kartları doğru oynarsan Celia St. James gibi bir kızla evlenebilirmişsin gibi hissettiren bir güzelliği vardı.

Ruby de ben de ulaşılabilirliğin ne tür bir güç olduğunun farkındaydık.

Celia, mutfak masasında bir parça ekmek kızartıp üzerine fıstık ezmesi sürüp ısırdı.

Ruby, "Neden korkuyorsun?" diye sordu.

"Ne yaptığıma dair hiçbir fikrim yok!" dedi Celia.

"Celia, bizden bunun için bir 'Aman Tanrım!' rutini oluşturmamızı bekleme," dedim.

Bana baktı. Öyle bir bakmıştı ki bir an daha önce hiç kimse bana böyle bakmamış gibi hissettim. Don bile. "Bu beni yaraladı," dedi.

Kendimi biraz kötü hissettim ama buna izin verecek değildim. "Öylesine söyledim," dedim.

"Hayır, kesinlikle öylesine söylemedin," dedi Celia. "Bence biraz alaycısın."

Ruby, o iyi gün dostu, yardımcı yönetmenin ona seslendiğini duymuş gibi yaparak kalkıp gitti.

"Yalnızca bütün şehrin önümüzdeki yıl aday gösterileceğini konuştuğu bir kadının Beth March'ı oynayacak kabiliyette olduğundan şüphe etmesine inanmakta güçlük çekiyorum. Bütün filmdeki en sevilebilir, en ağızlara sakız olacak rol o."

"Madem böyle olacağı kesin, o hâlde neden *sen* almadın rolü?" diye sordu.

"O rol için yaşlıyım, Celia. Ama teşekkür ederim."

Celia gülümsedi. O an eline koz verdiğimi fark ettim.

Celia St. James'ten hoşlanmaya başladığım andı bu.

14

"Gerİsİnİ yarina birakalim," dedi Evelyn. Güneş batalı epey oluyordu. Etrafıma baktığımda kahvaltı, öğle yemeği ve akşam yemeği artıklarının odanın her yanına dağılmış olduğunu gördüm.

"Tamam," dedim.

"Bu arada," dedi ben toplanmaya başlamışken. "Danışmanım bugün editöründen bir e-posta almış. Haziran kapağı için fotoğraf çekimini soruyor."

"Ah," dedim. Frankie birkaç kez beni yoklamıştı. Onu geri aramam, durumla ilgili bilgi vermem gerektiğini biliyordum. Sadece... bir sonraki hamlemin ne olacağından emin değildim.

"Anladığım kadarıyla onlara planımızdan bahsetmedin," dedi Evelyn.

Bilgisayarımı çantama yerleştirdim. "Henüz değil." Bunu söylerken sesimdeki o hafif mahcubiyet tınısından nefret ettim.

"Sorun değil," dedi Evelyn. "Endişelendiğin buysa seni yargılamıyorum. Tanrı biliyor ya, pek gerçeklerin savunucusu sayılmam."

Güldüm.

"Yapman gerekeni yapacaksın," dedi.

"Yapacağım," dedim.

Sadece yapmam gerekenin tam olarak ne olduğunu henüz bilmiyordum.

❖ ❖ ❖

Eve döndüğümde annemden gelen bir paket bina kapısının iç tarafında beni bekliyordu. Paketi elime aldığımda ne kadar ağır olduğunu fark ettim. Sonunda yere bırakıp ayağımla yerde sürüklemeye başladım. Merdivenleri çıkarken her seferinde tek bir basamak kaldırabiliyordum. Sonra daireme kadar sürüklemeye devam ettim.

Kutuyu açtığımda babamın fotoğraf albümlerinin bir kısmıyla dolu olduğunu gördüm.

Her birinin önünde, sağ alt köşede "James Grant" kabartması vardı.

Olduğum yere çöküp tek tek fotoğraflara bakmaktan beni hiçbir şey alıkoyamazdı.

Yönetmenlerin, meşhur aktörlerin, sıkılmış figüranların, yardımcı yönetmenlerin ve aklınıza gelebilecek herkesin set fotoğrafları. Hepsi karşımdaydı. Babam işini severdi. Ona bakmayan insanların fotoğraflarını çekmeyi severdi.

Bir defasında, ölümünden bir yıl kadar önce, Vancouver'da iki ay sürecek bir iş aldığını hatırlıyorum. Annemle beraber iki kez onu ziyarete gitmiştik. L.A.'den çok daha soğuk bir yerdi. Bana çok uzun gelen bir süre boyunca orada olacaktı. Ona neden diye sordum. Neden evde çalışamıyordu? Neden bu işi almak zorundaydı?

Bana onu canlandıran işler yapmak istediğini söylemişti. "Bunu sen de yapmalısın, Monique," demişti. "Yaşın ilerlediğinde. Kalbini küçülttüğünü hissettiğin işler yerine kalbini kocaman hissettiğin bir iş bulmalısın. Tamam mı? Söz mü?" Elini uzatmıştı. Tutup sıkmıştım. Bir iş anlaşması yapıyormuşuz gibi... Altı yaşındaydım. Sekiz yaşına geldiğimde onu kaybettik.

Sözlerini her zaman kalbimde taşıdım. İlk gençlik yıllarımı kendime bir tutku, bir şekilde ruhumu genişletecek bir şey bulmak için çabalayarak geçirdim. Kolay bir iş değildi. Lisedeyken, babama veda etmemizden çok uzun zaman sonra tiyatro ve orkestraya girmeyi denedim. Koroya katılmaya çalıştım. Futbol ve münazarayla uğraştım. Bir aydınlanma ânında, babamın kalbini dolduran şeyin benimkini de dolduracağını umarak fotoğrafçılığa yöneldim.

USC*'deki ilk yılımda, kompozisyon dersinde sınıf arkadaşlarımdan birine dair bir metin yazmam istenene kadar göğsümün içinde kalbimin büyüdüğünü hissettirmeye yaklaşan hiçbir şeye rastlamamıştım. Gerçek insanlar hakkında yazmayı sevmiştim. Gerçek dünyayı yorumlamanın birtakım çağrışımlar yapan yöntemlerini sevmiştim. Hikâyelerini paylaşarak insanlarla bağ kurma fikri hoşuma gitmişti.

Kalbimin bu bölümünün peşinden gitmek beni NYU'daki G bölümüne** götürdü. Oradan da WNYC'de*** stajyerlik. Aynı tutkuyu can sıkıcı bloglar için serbest çalışırken, ancak faturaları ödeyip kıt kanaat geçinirken de sürdürdüm. Sonunda *Discourse*'ta başladım. Sitenin tasarımını yenilemek için çalışmalar yapan David'le de orada tanıştım. Derken *Vivant* ve şimdi de Evelyn geldi.

Babamın Vancouver'daki soğuk bir günde bana söylediği küçücük bir şey, yaşamımın gidişatına yön veren bir ilke olmuştu.

Kısacık bir an acaba ölmemiş olsa onu dinler miydim diye düşündüm. Sayısız tavsiyesi olacağını hissetseydim her bir sözcüğüne böyle sıkı sıkıya sarılır mıydım?

Son fotoğraf albümünün sonlarında, bir film setine ait olmayan çekimler gördüm. Bir barbekü partisinde çekilmişti. Kimilerinin arka planında annemi gördüm. Sonra, en sonda annem ve babamla birlikte bir resmim vardı.

En fazla dört yaşında olmalıydım. Elimde tuttuğum bir kek dilimini yiyor, annemin kucağından doğruca kameraya bakıyordum. Babam kolunu ikimizin de omzuna atmıştı. O zamanlar çoğu

---

* University of South California –*çn*
** New York Üniversitesi Gazetecilik Bölümü. –*çn*
*** New York'un, ilk yayınını 8 Temmuz 1924'te yapan en köklü radyo istasyonu. –*çn*

insan bana hâlâ ilk ismimle hitap ediyor, Elizabeth diyordu. Elizabeth Monique Grant.

Annem Liz ya da Lizzy olarak büyüyeceğimi düşünüyordu. Babam ise Monique ismini çok sever, bana hep öyle hitap ederdi. Ona sık sık ilk adımın Elizabeth olduğunu hatırlatırdım. O da bana ilk ismimin canım ne isterse o olabileceğini söylerdi. O öldükten sonra annem de ben de Monique olmam gerektiğine karar verdik. Onunla ilgili son şeyin anısını korumak acımızı biraz olsun hafifletmişti. İkinci adım, gerçek adım oluvermişti. Annem sık sık bu ismin bana babamdan bir hediye olduğunu hatırlatırdı.

Fotoğrafa bakarken annemle babamın bir arada ne kadar güzel göründüklerini düşündüm. James ile Angela. Birlikte bir hayat kurmanın, bana sahip olmanın onlara nelere mal olduğunu biliyordum. 80'lerin başında siyahi bir adam ve beyaz bir kadın. İkisinin de aileleri bu birleşmeye pek sıcak bakmıyordu. Babam ölmeden önce çok sık taşınır, ebeveynlerimin kendilerini rahat, evlerinde hissedecekleri bir mahalle bulmaya çalışırdık. Annem Baldwin Hills'te pek hoş karşılanmadığını hissetmişti. Babam Brentwood'da rahat hissetmiyordu.

Bana benzeyen ikinci bir insanla karşılaştığımda okula gidiyordum. Adı Yael'di. Babası Dominikli, annesi İsrailliydi. O futbol oynamayı severdi, bense bebek giydirme oynamaktan hoşlanırdım. Bir konuda anlaştığımız nadiren görülürdü. Ama birileri ona Yahudi olup olmadığını sorduğunda, "Yarı-Yahudiyim," demesini severdim. Tanıdığım başka hiç kimse *yarı* bir şey değildi.

Uzunca bir süre kendimi iki yarım parçadan oluşmuşum gibi hissettim.

Sonra babam öldü ve ben bir yarımın annem olduğunu, diğer yarımı ise kaybettiğimi düşünmeye başladım. Benden koparılıp alınmış, onsuz kendimi eksik hissettiğim bir yarı.

Ama şimdi 1986'da çekilmiş, üçümüzün bir arada olduğu, benim tulum, babamın polo yaka bir tişört, anneminse kot bir ceket giydiği fotoğrafa bakarken, birbirimize *aitmiş* gibi görünüyorduk.

İki farklı şeyin iki yarısı gibi değil, bir bütün gibi görünüyordum. Onlara ait. Sevilen.

Babamı özlemiştim. Onu hep özlüyordum zaten. Ama böyle anlarda, nihayet kalbimi büyütecek bir iş yaparken, keşke ona hiç değilse bir mektup gönderip ne yaptığımı anlatabilsem diye düşünüyordum. Tabii keşke o da bana bir cevap gönderebilseydi.

Ne yazacağını biliyordum aslında. "Seninle gurur duyuyorum. Seni seviyorum," gibi bir şey. Ama yine de bir mektup almak hoşuma giderdi.

♦ ♦ ♦

"Tamam," dedim. Evelyn'in masasındaki yerim ikinci evim olmuştu. Grace'in sabah kahvesine alışmıştım. Starbucks alışkanlığımın yerini almıştı. "Dün kaldığımız yerden devam edelim. *Küçük Kadınlar*'a başlamak üzereydin. Başla."

Evelyn güldü. "Bu işi kaptın," dedi.

"Hızlı öğrenirim."

15

Provalar başladıktan bir hafta sonra Don'la yatakta uzanmıştık. Bana nasıl gittiğini sordu, ben de Celia'nın tam da tahmin ettiğim gibi iyi olduğunu söyledim.

"*The People of Montgomery County* bu hafta da bir numara. Yine zirvedeyim. Sözleşmem de bu yılın sonunda bitiyor. Ari Sullivan beni mutlu etmek için ne istersem yapmaya hazır. Yani tek sözünle, *pufff*, oyunun dışında kalabilir."

"Hayır," dedim ona elimi göğsüne, başımı omzuna koyarken. "Sorun yok. Ben başroldeyim. O yardımcı oyuncu. Endişelenmiyorum. Hem onda hoşuma giden bir şeyler var."

"Benim de sende hoşuma giden bir şeyler var," diyerek beni üzerine çekti. Bir an için bütün endişelerim tamamen silinip gitti.

Ertesi gün, öğlen yemeği için ara verdiğimizde Joy ile Ruby hindi salatalarını yemek için çıktılar. Celia'yla göz göze geldik. "Dışarı çıkıp bir *milkshake* içme ihtimalin yoktur, değil mi?" diye sordu.

Sunset'teki beslenme uzmanı *milkshake* içmemden hoşlanmazdı. Ama bilmese de ölmezdi.

On dakika sonra Celia'nın 1956 model toz pembe Chevy'sinde Hollywood Bulvarı'na doğru ilerliyorduk. Celia berbat bir şofördü. Sanki hayatımı kurtarabilirmiş gibi kapı koluna tutunmuştum.

Celia, Sunset Bulvarı ile Cahuenga arasındaki ışıklarda durdu. "Schwab's'a gidelim diyorum," dedi sırıtarak.

Schwab's o zamanlar herkesin takıldığı bir yerdi. *Photoplay*'den

Sidney Skolsky'nin neredeyse tüm gün Schwab's'tan çalıştığını da herkes bilirdi.

Celia orada görünmek istiyordu. Orada benimle birlikte görünmek istiyordu.

"Nasıl bir oyun oynuyorsun?" diye sordum.

"Oyun filan oynamıyorum," dedi. Böyle bir şey düşünmemi hakaret olarak algılamış gibi yaptı.

"Ah, Celia," dedim elimi sallayarak onu geçiştirirken. "Bu işlerde senden birkaç yıl öndeyim. Sense henüz gözü açılmamışlardansın. Bizimle oynama."

Yeşil ışığın yanmasıyla birlikte Celia gaza bastı.

"Ben Georgia'danım," dedi. "Savannah'ın hemen dışı."

"Yani?"

"Diyorum ki ben gözü açılmamış filan değilim. Memleketimde Paramount'tan gelen biri tarafından keşfedildim."

Birinin onu baştan çıkarmak için mesafe katetmesini bir şekilde göz korkutucu, hatta belki tehditkâr bulmuştum. Ben şehre kan, ter ve gözyaşı dökerek gelmiştim. Celia ise henüz sıradan biriyken Hollywood *ona* koşmuştu.

"Olabilir," dedim. "Ama yine de ne tür bir oyun çevirdiğinin farkındayım, tatlım. Kimse *milkshake* için Schwab's'a gitmez."

"Dinle," dedi. Ses tonu bir parça değişmiş, daha içten gelmeye başlamıştı. "Bir iki hikâyeden zarar gelmez. Yakında kendi filmimde oynayacaksam ismimin biraz tanınması gerek."

"Şu *milkshake* meselesi de benimle birlikte görünmek için çevrilmiş bir katakulliden ibaret, öyle mi?" Bunun gurur kırıcı olduğunu düşündüm. Kullanılmak da azımsanmak da.

Celia başını hayır anlamında salladı. "Yoo, tam olarak değil. Seninle *milkshake* almaya gitmek istedim. Sonra çekim stüdyosundan çıkınca da, *Schwab's'a gitmeliyiz*, diye düşündüm."

Celia, Sunset ile Highland'in kesişimindeki ışıklarda aniden durdu. Arabayı bu şekilde kullandığını o an fark ettim. Ayağı hem gazın hem frenin üzerindeydi.

"Sağa dön," dedim.

"Ne?"

"Sağa dön."

"Neden?"

"Celia, kapıyı açıp kendimi arabadan atmadan önce şu sağa dön."

Kafayı yemişim gibi baktı ki haksız da sayılmazdı. Az önce onu sinyal vermezse kendimi öldürmekle tehdit etmiştim.

Highland'e doğru sağa döndü.

"Işıklardan sola dön," dedim.

Soru sormadı. Hemen sinyal verdi. Sonra Hollywood Bulvarı'nda ilerlemeye başladı. Arabayı yolun kenarına park etmesini söyledim. CC Brown's'a girdik.

"Dondurmaları daha iyidir," dedim içeri girerken.

Ona haddini bildirecektim. Ben istemediğim sürece, bu fikir benden çıkmadığı sürece onunla fotoğraf vermeyecektim. Benden daha az meşhur biri tarafından itilip kakılmayacaktım.

Celia acı çekermiş gibi başıyla onayladı. Tezgâhın ardındaki çocuk yanımıza geldiğinde bir an dili tutuldu.

"Eee..." dedi. "Menü ister misiniz?"

Başımı sallayarak istemediğimi belirttim. "Ne isteyeceğimi biliyorum. Celia?"

Celia çocuğa baktı. "Malt çikolata lütfen."

Çocuğun ona odaklanan gözlerine, Celia'nın kollarını birleştirerek hafifçe öne eğilip göğsünü ortaya çıkarışına baktım. Ne yaptığının farkında değilmiş gibiydi ve bu, çocuğu daha da büyülüyordu.

"Ben de çilekli *milkshake* alayım," dedim.

Bana baktığında birden gözleri büyüdü. Sanki tek seferde beni olabildiğince çok görmek ister gibiydi.

"Siz... Evelyn Hugo musunuz?"

"Hayır," dedim. Sonra gülümseyerek gözlerinin içine baktım. Şehirde ne zaman birileri beni tanısa sayısız kez bu ironik ve muzip tonlamayı sesimi aynı şekilde yükseltip alçaltarak tekrar etmiştim.

Yanımızdan uzaklaştı.

Celia'ya bakarak, "Neşelen, tatlım," dedim. Önündeki cilalanmış tezgâha bakıyordu. "Hiç yoktan daha iyi bir *milkshake* içeceksin."

"Seni kızdırdım," dedi. "Şu Schwab's meselesi. Üzgünüm."

"Celia, eğer gerçekten olmak istediğin kadar büyük olacaksan iki şeyi öğrenmen gerek."

"Nedir onlar?"

"Birincisi, insanların sınırlarını zorlamalısın ve bu yüzden kendini kötü hissetmemelisin. Sen istemedikçe kimse sana bir şey vermez. Denedin. Reddedildin. Aş artık şunu."

"İkincisi?"

"İnsanları kullanacaksan bu işi iyi yap."

"Seni kullanmaya çalışmıyordum..."

"Hayır, Celia, kullanmaya çalıştın. Bununla bir derdim yok. Ben seni kullanmak için bir dakika tereddüt etmezdim. Senden de beni kullanırken ikinci kez düşünmeni bekleyecek değilim. İkimizin arasındaki fark ne, biliyor musun?"

"Aramızda çok fark var."

"Peki benim özellikle bahsettiğim farkı biliyor musun?" dedim.

"Neymiş?"

"Benim insanları kullandığımın farkında olmam. İnsanları kullanma düşüncesiyle bir derdim yok. İnsanları kullanmadığın konusunda kendini ikna etmeye harcadığın o enerjiyi ben bu işte ustalaşmaya harcadım."

"Bununla da gurur duyuyorsun, öyle mi?"

"Beni getirdiği noktayla gurur duyuyorum."

"Beni kullanıyor musun? Şu anda?"

"Kullanıyor olsaydım asla farkında olmazdın."

"O yüzden soruyorum zaten."

Tezgâhın arkasındaki çocuk *milkshake*lerimizi getirdi. Bunu yapmak için önceden kendine bir cesaret nutku çekmiş gibi görünüyordu.

"Hayır," dedim Celia'ya çocuk gidince.

"Neye hayır?"

"Seni kullanmıyorum."

"Ah, rahatladım," dedi Celia. Buna dünden hazırmışçasına rahatlıkla bana inanışındaki insanın içini sızlatan naiflik beni çarptı. Doğruyu söylüyordum ama yine de...

"Seni *neden* kullanmadığımı biliyor musun?" diye sordum.

"Öğrenmek isterim," dedi Celia *milkshake*inden bir yudum alırken. Hem sesindeki bıkkınlığa hem de bu kadar hızlı konuşmasına şaşırarak güldüm.

Celia, o zamanlar bizim çevremizde yer alan herkesten daha çok Oscar kazandı. Hepsini de keskin, dramatik rollerle aldı. Ama ben hep bir komediyle büyük bir patlama yapabileceğini düşünmüşümdür. Çok çevikti.

"Seni kullanmamamın sebebi, bana sunacak hiçbir şeyin olmaması. En azından şimdilik."

Celia *milkshake*inden bir yudum daha alırken kaskatı kesildi. Ben de kendiminkinden bir yudum almak için öne eğildim.

"Bunun doğru olduğunu düşünmüyorum," dedi Celia. "Senin benden daha ünlü olduğunu kabul ediyorum. Kaptan Hollywood'la evli olmak insanda bu etkiyi yapabilir. Ama onun dışında aynı yerdeyiz, Evelyn. Sen birkaç güzel performans sergiledin. Ben de öyle. Şimdi de birlikte bir film çekiyoruz ki ikimiz de bu filmi Akademi Ödülü'nü kazanmak için kabul ettik. Hadi dürüst olalım, o konuda senden bir adım öndeyim."

"O nedenmiş?"

"Çünkü daha iyi bir aktrisim."

Pipetten yoğun sıvıyı çekmeyi bırakıp ona doğru döndüm.

"O kanıya nereden vardın?"

Celia omuz silkti. "Bu ölçebileceğimiz bir şey değil sanırım. Ama gerçek bu. *One More Day*'i izledim. Gerçekten iyisin. Ama ben daha iyiyim. Sen de benim daha iyi olduğumu biliyorsun. Zaten bu yüzden Don'la ikiniz beni projeden şutlamaya çalıştınız."

"Hayır, öyle bir şey yapmadık."

"Evet, yaptınız. Ruby anlattı."

Ruby'nin ona söylediklerimi Celia'ya yetiştirmesine kızmamıştım. Postacıya havladığı için bir köpeğe kızmaktan farksız olurdu. Onların doğası buydu.

"Ah, peki. Demek benden daha iyi bir aktrissin. Evet, belki Don'la seni kovdurmak üzerine konuşmuş da olabiliriz. Ne olmuş yani? Aman ne önemli."

"İşte benim demek istediğim de tam olarak bu. Ben senden daha yetenekliyim, sen de benden daha güçlüsün."

"Yani?"

"Yani haklısın, ben insanları kullanmak konusunda iyi değilim. O yüzden bunu farklı bir yoldan halletmeye çalışacağım. Birbirimize yardım edebiliriz."

*Milkshake*imden bir yudum daha alırken sakince sordum. "O nasıl olacak?"

"Çalışma saatleri dışında sana sahnelerin için yardım edeceğim. Bildiğim her şeyi sana öğreteceğim."

"Ben de seninle Schwab's'a mı geleceğim?"

"Sen de bana kendi yaptığın şeyi yapmamda yardımcı olacaksın. Bir yıldız olmamda."

"Peki sonra ne olacak?" dedim. "İkimiz de ünlü ve yetenekli mi olacağız? Şehirdeki her iş için rekabete mi gireceğiz?"

"Seçeneklerden biri bu sanırım."

"Ya diğeri ne?"

"Senden gerçekten hoşlandım, Evelyn."

Ona yan bir bakış attım.

Bana güldü. "Bu şehirdeki pek çok aktrisin gerçekten hissederek söylediği bir şey olmadığını biliyorum bunun. Ama ben o pek çok aktris gibi olmak istemiyorum. Senden gerçekten hoşlanıyorum. Seni ekranda izlemek hoşuma gidiyor. Sahnede belirdiğin an gözlerimi senden alamayışımı seviyorum. Teninin sarı saçlarına göre fazla koyu oluşunu, aslında bu iki ton birbiriyle son derece uyumsuzken sende tamamen doğalmış gibi görünmesini seviyorum. Ayrıca, dürüst olmak gerekirse, işini bilen ve korkunç biri olmanı da seviyorum."

"Korkunç değilim ben!"

Celia güldü. "Ah, kesinlikle öylesin. Seni rezil edeceğimi düşündüğün için beni kovdurmak istemen? Korkunç! Bu korkunç, Evelyn. Peki ya etrafta insanları nasıl kullandığını böbürlenerek anlatman? Berbat. Ama senin bundan bahsetmen hoşuma gidiyor. Dürüst, açık olmanı seviyorum. Buralardaki birçok kadının söyledikleri ve yaptıkları deli saçması. Senin, yalnızca sana bir şeyler kazandıracağı zaman saçmalamanı seviyorum."

"Bu uzun kompliman listesi de epey bir hakaretvari," dedim.

Celia sözlerimi anladığını belirtmek ister gibi başını salladı. "Ne istediğini biliyor ve peşinden gidiyorsun. Bu şehirde Evelyn Hugo'nun çok yakında Hollywood'un en büyük yıldızı olacağından şüphe eden tek bir kişi bile olduğunu sanmıyorum. Bu yalnızca bakılası biri olduğun için değil. Sen büyük biri olmak istediğine karar verdin ve olacaksın. Ben de böyle bir kadınla arkadaş olmak istiyorum. Demek istediğim bu. Gerçek arkadaş. Ruby Reilly tarzı, arkadan bıçaklayan, birbirinin arkasından konuşan türden saçmalıklar değil. Dostluk. İkimizin de birbirimizi tanıdığımız için daha iyi olacağı, daha iyi yaşayacağı bir ilişki."

Söylediklerini düşündüm. "Birbirimizin saçını filan yapmamız gerekecek mi?"

"Sunset insanlara bunun için para ödüyor. Yani hayır."

"Erkeklerle ilgili saçma dertlerini dinlemek zorunda kalacak mıyım?"

"Kesinlikle hayır."

"Ee, ne o zaman? Birlikte zaman geçirmeyi tercih ederek birbirimizin yanında olmaya mı çalışacağız?"

"Evelyn, daha önce hiç arkadaşın oldu mu?"

"Elbette arkadaşım oldu."

"Gerçek, yakın bir arkadaş. Dost?"

"Benim gerçek bir dostum var, sağ ol."

"Kimmiş o?"

"Harry Cameron."

"Harry Cameron senin arkadaşın mı?"

"En iyi arkadaşım."

"Tamam, güzel," dedi Celia tokalaşmak için elini uzatarak. "Ben de Harry Cameron'dan sonra ikinci en iyi arkadaşın olacağım."

Uzattığı eli tutup onunla tokalaştım. "Güzel. Yarın seni Schwab's'a götüreceğim. Sonra da birlikte prova yaparız."

"Teşekkür ederim," dedi pırıl pırıl bir gülümsemeyle. Sanki dünyadan istediği her şeyi almış gibi gülüyordu. Bana sarıldı. Ayrıldığımızda tezgâhın arkasındaki adam bize bakıyordu.

Hesabı istedim.

"Müessesenin ikramı," dedi. Dünyanın en ahmakça şeyiydi bana kalırsa. Çünkü bedava yiyip içmesi gereken biri varsa bu kesinlikle zengin insanlar değildi.

Celia'yla ayağa kalktığımızda, "Kocanıza *The Gun at Point Dume*'u sevdiğimi söyler misiniz?" dedi adam.

"Ne kocası?" dedim olabildiğince mahcup bir edayla.

Celia kahkaha attı. Bense ona sırıtarak baktım.

Ama aslında aklımdan geçen bambaşkaydı: *Bunu ona söyleyemem. Çünkü onunla dalga geçtiğimi düşünerek beni döver.*

SUB ROSA

22 Haziran 1959

Soğuk, Soğuk Evelyn

Beş yatak odalı muhteşem bir evde yaşayan güzel bir çift neden o evi bir dizi çocukla doldurmaz ki? Bu soruyu Don Adler ile Evelyn Hugo'ya sormak lazım.

Belki de yalnızca Evelyn'e sorsanız yeter.

Don bebek istiyor. Hepimiz de nefesimizi tutmuş bu iki güzel yaratığın çocuklarının dünyaya geleceği günü bekliyoruz. Onlardan doğacak herhangi bir çocuğun bizi bayılmanın eşiğine getireceğini biliyoruz.

Ama Evelyn hayır diyor.

Evelyn'in tek derdi kariyeri ve yeni filmi *Küçük Kadınlar*.

Üstelik Evelyn'in evi temiz tutmadığını, kocasının en basit ricalarına bile kulak asmadığını, yardımcısına kibar davranma zahmetine bile girmediğini de duyduk.

Onun yerine Celia St. James gibi bekâr kızlarla Schwab's'a gidiyor!

Zavallı Don evde çocuk diye ölürken Evelyn dışarıda gününü gün ediyor.

Evde her şey *Evelyn, Evelyn, Evelyn.*

Ardında son derece hoşnutsuz bir koca var.

16

"**Bu gerçek mi?**" **dedim** dergiyi Harry'nin masasına fırlatırken. Ama tabii ki haberi çoktan görmüştü.
"O kadar da kötü değil."
"İyi değil."
"Doğru, değil."
"Neden kimse bununla ilgilenmedi?" diye sordum.
"Çünkü *Sub Rosa* artık bizi dinlemiyor."
"Ne demek istiyorsun?"
"Gerçeklerle ya da yıldızlara ulaşmakla ilgilenmiyorlar. Canları ne isterse onu basıyorlar."
"Parayla ilgileniyorlar ama, değil mi?"
"Evet ama evliliğinin ayrıntılarına dair ahkam keserek bizim onlara ödeyebileceğimizden çok daha fazlasını kazanabilirler."
"Burası Sunset Stüdyoları."
"Öyle ama farkındaysan eskiden kazandığımız paraların yanına yaklaşamıyoruz."
Omuzlarım düştü. Harry'nin masasına bakan sandalyelerden birine oturdum. Kapı çalındı.
"Ben Celia," dedi kapıdaki ses.
Kalkıp ona kapıyı açtım.
"Sanırım haberi gördün," dedim.
Celia bana baktı. "O kadar da kötü değil."
"İyi değil," dedim.

"Doğru, değil."

"Teşekkürler. Çift as oldunuz."

Celia'yla ikimizin *Küçük Kadınlar* çekimleri bir hafta önce bitmişti. Çekimlerin bitmesinden sonraki gün Celia ve ben, yanımıza Harry ile Gwendolyn'i de alarak Musso&Frank'te biftek ve kokteylli bir kutlama yapmıştık.

Harry, Celia'yla bana güzel haberi vermiş, Ari'nin ikimizin de en güçlü aday adayı olacağını düşündüğünü söylemişti.

Celia'yla her gece çekimlerden sonra geç saatlere kadar benim karavanımda kalmış, sahnelerimizin provasını yapmıştık. Celia metot oyuncusuydu. Karakter "olmayı" deniyordu. Pek benim kalemim değildi. Ama bana kötü şartlarda duygusal gerçek anlarını nasıl yakalayacağımı öğretmişti.

Hollywood için tuhaf bir dönemdi. O zamanlar aynı anda birbirine paralel olarak ilerleyen iki yol var gibiydi.

Bir yanda stüdyo aktörleri ve stüdyo hanedanlıklarının yer aldığı stüdyo oyunu vardı. Diğer yandaysa izleyicilerin kalbine ulaşmaya çalışan Yeni Hollywood. Metot oyuncuları, anti-kahramanların ve dağınık finallerin yer aldığı cesur filmlerde yer alıyordu.

Akşamlarımı Celia'yla akşam yemeği niyetine bir paket sigarayla bir şişe şarabı paylaşarak geçirmeye başlayana kadar bu yeniliğe hiç dikkat etmemiştim.

Fakat üzerimdeki etkisi her neyse, iyi bir sonuç veriyordu. Çünkü Ari Sullivan, Oscar'ı kazanabileceğimi düşünüyordu. Bu da Celia'yı daha da sevmeme neden oldu.

Her hafta Rodeo Drive gibi gözde mekânlara gidişimiz artık ona iyilik yapıyormuşum hissi uyandırmıyordu bende. Severek gidiyor, onunla olmaktan hoşlandığım için dikkatleri onun üzerine kolayca çekiyordum.

Yani Harry'nin ofisinde oturmuş ikisine de pek yardımcı olmadıkları için kızmış gibi yaparken, aslında en sevdiğim iki insanla birlikte olduğumun farkındaydım.

"Don bu konuda ne diyor?" diye sordu Celia.

"Eminim şu an beni bulmak için stüdyonun her yerini dolaşıyordur."

Harry bana manidar bir bakış attı. Don'un haberi kötü bir ruh hâlindeyken okuması durumunda neler olabileceğini biliyordu. "Celia, bugün çekimin var mı?" diye sordu.

Celia başını iki yana salladı. "*The Pride of Belgium* haftaya başlayacak. Yemekten sonra kostüm provalarım var sadece."

"Ben kostüm provalarını ertelerim. Neden Evelyn'le alışverişe gitmiyorsunuz? *Photoplay*'e haber verir, sizin Robertson'da olacağınızı söyleriz."

"Celia St. James gibi bekâr kızlarla dışarı çıkmış olurum ben de, öyle mi?" dedim. "Bu ne yapmamam gerektiğine dair şahane bir örnek gibi geliyor kulağa."

Aklımdan hızla o salak yazının içeriğine dair detayları geçirdim. *Yardımcısına kibar davranma zahmetine bile girmediğini de duyduk.*

"Küçük sıçan!" dedim anladığımda. Yumruğumu sandalyenin koluna geçirdim.

"Neden bahsediyorsun?" diye sordu Harry.

"O lanet hizmetçimden."

"*Sub Rosa*'ya konuşanın hizmetçin olduğunu mu düşünüyorsun?"

"*Sub Rosa*'ya konuşanın hizmetçim olduğundan eminim."

"Pekâlâ, kovuldu," dedi Harry. "Bugün Betsy'yi eve gönderip kadını yollatırım. Sen eve dönene kadar gitmiş olur."

Seçeneklerimi düşündüm.

İhtiyacım olan son şey, Don'a bir bebek vermediğim için Amerika'nın benim filmlerimi izlemek istememesiydi. Tabii ki sinema izleyicilerinin çoğu bunu bu şekilde söylemeyecekti. Hatta öyle *düşündüklerinin* bile farkında olmayabilirlerdi. Ama böyle bir şey okumalarından sonra ne zaman benim bir fotoğrafımı görseler kendi kendilerine bende hiç hoşlanmadıkları bir şey olduğunu ama ne olduğunu tam olarak çözemediklerini düşüneceklerdi.

İnsanlar kendisini ön plana koyan bir kadını pek sempatik ya da cazip bulmazdı. Karısını dizginleyemeyen bir adama da saygı göstermezlerdi. Yani bu durum Don için de pek hoş sayılmazdı.

"Don'la konuşmam gerek," dedim ayağa kalkarak. "Harry, Dr. Lopani'nin bu akşam beni evden aramasını sağlayabilir misin? Saat altı gibi."

"Neden?"

"Beni araması gerek. Paula telefonu açtığında sesi ciddi olsun. Sanki bana söyleyeceği önemli bir şey varmış gibi. Paula'nın merakını uyandıracak kadar endişeli çıkmalı sesi."

"Tamam..."

"Evelyn, neyin peşindesin sen?" diye sordu Celia bakışlarını bana çevirerek.

"Telefonu ben aldığımda bana aynen şunları söylesin," diyerek bir kâğıt aldım ve bir şeyler yazmaya başladım.

Harry yazdıklarımı okuduktan sonra kâğıdı Celia'ya uzattı. Celia başını kaldırıp bana baktı.

O sırada kapı çalındı ve Don cevap bile beklemeden içeri daldı.

"Her yerde seni arıyordum," dedi. Sesinde ne öfke ne de sevgi vardı. Ama Don'u tanıyordum. Onda kayıtsızlık diye bir şey olmadığını biliyordum. Sıcaklık yoksa, soğuk demekti. "Bu saçmalığı okuduğunu varsayıyorum." Dergi elindeydi.

"Bir planım var," dedim.

"Ah, tabii bir planın var, yerden göğe kadar haklısın. Birilerinin bir planı olsa gerçekten iyi olur çünkü ortalıkta kılıbık bir dangalak gibi dolaşmayacağım. Cameron, neler oluyor burada?"

"Ben hallediyorum, Don."

"Güzel."

"Ama bu arada Evelyn'in planını dinlemen gerektiğini düşünüyorum. Hamle yapmadan önce senin de onunla birlikte hareket etmen önemli."

Don, Celia'nın karşısındaki koltuğa oturdu. Onu başıyla selamladı. "Celia."

"Don."

"Saygısızlık etmek istemem ama sanırım bu üçümüzün tartışması gereken bir mesele," dedi Don.

Celia koltuğundan kalkarak, "Elbette," dedi.

"Hayır," dedim onu durdurmak için elimi uzatarak. "Sen de kal."

Don bana baktı.

"O benim arkadaşım."

Don gözlerini devirerek omuz silkti. "Ee, planın nedir, Evelyn?"

"Düşük yapmışım numarası yapacağım."

"Tanrı aşkına, ne için?"

"Eğer sana bebek vermediğimi düşünürlerse benden nefret eder, büyük ihtimalle sana duydukları saygıyı da yitirirler," dedim, aramızdaki durum tam olarak bu olduğu hâlde. Dile getirmediğimiz mesele tabii ki buydu. Tamamen gerçekti.

Celia, "Ama eğer sana bebek veremediğini düşünürlerse ikinize de acırlar," dedi.

"Acımak mı? Acımak derken neden bahsediyorsunuz siz? Ben bana acınmasını istemiyorum. Acınmanın hiçbir gücü yok. Acımayla film satamazsın."

O sırada Harry araya girdi. "Hem de nasıl satarsın."

✦ ✦ ✦

Saat altıyı on geçe telefon çaldığında telefonu Paula açtı. Sonra doktorun aradığını söylemek için yatak odasına daldı.

Ahizeyi kaldırırken Don yanımdaydı.

Dr. Lopani onun için yazdığım metni okudu.

Ağlamaya başladım. Paula'nın bu seferlik kendi işine bakmaya karar vermesi ihtimalini ortadan kaldıracak kadar yüksek sesle ağladım.

Yarım saat sonra Don aşağı inip Paula'ya onunla artık çalışamayacağımızı söyledi. Pek hoş yapmamıştı bunu. Hatta onu kızdıracak kadar zalimdi.

Çünkü işvereninin düşük yaptığını gazetelere haber vermeye koşa koşa gitme *ihtimalin* vardır. Ama az önce seni kovan işvereninin düşük yaptığını o gazetelere *kesinlikle* anlatırsın.

SUB ROSA

29 Haziran 1959

Don ve Evelyn'e Dua Edin! Buna İhtiyaçları Var!

Her şeye sahip olan ama gerçekten istedikleri tek şeye kavuşamayan bir çift...

Don Adler ve Evelyn Hugo'nun evinde işler göründüğü gibi değil. Dışarıdan Evelyn, Don'un bebek yapma konusundaki girişimlerini geri çeviriyormuş gibi görünebilir ama gerçeğin tamamen farklı olduğu ortaya çıktı.

Bunca zamandır Evelyn'in Don'u geri çevirdiğini düşünüyorduk ama Evelyn'in fazla mesai yaptığını öğrendik. Evelyn ve Don, evlerinde koşuşan küçük Don ve Evelyn'ler istiyorlar ama doğa onlara karşı pek nazik değil.

Ne zaman kendilerini "aile olmaya giden yolda" bulsalar, işler üzücü bir hâl alıyor. Bu ay üçüncü kez bir trajediyle karşı karşıya kaldılar.

Don ve Evelyn'e iyi dileklerimizi gönderelim.

Görünüşe bakılırsa mutluluk parayla alınamıyor, millet.

17

Yeni yazının yayınlanmasından sonraki gece, Don bunun doğru bir hamle olduğuna ikna olmamıştı. Harry ise ne işi olduğunu söylemese de meşgul olduğunu belirtmişti ki bunun biriyle görüştüğü anlamına geldiğini biliyordum.

Ben ise kutlama yapmak istiyordum.

Celia eve geldi, bir şişe şarap içtik.

"Hizmetçin yok," dedi Celia mutfakta tirbuşon ararken.

"Yok," dedim iç çekerek. "Stüdyo tüm başvuruları güvenlik açısından inceleyene kadar kimse olmayacak."

Celia tirbuşonu buldu. Ben de Cabernet şişesini ona uzattım.

Mutfakta pek zaman geçirmezdim. Birileri karşımda diken üstünde bekleyerek bana bir sandviç ya da istediğim her neyse onu vermek için uğraşmıyorken orada olmak çok gerçeküstü geliyordu. Zengin olduğunda, evinin bazı kısımları aslında sana ait değilmiş gibi geliyor. Mutfak da benim için o yerlerden biriydi.

Kendi dolaplarıma bakarak şarap kadehlerinin nerede olduğunu hatırlamaya çalıştım. "Ah," dedim sonunda bulduğumda. "Buradaymış."

Celia ona uzattığım kadehlere baktı. "Bunlar şampanya kadehi."

"Ah, doğru," diyerek kadehleri aldığım yere koydum. İki farklı boy daha vardı. İkisinden de birer tane alıp Celia'ya gösterdim. "Hangisi?"

"Daha tombul olan. Bardakları bilmiyor musun sen?"

"Bardaklar, servis eşyaları, hiçbirini bilmiyorum. Unutma, tatlım, ben sonradan görmeyim."

Celia içeceklerimizi kadehlere doldururken güldü.

"Önceleri bunlarla uğraşacak param yoktu, sonra da birilerinin bu işleri benim yerime halledeceği kadar zengin oldum. Hiç ortalarda gezinmedim."

"Sende bunu seviyorum işte," dedi Celia doldurduğu kadehlerden birini bana uzatırken. "Benim hayatım boyunca hep param vardı. Annemle babam, Georgia'da tanınmış bir asilzadeler sınıfı varmış gibi davranırdı. Erkek ve kız kardeşlerim de, en büyük abim Robert dışında tabii, tıpkı annemle babam gibiydi. Mesela Rebecca benim filmlerde oynamamın ailem için bir utanç kaynağı olduğunu düşünüyor. Yalnızca Hollywood yüzünden değil, esas mesele 'çalışmam'. Bunun hiç de vakur bir davranış olmadığını söylüyor. Bir yandan seviyorum, bir yandan da nefret ediyorum. Ama sanırım aile dediğin böyle bir şey."

"Bilmem," dedim. "Benim... ailem oldu denemez. Hiç olmadı aslında." Babam ve Hell's Kitchen'daki diğer akrabalarım bunu denedilerse bile bana ulaşmayı başaramadılar. Ben de bir gece bile onları düşünerek uykusuz kalmadım.

Celia bana baktı. Ne bana acır gibi bir hâli vardı ne de benim sahip olmadığım şeylerle büyüdüğü için rahatsız olmuştu. "Sana hayranlık duymam için bir neden daha," dedi. "Sahip olduğun her şeyi çıkıp kendin almışsın." Celia kadehini benimkine yaklaştırıp tokuşturdu. "Sana," dedi. "Kesinlikle durdurulamaz olduğun için."

Güldüm. Sonra da onunla birlikte şarabımı yudumladım. "Gel," diyerek onu mutfaktan çıkarıp oturma odasına götürdüm. İçkimi toka ayaklı sehpanın üzerine koyarak pikaba doğru ilerledim. Yığının en altından Billie Holiday'in *Lady in Satin*'ini çıkardım. Don, Billie Holiday'den nefret ederdi ama evde değildi nasılsa.

"Gerçek adının Eleanora Fagan olduğunu biliyor musun?" diye sordum Celia'ya. "Billie Holiday çok daha güzel."

Mavi püsküllü kanepelerimizden birine oturdum. Celia da karşıdakine geçti. Bacaklarını altında topladı. Boştaki eli ayaklarının üzerindeydi.

"Seninki ne peki?" diye sordu. "Gerçekten Evelyn Hugo mu?"

Kadehimi alırken doğrusunu söyledim. "Herrera. Evelyn Herrera."

Celia tepki vermedi. Korktuğum gibi, "Demek Latinsin," ya da "Numara yaptığını biliyordum," demedi. Cildimin neden kendininkinden ya da Don'unkinden daha koyu olduğunu şimdi anladığını da söylemedi. Aslında, "Güzelmiş," diyene kadar hiçbir şey söylemedi.

"Peki seninki?" diye sordum. Ayağa kalkıp onun yanındaki kanepeye geçerek aramızdaki mesafeyi kapadım. "Celia St. James..."

"Jamison."

"Ne?"

"Cecelia Jamison. Gerçek adım bu."

"Harika bir isim. Neden değiştirdiler ki?"

"Ben değiştirdim."

"Neden?"

"Çünkü komşu kızı adı gibi duruyordu. Bense her zaman, gördüğün için bile kendini şanslı hissedeceğin türden bir kız olmak istemiştim." Başını arkaya atarak şarabını bitirdi. "Senin gibi."

"Ah, yapma."

"Asıl sen yapma. Sen ne olduğunu çok iyi biliyorsun. Etrafındaki insanları nasıl etkilediğini. Seninki gibi memelerim, seninki gibi dolgun dudaklarım olsun diye adam öldürürdüm. Bir yerde giyinik olarak görünmen bile insanlara seni soyduklarını hayal ettiriyor."

Onun benimle ilgili bu şekilde konuşması karşısında utandığımı hissettim. Erkeklerin beni nasıl gördüğüyle ilgili söyledikleri karşısında... Daha önce hiçbir kadın benimle böyle konuşmamıştı.

Celia kadehimi elimden aldı. Kalan şarabı dikti. "Biraz daha içmeliyiz," dedi kadehi havada sallayarak.

Gülümseyerek kadehleri mutfağa götürdüm. Celia peşimden geldi. Ben şarapları doldururken formika tezgâhıma yaslandı.

"*Father and Daughter*'ı ilk izlediğimde ne düşündüm biliyor musun?" dedi. Arkadan usul usul Billie Holiday'in sesi geliyordu.

"Ne düşündün?" dedim kadehini ona uzatırken. Kadehi elimden alıp bıraktı. Sonra tezgâhın üzerine sıçrayarak kadehi geri aldı. Lacivert bir kapri ile beyaz, kolsuz bir balıkçı yaka giymişti.

"Senin yaratılmış en muhteşem kadın olduğunu, hepimizin uğraşmaktan vazgeçmesi gerektiğini düşündüm." Kadehindeki içkinin yarısını içti.

"Hayır, öyle düşünmemişsindir," dedim.

"Evet, düşündüm."

Şarabımdan bir yudum aldım. "Bu çok anlamsız," dedim. "Sanki benden bir farkın varmış gibi bana hayran olman. Tam bir afetsin, basit ve net. O iri mavi gözlerin, kıvrımlı vücudun... Bence birlikte erkeklere oldukça acayip bir manzara sunuyoruz."

Celia gülümsedi. "Teşekkürler."

Kadehimi bitirip tezgâhın üzerine koydum. Celia bunu bir meydan okuma olarak kabul ederek kadehini kafaya dikti. Bitirince parmak uçlarıyla ağzını sildi. İki kadehi de yeniden doldurdum.

"Bildiğin, o el altından yapılan gizli şeyleri nereden öğrendin?" diye sordu Celia.

Cilveli bir sesle, "Neden bahsettiğine dair hiçbir fikrim yok," dedim.

"İnsanlara gösterdiğinden çok daha zekisin."

"Ben mi?" diye sordum.

Celia'nın tüyleri diken diken olmaya başlamıştı. Ben de daha sıcak olan küçük odaya geçmeyi önerdim. Çöl rüzgârları bastırmış, o güzel haziran gecesini iyiden iyiye serinletmişti. Ben de üşümeye başlayınca Celia'ya ateş yakmayı bilip bilmediğini sordum.

"İnsanlar yakarken görmüştüm," dedi omuz silkerek.

"Ben de. Don yakarken görmüştüm ama hiç denemedim."

"Becerebiliriz," dedi. "Biz her şeyi yapabiliriz."

"Peki!" dedim. "Sen gidip bir şişe daha şarap aç, ben de şu işe nereden başlayacağımızı çözmeye çalışayım."

"Harika fikir!" Celia omuzlarındaki battaniyeyi fırlatarak mutfağa koştu.

Ben de şöminenin önüne çömelerek külleri karıştırmaya başladım. Sonra iki odun alıp dik olarak birbirlerine yasladım.

"Gazete lazım," dedi Celia odaya döndüğünde. "Ayrıca artık kadehe gerek olmadığına karar verdim."

Dönüp baktığımda şarabı şişeden içtiğini gördüm.

Gülerek masanın üzerindeki gazeteyi aldım ve şömineye attım. "Hatta dur!" dedim. Üst kata koşarak benim soğuk bir kaltak olduğumu yazan *Sub Rosa* baskısını aldım. Yine hızla aşağı inip elimdekini Celia'ya gösterdim. "Bunu yakacağız!"

Dergiyi şömineye atarak bir kibrit çaktım.

"Hadi yap şunu!" dedi. "Yak şu pislikleri."

Alev, sayfayı kıvırdı, bir anlığına öylece tüttü sonra titreyerek söndü. Yeni bir kibrit yakıp içeri attım.

Bir şekilde birkaç kor oluşturmayı başardım. Gazetenin bir kısmı tutuşunca çok küçük bir alev de oluştu.

"Tamam," dedim. "Bunun yavaş yavaş büyüyeceğine güveniyorum."

Celia yanıma gelerek şarap şişesini bana uzattı. Şişeyi alıp yudumladım. Ona geri uzatmak isteyince, "Yetişmek için biraz daha içmen gerek," dedi.

Gülerek şişeyi yeniden dudaklarıma götürdüm.

Pahalı bir şaraptı. Benim için hiçbir anlamı yokmuşçasına, su gibi içmek hoşuma gitmişti. *Hell's Kitchen'daki fakir kızlar bu türden şaraplar hiç değerli değilmiş gibi davranamazlar.*

"Tamam, tamam, ver şunu," dedi Celia.

Dalga geçmek için şişeyi bırakmadım, elimde tutmaya devam ettim.

Eli elimin üzerindeydi. Benimle aynı kuvvetle çekiyordu şişeyi.

Sonra, "Tamam, hepsi senin olsun," dedim. Ama bunu geç söylemiş, şişeyi de erken bırakmıştım.

Şarap beyaz gömleğinin üzerine döküldü.

"Ah, Tanrım!" dedim. "Özür dilerim."

Şişeyi alıp masaya koydum. Celia'nın elinden tutup onu üst kata çıkardım. "Sana bir gömlek verebilirim. Tam sana göre bir gömleğim var."

Onu yatak odama götürerek doğruca dolabıma yöneldim. Celia'nın etrafa bakışını, Don'la paylaştığım yatak odasını inceleyişini izledim.

"Sana bir şey sorabilir miyim?" dedi. Sesinde bir hafiflik vardı. Bir hüzün. Hayaletlere ya da ilk görüşte aşka inanıp inanmadığımı soracağını düşündüm.

"Tabii ki," dedim.

"Peki doğruyu söyleyeceğine yemin eder misin?" diye sordu yatağın kenarına otururken.

"Pek sayılmaz," dedim.

Celia güldü.

"Ama sen yine de sorunu sor," dedim. "Sonrasına bakarız."

"Onu seviyor musun?" diye sordu.

"Don'u mu?"

"Başka kimi olacak?"

Biraz düşündüm. Bir zamanlar onu sevmiştim. Çok sevmiştim. Peki hâlâ seviyor muydum? "Bilmiyorum," dedim.

"Hepsi tanınmak için mi? Sırf Adler olmak için mi?"

"Hayır," dedim. "Öyle değil."

"Ne o hâlde?"

Birkaç adım atıp yatağa oturdum. "Onu sevip sevmediğimi söylemek ya da onunla şu ya da bu nedenle birlikte olduğumu söylemek zor. Onu seviyorum ama çoğu zaman da nefret ediyorum. Evet, ismi için onunla beraberim ama bir yandan da birlikte eğlendiğimiz için. Bir zamanlar çok eğlenirdik. Şimdi de ara sıra eğleniyoruz. Açıklaması zor."

"Peki o senin için mi yapıyor bunu?" diye sordu.

"Evet, çoğunlukla. Bazen kendimi onunla olmak için acı çekercesine özlem duyarken buluyorum, öyle çok istiyorum ki bu beni utandırıyor. Bir kadın, bir erkeği benim Don'u arzuladığım kadar arzulamalı mı bilmiyorum."

Don bana birilerini sevebileceğimi ve onu arzulayabileceğimi öğretmiş olabilirdi. Ama aynı zamanda birini, onu sevmediğin zamanlarda da arzulayabileceğini öğretmişti. Hatta *bilhassa* sevmediğin zamanlarda arzulayabileceğini. Sanırım bugünlerde buna nefret seksi diyorlar. Bana kalırsa son derece insani, bedensel bir tecrübe için inceliksiz bir isim bu.

"Sorduğumu unut," dedi Celia yataktan kalkarken. Rahatsız olduğunu görebiliyordum.

"Gömleği getireyim," dedim şifonyere doğru ilerleyerek.

En sevdiğim gömleklerimden biriydi. Yakası düğmeli, lila bir gömlek. Üzerinde de gümüş rengi parıltılar vardı. Ama bana tam olmuyordu. Göğüs kısmını ilikleyemiyordum.

Celia benden daha minyon, daha narindi.

"İşte," dedim gömleği ona uzatırken.

Elimden alıp şöyle bir baktı. "Rengi muhteşem."

"Biliyorum," dedim. "*Father and Daughter* setinden çalmıştım. Kimseye söyleme."

"Şimdiye kadar sırlarının bende güvende olduğunu anladığını umuyorum," dedi Celia. Bir yandan da gömleği giymek için düğmelerini açmaya başlamıştı.

Onun için öylesine söylenmiş bir söz olabilirdi bu. Ama benim için çok anlamlıydı. Sanırım o söylediği için değil. Ama *doğru zamanda* söylediği için, ona inandığımı fark ettim.

"Biliyorum," dedim. "Biliyorum."

İnsanlar mahremiyetin seksle ilgili olduğunu düşünür.

Ama mahremiyet aslında gerçekle alakalıdır.

Birilerine kendi gerçeğini anlatabileceğini, kendini onlara gösterebileceğini fark ettiğinde, onların karşısında çırılçıplak durduğunda, "Benimle güvendesin" karşılığını vermeleri. Mahremiyet budur.

Bu standartlara göre, Celia'yla yaşadığım o an herhangi biriyle yaşadığım en mahrem andı.

Ona öyle minnettar, öyle müteşekkirdim ki kollarımı ona dolayıp hiç bırakmamak geçti içimden.

Celia, "Bunun bana olacağından emin değilim," dedi.

"Bir dene. Olacağına bahse girerim. Olursa senindir."

Ona bir sürü şey vermek istiyordum. Bende olan her şey onda da olsun istiyordum. Birini sevdiğinde insan böyle mi hisseder diye düşündüm. Birine *âşık* olmanın ne anlama geldiğini biliyordum zaten. Hem hissetmiş hem oynamıştım. Ama birini *sevmek*. Birileriyle ilgilenmek. Kaderini onunkiyle birleştirip, *Ne olursa olsun, sen ve ben varız*, diye düşünmek.

"Peki," dedi Celia. Gömleği yatağın üzerine attı. Kendi gömleğini çıkarırken, kaburgaları boyunca uzanan cildinin solgun rengini izlerken buldum kendimi. Sutyeninin parlak beyazlığına baktım. Göğüslerinin, benimki gibi sutyenle toplanmadığını, sutyen sadece dekor olsun diye varmış gibi göründüğünü fark ettim.

Sağ kalçasının üzerinden yukarıya uzanan koyu kahverengi çillerin oluşturduğu ince çizgiyi izledim.

"Şey, selam," dedi Don.

Sıçradım. Celia soluğunu tutarak alelacele gömleğini üzerine geçirdi.

Don gülmeye başladı. "Burada neler oluyor, Tanrı aşkına?" diye dalga geçti.

Ona doğru ilerleyerek, "Hiçbir şey olduğu yok," dedim.

PHOTOMOMENT

2 Kasım 1959

Parti Kızının Yaşamı

Celia St. James şehirde isim yapmaya başladı! Üstelik bu sırf müthiş bir aktris olduğunu kanıtladığı için değil. Georgia Fıstığı kimlerle arkadaşlık edeceğini çok iyi biliyor.

En tanınmışı ise herkesin sevgilisi Evelyn Hugo. Celia ile Evelyn şehrin altını üstüne getiriyor, alışveriş yapıyor, sohbet ediyorlar. Hatta Beverly Hills Golf Kulübü'nde kız kıza bir iki tur golf oynayacak zaman bile buluyorlar.

Daha da güzeli, çok yakında bu iki iyi arkadaş bir dizi çifte randevuda da beraber olacak gibi duruyor. Celia, Trocadero'da, Evelyn'in kocişi Don Adler'ın yakın dostu Robert Logan'la birlikte görüldü.

Yakışıklı bir flört, göz kamaştırıcı arkadaşlar ve ileride bir heykelcik alacağı dedikoduları... Celia St. James olmak için güzel zamanlar!

18

"**B**UNU YAPMAK İSTEMİYORUM," dedi Celia. Üzerinde derin V yakalı, kuyruklu, siyah bir elbise vardı. Benim evin dışında asla giyemeyeceğim türden bir elbiseydi. Giydiğim an fahişelikten içeri alınırdım zaten. Boynunda, Don'un Celia için kiralanması konusunda Sunset'i ikna ettiği elmas bir kolye vardı.

Sunset, serbest çalışan aktrislere yardımcı olmuyordu ama Celia o elmasları istiyordu. Ben de Celia'nın istediği her şeye sahip olmasını istiyordum. Don da benim istediğim her şeyin gerçekleşmesini istiyordu. En azından çoğu zaman.

Don, bir deneme daha yapmak için Ari Sullivan'la epey bir kulis yaptıktan sonra ikinci Western'i *The Righteous*'ta başrol oynamıştı. Ama bu kez yorumlar farklı bir hikâye anlatıyordu. Don "adam olmuştu." İkinci denemesinde herkesi müthiş bir aksiyon yıldızı olduğuna ikna etmişti.

Bu da demek oluyordu ki Don ülkenin bir numaralı filmini yapmıştı, Ari Sullivan da Don'a ne isterse veriyordu.

Tam ortasında büyük bir yakut bulunan elmasların Celia'nın boynundaki, göğsünün hemen üzerine dek uzanan yerini alması böyle olmuştu.

Ben yine zümrüt yeşili giymiştim. İmzam hâline gelmeye başlayan bir görüntüydü. Bu kez *peau de soie*'den yapılmış, omzu açık, belde oturan, uzun etekli ve boyun kısmı boncuklarla süslenmiş bir elbiseydi. Saçlarım bob kesimdi.

Kabarık saçlarıyla oynayarak aynadan benim kurumumu izleyen Celia'ya baktım.

"Bunu yapmak zorundasın," dedim.

"Yapmak istemiyorum. Bunun hiç önemi yok mu?"

Elbiseme uyumlu olması için özel olarak yapılmış el çantamı aldım. "Pek yok," dedim.

"Patronum değilsin, biliyorsun değil mi?" dedi.

"Neden arkadaşız?" diye sordum.

"Gerçekten mi? Hatırlamıyorum bile," dedi.

"Çünkü bir bütünken, parçalarımızın toplamından daha büyüğüz."

"Yani?"

"Yani mesele hangi rolleri kabul edeceğimiz ve onları nasıl yorumlayacağımız olduğunda sorumlu kim?"

"Benim."

"Peki filmimizin galası olduğunda? O zaman sorumlu kim?"

"Sanırım sensin."

"Doğru sanıyorsun."

"Ondan gerçekten nefret ediyorum, Evelyn," dedi Celia. Makyajıyla uğraşıyordu.

"O ruju bırak," dedim. "Gwen seni harika görünecek şekilde hazırladı. Mükemmeli bozma."

"Beni duydun mu? Ondan nefret ediyorum dedim."

"Tabii ki nefret edeceksin. Çakalın teki."

"Başka biri yok muydu?"

"Bu saatte yok."

"Yalnız da gidemiyorum, öyle mi?"

"Kendi prömiyerine mi?"

"Neden seninle birlikte gidemiyoruz?"

"Ben Don'la gidiyorum. Sen de Robert'la."

Celia yüzünü asarak yeniden aynaya döndü. Gözlerinin kısıldığını, dudaklarının büzüldüğünü gördüm. Sanki ne kadar kızgın olduğunu düşünüyor gibiydi.

Çantasını alıp ona uzattım. Gitme vakti gelmişti.

"Celia, keser misin şunu? Eğer gazetelerde isminin yer alması için gerekenleri yapmaya istekli değilsen ne halt etmeye buradasın?"

Ayağa kalkıp çantayı elimden çekti, sonra da kapıdan çıktı. Evimin merdivenlerinden aşağı inip yüzünde kocaman bir gülümsemeyle oturma odama girmesini, sonra da sanki tüm insanlığın koruyucusu olduğunu düşünürmüş gibi Robert'ın koluna girmesini izledim.

Ben de Don'un yanına gittim. Smokini içinde her zaman çok hoş görünürdü. Oradaki en yakışıklı adam olacağına şüphe yoktu. Ama ondan usanmaya başlamıştım. Ne derler? Her mükemmel kadının arkasında onu becermekten bezmiş bir adam vardır mıydı? Tersi de doğru. Kimse o kısımdan bahsetmiyor.

"Çıkalım mı?" dedi Celia, sanki Robert'ın kolunda filme gitmek için can atıyormuş gibi. Mükemmel bir aktristi. Kimse bunu inkâr edemezdi.

"Bir dakika bile kaybetmek istemiyorum," dedim kolumu Don'unkine geçirip can simidine sarılır gibi kavrarken. Önce koluma, sonra bana baktı. Sıcaklığıma şaşırmış ama memnun olmuş gibiydi.

"Hadi küçük kadınlarımızı *Küçük Kadınlar*'da izleyelim," dedi Don. Neredeyse suratına bir tane çarpacaktım. Bir iki darbeyi hak etmişti. Hatta on beş darbe...

Arabalarımız bizi alıp Grauman'ın Çin Sineması'na götürdü.

Hollywood Bulvarı bizim için kısmen kapatılmıştı. Şoför sinemanın önünde, Celia ile Robert'ın aracının hemen arkasında durdu. Dört araçlık bir sıranın en sonundaydık.

Bir filmdeki kadın yıldızlar grubundan biriysen ve stüdyo büyük bir gösteri yapmak istiyorsa, aynı anda dört ayrı arabada ve dört seçkin bekârla orada olacağınızdan emin olur. Benim durumum bir istisnaydı tabii. Seçkin bekârım kocamdı.

Önce kavalyelerimiz indi arabadan. Hepsi elini uzatarak dikildi. Ruby'nin, Joy'un ve ardından Celia'nın arabalardan inmelerini izlerken bekledim. Diğerlerinden birazcık daha uzun bekledim. Sonra önce bacağımı uzatarak kırmızı halıya bastım.

Yanında durduğum sırada Don kulağıma, "Buradaki en güzel kadın sensin," dedi. Ama zaten buradaki en mükemmel kadın olduğumu düşündüğünü biliyordum. Eğer buna gerçekten inanmasaydı benimle olmayacağından kesinlikle emindim.

Erkeklerin neredeyse hiçbiri kişiliğim için benimle birlikte olmamıştır.

Çekici kızların sevimli olanlara acıması gerektiğini söylemiyorum. Sadece diyorum ki kendi yapmadığın bir şey için sevilmek o kadar da müthiş bir şey değil.

İçeriye doğru ilerlerken fotoğrafçılar adlarımızı haykırmaya başladı. Bize doğru haykırılan sözcüklerle kafam karışmıştı. "Ruby! Joy! Celia! Evelyn!" "Bay ve Bayan Adler! Buraya lütfen!" Deklanşör seslerinden ve kalabalığın uğultusundan kendi düşüncelerimi bile güçlükle duyuyordum. Ama uzun zaman önce kendime öğrettiğim üzere, son derece sakinmişim gibi, sanki hayvanat bahçesinde en rahat pozisyonundaki kaplanmışım gibi durdum.

Don'la el ele tutuşarak, patlayan her flaşa gülümsedik. Kırmızı halının sonunda mikrofonlu birkaç adam duruyordu. Ruby içlerinden birine konuşurken Joy ile Celia da bir diğerine konuşuyordu. Üçüncüsü mikrofonu yüzüme uzattı.

Gözleri küçük ve bombeli, burnu alkolden kızarmış kısa boylu bir adamdı. Radyo için yaratılmış bir yüz derler ya, öyleydi.

"Bayan Hugo, bu film için heyecanlı mısınız?"

Ne aptalca bir soru sorduğunu yüzüne vurmamak için olabildiğince nazik bir kahkaha attım. "Bütün hayatım boyunca Jo March'ı oynamak için bekledim. Bu gece için inanılmaz heyecanlıyım."

"Çekimler sırasında iyi bir de arkadaş edindiniz görünüşe bakılırsa," dedi.

"O ne demek?"

"Siz ve Celia St. James. Çok iyi arkadaş olmuşsunuz gibi görünüyor."

"O harika biri. Filmde de harika. Kesinlikle."

"Robert Logan'la çok yakışıyorlar."

"Ah, bunu kendisine sormalısınız. Ben bilemem."

"Ama aralarını siz yapmadınız mı?"

Don araya girdi. "Sanırım bu kadar soru yeter," dedi.

"Don, sen ve eşin ne zaman ailenizi tamamlayacaksınız?"

"Yeter dedim, dostum. Bu kadarı yeter. Teşekkürler."

Don beni ileri doğru ittirdi.

Kapıya ulaştık. Ruby ile kavalyesinin, hemen ardından da Joy ile kavalyesinin içeri girişini izledim.

Don önden kapıyı açmış beni bekliyordu. Robert da yan taraftaki kapıyı Celia için tutuyordu.

O an aklıma bir fikir geldi.

Celia'yı elinden tutup etrafımda döndürdüm.

"Kalabalığa el salla," dedim gülümseyerek. "Lanet olası İngiltere kraliçesiymişiz gibi."

Celia neşeyle gülümseyerek ne diyorsam onu yaptı. Orada, siyah ve yeşil elbiseler içinde, kızıl ve sarı saçlı, biri tamamen popo diğeri tamamen meme olan iki kadın, kalabalığa sanki onlara hükmeden bizmişiz gibi el salladık.

Ruby ile Joy ortalıkta görünmüyordu. Ve kalabalık *bizim için* gürledi.

Arkamızı dönüp salona girdik. Koltuklarımıza ilerledik.

"İşte beklenen an," dedi Don.

"Biliyorum."

"Birkaç ay içinde sen bununla ben de *The Righteous*'la ödülü kazanacağız. Ondan sonra sınır yok!"

"Celia da aday olacak," diye fısıldadım kulağına.

"İnsanlar bu filmden seni konuşarak çıkacak," dedi. "Hiç şüphem yok."

Başımı çevirip baktığımda, Robert'ın Celia'nın kulağına bir şeyler fısıldadığını gördüm. Celia, sanki Robert gerçekten komik bir şey söylemiş gibi gülüyordu. Ama ona o elmasları getiren bendim, ertesi gün manşetleri süsleyecek o harika fotoğrafı ona veren de bendim. Bu arada Celia, Robert onu baştan çıkarmak üzereymiş gibi rol yapıyordu. Tek düşünebildiğim, Robert'ın Celia'nın kalçasındaki çilleri bilmediğiydi. Ben biliyordum ama o bilmiyordu.

"Gerçekten yetenekli biri, Don."

"Ah, aş artık onu," dedi Don. "Günün her saati onun adını duymaktan bıktım. Sana onu sormamalılar. Sana *bizi* sormalılar."

"Don, ben..."

Elini sallayarak beni susturdu. Daha ben hiçbir şey demeden, söyleyeceğim şeyin gereksiz olduğuna karar vermişti bile.

Işıklar söndü. Kalabalık sessizleşti. Jenerik akmaya başladı. Ekranda yüzüm belirdi.

Bütün seyirciler, "Hediyesiz Noel, Noel değildir," diyen ekrandaki beni izliyordu.

Ama Celia, "Babamız ve annemiz var. Sonra biz varız," dediğinde işimin bittiğini anladım.

Herkes bu filmden Celia St. James'i konuşarak çıkacaktı.

Bunun beni korkutması, kıskandırması ya da güvensiz hissettirmesi gerekirdi. Ahlakçı biri olduğu ya da önüne gelenle yattığı bir hikâye uydurarak ona çelme takmak için bir plan yapıyor olmalıydım. Bir kadının itibarını yerle yeksan etmenin en hızlı yolu budur ne de olsa. İğneye iplik bile geçiremediğini ima ederek *cinsel tatmin arayışında* görünmeden *cinsel olarak tatmin edici* olduğunu söylersin.

Ama sonraki bir saat kırk beş dakikayı yaralarımı sarmak yerine gülümsememi bastırmaya çalışarak geçirdim.

Celia, Oscar kazanacaktı. Gün gibi açıktı bu. Üstelik bu durum bende kıskançlığa neden olmuyordu. Aksine mutluydum.

Beth öldüğünde ağladım. Sonra Robert'la Don'un üzerinden uzanarak Celia'nın elini sıktım.

Don bana gözlerini devirerek baktı.

Aklımdan geçense, *Beni dövmek için bir bahane bulacak ama buna değer*, oldu.

✦ ✦ ✦

Ari Sullivan'ın Benedict Kanyonu'nun en tepesindeki villasının ortasında dikiliyordum. Don'la ikimiz virajlı caddelerden geçerken pek konuşmamıştık.

Celia'yı filmde görünce onun da benim anladığım şeyi anladığını düşünüyordum. Kimsenin başka bir şeyi önemsemediğini.

Şoförümüz bizi bıraktı. İçeri girdikten sonra Don, "Tuvalete gitmem gerek," diyerek ortadan kayboldu.

Celia'ya bakındım ama göremedim.

Etrafım şekerli kokteyllerini içip Eisenhower'dan konuşurken benimle bir arada olmayı uman yalakalarla sarıldı.

İğrenç, kabarık saçlı bir kadına, "Affedersiniz," dedim. Hope elması hakkında konuşuyordu.

Nadir mücevherat toplayan kadınlar, benimle bir gece geçirmek için yanıp tutuşan erkeklerle aynıydı. Dünya onlar için nesnelerden ibaretti. Tek istedikleriyse sahip olmaktı.

"Ah, işte buradasın, Ev," dedi Ruby koridorda benimle karşılaşınca.

Elinde iki yeşil kokteyl vardı. Sesi kayıtsızdı, anlaşılması zordu.

"Gecen iyi geçiyor mu?" diye sordum.

Omuzunun üzerinden arkaya baktı, iki kadehin sapını tek eline geçirdi, sonra beni dirseğimden yakalayarak çekiştirirken içkiyi döktü.

"Hey, Ruby," dedim endişemi fark ettirerek.

Başıyla çaktırmadan hemen sağımızdaki çamaşır odasını işaret etti.

"Ne haltlar..." dedim.

"Şu lanet kapıyı açar mısın, Evelyn?"

Kolu çevirdim. Ruby içeri girip beni de yanına çekiştirdi. Kapıyı kapadı.

"Al," dedi kokteyllerden birini karanlıkta bana uzatarak. "Joy için almıştım ama sen al. Elbisene uyuyor."

Gözlerim karanlığa alışınca kadehi elinden aldım. "Elbiseme uyduğu için şanslısın. Neredeyse yarısını üzerime döktün çünkü."

Bir eli boşa çıkan Ruby tepemizdeki lambanın zincirini çekti. Küçük oda gözlerimi yakarak aydınlandı.

"Bu akşam hiç adaba uygun davranmıyorsun, Ruby."

"Hakkımda ne düşündüğün umurumda mı sanıyorsun, Evelyn Hugo? Dinle beni, ne yapacağız şimdi?"

"Hangi konuda ne yapacağız?"

"Hangi konuda mı? Celia St. James konusunda tabii."

"Ne olmuş ona?"

Ruby başını hayal kırıklığıyla salladı. "Evelyn, yemin ederim..."

"Müthiş bir performans sergiledi. Ne yapabiliriz ki?" dedim.

"Harry'ye aynen böyle olacağını söylemiştim. O da hayır, olmaz demişti."

"Benden ne yapmamı istiyorsun?"

"Sen de kaybediyorsun, görmüyor musun yoksa?"

"Elbette görüyorum!" Bunu umursadığım açıktı. Ama aynı zamanda hâlâ en iyi kadın oyuncu ödülünü kazanabileceğimi biliyordum. Celia ile Ruby, en iyi yardımcı kadın oyuncu için yarışacaktı. "Sana ne söyleyebilirim bilmiyorum, Ruby. Celia konusunda haklıydık. Yetenekli, çok güzel ve çekici. Yenilgiye uğradığında bunu kabul edip yoluna devam etmek bazen iyidir."

Ruby bana sanki onu tokatlamışım gibi baktı.

Söyleyecek başka hiçbir şeyim yoktu. Ruby ise odadan çıkmama engel oluyordu. Ben de içkimi dudaklarıma götürerek iki yudumda bitirdim.

"Bu benim tanıdığım ve saygı duyduğum Evelyn değil," dedi Ruby.

"Ah, Ruby, kapa çeneni."

İçkisini bitirdi. "İnsanlar ikiniz hakkında bir sürü şey söylüyordu ama inanmamıştım. Ama şimdi... Bilemiyorum."

"İnsanlar hakkımızda ne gibi şeyler söylüyormuş?"

"Biliyorsun."

"Seni temin ederim, en ufak bir fikrim bile yok."

"Neden işleri bu kadar zorlaştırıyorsun?"

"Ruby, beni isteğim dışında çamaşır odasına çekiştirdin ve şimdi de kontrol edemeyeceğim şeyler konusunda beni haşlayıp duruyorsun. Zor olan ben değilim."

"O *lezbiyen*, Evelyn."

O âna kadar etrafımızda devam eden partinin sesleri kısılmış olsa da duyuluyordu. Ama Ruby o sözü söylediği an, *lezbiyen* kelimesini duyduğum an kanım damarlarımda öyle hızlı akmaya başladı ki duyabildiğim tek ses onun akışıydı. Ruby'nin ağzından çıkanları duymuyordum. Yalnızca *kız, lezbiyen, sapkın* gibi belirli sözcükler çalınıyordu kulağıma.

Göğsümün üzerinde tenim kızarmıştı. Kulaklarım yanıyordu.

Kendimi sakinleştirmek için elimden geleni yaptım. Bunu başarıp da yeniden Ruby'nin söylediklerine odaklandığımda, nihayet bana söylemeye çalıştığı diğer meseleyi duydum.

"Kocana da hâkim olsan iyi olur bu arada. Ari'nin yatak odasında MGM'den bir kadına oral seks yaptırıyor."

Bunu söylediğinde aklımdan geçen, *Ah, Tanrım, kocam beni aldatıyor*, değil de, *Celia'yı bulmalıyım*, olmuştu.

19

EVELYN KANEPEDEN KALKARAK telefonu aldı ve Grace'e köşedeki Akdeniz mekânından yemek sipariş etmesini söyledi.
"Monique? Ne istersin? Tavuk mu, et mi?"
"Sanırım tavuk." Yerine oturup hikâyesine geri dönmesini beklerken onu izliyordum. Ama dönüp oturduğunda öylece bana baktı. Ne az önce bana ne söylediğini tasdik etti ne de bir süredir şüphelendiğim şeyi itiraf etti. Direkt olmaktan başka seçeneğim yoktu. "Biliyor muydun?"
"Neyi biliyor muydum?"
"Celia St. James'in eşcinsel olduğunu."
"Sana hikâyeyi tüm çıplaklığıyla anlatıyorum."
"Evet ama..." dedim.
"Ama ne?" Evelyn sakindi. Dimdik duruyordu. Bunun şüphelerimin farkında olmasından ve nihayet gerçeği söylemeye hazır olmasından mı yoksa tamamen yanılmamdan ve ne düşündüğüm hakkında hiçbir fikri olmamasından mı kaynaklandığını söyleyemiyordum.

Cevabı bilmeden soruyu sormak istediğimden emin değildim.

Evelyn'in dudakları dümdüz bir çizgi şeklinde birleşmişti. Gözleri doğrudan bana odaklanmıştı. Ama benim konuşmamı beklerken göğsünün hızla inip kalktığını fark ettim. Gergindi. Gösterdiği kadar kendinden emin değildi. Ne de olsa bir aktristti.

Şimdiye kadar gördüğünüz şeyin her zaman Evelyn'den aldığınız şey olmadığını anlamış olmalıydım.

Ben de soruyu, onun söylemeye hazır olduğu şeyi olabildiğince açık ya da kapalı olarak söylemesine imkân verecek şekilde sordum. "Hayatının aşkı kimdi?"

Evelyn gözlerimin içine baktı. Sadece ufacık bir zorlamaya ihtiyacı olduğunu anlamıştım.

"Sorun değil, Evelyn. Gerçekten."

Büyük bir meseleydi. Ama sorun değildi. İşler artık o günlerde olduğu gibi değildi. Yine de itiraf etmem gerekirse, tamamen güvenli de değildi.

Ama yine de...

Söyleyebilirdi.

Bunu bana söyleyebilirdi.

Özgürce itiraf edebilirdi. Şimdi. Burada.

"Evelyn, hayatının aşkı kimdi? Bana söyleyebilirsin."

Evelyn pencereden dışarı baktı, derin bir nefes aldı ve "Celia St. James," dedi.

Kendi sözlerini dinlerken odaya derin bir sessizlik çökmüştü. Sonra gülümsedi. Işıltılı, kocaman, son derece içten bir gülümseme. Kendi kendine gülmeye başladı. Ardından bana odaklandı. "Bütün hayatımı onu severek geçirmiş gibiyim."

"Yani bu kitap, biyografin... Eşcinsel bir kadın olarak ortaya çıkmaya hazır mısın?"

Evelyn bir süre gözlerini kapadı. Önce söylediğim şeyin ağırlığını sindirmeye çalışıyor sandım ama gözlerini yeniden açtığında sindirmeye çalıştığı şeyin aptallığım olduğunu fark ettim.

"Sana anlattıklarımın tek kelimesini bile dinlemedin mi? Celia'yı sevdim ama ondan önce Don'u da sevdim. Hatta eminim ki Don öküzün teki çıkmasaydı muhtemelen başka birine âşık olmak aklıma bile gelmezdi. Biseksüelim ben. Beni bir kılıfa sokmak için diğer yarımı görmezden gelme, Monique. Bunu yapma."

Bu incitmişti. Hem de çok. İnsanların sizinle ilgili varsayımlarda bulunmasının, onlara nasıl göründüğünüze bakarak sizi yaftalamasının nasıl hissettirdiğini iyi bilirdim. Bütün ömrümü insanlara siyahi gibi görünsem de aslında çift ırklı olduğumu açıklamaya çalışarak geçirmiştim. Bütün ömrümü insanları etiketlerden ibaret görmek yerine insanların size kim olduklarını anlatmasına izin vermenin önemini bilerek geçirmiştim.

Şimdi ise kalkmış Evelyn'e bir sürü insanın bana yaptığını yapmıştım.

Bir kadınla aşk ilişkisi yaşaması bana onun eşcinsel olduğunu düşündürmüştü ve onun bana biseksüel olduğunu söylemesini bile bekleyememiştim.

Bütün meselesi buydu, değil mi? Bu yüzden mükemmel sözcük seçimleriyle çok net bir biçimde anlaşılmak istiyordu. Çünkü tam olarak nasılsa öyle görülmek istiyordu. Grinin tüm tonları ve nüanslarıyla. Benim görünmek istediğim gibi.

Yani sıçıp batırmıştım. Kesinlikle sıçıp batırmıştım. Her ne kadar bu meseleyi geçiştirmek ya da yok saymak istesem de özür dilemenin daha kuvvetli bir hamle olduğunu biliyordum.

"Özür dilerim," dedim. "Kesinlikle haklısın. Bildiğimi varsaymak yerine kendini nasıl tanımladığını sormalıydım. Yeniden denememe izin ver. Bu kitabın sayfalarında biseksüel bir kadın olarak ortaya çıkmaya hazır mısın?"

"Evet," dedi başıyla onaylayarak. "Evet, hazırım." Evelyn hâlâ kırgın olsa da özür dilememden memnun görünüyordu. Sonuçta işe geri dönmüştük.

"Peki tam olarak nasıl anladın?" diye sordum. "Yani ona âşık olduğunu? Ne de olsa onun kadınlara ilgi duyduğunu öğrendiğinde senin ona ilgi duymadığını da fark edebilirdin."

"Eh, üst katta kocamın beni aldatıyor olmasının da etkisi oldu tabii. Çünkü iki açıdan da delicesine kıskanıyordum. Celia'nın eşcinsel olduğunu öğrenince kıskandım çünkü bu başka kadınlarla birlikte olduğu, hayatının yalnızca *benden* ibaret olmadığı anlamına geliyordu. Ayrıca kocamın, benim de bulunduğum bir partide, üst katta başka bir kadınla birlikte olmasını da kıskandım. Çünkü bu hem utanç vericiydi hem de yaşam biçimimi tehdit ediyordu. Celia'yla bu yakınlığımı ve Don'la bu mesafeyi koruyabileceğimi, ikisinin de başka hiç kimseden hiçbir şeye ihtiyaç duymayacağını düşündüğüm bir dünyada yaşıyordum. Yıkılan, bu tuhaf hayaldi işte."

"O zamanlar bunun kolaylıkla vardığın bir sonuç olmadığını düşünüyorum. Yani seninle aynı cinsten birine âşık olduğunu anlaman..."

"Elbette kolay değildi! Belki bütün ömrümü kadınlara karşı hislerle mücadele ederek geçirmiş olsaydım, bunun için bir örneğim olabilirdi. Ama öyle olmamıştı. Bana erkekleri sevmem öğretilmişti. Geçici olsa da aşkı ve şehveti bir erkekte bulmuştum. Sürekli Celia'nın etrafında olmak istemem, onu, onun mutluluğuna kendiminkinden daha çok önem verecek kadar önemsemem, karşımda gömleğini çıkarmış hâlde durduğu o ânı düşünmekten hoşlanmam... Bu parçaları birleştirdiğinde bir artı birin sonucunun bir kadına âşık olduğum gerçeği çıktığını görüyorsun. Ama o zamanlar, en azından kendi adıma, bu sonuca varmamıştım. Hem işlem yapacağın bir formül olduğunu bile bilmeden cevabı nasıl bulabilirsin ki zaten?"

Devam etti. "Nihayet bir kadınla arkadaşlık kurabildiğimi düşünüyordum. Evliliğimin, kocam pisliğin teki olduğu için başarısız olduğunu düşünüyordum. Bu arada bunların ikisi de doğruydu. Sadece gerçeğin tamamını oluşturmuyorlardı."

"Ne yaptın peki?"

"Partide mi?"

"Evet. Önce kimin yanına gittin?"

"Aslında," dedi Evelyn, "onlardan biri bana geldi."

20

Ruby beni orada, kurutma makinesinin yanında, elimde boş bir kokteyl bardağıyla bırakıp gitmişti.

Partiye dönmem gerekiyordu. Ama orada donup kalmıştım. *Çık şuradan,* diye düşünüyordum. Ama kapının kolunu çeviremiyordum. Derken kapı kendiliğinden açıldı. Celia. Gürültülü, ışıltılı parti de arkasında.

"Evelyn, ne yapıyorsun?"

"Beni nasıl buldun?"

"Ruby'yle karşılaştım. Bana seni çamaşır odasında içerken bulabileceğimi söyledi. Mecaz yapıyor sanmıştım."

"Yapmıyor."

"Görebiliyorum."

"Kadınlarla mı yatıyorsun?" diye sordum.

Celia şok oldu. Kapıyı kapadı. "Neden bahsediyorsun sen?"

"Ruby senin lezbiyen olduğunu söyledi."

Celia omzumun üzerinden arkaya baktı. "Ruby'nin ne dediği kimin umurunda?"

"Öyle misin?"

"Benimle arkadaşlığını mı keseceksin? Mesele bu mu?"

"Hayır," dedim başımı iki yana sallayarak. "Tabii ki hayır. Ben... bunu asla yapmam. Asla."

"Mesele ne o hâlde?"

"Sadece bilmek istiyorum."

"Neden?"
"Bilmeye hakkım yok mu sence?"
"Duruma göre değişir."
"Öyle misin yani?" diye sordum.

Celia odadan çıkmak için elini kapının koluna uzattı. İçgüdüsel olarak uzanıp bileğini yakaladım.

"Ne yapıyorsun?" diye sordu.

Bileğinin avucumun içinde bıraktığı histen hoşlanmıştım. Parfümünün o küçücük odayı dolduruşundan hoşlanmıştım. Eğilip onu öptüm.

Ne yaptığımın farkında değildim. Yani hareketim tamamen benim kontrolümde değildi ve onu nasıl öptüğümden fiziksel olarak *habersizdim*. Erkekleri öptüğüm gibi mi olmalıydı yoksa farklı bir şekilde mi? Hareketlerimin duygusal kapsamını da anlamamıştım. Önemlerini ya da riskini tam olarak kavrayamamıştım.

Hollywood'un en büyük stüdyosunun sahibinin evinde, ünlü bir kadını öpen ünlü bir kadındım. Her yanımız yapımcılar, yıldızlar ve muhtemelen *Sub Rosa* dergisine haber sızdıran bir dizi insanla doluydu.

Ama o an umurumda olan tek şey, Celia'nın dudaklarının yumuşaklığıydı. Teninde hiçbir pürüz yoktu. Umurumda olan tek şey onun da öpüşüme karşılık vermesi, elini kapının kolundan çekerek belime koymasıydı.

Leylak gibi bitkisel bir kokusu vardı, dudakları nemliydi. Sigara ve nane likörüyle keskinleşmiş nefesi hoştu.

Kendini bana yaslayıp da göğüslerimiz birbirine değdiğinde ve pelvisi benimkini sıyırıp geçtiğinde düşünebildiğim tek şey, bunun o kadar da farklı olmamakla beraber tamamen farklı bir şey olduğuydu. Don'da düz olan yerler onda şişkindi. Don'da şişkin olan yerler de düz.

Yine de göğsünde, kalbinde duyduğun o his, bedeninin sana daha fazlasını arzuladığını söylemesi, kendini kokunun, hazzın ve başka bir insanın varlığında kaybetmen... Hepsi aynıydı.

İlk kopan Celia oldu. "Burada duramayız," dedi. Elinin tersiyle dudaklarını sildi. Başparmağıyla benim dudağımı da sildi.

"Bekle, Celia," dedim onu durdurmaya çalışarak.

Ama odadan çıkıp kapıyı arkasından kapadı.

Kendimle nasıl baş edeceğimi, beynimi nasıl sakinleştireceğimi bilemeyerek gözlerimi kapadım.

Nefes aldım. Kapıyı açıp merdivenleri ikişer ikişer çıkarak üst kata ilerledim.

Aradığımı bulana kadar ikinci kattaki tüm odaların kapısını tek tek açtım.

Don gömleğini takım elbisesinin pantolonunun içine sokuştururken boncuk işlemeli, altın rengi elbiseli bir kadın da ayakkabılarını giyiyordu.

Koşarak uzaklaştım. Don da peşimden geldi.

"Bu meseleyi evde konuşalım," dedi dirseğimden tutarak.

Kolumu aniden çekerek Celia'yı aramaya başladım. Ondan hiçbir iz yoktu.

Ön kapıdan oldukça canlı ve ayık görünen Harry girdi. Onunla bir melodram hakkında konuşmak isteyen sarhoş bir yapımcı tarafından köşeye sıkıştırılmış olan Don'u merdivenlerde bırakarak ona doğru koştum.

"Bütün gece neredeydin?" diye sordum Harry'ye.

Gülümsedi. "Bunu kendime saklayacağım."

"Beni eve götürebilir misin?"

Harry önce bana, sonra hâlâ merdivenlerde dikilen Don'a baktı. "Eve kocanla gitmiyor musun?"

Başımı iki yana salladım.

"Onun bundan haberi var mı?"

"Anlamadıysa geri zekâlıdır."

"Tamam," dedi Harry güven verir gibi uysalca başını sallayarak. İstediğim neyse onu yapacaktı.

Harry'nin Chevy'sinin ön koltuğuna oturdum. Don evden çıktığında geri geri gitmeye başlamıştı. Don, arabanın benim bulunduğum yanına koştu. Camı indirmedim.

"Evelyn!" diye bağırdı.

Aramızdaki camın sesini yumuşatması, sanki ses çok uzaktan geliyormuş gibi boğması hoşuma gitmişti. Onu tam ses dinleyip dinlemeyeceğime karar verme kontrolünün benim elimde olması hoşuma gitmişti.

"Özür dilerim," dedi. "Düşündüğün gibi değil."

Dümdüz karşıya baktım. "Gidelim."

Taraf tutmaya zorlayarak Harry'yi zor durumda bırakmıştım. Ama Harry kılını bile kıpırdatmadı.

"Cameron, karımı benden kaçırayım deme!"

"Don, bunu sabah konuşalım," diye seslendi Harry pencereden. Sonra arabayı kanyonun yollarına doğru sürdü.

Sunset Bulvarı'na çıktığımızda nabzım biraz yavaşlamıştı. Harry'ye dönüp konuşmaya başladım. Don'un üst katta bir kadınla birlikte olduğunu söylediğimde bunu bekliyormuş gibi başını salladı.

"Neden şaşkın değilsin?" diye sordum, Doheny ile Sunset'in kesiştiği, Beverly Hills'in tüm güzelliğiyle kendini göstermeye başladığı kavşaktan hızla geçerken. Caddeler genişliyor, sıra sıra ağaçlar başlıyordu. Çimler düzgünce kesilmişti, kaldırımlar temizdi.

Harry, "Don her zaman yeni tanıştığı kadınlara meyleder," dedi. "Bunu biliyor musun bilmiyordum. Ya da umurunda olup olmadığını."

"Bilmiyordum. Ve umurumda."

"Peki, özür dilerim o hâlde," dedi. Bana kısacık bir bakış attıktan sonra gözlerini yeniden yola çevirdi. "Sana söylemeliydim."

"Sanırım birbirimize söylemediğimiz çok şey var," dedim pencereden dışarı bakarak. Caddede adamın biri köpeğiyle yürüyordu.

Birine ihtiyacım vardı.

Tam o an bir arkadaşa ihtiyacım vardı. Doğrularımı söyleyebileceğim, beni kabul edecek, iyi olacağımı söyleyecek birine.

"Peki ya gerçekten yapsaydık?" dedim.
"Birbirimize gerçeği söylemekten mi bahsediyorsun?"
"Birbirimize her şeyi söylemekten."
Harry bana baktı. "Bu, üzerine yüklemek istemeyeceğim bir yük olur."
"Senin için de yük olabilir," dedim. "Benim de sırlarım var."
"Kübalısın, güce tapan, hesapçı bir kaltaksın," dedi Harry gülümseyerek. "Bu sırlar o kadar da kötü değil."
Başımı arkaya atarak güldüm.
"Sen de benim ne olduğumu biliyorsun," dedi.
"Biliyorum."
"Ama şu an makul bir inkâr sürecindesin. Bu konuda herhangi bir şey görmek ya da duymak zorunda değilsin."
Harry sola, tepelere değil de ovaya doğru döndü. Beni kendi evine götürüyordu. Don'un bana yapacaklarından korkmuştu. Aslında ben de korkuyordum.
"Belki de buna hazırımdır. Gerçek bir arkadaş olmaya. Sadık," dedim.
"Saklamanı isteyebileceğim türden bir sır olduğunu sanmıyorum, canım. Tatsız bir şey."
"Bana kalırsa bu sır, ikimizin de iddia ettiğinden daha yaygın," dedim. "Belki hepimizin içinde o sırrın en azından bir parçası var. Sanırım o sırdan bir parça bende de var."
Harry sağa çekip garajına girdi. Arabayı park ettikten sonra bana döndü. "Sen benim gibi değilsin, Evelyn."
"Biraz olabilirim," dedim. "Ben de, Celia da."
Harry düşünceli bir hâlde yeniden direksiyona döndü. "Evet," dedi sonunda. "Celia olabilir."
"Biliyor muydun?"
"Şüpheleniyordum," dedi. "Ayrıca sana karşı... birtakım hisler beslediğinden de şüpheleniyordum."
Gözünün önünde olan biteni en son fark eden biri gibi hissettim kendimi.

"Don'dan ayrılacağım," dedim.

Harry başını salladı. Şaşırmamıştı. "Duyduğuma sevindim," dedi. "Ama umarım bunun tam olarak ne anlama geldiğini biliyorsundur."

"Ne yaptığımı biliyorum, Harry." Yanılıyordum. Ne yaptığımı bildiğim filan yoktu.

"Don bunu öylece kabullenmeyecektir," dedi Harry. "Demek istediğim bu."

"Yani bu maskaralığa devam mı etmeliyim? Başkalarıyla yatıp canı istediğinde beni dövmesine izin mi vereyim?"

"Kesinlikle hayır. Böyle bir şeyi asla söylemeyeceğimi biliyorsun."

"Ne o hâlde?"

"Yapacağın şey konusunda hazırlıklı olmanı istiyorum."

"Bu konuda daha fazla konuşmak istemiyorum," dedim.

"Tamam," dedi Harry. Arabanın kapısını açıp dışarı çıktı. Dolaşıp benim tarafıma gelerek benim kapımı da açtı.

"Gel, Ev," dedi nazikçe. Elini uzattı. "Uzun bir gece oldu. Biraz dinlenmeye ihtiyacın var."

Sanki o söyleyince üzerime aniden bir yorgunluk çöktü. O yorgunluğun uzun zamandır içimde olduğunu fark ettim. Harry'nin peşinden kapıya doğru ilerledim.

Oturma odası az eşyalı ama şıktı. Ahşap ve deriyle döşenmişti. Duvar nişleri ve kapı aralıkları kemerli, duvarlar bembeyazdı. Duvarda yalnızca tek bir sanat eseri asılıydı. Kanepenin üzerindeki kırmızı-mavi Rothko. O an Harry'nin para için Hollywood yapımcısı olmadığını anladım. Tabii ki evi güzeldi. Ama gösterişli, edimsel hiçbir şey yoktu içeride. Onun için yalnızca uyuyacağı bir yerdi.

Harry benim gibiydi. Şöhret için bu işteydi. Onu oyaladığı, önemli ve etkili kıldığı için.

Harry de benim gibi bu işe ego için girmişti.

İkimizin de talihi yaver gitmişti de, kazara olmuş gibi görünse de o işte kişiliğimizi bulmuştuk.

Birlikte döner merdivenlerden yukarı çıktık. Harry benim için misafir odasını hazırladı. Yatağın şiltesi ince, yün battaniyesi ağırdı. Makyajımı çıkarmak için sabun kullandım. Harry nazikçe elbisemin fermuarını açarak bana bir pijama takımı verdi.

"Herhangi bir şeye ihtiyacın olursa yan odada olacağım," dedi.

"Teşekkürler. Her şey için."

Harry başını salladı. Çıkmak için arkasını döndü. Ben battaniyeyi açarken yeniden dönüp bana baktı. "Çıkarlarımız uyuşmuyor, Evelyn," dedi. "Seninkiler ve benimkiler. Bunu görüyorsun, değil mi?"

Görüp görmediğimi anlamaya çalışarak ona baktım.

"Benim işim stüdyoya para kazandırmak. Eğer sen stüdyonun istediklerini yapıyorsan, benim işim seni mutlu etmek. Ama Ari her şeyden çok..."

"Don'u mutlu etmeni istiyor."

Harry gözlerimin içine baktı. Meseleyi anlamıştım.

"Tamam," dedim. "Anlıyorum."

Harry utangaçça gülümseyerek kapıyı arkasından kapadı.

Bütün gece yatakta dönüp durduğumu, gelecek için endişelendiğimi, bir kadını öpmemin ne anlama geldiğini düşündüğümü, Don'u gerçekten terk edip etmemeyi tarttığımı düşüneceksin.

Ama inkâr bunun içindir.

Ertesi sabah Harry beni evime götürdü. Kendimi bir kavgaya hazırlıyordum. Ama eve girdiğimde Don'u hiçbir yerde bulamadım.

O an evliliğimizin bittiğini ve bu kararın, kendi kararım olduğunu düşündüğüm kararın, benim adıma alınmış olduğunu fark ettim.

Don beni beklemiyordu, benimle kavga etmeyi düşünmüyordu. Don başka bir yerlerdeydi. Ben onu terk etmeden o beni terk etmişti.

Onun yerine kapımda Celia St. James duruyordu.

Harry, ben Celia'nın yanına gidene kadar araba yolunda bekledi. Arkamı dönüp ona gitmesini işaret ettim.

O gidince kenarlarında ağaçlar dizili güzel sokağım, saat sabahın yedisinde Beverly Hills'ten bekleyeceğin kadar sessizleşmişti. Celia'nın elinden tutup onu içeri soktum.

"Ben öyle değil..." dedi Celia kapıyı kapamamın ardından. "Ben yalnızca... Lisede bir kız vardı, en yakın arkadaşım. Sonra o ve ben..."

"Dinlemek istemiyorum," dedim.

"Tamam," dedi. "Ben yalnızca... Ben... Bende bir terslik yok."

"Sende bir terslik olmadığını biliyorum."

Bana baktı. Ondan ne istediğimi, ne itiraf edeceğini tam olarak anlamaya çalışıyordu.

"Bildiğim şu," dedim. "Bir zamanlar Don'u sevdiğimi biliyorum."

"Biliyorum!" dedi hemen savunmaya geçerek. "Don'u sevdiğini biliyorum. Başından beri biliyorum bunu."

"*Bir zamanlar* dedim. Bir süredir onu sevdiğimi sanmıyorum."

"Tamam."

"Şu an düşündüğüm tek insan sensin."

Bunu söyledikten sonra üst kata çıkıp valizlerimi hazırladım.

21

BİR BUÇUK HAFTA BOYUNCA Celia'nın evinde saklandım, barafta. Celia'yla her gece onun yatağında uslu uslu, yan yana yattık.

Gün içinde ben evde kalıp kitap okuyordum, o ise Warner Brothers'la yaptığı yeni film için çalışmaya gidiyordu.

Öpüşmedik. Ara sıra kollarımız birbirine teğet geçtiğinde, ellerimiz birbirine değdiğinde, asla göz göze gelmeden biraz oyalandık. Ama gecenin ortasında, ikimiz de uyuyakalacakmışız gibi olduğumuzda arkamda onun bedenini hisseder, kendimi ona yaklaştırır, karnının sıcaklığını, boynumun kıvrımındaki çenesini hissederdim.

Bazı sabahlar onun saçlarının altında uyanır, sanki onu olabildiğince içime çekmek istermiş gibi derin bir nefes alırdım.

Onu yeniden öpmek istediğimi biliyordum. Ona dokunmak istediğimi... Ama bunu tam olarak nasıl yapmam gerektiğini ya da işlerin nasıl yürüdüğünü bilmiyordum. O karanlık çamaşırhanedeki öpücüğü bir rastlantı olarak düşünmek kolaydı. Ona karşı duyduğum hislerin platonik olduğuna kendimi ikna etmek de zor değildi.

Celia'yla ilgili düşüncelerime yalnızca *bazen* teslim olursam, kendime bunun gerçek olmadığını söyleyebilirdim. Eşcinseller uygunsuzdu. Her ne kadar bunun onları kötü insanlar yaptığını düşünmesem de (ne de olsa Harry'yi bir ağabey gibi seviyordum) onlardan biri olmaya hazır değildim.

Ben de kendime Celia'yla aramızdaki kıvılcımın sadece bir gariplik olduğunu söyledim. Bir tuhaflık olarak kaldığı sürece ikna ediciydi.

Gerçekler bazen gelip seni yere serer. Bazense sabırla artık onları inkâr edecek enerjinin kalmayacağı zamanı beklerler.

Bir cumartesi sabahı Celia duştayken, ben de yumurta yaparken başıma gelen de buydu.

Kapı çalındı. Açtığımda karşımda görmekten mutlu olabileceğim tek yüzü gördüm.

"Selam Harry," dedim ona sarılmak için eğilerek. Islak ıspatulamın üzerindeki hoş Oxford gömleğine değmemesine dikkat ettim.

"Şuraya bak," dedi. "Yemek yapıyorsun!"

"Biliyorum," dedim karşısından çekilip onu içeri davet ederken.

"Çıkmaz ayın son çarşambası geldi herhâlde. Yumurta ister misin?"

Onu mutfağa götürdüm. Tavaya baktı. "Kahvaltı konusunda ne kadar iyisin?" diye sordu.

"Eğer yumurtalarının yanıp yanmayacağını soruyorsan, muhtemelen yanacaklar."

Harry gülümsedi. Sonra yemek masasının üzerine ağır bir zarf bıraktı. Zarfın ahşaba değerken çıkardığı *şak* sesi, içinde ne olduğunu anlamak için ihtiyacım olan tek ipucuydu.

"Dur tahmin edeyim," dedim. "Boşanıyorum."

"Öyle görünüyor."

"Hangi gerekçeyle? Avukatlarının zina ya da şiddet kutularını işaretlediğini sanmıyorum."

"Terk etme."

Kaşlarımı kaldırdım. "Zekice."

"Gerekçenin önemi yok. Bunu sen de biliyorsun."

"Biliyorum."

"Kâğıtları baştan sona okumalı, bir avukata okutmalısın. Ama temelde tek bir önemli vurguları var."

"Nedir?"

"Evi, kendi paranı ve onun parasının yarısını alıyorsun."

Harry'ye sanki bana Brooklyn Köprüsü'nü satmaya çalışıyormuş gibi baktım. "Bunu neden yapsın ki?"

"Çünkü herhangi bir yerde, herhangi bir zamanda, herhangi birine evliliğiniz sırasında yaşananlardan bahsetmen yasak."

"Onun konuşması da yasak mı?"

Harry başını iki yana salladı. "Yazılı olarak hayır."

"Yani ben konuşamayacağım ama o şehrin her yerinde anlatabilecek, öyle mi? Bunu kabul edeceğimi nereden çıkarmış?"

Harry bir süre masaya baktı, sonra mahcup bir ifadeyle bana döndü.

"Sunset beni bırakıyor, öyle değil mi?"

"Don seni stüdyoda istemiyor. Ari de seni MGM'ye ya da Columbia'ya kiralamayı düşünüyor."

"Peki sonra ne olacak?"

"Kendi başına devam edeceksin."

"Tamam, güzel. Bunu yapabilirim. Celia da serbest çalışıyor. Onun gibi ben de bir temsilci bulurum."

"Yapabilirsin," dedi Harry. "Ben de denemen gerektiğini düşünüyorum ama..."

"Ama ne?"

"Don, Ari'den Oscar almana karşı oy kullanmasını istedi. Ari de bunu kabul etti. Sanırım seni dışarıya kiralayarak seni kasten başarısızlığa itecek."

"Bunu yapamaz."

"Yapabilir. Yapacak da. Çünkü altın yumurtlayan tavuk Don. Stüdyolar zarar ediyor. İnsanlar eskisi kadar sinemaya gitmiyor. *Gunsmoke*'un yeni bölümünü bekliyorlar. Sunset, sinema salonlarımızı doldurmakta zorlandığımız günden beri düşüşte. Don gibi yıldızlar sayesinde gemimizi yüzdürebiliyoruz."

"Ve benim gibi yıldızlar sayesinde."

Harry başıyla onayladı. "Ama, bunu söylediğim için çok üzgün olsam da büyük resmi görmen için önemli olduğunu düşünüyorum, Don senden çok daha fazla seyirci getiriyor."

Kendimi bir an küçücük hissettim. "Bu incitti."

"Biliyorum," dedi Harry. "Üzgünüm."

Banyodan gelen su sesi kesildi. Celia'nın duştan çıktığını duydum. Pencereden içeri rüzgâr giriyordu. Kapamak istedim ama kıpırdayamadım. "Demek öyle. Don beni istemiyorsa, kimse istemiyor demek."

"Don seni istemiyorsa, kimsenin seni istemesini de istemiyor. Küçük bir fark gibi göründüğünü biliyorum ama..."

"Ama belli belirsiz bir rahatlatıcılığı var."

"Güzel."

"Demek oyun bu ha? Don hayatımı mahvetti ve bir ev ile bir milyon dolardan az bir miktar vererek sessizliğimi satın alıyor."

"İyi para," dedi Harry sanki bir önemi varmış, sanki yardımcı olabilecekmiş gibi.

"Paranın umurumda olmadığını biliyorsun," dedim. "En azından öncelikli olmadığını."

"Biliyorum."

Celia bornozuyla banyodan çıktı. Saçları ıslak ve düzdü. "Ah, selam Harry," dedi. "Bir dakikaya dönerim."

"Benim için acele etmene gerek yok," dedi Harry. "Gitmek üzereydim."

Celia gülümseyerek yatak odasına girdi.

"Belgeyi getirdiğin için teşekkürler," dedim.

Harry başını salladı.

"Bir kez başardım, bir kez daha yapabilirim," dedim kapıya doğru ilerlerken. "Her şeyi yeni baştan inşa edebilirim."

"Aklına koyduğun her şeyi yapacağından hiç şüphem yok." Harry elini kapıya uzatarak gitmeye hazırladı. "Keşke... Umarım yine de arkadaş olabiliriz, Evelyn. Bundan sonra da..."

"Ah, kes sesini," dedim. "Biz dostuz. Birbirimize her şeyi söyleyebilir ya da söylemeyiz. Bu değişmedi. Beni hâlâ seviyorsun, değil mi? Kovulmak üzere olsam da..."

"Seviyorum."

"Ben de seni hâlâ seviyorum. Mesele bitmiştir."
Harry rahatlayarak gülümsedi. "Tamam," dedi. "Ben ve sen."
"Ben ve sen, sadık dostlar."
Harry evden çıktı. Sokak boyunca ilerleyip arabasına binişini izledim. Sonra dönüp sırtımı kapıya yasladım.
Hayatımı üzerine inşa ettiğim her şeyi kaybedecektim.
Param hariç her şeyi.
Hâlâ param vardı.
O da bir şeydi.
Sonra beni bekleyen başka bir şey daha olduğunu fark ettim. İstediğim ve artık sahip olmakta özgür olduğum bir şey.
Hollywood'un en popüler adamından boşanmanın eşiğinde, Celia'nın kapısına sırtımı dayamışken, ne istediğim konusunda kendime yalan söylemenin bütün enerjimi tükettiğini fark ettim.
Bunun ne anlama geldiğini, bana ne yaptığını düşünmek yerine doğrulup Celia'nın odasına girdim.
Hâlâ bornozuylaydı. Tuvalet masasının karşısında saçlarını kurutuyordu.
Ona doğru ilerledim, o güzel mavi gözlerine baktım ve "Sanırım seni seviyorum," dedim.
Sonra bornozunun kuşağını çekip aldım.
Bunu çok yavaş yaptım. O kadar yavaş yaptım ki isterse kuşak açılana kadar milyon kez durdurabilirdi beni. Ama durdurmadı.
Onun yerine oturduğu yerde dikleşerek cesaretle bana baktı ve elini benim yaptığım gibi belime koydu.
Gerilim azalır azalmaz bornozunun kenarları birbirinden ayrıldı. Celia karşımda çırılçıplak oturuyordu.
Teni kaymak gibi ve solgundu. Göğüsleri beklediğimden daha dolgun, meme uçları pembeydi. Düz karnı, göbek deliğinin hemen altında biraz yuvarlaklaşıyordu.
Gözlerim bacaklarına doğru indiğinde, bacaklarını hafifçe araladı.

Düşünmeden onu öptüm. Ellerimi memelerine götürerek önce istediğim gibi, sonra benimkilere dokunulmasını istediğim gibi dokundum.

İnlediğinde nabzım hızlandı.

Boynumu, göğsümün üzerini öptü.

Tişörtümü başımın üzerinden çekip çıkardı.

Bana, açığa çıkmış memelerime baktı.

"Muhteşemsin," dedi. "Hayal ettiğimden bile daha muhteşem."

Kızararak yüzümü ellerime gömdüm. Kontrolden çıktığım için, tüm bunlar benim dışımda olduğu için utanmıştım.

Ellerimi yüzümden çekip bana baktı.

"Ne yaptığımı bilmiyorum," dedim.

"Sorun değil," dedi. "Ben biliyorum."

O gece Celia'yla çırılçıplak, birbirimize sarılarak uyuduk. Artık kazara dokunmuş gibi yapmıyorduk. Sabah yüzümde saçlarıyla uyandığımda yüksek sesle ve gururla kokusunu içime çektim.

O dört duvar içinde utanç yoktu.

SUB ROSA

30 Aralık 1959

Adler ile Hugo Paydos!

Don Adler, Hollywood'un en gözde bekârı mı?

Don ve Evelyn paydos dedi! İki yıllık evliliğin ardından Don, Evelyn Hugo'ya boşanma davası açtı.

Aşk böceklerinin yollarını ayırdığını görmek bizi üzdü ama şaşırdığımızı söylersek yalan olur. Don'un yıldızı iyiden iyiye yükselirken Evelyn'in kıskandığına ve kin dolduğuna dair dedikodular geliyordu kulağımıza.

Don neyse ki Sunset Sütodyoları ile olan sözleşmesini yeniledi –patron Ari Sullivan çok mutlu olmalı– ve bu yıl gösterime girmesi kararlaştırılan üç filmi var. Don hiçbir atışı kaçırmıyor!

Bu arada Evelyn'in son filmi *Küçük Kadınlar* oldukça iyi bir gişe rakamı elde ettiği ve çok iyi eleştiriler aldığı hâlde Sunset onu yakında çekimlerine başlanacak *Jokers Wild*'ın kadrosundan çıkararak yerine Ruby Reilly'yi getirdi.

Evelyn'in Sunset'teki günleri nihayete mi eriyor yoksa?

22

"NASIL O KADAR KENDİNDEN emin kalabildin? O çözülme sırasında nasıl o kadar sağlam olabildin?" diye sordum Evelyn'e.

"Don beni terk ettiğinde mi yoksa kariyerim tepetaklak olurken mi?"

"İkisi de sanırım," dedim. "Yani sonuçta Celia vardı, biraz farklıydı ama yine de..."

Evelyn başını hafifçe kaldırdı. "Neyden farklıydı?"

"Hımm," dedim düşüncelerimin içinde kaybolarak.

"Celia vardı, biraz farklıydı dedin," diye vurguladı Evelyn. "Neyden farklıydı?"

"Özür dilerim," dedim. "Kafamın içinden bir şeyler geçiriyordum." Bir anlığına kendi ilişki problemlerimi, tek yönlü olması gereken bir konuşmaya sızdırmıştım.

Evelyn başını salladı. "Özür dilemene gerek yok. Sadece neyden farklı olduğunu söyle bana."

Ona baktığımda, geri kapatılamayacak bir kapı açmış olduğumu fark ettim. "Benim yaklaşan boşanmamdan."

Evelyn otuz iki dişini göstererek gülümsedi. "İşte şimdi işler ilginç bir hâl alıyor," dedi.

Hassasiyetim karşısındaki rahat tavrı canımı sıkmıştı. Konuyu oraya getirmek benim suçumdu, biliyorum. Ama biraz daha nazik davranabilirdi. Kendimi açık etmiştim. Bir yarayı açık etmiştim.

"Belgeleri imzaladın mı?" diye sordu Evelyn. "Monique'deki i'nin üzerine küçük bir kalple nokta koyarak imzalamışsındır belki de. Ben olsam öyle yapardım."

"Sanırım ben boşanma meselesini senin kadara hafife almıyorum," dedim. Sözcükler ağzımdan dümdüz çıkmıştı. Yumuşatmayı düşünsem de yapmamıştım.

"Evet, elbette," dedi Evelyn nazikçe. "Bu yaşta hafife alsan gülünç olurdun."

"Peki senin yaşında?" diye sordum.

"Onca tecrübemle mi? Realist olurum."

"Aslında bunun kendisinin gülünç olduğunu düşünüyorsun değil mi? Boşanma bir yenilgidir."

Evelyn başını iki yana salladı. "Yenilgi kalp kırıklığıdır. Boşanma ise yalnızca bir kâğıt parçası."

Önüme baktığımda mavi kalemimle bir küpün üzerinden tekrar tekrar geçtiğimi fark ettim. Sayfa yırtılmaya başlamıştı. Ne kalemimi çektim ne de daha çok bastırdım. Yalnızca mürekkebi küpün çizgileri üzerinde gezdirmeye devam ettim.

Evelyn, "Eğer şu an kalbin kırıksa, senin adına üzüntü duyarım," dedi. "Buna sonsuz saygım var. Bir insanı paramparça edebilecek türden bir şey. Ama Don beni terk ettiğinde kalbim kırık değildi. Yalnızca evliliğimin başarısız olduğunu hissediyordum. Bunlar çok farklı şeyler."

Evelyn bunu söylediğinde kalemi oynatmayı bıraktım. Başımı kaldırıp Evelyn'e baktım. Evelyn'in bana bunu söylemesine neden ihtiyaç duyduğumu merak ettim.

Bu tür bir ayrımın daha önce aklımdan neden hiç geçmediğini merak ettim.

◆ ◆ ◆

O akşam metroya doğru yürürken Frankie'nin beni ikinci kez aradığını gördüm. Cevap vermek için Brooklyn'e kadar yürüyüp kendi sokağıma girene kadar bekledim. Saat neredeyse dokuz olmuştu. Mesaj atmaya karar verdim: *Evelyn'den daha şimdi çıktım. Geç oldu, üzgünüm. Yarın konuşalım mı?*

Frankie'nin cevabı geldiğinde anahtarla kapımı açıyordum: *Bu akşam iyidir. Beni bir an önce ara.*

Gözlerimi devirdim. Frankie'ye hiç blöf yapmamalıydım.

Çantamı bıraktım. Evin içinde gezindim. Ona ne diyecektim? Görünüşe bakılırsa iki seçeneğim vardı.

Yalana başvurup her şeyin yolunda gittiğini, haziran sayısı için son sürat çalıştığımızı, Evelyn'i daha somut meseleleri konuşmaya yönlendirdiğimi söyleyebilirdim.

Ya da doğruyu söyler ve muhtemelen kovulurdum.

Artık yavaş yavaş kovulmanın o kadar da kötü olmayabileceğini görmeye başlamıştım. İleride basılacak bir kitabım olacaktı. Muhtemelen o kitaptan milyon dolarlar kazanacaktım. Bana diğer ünlülerin biyografilerini yazma fırsatı da getirebilirdi bu. Sonra da yavaş yavaş kendi konularımı seçmeye başlar, her yayıncının alacağını bilerek ne istersem onunla ilgili yazardım.

Ama bu kitabın ne zaman satışa çıkacağını bilmiyordum. Ayrıca eğer gerçek amacım istediğim her hikâyeyi yazacak duruma gelmekse, güvenirlilik önemliydi. *Vivant*'tan ana manşeti çaldığım için kovulmuş olmak da itibarım için pek iyi sayılmazdı.

Ne yapacağıma, planımın tam olarak ne olduğuna karar veremeden elimdeki telefon çalmaya başladı.

Frankie Troupe.

"Alo?"

"Monique," dedi Frankie. Sesi hem endişeli hem öfkeliydi. "Evelyn'le nasıl gidiyor? Bana her şeyi anlat."

Üçümüzün de bu durumdan istediğimizi almış olarak çıkmasının bir yolunu aramaya devam ediyordum. Ama aniden kontrolümde olan tek şeyin *benim* istediğimi almam olduğunu fark ettim.

Neden almayacaktım ki?

Cidden.

Neden en tepeye çıkan ben *olmayacaktım?*

"Frankie, selam. Daha önce müsait değildim, kusura bakma."

"Sorun değil, sorun değil," dedi Frankie. "Malzemeyi toparladığın sürece sorun yok."

"Alıyorum ama ne yazık ki Evelyn artık hikâyeyi *Vivant*'la paylaşmak istemiyor."

Telefonun ucundaki Frankie'nin sessizliği sağır ediciydi. Sonra düz, ölü bir "Ne?" ile noktalandı.

"Günlerdir onu ikna etmeye çalışıyorum. O yüzden sana dönemedim. Bu görüşmeyi *Vivant* için yapması gerektiğini açıklamaya çalışıyordum ona."

"Madem istemiyor, neden bizi aramış?"

"Beni istiyormuş," dedim. Ardından herhangi bir açıklama yapmadım. *Beni istiyormuş, o yüzden* ya da *beni istiyormuş, her şey için özür dilerim* demedim.

"Bizi sana ulaşmak için mi kullanmış?" diye sordu Frankie, sanki aklına gelen en aşağılayıcı şey buymuş gibi. Ama aslında Frankie beni Evelyn'e ulaşmak için kullanmıştı, yani...

"Evet," dedim. "Sanırım öyle yapmış. Tam bir biyografi istiyor. Benim yazacağım bir hayat öyküsü. Fikrini değiştirir umuduyla devam ediyorum."

"*Biyografi* mi? Bizim hikâyemizi alıp bir kitaba mı dönüştürüyorsun?"

"Evelyn öyle istiyor. Bense onu tersine ikna etmeye çalışıyorum."

"Edebildin mi peki?" diye sordu Frankie. "İkna edebildin mi?"

"Hayır," dedim. "Henüz değil. Ama yapabileceğimi düşünüyorum."

Frankie, "Tamam," dedi. "Yap o hâlde."

Şimdi benim sıramdı.

"Sana büyük, manşetlik bir Evelyn Hugo hikâyesi verebilirim," dedim. "Ama başarırsam terfi isterim."

Frankie'nin sesine bulaşan şüpheciliği duyabiliyordum. "Ne tür bir terfi?"

"Serbest editörlük. İstediğim zaman gelip giderim. Kendi hikâyemi kendim seçerim."

"Hayır."

"O zaman elimde, Evelyn'den *Vivant* için bir makale izni almaya beni teşvik edecek hiçbir şey yok."

Frankie'nin seçeneklerini gözden geçirdiğini hissedebiliyordum. Sessizdi ama gerilim yoktu. Ne diyeceğine karar verene kadar konuşmamı beklemiyormuş gibiydi. "Eğer bize bir kapak dosyası getirirsen," dedi sonunda, "ve onu bir fotoğraf çekimine ikna edersen, seni serbest yazar yaparım."

Teklifi düşünmeye başladım. Frankie düşüncelerimi böldü. "Yalnızca bir tane serbest editörümüz var. Gayle'i dişiyle tırnağıyla kazandığı konumundan etmek içime sinmez. Bunu anlayabileceğini düşünüyorum. Seni ancak serbest yazar yapabilirim. Ne hakkında yazacağına çok karışmam. Eğer orada kendini hemen kanıtlarsan, herkes gibi yükselirsin. Bence bu adil, Monique."

Bir dakika daha düşündüm. Serbest yazarlık mantıklı görünüyordu. Serbest yazarlık harika görünüyordu. "Tamam," dedim. Sonra biraz daha zorladım. Çünkü Evelyn, tüm bu olayların en başında, en yüksek ücrette ısrar etmem gerektiğini söylemişti. Haklıydı. "Ayrıca titrimle orantılı bir maaş artışı da istiyorum."

Bu kadar açık bir biçimde paradan bahsettiğim için utandım. Ama Frankie'nin, "Evet, tabii, olur," dediğini duyduğum an omuzlarımı serbest bıraktım. "Ama senden yarın bir teyit bekliyorum," diye devam etti. "Fotoğraf çekiminin de önümüzdeki hafta gerçekleşmesini istiyorum."

"Tamam," dedim. "İstediğini alacaksın."

Frankie telefonu kapamadan önce, "Etkilendim ama kızdım da," dedi. "Lütfen bu işi öyle iyi kıvır ki seni affetmek zorunda kalayım."

"Endişelenme," dedim. "Başaracağım."

23

Ertesi sabah Evelyn'in ofisine girerken öyle gergindim ki sırtımdan ter boşalıyor, omurgam boyunca sığ bir gölet oluşturuyordu.

Grace masaya bir şarküteri tabağı koydu. Grace'le Evelyn yazın Lisbon'un nasıl olduğundan bahsederken kornişonlara bakmaktan alamadım kendimi.

Grace gider gitmez Evelyn'e döndüm.

"Konuşmamız gerek," dedim.

Güldü. "Aslına bakarsan, zaten tek yaptığımız konuşmak zannediyordum."

"*Vivant* hakkında demek istedim."

"Pekâlâ," dedi. "Konuş."

"Bu kitabın ne zaman satışa çıkacağına dair tahmini bir tarih öngörmem gerekiyor." Evelyn'in cevap vermesini bekledim. Bana cevabı anımsatan bir şey, *herhangi bir şey* söylemesini bekledim.

"Dinliyorum," dedi.

"Eğer bana bu kitabın gerçekten ne zaman satışa çıkacağını söylemezsen, yıllar sonra, belki on yıllar sonra gerçekleşebilecek bir şey için işimi kaybetme riskine giriyorum demektir."

"Ömrümün epey uzun olacağını düşünüyorsun anlaşılan."

"Evelyn," dedim, meseleyi hâlâ ciddiye almaması karşısında cesaretimi biraz yitirerek. "Ya bu kitabın ne zaman çıkacağını bilmem gerek ya da *Vivant*'a haziran sayısı için bir başlık sözü vermeliyim."

Evelyn düşündü. Karşımdaki kanepede bağdaş kurmuştu. Üzerinde ince, siyah jarse bir pantolon, gri bir kolsuz bluz, büyük beden beyaz bir hırka vardı. "Tamam," dedi başıyla da onaylayarak. "Onlara haziran sayısı için hikâyenin bir bölümünü verebilirsin. Hangi bölümü istersen. Ama bu çıkış zamanı meselesini kapayacaksın."

Sevincimin yüzüme yansımasına izin vermedim. Henüz yolun yarısındaydım. Tamamen bitirene kadar dinlenemezdim. Onu zorlamam gerekiyordu. İstemem ve hayır cevabı almaya hazırlıklı olmam gerekiyordu. Değerimi bilmeliydim.

Ne de olsa Evelyn benden bir şey istiyordu. Bana ihtiyacı vardı. Neden ya da ne için olduğunu bilmiyordum ama bana ihtiyacı olmasa şu an burada oturuyor olamazdım. Onun için bir değerim vardı. Bunu biliyordum. Ve şimdi onu kullanmalıydım. Tıpkı benim yerimde olsa onun da yapacağı gibi.

İşte başlıyorduk.

"Fotoğraf çekimine katılman gerek. Kapak için."

"Hayır."

"Bu pazarlığa tabi değil."

"Her şey pazarlığa tabidir. İstediğini aldın, yetmez mi? Alıntı yapmanı kabul ettim."

"İkimiz de sana ait yeni görüntülerin ne kadar değerli olduğunu biliyoruz."

"Hayır dedim."

Tamam. Hadi bakalım. Bunu yapabilirdim. Yalnızca Evelyn'in davranacağı gibi davranmalıydım. Evelyn Hugo'ya karşı Evelyn Hugo olmalıydım. "Ya kapak fotoğrafını kabul edersin ya da bu işten çekilirim."

Evelyn oturduğu yerde öne doğru eğildi. "Pardon?"

"Benden hayat hikâyeni yazmamı istiyorsun. Ben de senin hayat hikâyeni yazmak istiyorum. Ama şartlarım bunlar. Senin için işimi kaybetmeyeceğim. İşimi elimde tutmanın tek yolu da onlara kapak fotoğrafıyla birlikte bir Evelyn Hugo yazısı sunmak. Yani ya beni işimi kaybetmeye ikna edeceksin –ki bu da ancak kitabın *ne zaman* satışa çıkacağını söylersen mümkün olur– ya da fotoğraf çekimine katılacaksın. Seçeneklerin bunlar."

Evelyn bana baktı. O an umduğundan daha fazlası olduğum izlenimine kapıldım. Bu, bana kendimi iyi hissettirdi. Gülümsememek için kendimi zor tuttum.

"Bu mesele seni eğlendiriyor, öyle değil mi?" dedi.

"Çıkarlarımı korumaya çalışıyorum."

"Evet, üstelik bu işte iyisin. Ayrıca biraz olsun keyif de aldığını düşünüyorum."

Nihayet gülümsememi serbest bıraktım. "Bu işin en iyisinden öğreniyorum."

"Evet, öyle," dedi Evelyn. Sonra burun kıvırdı. "Kapak ha?"

"Kapak."

"Peki. Kapak. Bunun karşılığında pazartesiden itibaren uyanık olduğun her an seni burada görmek istiyorum. Söylemem gereken her şeyi bir an önce anlatmak istiyorum. Ayrıca bundan sonra bir soruya ilk seferinde cevap vermediğimde ikinci kez sormayacaksın. Anlaştık mı?"

Masanın arkasından kalktım, Evelyn'e doğru yürüdüm ve elimi uzattım. "Anlaştık."

Evelyn güldü. "Şuraya bak," dedi. "Böyle devam et. Günün birinde dünyanın sana ait olan kısmını yönetebilirsin."

"Vay canına, teşekkürler," dedim.

"Evet, evet, evet," dedi pek sert olmayan bir sesle. "Şimdi masana otur, kayda başla. Bütün gün seni bekleyemem."

Bana söyleneni yaptım. Sonra ona baktım. "Evet," dedim. "Yani Celia'ya âşıktın, Don'la boşandın ve kariyerin tepetaklak olacağa benziyordu. Sonra?"

Evelyn cevap vermeden önce biraz bekledi. O kısacık anda, az önce asla yapmayacağına yemin ettiği bir şeyi, *Vivant*'ın kapağında olmayı sırf ben çekip gitmeyeyim diye kabul ettiğini fark ettim.

Evelyn bir sebepten beni istiyordu. Hem de çok istiyordu. Ve ben sonunda korkmam gerektiğine dair bir şüpheye kapılmaya başlamıştım.

AVANAK
MICK RIVA

◆ ◆ ◆

PHOTO MOMENT

1 Şubat 1960

Evelyn, Yeşil Senin Rengin Değil

Evelyn Hugo, geçen perşembe 1960 İzleyici Takdir Ödülleri'nde, yapımcı Harry Cameron'ın kolunda boy gösterdi. Zümrüt yeşili bir kokteyl elbisesiyle geçmişte olduğu gibi kendine hayran bırakmayı başaramadı. Evelyn'in simgesi olan renk, giderek usanmanın simgesi hâline geliyor.

Bu arada Celia St. James çarpıcı, soluk mavi, boncuklu tafta gömlek elbisesiyle göz kamaştırdı. Kendine has gündüz görünümünü çekici, yeni bir dönüşle güncelledi.

Ama soğuk nevale Evelyn, eski en iyi arkadaşıyla ilgili tek bir söz bile etmedi. Bütün gece Celia'yı görmezden geldi.

Acaba Evelyn, Celia'nın o gece Umut Vadeden Kadın Ödülünü almasını kaldıramamış olabilir mi? Yoksa Celia *Küçük Kadınlar*'daki rolüyle En İyi Yardımcı Kadın Oyuncu ödülüne aday gösterilirken Evelyn'in adının bile anılmamasından mı kaynaklanıyor bu soğukluk?

Görünüşe bakılırsa Evelyn Hugo kıskançlıktan çatlıyor.

24

Arı beni Sunset'teki bütün prodüksiyonlardan çıkardı ve Columbia'ya kiralamaya başladı. Hatırlanması güç iki romantik komediye zorlandım. İkisi de öyle kötüydü ki müthiş başarısız olacakları öngörülen bir sonuçtu. Ondan sonra da diğer stüdyolar da beni pek istemedi.

Don, *Life*'ın kapağında zarif bir edayla okyanustan kıyıya çıkıyor, sanki hayatının en güzel günüymüş gibi gülümsüyordu.

1960 Akademi Ödülleri yaklaşırken resmen istenmeyen insan ilan edilmiştim.

"Seninle gelebilirim, biliyorsun," dedi Harry bir öğleden sonra hatırımı sormak için aradığında. "Sen tamam de yeter. Gelir seni alırım. Eminim giyebileceğin muhteşem bir elbisen vardır. Ben de kolumda seninle oraya gidip herkesi kıskandırırım."

Celia'nın evindeydim. Kuaförüyle makyözü gelmeden çıkmak için hazırlanıyordum. Celia mutfakta limonlu su içiyor, elbisesinin içine girebilmek için bir şey yemekten kaçınıyordu.

"Gelirsin, biliyorum," dedim telefona. "Ama ikimiz de biliyoruz ki şu sıralar benimle birlikte görülmen itibarını zedelemekten başka bir şeye yaramaz."

"Yine de ben ciddiyim," dedi Harry.

"Biliyorum," dedim. "Ama sen de bu önerini kabul etmeyecek kadar zeki olduğumu biliyorsun."

Harry güldü.

Telefonu kapadığımda Celia, "Gözlerim şiş görünüyor mu?" diye sordu. Sanki sorusunu cevaplamama yardımcı olabilirmiş gibi gözlerini kocaman açarak bana baktı.

Sıradışı bir şey göremiyordum. "Muhteşem görünüyorlar. Hem Gwen'in mükemmel görünmeni sağlayacağını biliyorsun. Neden endişeleniyorsun?"

"Of, Tanrı aşkına Evelyn," dedi Celia dalga geçerek. "Bence ikimiz de ne için endişelendiğimi biliyoruz."

Onu belinden kavradım. İnce, saten bir slip vardı üzerinde. Kenarı dantelliydi. Ben ise bir kısa kollu ile şort giymiştim. Saçları ıslaktı. Celia'nın saçları ıslakken şampuan kokmazdı, kil kokardı.

"Kazanacaksın," dedim onu kendime çekerek. "Bu bir yarış bile sayılmaz."

"Kazanamayabilirim. Ödülü Joy'a ya da Ellen Mattson'a da verebilirler."

"Ödülü ha Ellen Mattson'a vermişler ha L.A. Nehri'ne atmışlar. Joy'a gelince de, sağ olsun, bir sen değil."

Celia kızardı. Yüzünü kısa bir an ellerine gömdü, sonra yeniden bana baktı. "Çok mu katlanılmazım?" diye sordu. "Bu meseleyi takıntı hâline mi getirdim? Seni bu konuda konuşmaya zorluyorum. Üstelik sen..."

"Düşüşteyken mi?"

"Karşı oy almışken diyecektim."

"Katlanılmaz olduğun zamanlarda sana katlanan ben olmak istiyorum," dedim. Sonra onu öptüm. Dudaklarında limonlu suyun tadı vardı.

Saatime baktım. Kuaförle makyözün her an gelebileceğini biliyordum. Anahtarlarımı aldım.

Birlikte görünmemek için çok çabalıyorduk. Arkadaşken her şey farklıydı. Şimdi ise saklayacak bir şeyimiz vardı, biz de saklıyorduk.

"Seni seviyorum," dedim. "Sana inanıyorum. İyi şanslar."

Elim kapının kulpundayken bana seslendi. "Kazanamasam bile," dedi, ıslak saçlarından terliklerine sular damlarken, "beni sever misin?"

Gözlerine bakana kadar şaka yaptığını düşünmüştüm.

"Karton bir kutuda yaşayan önemsiz biri olsan da seni severim," dedim. Bunu daha önce hiç söylememiştim. Bunu daha önce gerçekten hissetmemiştim.

Celia kocaman gülümsedi. "Ben de. Karton kutu ve tüm diğer şeylerle."

◆ ◆ ◆

Saatler sonra, bir zamanlar Don'la yaşadığım ama artık tamamen bana ait olan evde kendime bir Cape Codder yapıp kanepeye oturdum. Televizyonda NBC'yi açtım. Bütün arkadaşlarımın ve sevdiğim kadının Pantages Theatre'daki kırmızı halıdan geçişini izledim.

Ekranda her şey daha görkemli görünüyordu. Hayallerini yıkan ben olmak istemem ama gerçekte salon daha küçük, insanlar daha solgun ve sahne o kadar da etkileyici değil.

Her şey seyircinin kendini yabancı hissetmesi, içeri girecek kadar iyi olmadığın bir kulübe sızmış gibi hissetmen için düzenlenmiş. Bunun benim üzerimde bile etkili olması, çok kısa bir süre öncesine kadar o kulübün tam merkezinde olan biri için bile düşmenin ne kadar kolay olduğunu görmek beni şaşırtmıştı.

En iyi yardımcı kadın oyuncuyu açıkladıklarında iki kokteyl içmiş, kendime acımanın dibini görmüştüm. Kamera Celia'ya döndüğünde yemin ederim ki birden ayıldım. Sonra da ellerimi onun için sımsıkı birleştirdim. Sanki ben ellerimi ne kadar çok birbirine bastırırsam onun kazanma şansı o kadar artacaktı.

"Ve ödülün sahibi... *Küçük Kadınlar*'la Celia St. James."

Koltuğumdan sıçrayıp sevinçle haykırdım. O sahneye ilerlerken gözlerim yaşardı.

Orada, mikrofonun ardında, elinde heykelcikle dikilirken beni büyülemişti sanki. O harika kayık yaka elbisesi, parıldayan elmas ve safir küpeleri, o kesinlikle kusursuz yüzü beni büyülemişti.

"Ari Sullivan ve Harry Cameron, size teşekkür ederim. Menajerim Roger Colton'a teşekkürler. Aileme. Ve bir parçası olduğum için kendimi çok şanslı hissettiğim muhteşem kadın oyuncu kadrosuna; Joy ve Ruby'ye teşekkür ederim. Ve tabii ki Evelyn Hugo. Teşekkürler."

Adımı söylediğinde gurur, mutluluk ve aşkla dolup taştım. Onun için çok ama çok mutluydum. Sonra acayip aptalca bir şey yaparak televizyonu öptüm.

O gri tonlarındaki yüzünden öptüm.

Acıdan önce *klink* sesini duydum. Celia kalabalığı selamlayarak sahneden inerken dişimi kırdığımı fark ettim.

Ama umurumda bile değildi. Çok mutluydum. Onu tebrik etmek, onunla nasıl gurur duyduğumu söylemek için müthiş bir coşku duyuyordum.

Kendime yeni bir kokteyl yaparak törenin geri kalanını izlemek için kendimi zorladım. En iyi filmi de anons ettiler, jenerik akarken televizyonu kapadım.

Harry ile Celia'nın bütün gece dışarıda olacağını biliyordum. Ben de ışıkları söndürüp üst kata, yatağa yöneldim. Makyajımı çıkardım. Yüz kremimi sürdüm. Yatak örtülerini kaldırdım. Yalnızdım. Yapayalnız.

Celia ile bu meseleyi konuşmuş, birlikte yaşayamayacağımıza karar vermiştik. O buna benim kadar ikna olmamışsa da kararımda ısrarcı oldum. Benim kariyerim düşüşte olabilirdi ama onunki yükselişteydi. Riske girmesine izin veremezdim. Hele benim için...

Garaja bir arabanın yaklaştığını duyduğumda başım yastıkta olsa da gözlerim açıktı. Pencereden baktığımda Celia'nın bir arabadan inip şoföre iyi geceler dediğini gördüm. Elinde Oscar'ı vardı.

Yatak odama girdiğinde, "Çok rahat görünüyorsun," dedi.

"Gel buraya," dedim ona.

İki üç kadeh içmişti. Onun sarhoş hâlini seviyordum. Yine kendisi kalıyor ama daha mutlu oluyordu. Öyle neşeli oluyordu ki kimi zaman mutluluktan uçacağından korkuyordum.

Hızlı bir başlangıç yaparak yatağa atladı. Onu öptüm.

"Seninle gurur duyuyorum, sevgilim."

"Bütün gece seni özledim," dedi. Oscar heykelciği hâlâ elindeydi. Epey ağır olduğunu söyleyebilirim. Heykel şiltenin üzerine devrilmişti. Adının olması gereken yer boştu.

"Bunu almam gerekiyor muydu bilmiyorum," dedi gülümseyerek. "Ama geri vermek istemedim."

"Neden dışarıdaki kutlamada değilsin? Sunset'in partisinde olmalıydın."

"Yalnızca seninle kutlamak istedim."

Onu kendime doğru çektim. Ayakkabılarını çıkardı.

"Sensiz hiçbir şeyin anlamı yok," dedi. "Senin dışında her şey bir bok yığını."

Başımı arkaya atarak güldüm.

"Dişine ne oldu?" diye sordu Celia.

"O kadar fark ediliyor mu?"

Celia omuzlarını silkti. "Sanmam. Galiba ben her zerreni ezberlediğim için fark ettim."

Birkaç hafta önce Celia'nın yanına çırılçıplak uzanmış, bana, vücudumun her parçasına bakmasına izin vermiştim. Bana her detayı hatırlamak istediğini söylemişti. Bir Picasso tablosunu incelemek gibi olduğunu söylemişti.

"Biraz utanç verici," dedim.

Celia merakla doğruldu.

"Televizyon ekranını öptüm," dedim. "Sen kazandığında. Seni televizyondan öptüm, dişim ekrana çarptı."

Celia kıkır kıkır güldü. Heykelcik pat diye şiltenin üzerine düştü. Sonra Celia üzerime yuvarlanarak kollarını boynuma doladı. "Bu, insanlığın doğuşundan beri birinin yaptığı en tatlı şey."

"Sanırım sabaha ilk iş dişçiden bir randevu alacağım."

"Bence de."

Oscar'ı alıp baktım. Ben de kazanmak istemiştim. Eğer Don'la biraz daha sürdürebilseydim bu gece kazanabilirdim.

Celia topuklularını çıkarmıştı ama elbisesi hâlâ üzerindeydi. Saçı tokalardan çıkmaya başlamış, ruju silinmişti. Küpeleri hâlâ ışıldıyordu.

"Daha önce hiç Oscar kazanmış biriyle seviştin mi?" dedi.

Ari Sullivan'la çok benzer bir şey yapmıştım ama sanırım bunu ona söylemenin zamanı değildi. Hem zaten sorunun özü, hiç buna benzer bir an yaşayıp yaşamadığımdı. Kesinlikle yaşamamıştım.

Onu öperken ellerini yüzümde hissettim. Sonra elbisesini çıkarıp yatağıma gelişini izledim.

❖ ❖ ❖

İki filmim de fiyasko çıktı. Celia'nın oynadığı bir aşk filmi kapalı gişe oynadı. Don çok tutan bir macera filminde başrol oynadı. Ruby Reilly, *Jokers Wild* eleştirilerinde "fevkalade mükemmel" ve "benzersiz" olarak anılmıştı.

Bense rulo köfte yapmayı ve kendi pantolonlarımı ütülemeyi öğrenmiştim.

Bir gün *Breathless*'ı izledim. Sinemadan çıkınca doğruca eve gidip Harry Cameron'ı aradım. "Bir fikrim var. Paris'e gidiyorum," dedim.

25

CELIA, ÜÇ HAFTALIĞINA Big Bear'da, bir filmin çekimlerinde olacaktı. Onunla gitmek ya da onu sette ziyaret etmek gibi bir seçeneğim olmadığını biliyordum. Her hafta sonu eve gelmekte ısrar etti ama ben bunu çok riskli buluyordum.

Ne de olsa bekâr bir kadındı. Sıradan bir aklın bile, *Bekâr kızlar neden eve gider?* sorusu sormaya pek uzak olmamasından korkuyordum.

Ben de bunun Fransa'ya gitmek için en doğru zaman olduğuna karar verdim.

Harry'nin Paris'teki film yapımcılarıyla bağlantıları vardı. Benim için gizlice birkaç telefon görüşmesi yaptı.

Görüştüğüm bazı yapımcı ve yönetmenler benim kim olduğumu biliyordu. Bazılarıysa beni yalnızca Harry'nin hatırı olarak görüyordu. Bir de Max Girard vardı. Gelecek vadeden Yeni Dalga yönetmenlerinden biriydi. Adımı daha önce hiç duymamıştı.

"Tam bir *une bombe*'sin," dedi.

Paris'in Saint-Germain-de Prés mahallesindeki sakin bir barda oturuyorduk. Arkalardaki bir odacığa sığışmıştık. Yemek saati geçmişti ve benim bir şeyler yiyecek fırsatım olmamıştı. Max beyaz Bordeaux içiyordu. Bense bir kadeh kırmızı almıştım.

Şarabımdan bir yudum alarak, "Kulağa bir iltifat gibi geliyor," dedim.

"Daha önce bu kadar çekici bir kadınla karşılaştım mı bilmiyorum," dedi bana bakarak. Aksanı o kadar koyuydu ki onu anlayabilmek için ona doğru eğilmek zorunda kalmıştım.

"Teşekkürler."

"Oynayabiliyor musun?" diye sordu.

"Görünüşümden daha iyiyimdir."

"Mümkün değil."

"Öyle."

Max'in çarklarının dönmeye başladığını gördüm. "Bir rol için deneme yapmak ister misin?"

Bir rol için tuvalet bile ovalardım. "Eğer rol mükemmelse," dedim.

Max gülümsedi. "Rol muhteşem. Film yıldızı rolü."

Ağır ağır başımı salladım. Çok hevesli görünmemek için uğraş verirken, bedeninin her bir parçasını kontrol altına alman gerekir.

"Kâğıtları gönder, sonra konuşuruz," dedim. Ardından şarabımın son yudumunu alıp ayağa kalktım. "Üzgünüm, Max ama gitmem gerek. Harika bir geceydi. İrtibatta kalalım."

Daha önce adımı bile duymamış bir adamla barda oturup çok vaktim varmış izlenimi vermem olacak iş değildi.

Uzaklaşırken Max'in gözlerini üzerimde hissedebiliyordum. Ama tüm özgüvenimle kapıya doğru ilerlemeye devam ettim. İçinde bulunduğum zor duruma rağmen epey özgüvenim de vardı hani. Sonra otelime döndüm, pijamalarımı giydim, oda servisinden bir şeyler istedim ve televizyonu açtım.

Yatmadan önce Celia'ya bir mektup yazdım.

Çok sevgili CeCe,

Asla unutma ki güneş senin tebessümünde doğuyor ve batıyor. En azından benim için öyle. Sen, bu gezegende tapılmaya değer tek şeysin.

Sevgiler,
Edward

Kâğıdı ikiye katlayıp üzerinde Celia'nın adresi olan bir zarfa koydum. Sonra ışıkları ve gözümü kapadım.

Üç saat sonra yanı başımdaki masada duran telefonun kulakları tırmalayan çalışıyla uyandım.

Öfkeli ve yarı uykulu bir hâlde ahizeyi kaldırdım.

"*Bonjour?*" dedim.

"Senin dilinde konuşabiliriz, Evelyn." Max'in aksanlı İngilizcesi duyuldu telefondan. "Çekeceğim bir film için müsait olup olmadığını öğrenmek için aradım. Haftaya değil, ondan sonraki hafta."

"İki hafta sonra mı yani?"

"O kadar bile değil aslında. Paris'in altı saat uzağında çekiyoruz. Sana uyar mı?"

"Rol nedir? Çekimler ne kadar sürecek?"

"Filmin adı *Boute-en-Train*. En azından şimdilik öyle diyoruz. Lac d'Annecy'de iki hafta çekim yapacağız. Çekimlerin kalanında burada olmana gerek yok."

"*Boute-en-Train* ne demek?" Aynı onun gibi telaffuz etmeye çalışmıştım ama sesim fazla bastırmışım gibi çıktı. Bir daha denememeye yemin ettim. İyi olmadığın şeyleri yapma.

"Partinin ruhu demek. O da sensin."

"Bir parti kızı mı?"

"Yaşamın kalbinde olan biri."

"Peki ya karakterim?"

"Bütün erkeklerin âşık olduğu türden bir kadın. Aslında Fransız bir kadın için yazılmıştı ama bu gece eğer sen rolü kabul edersen onu kovmaya karar verdim."

"Bu pek hoş değil."

"O senin yanına bile yaklaşamaz."

Gülümsedim. Hem cazibesi hem de istekliliği beni şaşırtmıştı.

"Küçük hırsızlıklar yapan iki adamla ilgili bir film. İsviçre'ye kaçmaya çalışırken yolda karşılaştıkları inanılmaz bir kadın dikkatlerini dağıtıyor. Üçü birlikte dağlarda bir maceraya atılıyorlar.

Şu an elimde senaryoyla oturmuş, bu kadın Amerikalı olabilir mi diye karar vermeye çalışıyorum. Bence olabilir. Hatta çok daha ilgi çekici olur. Seninle tam da bu sırada tanışmak... Bir talih kuşu bu. Kabul edecek misin?"

"Bir gece düşünmeme izin ver," dedim. Rolü kabul edeceğimi biliyordum. Alabileceğim yegâne roldü bu. Ama kabul etmeye meyilli görünmek seni hiçbir yere götürmez.

"Tamam," dedi Max. "Tabii. Daha önce çıplak sahneler çektin değil mi?"

"Hayır," dedim.

"Üstsüz olman gerekecek. Filmde."

Memelerimi göstermem istenecekse, bu neden bir Fransız filmi olmasındı? Fransızlar birinden bunu isteyecekse, bu neden ben olmayacaktım? İlk seferinde beni meşhur edenin ne olduğunu biliyordum. İkinci seferinde ne olacağını da.

"Neden bunu yarın konuşmuyoruz?" dedim.

"Tamam, yarın *sabah* konuşalım," dedi. "Çünkü şu diğer oyuncu memelerini göstermeyi kabul etti, Evelyn."

"Saat çok geç, Max. Sabah seni ararım." Telefonu kapadım.

Gözlerimi yumup derin bir nefes alarak hem bu fırsatın benim için ne kadar küçük olduğunu hem de bu fırsat bana verildiği için ne kadar şanslı olduğumu düşündüm. Geçmişin gerçekleriyle şimdinin gerçeklerini uzlaştırmak çok zor bir işti. Neyse ki uzun süre uğraşmam gerekmedi.

◆ ◆ ◆

İki hafta sonra yeniden bir film setindeydim. Üstelik bu kez Sunset'in üzerime yapıştırdığı o suskun, masum kız zırvalarından kurtulmuştum. Bu kez ne istersem yapabilecektim.

Çekimler sırasında Max'in en çok istediği şeyin bana sahip olmak olduğu açıktı. Bana attığı kaçamak bakışlardan söyleyebilirim ki yönetmen olarak Max'in üzerindeki cazibemin bir kısmı, bir erkek olarak onun üzerindeki cazibemdi.

Sondan iki önceki gün soyunma odama gelip de, *"Ma belle, aujourd'hui tu seras sans haut,"* dediğinde, gölden çıkma sahnemi çekmek istediğini anlayacak kadar Fransızca öğrenmiştim. Bir Fransız filminde oynayan büyük memeli bir Amerikan film yıldızıysan, Fransız erkeklerinin *sans haut* dediğinde üstsüz olmandan bahsettiklerini hızla öğreniyorsun.

Eğer adımı yeniden yükselişe geçirmenin bedeli buysa, üstümü hemen çıkarıp varlığımı göstermeye sonuna kadar istekliydim. Ama o sırada bir kadına deliler gibi âşıktım. Varlığımın her zerresiyle onu arzuluyordum. Bir kadının çıplak bedeninden keyif almanın hazzını biliyordum.

Max'e sahneyi istediği gibi çekebileceğimizi ama filmi daha merak uyandırıcı bir hâle getirebilecek bir önerim olduğunu söyledim.

Fikrimin iyi bir fikir olduğunu biliyordum çünkü bir kadının gömleğini yırtıp atma arzusunun nasıl bir şey olduğunu biliyordum.

Max önerimi duyduğunda *o da* bunun iyi bir fikir olduğunu anladı. Çünkü o da *benim* gömleğimi yırtıp atma arzusunun nasıl bir şey olduğunu biliyordu.

Kurgu odasında Max gölden çıkışımı bir sümüklü böceğin sürünmesi gibi yavaşlattı. Sonra göğüslerimin tamamen görünmesinden bir milisaniye önce görüntüyü kesti. Ekran birden kararıyordu. Sanki filmle oynanmış, kötü bir montaj yapılmış gibi.

Çok büyük bir beklenti vardı. Kaç kez izlersen izle, kaydı ne kadar düzgün duraklatırsan duraklat bu beklenti asla karşılanmıyordu.

İşe yaramasının sebebi basit: Erkek ya da kadın, eşcinsel, heteroseksüel, biseksüel, ne dersen de, hepimiz yalnızca tahrik edilmek isteriz.

Boute-en-Train'in çekimlerini tamamladıktan altı ay sonra uluslararası bir sansasyon yaratmıştım.

PHOTOMOMENT

15 Eylül 1961

Şarkıcı Mick Riva, Evelyn Hugo'ya Bayılıyor

Dün gece Trocadero'da sahne alan Mick Riva, sorularımızı yanıtladı. İlk olmayacakmış gibi görünen eski kafalı hâliyle Mick son derece açık sözlüydü...

Denizkızı Veronica Lowe'dan boşandığı için mutlu olduğunu açıklayan Riva, "Ben onun gibi bir hanımefendiyi hak etmiyorum, o da benim gibi bir herifi hak etmiyor," dedi.

Hayatında biri olup olmadığı sorulduğundaysa birkaç hanımefendiyle görüştüğünü ama Evelyn Hugo ile bir gece uğruna hepsinden vazgeçebileceğini söyledi.

Eskinin Bayan Don Adler'ı son günlerde ne kadar ateşli olduğunu kanıtladı. Fransız yönetmen Max Girard'ın son filmi *Boute-en-Train*'de yer aldı ve film yaz boyunca Avrupa'daki sinema salonlarında kapalı gişe oynadı. Güzel oyuncu, şimdi de ABD'de fırtınalar estiriyor.

Mick, "*Boute-en-Train*'i üç kez izledim," dedi. "Dördüncü kez de izleyeceğim. Onun gölden çıkma sahnesinden hiç sıkılmıyorum."

Yani Evelyn ile bir randevuya mı çıkmak istiyor?

"İstediğim onunla evlenmek."

Duyuyor musun, Evelyn?

HOLLYWOOD DIGEST

2 Ekim 1961

Evelyn Hugo, Anna Karenina'yı Oynayacak

Herkesin dilindeki Evelyn Hugo, Fox'un epik filmi *Anna Karenina*'da başrol oynamak için imzayı attı. Filmi Sunset Stüdyoları'nın eski yapımcısı Harry Cameron'la birlikte yapacak.

Bayan Hugo ve Bay Cameron daha önce Sunset'te *Father and Daughter* ve *Küçük Kadınlar* gibi hit filmler için birlikte çalışmıştı. Bu, Sunset dışında birlikte çalışacakları ilk film olacak.

İş dünyasında müthiş zevki ve daha da müthiş iş sezgileriyle kendine bir isim yapan Bay Cameron'ın Sunset'ten stüdyonun başı Ari Sullivan'la birtakım anlaşmazlıklar yaşadığı için ayrıldığı söyleniyor. Ama görünüşe bakılırsa Fox, hem Bayan Hugo hem de Bay Cameron'la çalışmak için çok istekli, zira azımsanmayacak bir para ödeyerek gişe riskini aldılar.

Herkes Bayan Hugo'nun bir sonraki projesini bekliyordu. *Anna Karenina* ilginç bir tercih. Kesin olan şu ki eğer Evelyn bir anlığına da olsa çıplak omzunu gösterirse, seyirci filme koşa koşa gidecektir.

SUB ROSA

23 Ekim 1961

Don Adler ile Ruby Reilly Nişanlandı mı?

Mary ve Roger Adler geçen cumartesi günü kontrolden biraz çıktığı konuşulan bir parti verdi! Partiye gelen konuklar bunun yalnızca Don Adler için verilen bir parti olmadığını öğrenince çok şaşırdı...

Parti, Don ile Sunset Stüdyoları'nın kraliçesi Ruby Reilly'nin nişanlandığını duyurmak için verilmiş!

Don ile Ruby, Don'un yaklaşık iki yıl önce seks bombası Evelyn Hugo'dan boşanmasından sonra yakınlaşmıştı. Anlaşılan Don, Ruby'ye Evelyn'le birlikte *Küçük Kadınlar*'ı çekerken göz koymuş.

Don ve Ruby için çok mutluyuz ama Don'un Evelyn'in hızlı yükselişi konusunda ne hissettiğini de merak ediyoruz. Şu sıralar güneşin altındaki en ateşli varlık kendisi. Onu elimizden kaçıran biz olsak başımızı taşlara vururduk.

Her şeye rağmen Don ve Ruby'ye en iyi dileklerimizi sunuyoruz. Umarız bu kez olur!

26

O SONBAHAR, MICK RIVA'NIN Hollywood Bowl'daki performansına davet edilmiştim. Mick Riva'yı görmek umurumda olduğundan değil ama akşam gezmesi kulağa eğlenceli geldiği için gitmeye karar verdim. Hem gazetelere kur yapmaya tenezzül etmeyecek durumda değildim.

Celia, Harry ve ben birlikte gitmeye karar verdik. Hiçbir zaman Celia'yla baş başa dışarı çıkmıyordum. Üzerimizde bu kadar göz varken olmazdı. Ama Harry mükemmel bir tampondu.

O gece L.A.'de hava beklediğimden daha serindi. Üzerimde bir kapri ile kısa kollu bir tişört vardı. Yeni kakül kestirmiş, onları yana taramaya başlamıştım. Celia mavi, kolsuz bir elbise ile düz ayakkabılar giymişti. Harry her zamanki gibi zarifti. Kumaş pantolon ile kısa kollu bir Oxford gömlek giymişti. Elinde kocaman düğmeleri olan, açık kahverengi, örgü bir hırka vardı. Birimizden birimiz üşürsek diye hazır bekliyordu.

Harry'nin Paramount'tan yapımcı dostları olan bir çiftin yanına, ikinci sıraya oturduk. Koridorun ucunda Ed Baker'ı gördüm. Yanında kızı gibi duran genç bir kadın vardı ama ben işin aslını biliyordum. Selam vermemeye karar verdim. Sırf hâlâ Sunset makinesinin bir parçası olduğundan değil, onu hiç sevmemiş olduğumdan.

Mick Riva sahneye çıktığında kalabalığın içindeki kadınlar öyle gürültülü bir tezahürata başladı ki Celia kulaklarını eliyle kapadı. Mick'in üzerinde gevşek kravatıyla koyu renk bir takım elbise vardı. Simsiyah saçları arkaya taranmış ama hafifçe dağıtılmıştı. Tahminime göre kuliste bir iki kadeh içmişti. Ama bu, hızını biraz olsun etkilemişe benzemiyordu.

Celia kulağıma eğilerek, "Anlamıyorum," dedi. "Bu herifte ne buluyorlar?"

Omuz silktim. "Yakışıklı olduğu için herhalde."

Mick mikrofona doğru yürürken spot ışığı da onu takip etti. Mikrofonu, sanki adını haykıran kızlardan biriymiş gibi hem tutkuyla hem de usulca kavradı.

"Ne yaptığını da biliyor," dedim.

Celia omuz silkti. "Brick Thomas'ı her türlü buna tercih ederim."

İyice büzülerek başımı iki yana salladım. "Hayır, Brick Thomas alçağın teki, inan bana. Onunla karşı karşıya gel, beşinci saniyede öğürmeye başlarsın."

Celia güldü. "Bence tatlı."

"Hayır, değil," dedim.

"Bence Mick Riva'dan daha sevimli," dedi. "Harry? Sen ne dersin?"

Harry diğer taraftan bize doğru eğildi. Öyle yavaşça fısıldadı ki onu güçbela duydum. "İtiraf etmekten utanç duyuyorum ama şu haykıran kızlarla ortak bir noktam var," dedi. "Bir iki fındık kırdı diye Mick'i yataktan atmazdım."

Celia güldü.

Mick'in sahnenin bir ucundan diğerine içli içli mırıldanarak ilerleyişini izlerken, "Abartıyorsun," dedim. "Ee, buradan sonra ne yiyoruz?" diye sordum ikisine birden. "Ciddi bir soru bu."

Celia, "Kulise gitmemiz gerekmiyor mu?" diye sordu. "Nezaket bunu gerektirmez mi?"

Mick'in ilk şarkısı bitti. Herkes alkışlayıp haykırmaya başladı. Harry bir yandan alkışa katılırken bir yandan da Celia da onu duyabilsin diye bana doğru eğildi.

"Daha yeni Oscar kazandın, Celia," dedi. "Canının istediği her haltı yapamazsın."

Celia alkışlarken başını arkaya atarak güldü. "O zaman ızgara et yemeye gitmek istiyorum."

"Izgara et o zaman," dedim.

Gülüşlerden mi, tezahüratlardan mı, alkışlardan mı bilmiyorum. Etrafımda çok fazla gürültü, kalabalığın yarattığı büyük bir kaos vardı. Ama kısacık bir an kendimi unuttum. Nerede olduğumu unuttum. Kim olduğumu unuttum. Kiminle olduğumu unuttum.

Celia'nın elini tutup kaldırdım.

Şaşkınlıkla ellerimize baktı. Harry'nin de ellerimize baktığını hissedebiliyordum.

Hemen elimi geri çektim. Duruşumu düzeltirken ön sıradan bir kadının bana baktığını gördüm. Otuzlarının ortasında, asil yüzlü bir kadındı. Küçük mavi gözleri ve harika duran kırmızı bir ruju vardı. Bana bakarken dudakları büzüldü.

Beni görmüştü.

Celia'nın elini tuttuğumu görmüştü.

Bıraktığımı da görmüştü.

Hem ne yaptığımı hem de yaptığım şeyi görmesini istemediğimi biliyordu.

Bana bakarken küçük gözleri iyice kısıldı.

Yanımda kimin olduğunu fark etmemiş olduğuna dair beslediğim tüm umutlar, yanındaki, muhtemelen kocası olan adama dönüp kulağına bir şeyler fısıldamaya başlamasıyla uçup gitti. Adamın bakışlarını Mick Riva'dan alıp bana çevirmesini izledim.

Gözlerinde üstü kapalı bir tiksinti vardı. Sanki şüphelendiği şeyin doğruluğundan emin olamıyormuş ama aklındaki düşünce bile midesini bulandırmaya yetiyormuş ve o düşüncenin aklına düşmesi de benim suçummuş gibi bakıyordu.

İkisinin de suratına bir tokat yapıştırmak ve ne yaptığımın onları ilgilendirmediğini söylemek isterdim. Ama yapamayacağımı biliyordum. Bunu yapmak *güvenli* değildi. Ben güvende değildim. Biz güvende değildik.

Mick şarkının enstrümantal kısmı başlayınca sahnenin en önüne doğru ilerleyerek seyircilerle konuşmaya başladı. Refleks olarak ayağa kalkıp ona tezahürat yapmaya başladım. Zıplayıp duruyordum. Sesim oradaki herkesten yüksek çıkıyordu. Sağlıklı düşünemiyordum. Tek isteğim o ikisinin konuşmayı kesmesiydi. Birbirleriyle ya da başkasıyla konuşmasınlar istiyordum. O kadının başlattığı kulaktan kulağa oyunu o adamda bitsin istiyordum. Tamamen bitsin istiyordum. *Başka bir şey* yapmak istiyordum. Ben de avazım çıktığı kadar bağırdım. Arkadaki ergen kızlar gibi haykırıyordum. Hayatım buna bağlıymış gibi bağırıyordum, zira gerçekten de buna bağlı olabilirdi.

"Gözlerim bana oyun mu oynuyor?" dedi Mick sahneden. Elini alnına koyup gözlerini spot ışığından korudu. Dosdoğru bana bakıyordu. "Yoksa rüyalarımın kadını karşımda mı?"

SUB ROSA

1 Kasım 1961

Evelyn Hugo ve Celia St. James'in Pijama Partisi

Ne kadar yakınlık fazla kaçar?

Oscar kazanan ve bir dizi gişe rekortmeni filmde yer alan komşu kızı Celia St. James uzun zamandır tatlı sarışın, seks bombası Evelyn Hugo ile arkadaş. Ama son zamanlarda bu ikilinin fazla mı yakın olduğunu düşünmeye başladık.

Yakın kaynaklar ikilinin tam bir... oyuncu dostluğu kurduğunu söylüyor.

Elbette bir sürü kız arkadaş birlikte alışverişe çıkıp bir iki kadeh bir şey içer. Ama Celia'nın arabası her gece Evelyn'in, bir zamanlar Bay Don Adler'la paylaştığı evin önünde oluyor. Bütün gece.

O duvarların ardında neler oluyor?

Her ne oluyorsa, pek doğru bir şeymiş gibi görünmediği kesin.

27

"**M**ICK RIVA'YLA ÇIKACAĞIM."
"Nah çıkarsın."
Celia öfkelendiğinde göğsü ve yanakları kızarırdı. Bu sefer hiç görmediğim kadar hızlı kızarmıştı.

Celia'nın Palm Springs'teki hafta sonu evinin dış mutfağındaydık. Akşam için ızgara yapıyordu.

Yazının çıkmasından beri onunla Los Angeles'ta birlikte görülmeyi reddediyordum. Gazeteler henüz Palm Springs'teki evini bilmiyordu. Hafta sonlarını orada birlikte geçiriyor, hafta içi ise L.A.'de ayrı takılıyorduk.

Celia mağdur bir eş gibi planı kabul etmiş, ne istediysem bana uymuştu. Çünkü bu, benimle kavga etmekten daha kolaydı. Ama şimdi başkasıyla çıkma önerisiyle fazla ileri gitmiştim.

İleri gittiğimin farkındaydım. Mesele de buydu. Yani bir anlamda.

"Beni dinlemek zorundasın," dedim.

"*Sen* beni dinlemek zorundasın." Izgaranın kapağını çarparak kapayıp elindeki maşayla beni işaret etti. "İstediğin bütün küçük dalaverelere tamamım. Ama ikimizden birinin bir başkasıyla *çıkmasına* yokum."

"Başka seçeneğimiz yok."

"Bir sürü seçeneğimiz var."

"İşini kaybetmek istemiyorsan yok. Bu evi elinde tutmak, arkadaşlarımızı elinde tutmak istiyorsan yok. Polisin peşimize düşme ihtimalinden bahsetmiyorum bile."

"Paranoyaklaşıyorsun."

"Hayır, Celia. Ürkütücü olan da bu. Sana söylüyorum, biliyorlar."

"Küçük bir gazetedeki bir makalede bildiklerini *sanıyorlar*. Bu aynı şey değil."

"Haklısın. Hâlâ bunun önüne geçecek durumdayız."

"Ya da kendi kendine unutulup gidecek."

"Celia, önümüzdeki yıl iki filmin vizyona girecek. Bütün şehir de benim filmimi konuşuyor."

"Kesinlikle. Harry'nin her zaman dediği gibi, bu, ne istersek yapabileceğimiz anlamına geliyor."

"Hayır, kaybedecek çok şeyimiz olduğu anlamına geliyor."

Öfkelenen Celia sigara paketimi alıp bir sigara yaktı. "Yani istediğin bu mu? Hayatımızın her ânını, gerçekte ne yaptığımızı saklamaya çalışarak geçirmek mi istiyorsun? Gerçekte kim olduğumuzu saklayarak."

"Şehirdeki herkesin her gün yaptığı bu."

"Ben yapmak istemiyorum."

"O zaman ünlü olmamalıydın."

Celia sigarasının dumanını üflerken bana baktı. Rujunun pembeliği sigaranın filtresine bulaşmıştı. "Çok karamsarsın, Evelyn. Dibine kadar karamsarsın."

"Ne yapmak istersin, Celia? İstersen *Sub Rosa*'yı bizzat arayayım. FBI'ı arayayım hatta. Ağızlarına laf verelim. 'Evet, Celia St. James ve ben sapığız!'"

"Biz sapık filan değiliz."

"Biliyorum, Celia. Sen de biliyorsun. Ama başka kimse bunu anlamaz."

"Belki de anlarlar. Eğer denerlerse."

"Denemeyecekler. Bunu anladın mı? Kimse bizim gibi insanları anlamak istemiyor."

"Ama anlamak zorundalar."

"Hepimizin yapmak zorunda olduğumuz bir sürü şey var, tatlım. Ama işler öyle yürümüyor."

"Bu konuşmadan hiç hoşlanmadım. Bana kendimi korkunç hissettiriyorsun."

"Biliyorum, üzgünüm. Ama bunun korkunç olması, doğru olmadığı anlamına gelmiyor. İşini kaybetmek istemiyorsan insanların ikimizin arkadaşlıktan öte bir ilişkisi olduğuna inanmalarına izin veremezsin."

"Peki ya işimi kaybetmeyi dert etmiyorsam?"

"Ediyorsun."

"Hayır, bunu dert eden *sensin* ve bunu benim üzerime yıkıyorsun."

"Elbette dert ediyorum."

"Ben her şeyden vazgeçebilirim, biliyorsun. Hepsinden. Para, iş, şöhret. Sırf seninle birlikte olabilmek, seninle normal bir yaşam sürebilmek için hepsinden vazgeçerim."

"Ne söylediğinin farkında değilsin, Celia. Üzgünüm ama değilsin."

"Buradaki esas mesele şu ki sen tüm bunlardan benim için vazgeçmeye gönüllü değilsin."

"Hayır, mesele senin bu oyunculuk işi yürümezse Savannah'ya geri dönüp ailenle birlikte yaşayabileceğini düşünen bir amatör olman."

"Bana paradan bahsedene de bak. Sende çanta çanta para var."

"Evet, var. Çünkü canımı dişime takıp çalıştım ve beni döven aşağılık herifin tekiyle evliydim. Bunu sırf ünlü olabilmek için yaptım. Şu an sürdürdüğümüz hayatı elde edebilmek için. Buna sahip çıkmayacağımı düşünüyorsan aklını kaçırmışsın demektir."

"En azından meselenin seninle ilgili olduğunu kabul ediyorsun."

Başımı iki yana sallarken burnumun kemerini sıktım. "Celia, beni dinle. O Oscar'ı seviyor musun? Komodininde tuttuğun ve her akşam uyumadan önce dokunduğun o heykelciği?"

"Bana..."

"İnsanlar, o ödülü ne kadar erken kazandığını göz önünde bulundurarak birkaç kez Oscar kazanabilecek türden bir oyuncu olduğunu söylüyor. Bunu başarmanı öyle istiyorum ki. Sen istemiyor musun?"

"Elbette istiyorum."

"Ama sırf benimle karşılaştığın için bunu elinden almalarına izin vereceksin, öyle mi?"

"Şey, hayır ama..."

"Dinle, Celia, seni seviyorum. İşte bu yüzden, kimsenin yanımızda durmayacağını bile bile bir cephe açarak kendi ellerinle, o inanılmaz yeteneğinle inşa ettiğin her şeyi bir kenara atmana izin veremem."

"Ama eğer denemezsek..."

"Kimse bize arka çıkmayacak, Celia. Ben bu şehirden dışlanmanın nasıl bir şey olduğunu bilirim. Nihayet yeniden içeri giriyorum. Biliyorum, sen muhtemelen Golyat'la çarpışıp kazanacağımız bir dünya hayal ediyorsun. Ama öyle olmayacak. Hayatımıza dair gerçekleri açıkladığımızda bizi gömecekler. Kendimizi hapishanede ya da akıl hastanesinde bulabiliriz. Bunu anlıyor musun? Mimlenebiliriz. Bu o kadar inanılmaz değil. Öyle olur. Kimsenin aramalarımıza dönmeyeceğinden emin olabilirsin. Harry'nin bile."

"Harry tabii ki döner. Harry... bizden biri."

"Tam da bu yüzden bir daha bizimle konuşurken yakalanmamalı. Anlamıyor musun? Onun için bile büyük bir tehlike bu. Dışarıda öğrendikleri anda onu öldürmek isteyecek adamlar var. Yaşadığımız dünya bu. Bizimle temas hâlinde olan herkes sorgulanır. Harry buna dayanamaz. Onu böyle bir duruma düşüremem. Uğruna çalıştığı her şeyi kaybetmek, kelimenin tam anlamıyla hayatını riske atmak? Hayır. Hayır, yapayalnız kalırız. İki dışlanmış olarak..."

"Ama birbirimize tutunabiliriz. Bu da bana yeter."

Ağlamaya başlamıştı. Gözyaşları yüzünden hızla akarken rimelini de söküp alıyordu. Kolumu bedenine sararak başparmağımla yanağını sildim. "Seni çok seviyorum, hayatım. Çok ama çok seviyorum. Bunu biraz da bu tür şeylere bağlıyorum. İdealist ve romantiksin. Çok güzel bir ruhun var. Keşke dünya, senin onu gördüğün şekilde olsaydı. Keşke dünyadaki diğer insanlar da senin beklentilerine uygun yaşayacak düzeyde olsaydı. Ama değiller. Dünya çirkin bir yer ve kimse, kimse hakkında, hiçbir konuda olumlu düşünmüyor. İşimizi ve itibarımızı kaybettiğimizde, arkadaşlarımızı ve en sonunda paramızı kaybettiğimizde muhtaç duruma düşeriz. Ben daha önce bunu yaşadım. Senin başına gelmesine izin veremem. Seni öyle bir hayat yaşamaktan alıkoymak için elimden ne geliyorsa yaparım. Duyuyor musun beni? Seni sırf benim için yaşamana izin veremeyecek kadar çok seviyorum."

Gözyaşlarını içine akıtarak bana yaslandı. Bir an arka bahçeyi gözyaşlarıyla doldurabileceğini düşündüm.

"Seni seviyorum," dedi.

"Ben de seni seviyorum," diye fısıldadım kulağına. "Dünyadaki her şeyden çok seviyorum."

"Bu yanlış değil," dedi Celia. "Seni sevmek yanlış olmamalı. Nasıl yanlış olabilir ki?"

"Yanlış değil, hayatım. Yanlış değil," dedim. "Yanlış olan *onlar.*"

Omzumun üzerindeki başını sallayarak bana daha sıkı sarıldı. Ben de onun sırtını sıvazlayarak saçlarının kokusunu içime çektim.

"Sadece bu konuda yapabileceğimiz pek bir şey yok," dedim.

Sakinleşince benden ayrılarak ızgaranın kapağını yeniden açtı. Etleri çevirirken bana bakmadı. "Planın ne peki?" diye sordu.

"Mick Riva'nın benimle bir kaçamak yapmasını sağlayacağım."

Ağlamaktan zaten şişmiş görünen gözleri yeniden dolmaya başladı. Bir damla yaşı eliyle silerken gözlerini ızgaradan ayırmadı. "Bunun bizim için anlamı ne?" diye sordu.

Arkasına geçerek kollarımla onu sardım. "Senin sandığın gibi bir anlamı yok. Onu benimle gizlice evlenmeye ikna edip edemeyeceğime bakacağım, sonra da evliliği iptal ettireceğim."

"Sence ondan sonra seni izlemeyi bırakacaklar mı?"

"Hayır, hatta gözleri daha çok üzerimde olacak. Ama başka şeyler arıyor olacaklar. Bana fahişe ya da ahmak diyecekler. Erkekler konusunda korkunç bir zevkim olduğunu söyleyecekler. Kötü bir eş olduğumu, fazla atılgan davrandığımı söyleyecekler. Ama tüm bunları yapmak için seninle birlikte olduğumu söylemekten vazgeçmek zorunda kalacaklar. Çünkü artık hikâyeye oturmayacak."

"Anladım," dedi bir tabak alıp ızgaradakileri içine doldururken.

"Peki, güzel," dedim.

"Yapman gereken neyse yap. Ama bu konuda tek kelime bile duymak istemiyorum. Ayrıca bu meselenin mümkün olduğunca çabuk halledilip sona ermesini istiyorum."

"Tamam."

"Bir de bu iş bittikten sonra beraber bir eve taşınmamızı istiyorum."

"Celia, bunu yapamayız."

"Bunun çok etkili olacağını, artık kimsenin bizden bahsetmeyeceğini söyledin."

Mesele şu ki ben de onunla birlikte yaşamak istiyordum. Hem de çok istiyordum. "Tamam," dedim. "Bu iş bittiğinde birlikte yaşama işini konuşuruz."

"Tamam," dedi. "O zaman anlaştık."

Tokalaşmak için elimi uzattım ama savuşturdu. Bu kadar üzücü, kaba bir şey için tokalaşmak istememişti.

"Peki ya Mick Riva ile olmazsa?" diye sordu.

"Olacak."

Celia nihayet bana baktı. Yüzünde hafif bir tebessüm vardı. "Kimsenin cazibene dayanamayacağını, o denli muhteşem olduğunu düşünüyorsun, değil mi?"

"Aslına bakarsan, evet."

"Eh," dedi beni öpmek için parmaklarının ucuna yükselirken. "Sanırım bu doğru."

28

Üzerİmde ağır altın rengİ boncuklar işlenmiş krem rengi, derin V yaka bir kokteyl elbisesi vardı. Uzun sarı saçlarımı tepeden at kuyruğu yapmıştım. Elmas küpeler takmıştım. *Parlıyordum.*

◆ ◆ ◆

Bir erkeğin seninle yıldırım nikahı yapmasını istiyorsan yapman gereken ilk şey ona Las Vegas'a gitmek için meydan okumaktır.

Bunu L.A.'deki bir kulüpte birkaç kadeh içip çıktıktan sonra yaparsın. Seninle fotoğrafının çekilmesine hevesli oluşu karşısında gözlerini devirme refleksini bastırırsın. Herkesin herkese oyun oynadığını kabul etmişsindir. Adil olan ancak, onun da sana, sen ona oynarken oynamasıdır. Birbirinizden istediğiniz şeylerin birbirini tamamladığını fark ederek bu gerçekleri uzlaştırırsın.

Sen bir skandal istiyorsundur.

O ise bütün dünyanın seni becerdiğini bilsin istiyordur.

Bu ikisi aynı şey sayılabilir.

Ona her şeyi açıkça anlatmayı, ne istediğini ve ona ne verebileceğini anlatmayı düşünürsün. Ama kimseye gerekenden fazlasını söylememen gerektiğini bilecek kadar uzun zamandır ünlüsündür.

Yarın gazetelerde ikimizin olmasını istiyorum, demek yerine, "Mick, hiç Vegas'a gittin mi?" dersin.

Alay eder gibi, sanki *ona* hiç Vegas'a gitmiş mi diye sormana inanamıyormuş gibi güldüğünde bu işin sandığından da kolay olacağını anlarsın.

"Bazen canım zar atmak istiyor, biliyor musun?" dersin. Cinsel göndermeler yavaş yavaş, çığ gibi ilerlediğinde daha etkilidir.

"Zar mı atmak istiyorsun, bebeğim?" der sana, sen de başını sallarsın.

"Ama çok geç oldu zaten," dersin. "Hem buraya geldik. Burası da iyi. Güzel zaman geçiriyorum."

"Benim çocuklar bir uçak ayarlayıp bizi oraya götürebilirler." Parmaklarını şaklatır.

"Hayır," dersin. "Bu çok fazla."

"Senin için değil," der. "Senin için hiçbir şey fazla değil."

Aslında demek istediğinin, *Benim için hiçbir şey fazla değil*, olduğunu bilirsin.

"Gerçekten yapabilir misin bunu?" diye sorarsın.

Bir buçuk saat sonra uçaktasındır.

Birkaç kadeh yuvarlarsın, kucağına oturursun, elinin üzerinde dolaşmasına izin verirsin, sen de onun sırtını sıvazlarsın. Seni delice arzular ve sana sahip olmanın yalnızca tek bir yolu olduğuna inanır. Eğer seni yeterince istemiyorsa, eğer seni başka bir yolla elde edebileceğine inanıyorsa, her şey biter. Kaybedersin.

Uçak indiğinde ve adam sana Sands'de bir oda mı tutsak diye sorduğunda kabul etmemelisin. Şok olmalısın. Ona, zaten bildiğini varsaydığını net bir şekilde ifade edecek bir sesle evlilik dışı seks yapmadığını söylemelisin.

Bu konuda hem kararlı hem de üzüntülü görünmelisin. *Beni istiyor, bu işi halletmemizin tek yolu evlenmek*, diye düşünmeli.

Bir an gerçekleştirmek üzere olduğun fikrin nezaketsiz olduğunu düşünürsün. Ama sonra bu adamın seninle yatacağını, işi bittikten sonra da senden boşanacağını hatırlarsın. Yani bu hikâyede kimse aziz değildir.

Sen de ona istediğini vereceksindir. Adil bir ticaret.

Bir barbut masasına gider, birkaç el oynarsın. Başlarda sen de onun gibi kaybedersin. Sonra bunun ikinizin de ayılmasına neden olacağından endişe edersin. Dürtüselliğin anahtarının senin yenilmez olduğuna inanması olduğunu bilirsin. Rüzgâr istediği yönde esmiyorsa kimse rüzgâra karşı tükürmek istemez.

Şampanya içersin çünkü şampanya kadehi her şeye bir kutlama havası verir. O akşamı bir *etkinliğe* dönüştürür.

İnsanlar ikinizi tanıdığında onlarla fotoğraf çektirmeyi seve seve kabul edersin. Ne zaman fotoğraf çekilecek olsanız ona iyice asılırsın. Ona net bir biçimde, *Sana ait olsaydım bunlar olur işte,* mesajı verirsin.

Rulet masasında bir galibiyet serisi kazanırsın. Öyle şevkle sevinirsin ki hoplayıp zıplamaya başlarsın. Bunu yaparsın çünkü gözlerinin nereye kaydığını biliyorsundur. Onu yakaladığını fark etmesine izin verirsin.

Çark yeniden dönerken adamın elini popona götürmesine izin verirsin.

Bu kez kazandığında poponu ona doğru ittirirsin.

Sana doğru yaslanıp, "Buradan çıkmak ister misin?" diye sormasına izin verirsin.

"Bunun iyi bir fikir olduğunu sanmıyorum. Söz konusu sen olunca kendime güvenemiyorum," dersin.

Evlilikten ilk bahseden olmamalısın. Daha önce dile getirmişsindir zaten. Bu kez onun söylemesini beklemelisin. Gazetelere söylemiştir. Bir kez daha söyleyecektir. Ama beklemen gerekir. Aceleye getirmemelisin.

Bir kadeh daha içer.

İkiniz üç tur daha kazanırsınız.

Adamın elinin kalçanda dolaşmasına izin verirsin, sonra itersin. Saat gecenin ikisi olmuştur, yorulmuşsundur. Hayatının aşkını özlüyorsundur. Eve gitmek istiyorsundur. Orada olmaktansa evde, onunla yatakta olmak, uyurken çıkardığı hafif horultuları dinleyerek onu izlemek istersin. Burada sevdiğin hiçbir şey yoktur.

Burada olmanın sana kazandıracakları dışında.

Sevdiğin kadınla bir cumartesi gecesi yemeğe çıktığın ve kimsenin buna bir anlam yüklemediği bir dünya düşlersin. Bu, ağlama arzusu oluşturur sende. Bu isteğin basitliği, küçüklüğü... Böylesine ihtişamlı bir hayat için çok çalışmışsındır. Şimdi ise tek isteğin küçük özgürlüklerdir. Açıkça sevmenin gündelik huzuru.

O akşam, o yaşam için ödenecek hem küçük hem de ağır bir bedel gibi gelir sana.

"Bebeğim, buna katlanamıyorum," der adam. "Seninle olmam gerek. Seni görmem gerek. Seninle sevişmem gerek."

Bu senin şansındır. Balık zokayı yutmuştur. Makarayı usulca sarman gerekiyordur artık.

"Ah, Mick," dersin. "Yapamayız. Yapamayız."

"Sanırım sana âşık oldum, bebeğim," der. Gözlerinde yaşlar vardır. Bir an belki de sandığından daha karmaşık biri olduğunu düşünürsün.

Sen de onun sandığından daha karmaşıksındır.

"Gerçekten mi?" diye sorarsın ona, sanki bunun doğru olmasını çok istiyormuşsun gibi.

"Sanırım evet, bebeğim. Âşık oldum. Seninle ilgili her şeyi seviyorum. Daha yeni tanıştık ama sensiz yaşayamazmışım gibi geliyor." Bununla aslında seni becermeden yaşayamayacağını düşündüğünü kastediyordur. Buna sen de inanırsın.

"Ah, Mick," dersin, sonra hiçbir şey söylemezsin. Sessizlik en iyi dostundur.

Burnuyla boynuna sokulur. Özensizdir. Ama hoşuna gitmiş gibi davranırsın. İkiniz, bir Vegas kumarhanesinin parlak ışıkları altındasınızdır. İnsanlar sizi görüyordur. Onları fark etmemiş gibi davranman gerekir. Böylece ertesi sabah gazetelere konuşurken ikinizin liseli âşıklar gibi oynaştığınızı söyleyebilirler.

Celia'nın ön sayfasında senin suratının yer alacağı o magazin gazetelerinden birini bile almamasını umarsın. Almayacak kadar zeki olduğunu düşünürsün. Kendini nasıl koruyacağını biliyordur diye düşünürsün. Ama emin de olamazsın. Tüm bunlar bitip de eve döndüğünde yapacağın ilk şey, ne kadar önemli, ne kadar güzel olduğunu, o olmadan hayatının hiçbir şeye benzemeyeceğini ona hissettirmek olacaktır.

"Hadi evlenelim, bebeğim," der Mick kulağına.
İşte oldu!
Aradığın fırsat.
Ama fazla hevesli görünmemelisindir.
"Mick, delirdin mi sen?"
"Beni bu kadar delirten sensin."
"Evlenemeyiz!" dersin. Cevap vermediği o birkaç saniye fazla ileri gitmiş olabileceğinden endişe edersin. "Ya da yapabilir miyiz?" diye sorarsın. "Yani, neden olmasın?"
"Elbette evlenebiliriz," der. "Dünya bizim. Ne istersek yapabiliriz."

Kollarını boynuna dolayıp vücudunu ona bastırır, bu fikrin seni ne kadar heyecanlandırdığını ve şaşırttığını hissettirirsin. Tabii bunu neden yaptığını da hatırlatmış olursun ona. Ondaki değerinin farkındasındır. Ona bunu hatırlatma fırsatını tepmek aptallık olacaktır.

Seni tutup kucaklar. Sevinçle haykırırsın ki herkes dönüp baksın. Ertesi sabah gazetelere seni nasıl taşıdığını anlatacaklardır. Anlatılmaya değer bir görüntüdür. Unutmayacaklardır.

Kırk dakika sonra ikiniz de sarhoş hâlde, bir sunağın önünde karşılıklı dikilmektesinizdir.

Seni sonsuza dek seveceğine dair yemin eder.

Sen de ona itaat edeceğine söz verirsin.

Tropicana'nın en güzel odasının eşiğinden kucağında geçirir seni. Seni yatağa attığında sahte bir şaşkınlıkla kıkırdarsın.

Sonra ikinci en önemli kısım gelir.

İyi bir yatak arkadaşı olamazsın. Onu hayal kırıklığına uğratman gerekir.

Eğer hoşuna giderse bir daha yapmak isteyecektir. Ama sen yapamazsın. Buna bir kez daha katlanamazsın. Kalbini acıtır.

Elbiseni yırtmaya kalktığında "Dur, Mick, Tanrı aşkına! Kendine hâkim ol!" demen gerekir.

Elbiseni ağır ağır çıkardıktan sonra göğüslerine dilediği kadar bakmasına izin verirsin. Onların her zerresini görmelidir. *Boute-en-Train*'deki o sahnenin sonunu görmeyi çok uzun zamandır bekliyordur.

Bütün gizemi, bütün hileyi ortadan kaldırmalısındır.

Sıkılana kadar göğüslerinle oynamasına izin verirsin.

Sonra bacaklarını açarsın.

Orada, altında tahta gibi kaskatı yatarsın.

Sonra işin ne uzlaşabileceğin ne de önleyebileceğin kısmı gelir. Kondom kullanmayacaktır. Her ne kadar tanıdığın kadınlar doğum kontrol hapları taşıyor olsa da sende yoktur çünkü birkaç gün önce bu planı yapana kadar onlara hiç ihtiyaç duymamışsındır.

Sırtının ardında parmaklarını birbirine geçirirsin.

Gözlerini kaparsın.

Nihayet ağır bedeninin üzerine düştüğünü hissedersin. İşinin bittiğini anlarsın.

Ağlayasın gelir çünkü seksin daha önce senin için ne anlama geldiğini hatırlamışsındır. Ne kadar iyi hissettirdiğini, neyi sevdiğini fark etmeden öncesini. Ama bunu zihninden atarsın. Hepsini zihninden çıkarıp atarsın.

Mick hiçbir şey söylemez.

Sen de söylemezsin.

Karanlıkta Mick'in atletini giyip uyursun çünkü çıplak uyumak istemiyorsundur.

Sabah güneş pencereden içeri girip gözlerini kamaştırdığında kolunu yüzüne koyarsın.

Başın çatlıyordur. Kalbin acıyordur.

Ama neredeyse bitiş çizgisine varmak üzeresindir.

Mick'in sana baktığını görürsün. Gülümser. Sana sarılır.

Onu iter ve "Sabahları seks yapmaktan hoşlanmam," dersin.
"Bu ne demek şimdi?" diye sorar.
Omuz silkersin. "Üzgünüm."
"Hadi ama, bebeğim," diyerek üzerine çıkar. Bir kez daha hayır dediğinde sana kulak asıp asmayacağından emin olamazsın. Cevabı öğrenmek istediğinden de emin değilsindir. Bunu kaldırabileceğini sanmıyorsundur.
"İyi, tamam, madem istiyorsun," dersin. Üzerinden çekilip gözlerine baktığında, umduğun sonucu vermiş olduğunu fark edersin. Bütün keyfini kaçırmışsındır.
Başını iki yana sallar. Yataktan çıkar. "Biliyor musun, hiç hayal ettiğim gibi değilsin," der.
Bir kadın ne kadar mükemmel olursa olsun, Mick Riva gibi bir adam için seksten sonra her zaman daha az çekici olacaktır. Bunu biliyorsundur. Bunun olmasına izin vermişsindir. Saçlarını düzeltmezsin. Yüzüne bulaşan rimeli silersin.
Mick'in banyoya gidişini izler, duşu açtığını duyarsın.
Duştan çıkınca yatağa gelip yanına oturur.
O temizdir. Sen henüz yıkanmamışsındır.
O sabun kokuyordur. Sense içki kokuyorsundur.
O oturuyordur. Sense uzanmışsındır.
Bu da hesaplıdır tabii.
Bütün güç onun elindeymiş gibi hissetmesi içindir.
"Tatlım, çok güzel zaman geçirdim," der.
Başınla onaylarsın.
"Ama çok sarhoştuk." Sanki bir çocukla konuşur gibidir. "İkimiz de. Ne yaptığımızı bilmiyorduk."
"Biliyorum," dersin. "Çok çılgıncaydı."
"Ben iyi bir herif değilim, bebeğim," der. "Sen benim gibi bir adamı hak etmiyorsun. Ben de senin gibi bir kızı hak etmiyorum."
Eski karısıyla ilgili gazetelere söylediği sözlerin aynısını sana söylemesi çok bayağı, gülünç derecede şeffaftır.

"Ne demek istiyorsun?" diye sorarsın. Sesine biraz burukluk katarsın bunu derken. Her an ağlamaya başlayabilirmişsin gibi çıkmasını sağlarsın. Bunu yapman gerekir çünkü kadınların çoğu böyle yapar. O kadınları nasıl görüyorsa sen de öyle görünmelisindir. Senden daha zekiymiş gibi...

"Bence temsilcilerimizi aramalıyız, bebeğim. Evliliği feshetmemiz gerektiğini düşünüyorum."

"Ama Mick..."

Sözünü keser ve bu seni delirtir çünkü gerçekten daha fazlasını söylemen gerekiyordur. "Böylesi daha iyi, tatlım. Korkarım, hayırı cevap olarak kabul edemem."

Erkek olmanın, son sözü söyleyecek güvene sahip olmanın nasıl bir şey olduğunu merak edersin.

Yataktan kalkıp ceketini aldığında hesaba katmadığın bir şey olduğunu fark edersin. Reddetmeyi *seviyordur*. Lütfetmeyi *seviyordur*. Dün geceki hamlelerini hesaplarken bu ânı da düşünmüştür. Seni terk edeceği bu ânı.

Dolayısıyla zihninde provasını yapmadığın bir şey yaparsın.

Kapıya kadar gidip tekrar sana döndüğünde ve "İşler iyi gitmediği için üzgünüm, bebeğim. Senin için en güzelini diliyorum," dediğinde yatağın kenarındaki telefonu alıp ona fırlatırsın.

Bunu yaparsın çünkü hoşuna gideceğini biliyorsundur. Çünkü sana istediğin her şeyi vermiştir. Sen de ona istediği her şeyi vermelisindir.

Başını eğer, kaşlarını çatarak sanki ormana bırakmak zorunda kaldığı yavru bir ceylanmışsın gibi sana bakar.

Ağlamaya başlarsın.

Mick gider.

Susarsın.

Sonra şöyle düşünürsün: *Keşke bu zırvalık için de Oscar verselerdi.*

PHOTOMOMENT

4 Aralık 1961

Riva ve Hugo Akıllarını Kaçırmış Olmalı

Yıldırım nikâhı diye bir şey duydunuz mu? Peki hızlandırılmış evlilik? Eh, bu başarısız oldu!

Seks bombası Evelyn Hugo, geçen cuma akşamı Las Vegas'ın göbeğinde büyük hayranlarından Mick Riva'nın kucağında görüldü. Bu ikili kart oynayanlara ve zar atanlara görülmeye değer bir şov izletti. Sarmaş dolaş takılıp oynaşan, art arda içkileri deviren ikili, barbut masasından doğruca sokağa çıkıp soluğu nerede aldılar dersiniz? KİLİSEDE!!!

Evet, doğru duydunuz! Evelyn Hugo ile Mick Riva evlendi!

Çılgınlığı daha da ileri götürerek fesih için de başvurdular.

Görünüşe bakılırsa içki akıllarını başlarından aldı. Sabah da aklıselim galip geldi.

İkisinin de başarısız evlilikleri düşünülürse, bir tane daha eklenmesi nedir ki?

SUB ROSA

12 Aralık 1961

Evelyn Hugo'nun Kalp Kırıklığı

Evelyn ile Mick'in sarhoş kaçamaklarına dair duyduklarınıza inanmayın. Mick belki içkinin etkisiyle biraz hevesli görünebilir ama söylentilere göre Evelyn o gece son derece kontrollüymüş. Üstelik evlenmeyi deli gibi arzuluyormuş.

Zavallı Evelyn, Don'un onu terk etmesinden sonra aşkı bulmakta zorlanıyor. Kendini karşısına çıkan ilk yakışıklı adamın kollarına atması boşuna değil.

Duyduğumuza göre o yakışıklının çekip gitmesinden sonra bir türlü teselli edilemiyormuş.

Görünüşe bakılırsa Evelyn, Mick için bir gecelik eğlenceden başka bir şey değildi ama Evelyn, gerçekten bir gelecekleri olabileceğini düşünmüş.

Umarız Evelyn bunu en kısa zamanda atlatır.

29

İKİ AY BOYUNCA TAM BİR mutluluk içinde yaşadım. Celia'yla Mick'ten hiç bahsetmedik, buna gerek olmadı. İstediğimiz yere gittik, canımızın istediğini yaptık.

Celia ikinci bir araba aldı. Sıkıcı, kahverengi bir sedan. O arabayı her gece benim evimin önüne park etti, kimse de bir şey sormadı. Birbirimize sarılıp uyuyor, uyumadan bir saat önce ışıkları söndürüp karanlıkta sohbet ediyorduk. Sabahları onu uyandırmak için avucundaki çizgileri parmağımın ucuyla takip ediyordum. Doğum günümde beni Polo Lounge'a götürdü. Gözler önünde saklanıyorduk.

Şansımıza beni kocasını elinde tutamayan bir kadın olarak resmeden gazeteler, uzun bir zaman boyunca benim gezmelerimden daha çok sattı. Dedikodu yazarlarının yalan olduğunu bildikleri şeyleri yazdığını söylemiyorum. Söylemek istediğim, hepsi onlara sattığım yalandan memnundu. Elbette söylenmesi en kolay yalan da, karşındaki insanın doğruluğuna inanmayı deliler gibi istediği yalandır.

Yapmam gereken tek şey, romantik skandallarımın manşetleri süsleyecek bir hikâye gibi görüneceğinden emin olmaktı. Bunu yaptığım sürece dedikodu gazetelerinin Celia'ya asla odaklanmayacağından emindim.

Her şey de çok ama çok güzel gidiyordu.

Ta ki hamile olduğumu anlayana kadar.

◆ ◆ ◆

"Olamaz," dedi Celia bana. Lavanta rengi benekli bir bikini ve güneş gözlüğüyle havuzumun içindeydi.

"Ama öyle," dedim. "Hamileyim."

Ona mutfaktan bir bardak buzlu çay getirmiştim. Tam karşısında, mavi bir örtü ve sandaletlere dikiliyordum. İki haftadır hamile olduğumdan şüpheleniyordum. Bir gün önce Burbank'e gidip Harry'nin önerdiği ketum doktora görününce emin olmuştum.

Celia'ya da tam o an, o havuzun içinde, bense bir dilim limonla süslenmiş buzlu çayı tutarken söyledim. Çünkü artık daha fazla içimde tutamayacaktım.

Her zaman iyi bir yalancı olmuşumdur. Hâlâ da öyleyim. Ama Celia benim için kutsaldı. Ona hiç yalan söylemek istemedim.

Bir arada olmamızın Celia'ya da bana da ne çok şeye mal olduğunun gayet farkındaydım. Öyle olmaya da devam edecekti. Mutluluk vergisi gibi bir şeydi. Dünya mutluluğumun yüzde ellisini alacaktı ama diğer yüzde elli benimdi.

Ve bu Celia'ydı. Bizim hayatımız da buydu.

Ancak böyle bir şeyi ondan gizlemek doğru gelmiyordu bana. Bunu yapamazdım.

Ayağımı havuza, onun yanına doğru uzatarak ona dokumaya, onu rahatlatmaya çalıştım. Bu haberin onu üzmesini bekliyordum ama buzlu çayı havuzun diğer tarafına fırlatacağına, bardağı kırıp parçalarını suyun içine saçacağına ihtimal vermemiştim.

Ayrıca suyun altına dalarak çığlık atacağını da tahmin edememiştim. Aktrisler hep fazla dramatiktir.

Yeniden suyun yüzeyine çıktığında ıslak ve darmadumandı. Saçları yüzüne yapışmış, rimeli akmıştı. Benimle konuşmak istemiyordu.

Kolunu tuttum ama hemen geri çekti. Bir an için yüzünü gördüğümde gözlerindeki acıyı fark ettim. O an Celia'yla hiçbir zaman Mick Riva ile neler yapacağım konusunda aynı şeyleri düşünmemiş olduğumuzu anladım.

"Onunla yattın mı?" diye sordu.

"Bunun anlaşıldığını düşünmüştüm," dedim.
"Anlaşılmadı ama."
Celia havuzdan çıktı. Kurulanmadı bile. Islak ayak izlerinin havuzun etrafındaki çimento zeminin rengini değiştirmesini izledim. Parkenin üzerinde birikintiler oluşturdu, sonra da basamaklardaki halıyı ıslatmaya başladı.
Başımı çevirip yatak odasının penceresine baktığımda ileri geri dolaştığını gördüm. Eşyalarını topluyor gibiydi.
"Celia! Keş şunu," dedim merdivenleri koşarak çıkarken. "Bu hiçbir şeyi değiştirmez."
Kendi yatak odamın kapısına uzandığımda kilitli olduğunu gördüm.
Zorladım. "Tatlım, lütfen."
"Beni rahat bırak."
"Lütfen," dedim. "Konuşalım."
"Hayır."
"Bunu yapamazsın, Celia. Konuşalım." Kapıya yaslanarak yüzümü kapı çerçevesinin dar boşluğuna doğru dayadım. Böyle yapınca sesimin daha öteye ulaşacağını, Celia'nın daha çabuk anlamasını sağlayacağını ummuştum.
"Böyle hayat olmaz, Evelyn," dedi.
Kapıyı açıp yanımdan hızla yürüdü. Kapıya ağırlığımı öyle vermişim ki birdenbire açtığında neredeyse düşecektim. Ama dengemi sağladım ve peşinden alt kata indim.
"Ama böyle," dedim. "Bu bizim hayatımız. Bunun için çok fedakârlık yaptık. Şimdi birdenbire vazgeçemeyiz."
"Çok da güzel geçerim," dedi. "Artık bunu istemiyorum. Böyle yaşamak istemiyorum. Kimse burada olduğumu anlamasın diye sana gelirken iğrenç, kahverengi bir araba sürmek istemiyorum. Aslında burada, senin evinde yaşarken Hollywood'da tek başıma yaşıyormuşum gibi yapmak istemiyorum. Ayrıca insanlar bana âşık olduğundan şüphelenmesin diye şarkıcının biriyle düzüşen bir kadını sevmeyi hiç istemiyorum."

"Gerçekleri çarpıtıyorsun."

"Sen korkağın tekisin. Bunu göremediğime inanamıyorum."

"Senin için yaptım!" diye bağırdım.

Artık en alt basamaktaydık. Celia'nın bir eli kapıda, diğeri valizindeydi. Üzerinde hâlâ mayosu vardı. Saçlarından sular damlıyordu.

"Sen benim için hiçbir bok yapmadın," dedi. Göğsünde kırmızı lekeler belirmiş, yanakları yanmaya başlamıştı. "Kendin için yaptın. Yaptın çünkü gezegenin en ünlü kadını olmama dayanamıyordun. Kendini ve sırf memelerinin bir kısmını görecekler diye tekrar tekrar sinemaya giden o değerli hayranlarını korumak için yaptın. Bütün bunlar için yaptın işte."

"Senin için de, Celia. Ailen gerçeği öğrendiğinde arkanda duracak mı sanıyorsun?"

Bunu söylediğimde tüyleri diken diken oldu. Kapının kulpunu çevirdiğini gördüm.

"İnsanlar senin ne olduğunu öğrenirlerse her şeyini kaybedersin," dedim.

"Ne *olduğumuzu*," dedi bana dönerek. "Benden farklıymışsın gibi davranmaya çalışma."

"Farklıyım," dedim. "Farklı olduğumu sen de biliyorsun."

"Saçmalık."

"Ben bir erkeğe âşık olabilirim, Celia. İstediğim herhangi bir erkekle evlenebilir, çocuk doğurup mutlu olabilirim. Ama ikimiz de senin için böyle bir şeyin kolay kolay mümkün olmadığını biliyoruz."

Celia gözlerini kısıp dudaklarını büzerek bana baktı. "Benden daha iyi durumda olduğunu mu düşünüyorsun? Bunu mu söylemeye çalışıyorsun? Sence ben hastayım ama sen sadece biraz oyun oynuyorsun, öyle mi?"

Söylediklerimi hemen geri almak arzusuyla onu yakaladım. Söylemek istediğim kesinlikle böyle bir şey değildi.

Kolunu benden hızla çekti. "Sakın bir daha bana dokunayım deme!" dedi.

Onu bıraktım. "Eğer bizi öğrenirlerse, Celia, beni bağışlarlar. Don gibi bir herifle evlenirim, seni tanıdığımı bile unuturlar. Ben bu meseleden sağ salim çıkabilirim. Ama senin başarabileceğinden emin değilim. Çünkü ya bir adama âşık olman ya da sevmediğin biriyle evlenmen gerekecek. İkisini de yapabileceğini sanmıyorum. Senin için endişeleniyorum, Celia. Kendim için endişelendiğimden daha çok senin için kaygılıyım. Eğer ben *bir* şeyler yapmamış olsaydım, yaşamını bir şekilde toparlasan da kariyerinin yeniden toparlanabileceğinden emin değildim. Ben de bildiğim tek şeyi yaptım. *İşe de yaradı.*"

"İşe yaramadı, Evelyn. Hamilesin."

"O işi hallederim."

Celia yere bakarak güldü. "Neredeyse her durumla nasıl başa çıkılacağını biliyorsun, değil mi?"

"Evet," dedim, bunun neden bir hakaret olması gerektiğini anlayamadan. "Biliyorum."

"Ama iş insan olmaya gelince nereden başlayacağına dair hiçbir fikrin yok."

"Bunu gerçekten söylüyor olamazsın."

"Sen bir fahişesin, Evelyn. Şöhret için erkeklerin seni becermesine izin verdin. Ben de seni bu yüzden terk ediyorum."

Gitmek için kapıyı açtı. Arkasına dönüp bakmadı bile. Ön kapıdan çıkışını, merdivenlerden inişini, arabasına gidişini izledim. Peşinden dışarı çıkıp garaj yolunda donakaldım.

Valizini arabasının yolcu koltuğuna fırlattı. Sonra sürücü tarafının kapısını açıp öylece durdu.

"Seni öyle çok sevdim ki hayatımın anlamı olduğunu düşündüm," dedi ağlayarak. "İnsanların dünyaya başka insanları bulmak için gönderildiğine inanırım. Ben de seni bulmak için doğmuştum. Seni bulmak, tenine dokunmak, nefesini içime çekmek, bütün düşüncelerini dinlemek için. Ama artık bunun doğru olduğuna inanmıyorum." Gözlerini sildi. "Çünkü senin gibi biri için yaratılmış olmak istemiyorum."

Göğsümdeki yırtıcı acı kalbimde fokur fokur kaynıyordu sanki. "Aslında haklısın, biliyor musun? Sen benim gibi biri için yaratılmadın," dedim sonunda. "Çünkü ben, ikimize bir dünya kurmak için ne gerekiyorsa yapmaya hazırım. Sense ödleğin tekisin. Zor kararlara gelemiyorsun. Çirkin şeyleri yapmaya gönlün yok. Bunu her zaman biliyordum. Ama en azından benim gibi birine ihtiyacın olduğunu kabullenecek inceliğin olduğunu düşünüyordum. Seni korumak için ellerini kirletmekten çekinmeyecek birine ihtiyacın var senin. Çünkü sen hep muhteşem ve kudretli olanı oynamaktan hoşlanırsın. Hadi bakalım, seni korumak için siperde biri olmadan bir şeyler yapmayı dene."

Celia'nın yüzü taş kesmişti sanki. Söylediklerimin tek kelimesini bile duyduğunu sanmıyordum. "Sanırım birbirimiz için sandığımız kadar doğru kişiler değiliz," diyerek arabasına bindi.

O âna, eliyle direksiyonu kavrayışına kadar bunun gerçek olduğuna inanmıyordum. Bunun her zamanki kavgalarımızdan biri olmadığını, bunun bizi koparan kavga olduğunu anlamamıştım. Her şey o kadar iyi giderken öyle hızlı yön değiştirmişti ki... Ani bir U dönüşü gibiydi.

Yalnızca, "Sanırım," diyebildim. Sesli harflerin çatladığı bir vıraklama gibi çıkmıştı sesim.

Celia arabayı çalıştırıp geri geri gitmeye başladı. Tam son anda, "Hoşça kal, Evelyn," dedi. Sonra garaj yolundan çıkıp yol boyunca ilerleyerek gözden kayboldu.

Eve dönüp Celia'nın ardında bıraktığı su birikintilerini temizlemeye başladım. Havuzun suyunu boşaltıp buzlu çay bardağının parçalarını toplaması için servisi aradım.

Sonra da Harry'nin numarasını çevirdim.

Üç gün sonra Harry beni kimsenin hiçbir şey sormayacağı bir yere, Tijuana'ya götürüyordu. Zihnime pek kazımamaya çalıştığım bir süreçti, böylece unutmaya çalışmak zorunda kalmayacaktım. Operasyondan sonra arabaya dönerken parçalara ayrılma ve bölünme konusunda çok iyi olduğumu düşünerek rahatlamıştım. O hamileliği sonlandırdığım için bir an olsun pişmanlık duymadığım da kayıtlara geçsin. Doğru bir karardı. Bir an bile tereddüt etmedim.

Yine de Harry'nin kullandığı arabayla California sahili ve San Diego üzerinden eve dönerken yol boyunca ağladım. Kaybettiğim her şey için, verdiğim tüm kararlar için ağlıyordum. Ağlıyordum çünkü pazartesi günü *Anna Karenina*'nın çekimlerine başlamam gerekiyordu, oysa benim ne oynamak ne de övgüler umurumdaydı. Keşke en başında Meksika'da olmak için bir nedenim olmasaydı. Celia'nın beni aramasını, ağlayarak ne kadar yanıldığını söylemesini istiyordum delicesine. Kapımda bitip içeri girmek için yalvarmasını istiyordum. Onu istiyordum. Onu geri istiyordum.

San Diego otobanından çıkarken Harry'ye günlerdir aklımda dönüp duran soruyu sordum.

"Sence ben bir fahişe miyim?"

Harry arabayı kenara çekip bana döndü. "Bence sen muhteşemsin. Çetinsin. Ayrıca bence *fahişe* kelimesi, cahil insanların ellerinde başka bir şey olmadığında etrafa saçtığı bir sözcükten ibaret."

Onu dinledim, sonra başımı çevirip pencereden dışarı baktım.

"Kuralları erkekler koyarken en küçük görülen şeylerden birinin onlara karşı en büyük tehdit oluşu korkunç derecede pratik değil mi?" diye devam etti Harry. "Dünyadaki bütün bekâr kadınların bedeninden vazgeçme karşılığında bir şeyler istediğini düşünsene. Bütün gezegeni siz yönetirdiniz. Silahlı bir kitle. Yalnızca benim gibi adamların size karşı bir şansı olurdu. O aşağılık heriflerin en son istediği şey de bu zaten. Senin benim gibi insanların hüküm sürdüğü bir dünya."

Gözlerim ağlamaktan şişmiş ve yorulmuşken güldüm. "Yani sonuç olarak fahişe miyim değil miyim?"

"Kimbilir," dedi. "Aslında hepimiz öyle ya da böyle fahişeyiz. En azından Hollywood'da. Bak, onun Celia *Saint** James olmasının bir nedeni var. O iyi kızı yıllardır oynuyor. Geri kalanımız da

---

* (İng.) Aziz. –çn

o kadar saf değiliz. Ama ben seni bu şekilde seviyorum. Saf olmayışını, kavgacı ve çetin oluşunu seviyorum. Dünyayı olduğu gibi gören, sonra da çıkıp ondan almak istediği şey için mücadele eden Evelyn Hugo'yu seviyorum. Yani üzerine hangi etiketi yapıştırırsan yapıştır sakın değişme. Gerçek trajedi o olur işte."

Evime vardığımızda Harry beni yatağıma taşıdı. Sonra alt kata inip bana yemek hazırladı.

O gece yatakta, yanımda uyudu. Uyandığımda jaluzileri açıyordu.

"Kalkma zamanı, minik kuş," dedi.

O günden sonra Celia'yla beş yıl konuşmadım. Aramadı. Yazmadı. Ben de ona elimi uzatmaya kendimi ikna edemedim.

Neler yaptığını yalnızca insanların gazetelere anlattıklarından ve şehirdeki dedikodulardan öğrendim. Ama o ilk sabah, gün ışığı yüzüme vururken ve Meksika yolculuğunun yorgunluğu hâlâ üzerimdeyken gerçekten iyiydim.

Çünkü Harry vardı. Çok uzun zamandır ilk kez bir ailem varmış gibi hissetmiştim.

Birileri yanına gelip de, "Tamam, artık kendini bırakabilirsin. Ben seni tutarım," diyene kadar ne kadar hızlı koştuğunu, ne kadar çok çalıştığını, ne kadar bitkin düştüğünü fark etmiyor insan.

Kendimi bıraktım.

Ve Harry beni yakaladı.

30

"CELIA'YLA HİÇ İLETİŞİM kurmadınız mı yani?" diye sordum.

Evelyn başını hayır der gibi salladı. Sonra kalkıp birkaç adım ilerledi, pencereyi araladı. İçeriye hoş bir esinti doldu. Evelyn yeniden yerine oturunca bana baktı. Başka bir konuya geçmeye hazırdı ama ben afallamıştım.

"O noktada ne zamandır birlikteydiniz?"

"Üç yıl filan," dedi Evelyn. "O civarlarda."

"Sonra çekip gitti, öyle mi? Tek kelime etmeden."

Evelyn başıyla onayladı.

"Onu aramayı denemedin mi?"

Bu kez hayır der gibi salladı başını. "Ben... O zamanlar gerçekten istediğin bir şey için kendini alçaltmanın büyük bir sorun olmadığını henüz bilmiyordum. Eğer beni istemiyorsa, yaptıklarımı neden yaptığımı anlamıyorsa ona ihtiyacım yok diye düşünüyordum."

"Ama iyiydin, öyle mi?"

"Hayır, perişan hâldeydim. Yıllarca ona takıntılı yaşadım. Yani tabii yaşamaya, eğlenmeye devam ettim. Yanlış anlama. Ama Celia hiçbir yerde görünmüyordu. Aslına bakarsan sırf Celia'nın fotoğrafları var diye *Sub Rosa* okuyordum. Fotoğraflarda yanında olan diğer insanları inceliyor, onun için ne anlam ifade ettiklerini, Celia'nın onları nereden tanıdığını merak ediyordum. Şimdi onun da tıpkı benim gibi kalbinin kırık olduğunu biliyorum. İçinde bir yerlerde onu arayıp özür dilememi bekleyen bir şeyler olduğunu biliyorum. Ama o zamanlar bir başıma acı çekiyordum."

"Onu aramadığın için pişman oldun mu?" diye sordum. "O kadar zaman kaybettiğin için?"

Evelyn bana aptalmışım gibi baktı. "O artık yok," dedi Evelyn. "Hayatımın aşkı öldü ve onu arayıp özür dileyemem, geri dönmesini sağlayamam. Sonsuza dek gitti. Yani evet, Monique, pişmanım. Onsuz geçirdiğim her saniye için pişmanım. Onun canının yanmasına sebep olmuş bütün aptalca hareketlerim için pişmanım. Beni terk ettiği gün peşinden gitmeliydim. Kalması için ona yalvarmalıydım. Özür dilemeli, ona güller göndermeli, Hollywood yazısının tepesine çıkıp 'Celia St. James'e âşığım!' diye bağırmalı, beni çarmıha germelerine izin vermeliydim. Yapmam gereken buydu. Şimdi o yok ama ömrümce yiyip bitiremeyeceğim kadar param var ve adımı Hollywood tarihine kazıdım. Artık bütün bunların ne kadar boş olduğunu biliyorum. Bunu, göğsümü gere gere onu sevmeye tercih ettiğim her saniye için kendimi suçluyorum. Ama bu bir lüks. Zengin ve ünlü olduğunda bunu yapabilirsin. Ancak onlara sahipken zenginliğin ve şöhretin değersiz olduğuna karar verebilirsin. O zamanlar hâlâ yapmak istediğim her şeyi yapabilecek zamanım olduğunu düşünüyordum. Kartları doğru oynarsam hepsini elde edebileceğimi."

"Sana döneceğini düşünüyordun," dedim.

"Bana döneceğini *biliyordum*," dedi Evelyn. "Bunu o da biliyordu. İkimiz de her şeyin bitmediğini biliyorduk."

Telefonumun sesini duydum. Ama her zamanki mesaj sesi değildi bu. Geçen yıl telefonu aldığımda David için özel olarak seçtiğim melodiydi. Henüz yeni evlenmiştik ve günün birinde bana mesaj atmayı bırakacağı o zamanlar aklımın ucundan bile geçmiyordu.

Telefonun ekranına şöyle bir bakınca adını gördüm. Altında ise mesajı vardı: *Sanırım konuşmamız gerek. Bu çok önemli, M.* Her şey çok hızlı gelişiyor. Bu meseleyi konuşmalıyız. Okuduklarımı hemen kafamdan attım.

"Yani onun sana döneceğini biliyordun ama yine de Rex North'la evlendin, öyle mi?" dedim yeniden konuya odaklanarak.

Evelyn başını bir an için eğdi, kendini açıklamaya hazırlandı. "*Anna Karenina* bütçesini aşmıştı. Programın haftalarca gerisindeydik. Rex, Kont Vronski'yi oynuyordu. Yönetmenin kurgusu geldiğinde her şeyin yeni baştan kurgulanması gerektiğini anladık. Filmi kurtarmak için başka birini getirmemiz gerekiyordu."

"Tabii gişeden de payın vardı."

"Harry'nin de benim de. Sunset Stüdyoları'ndan ayrıldıktan sonra yaptığı ilk filmdi. Batsaydı, şehirde yeni bir iş almakta zorlanacaktı."

"Peki ya sen? Batsaydı sana ne olacaktı?"

"*Boute-en-Train*'den sonraki ilk projem iyi iş yapmasaydı sanırım tek atımlık kurşun olacaktım. O zamana kadar birkaç kez küllerimden doğmuştum ama bunu yeniden yapmak zorunda kalmak istemiyordum. Ben de insanlarda filmi izleme arzusu uyandıracağını bildiğim bir şey yaptım. Kont Vronksi'yle evlendim."

ZEKİ
REX NORTH

◆ ◆ ◆

31

SAKLAYACAK HİÇBİR ŞEYİN yokken biriyle evlenmenin verdiği bir özgürlük duygusu vardı.

Celia gitmişti. Hayatımın herhangi birine âşık olabileceğim bir dönemimde değildim. Üstelik Rex de pek âşık olabilecek tipte bir adam değildi. Belki hayatımızın farklı bir döneminde karşılaşsak ona vurulabilirdim. Ama o zamanki durumda Rex'le ilişkimiz tamamen gişe üzerine kuruluydu.

Boktan, sahte ve manipülatifti.

Ama milyonlar kazanmaya böyle başladım.

Celia'nın bana dönmesini sağlamam da böyle oldu.

Ayrıca biriyle yaptığım en dürüst anlaşmalardan biriydi diyebilirim.

Sanırım sırf bu yüzden Rex North'u hep seveceğim.

♦ ♦ ♦

"Yani benimle asla yatmayacak mısın?" dedi Rex.

Oturma odamda oturmuş, bir bacağını rahatça diğerinin üzerine atmış, Manhattan'ını yudumluyordu. Üzerinde ince kravatlı siyah bir takım vardı. Sarı saçları arkaya taranmıştı. Bu hâli mavi gözlerini hiç olmadığı kadar parlaklaştırıyordu.

Rex neredeyse sıkıcı sayılabilecek kadar güzel olan adamlardandı. Bir gülümsedi mi odadaki bütün kızların bayılacak gibi olduğunu görebilirdin. Mükemmel dişler, iki hafif gamze, kaşların hafif bir yay oluşturması... Herkes bunlara biterdi.

O da benim gibi stüdyolarda yükselmişti. İzlanda'da Karl Olvirsson adıyla doğmuş, Hollywood'a kendini uydurmuştu. Adını değiştirmiş, aksanını düzeltmiş ve istediğini elde etmek için ihtiyaç duyduğu herkesle yatmıştı. Oynayabildiğini kanıtlamak istercesine öfkesi burnunda bir matine idolüydü. Ama gerçekten de *oynayabiliyordu*. Değerinin anlaşılmadığını düşünüyordu çünkü gerçekten değeri anlaşılmamıştı. *Anna Karenina* onun ciddiye alınması için bir şanstı. En az benim kadar onun da filmin hit olmasına ihtiyacı vardı. Tam da bu yüzden o da tam olarak benim istediklerimi yapmaya istekliydi. Bir evlilik numarası.

Rex pragmatik biriydi ve kesinlikle aziz değildi. On hamle ilerisini görür ama aklındakini asla belli etmezdi. O anlamda benzer ruhlardık.

Oturma odamdaki kanepede yanına oturup kolumu arkasına uzattım. "Kesin bir dille seninle asla yatmayacağımı söyleyemem," dedim. Gerçek buydu. "Yakışıklısın. Bir iki kez dalaverelerine kanabilirim."

Rex güldü. Onda hep rahat bir hava vardı. Sanki ne istersen yap onu kızdıramazmışsın gibi. Bu açıdan ulaşılmaz biriydi.

"Ne yani, sen bana asla âşık olmayacağına kesinlikle emin olabilir misin?" diye sordum. "Ya bunu gerçek bir evliliğe dönüştürmek istersen? Herkesin huzurunu kaçıran bir durum olur bu."

"Biliyor musun, herhangi bir kadın bunu başaracaksa eğer, o kadının Evelyn Hugo olması anlamlı olur. Her zaman bir şans vardır bence."

"Benim seninle yatmak konusundaki düşüncelerim de böyle," dedim. "Her zaman bir şans var." Sehpanın üzerindeki Gibson'ımı alıp bir yudum içtim.

Rex güldü. "Söylesene, nerede yaşayacağız?"

"Güzel soru."

"Benim evim Bird Caddesi'nde. Tabandan tavana camlı. Garaj yolundan çıkması çok sıkıntılı. Ama havuzumdan bütün kanyonu görebilirsin."

"Güzel," dedim. "Kısa bir süreliğine sana taşınmayı dert etmem. Bir ay kadar sonra Columbia'da yeni bir filmin çekimlerine başlayacağım zaten. Senin ev oraya daha yakın. Israr edeceğim tek konu, Luisa'yı da yanımda getirmek olur."

Celia gittikten sonra yeniden bir yardımcı alabilmiştim. Ne de olsa yatak odamda kimseyi saklamıyordum artık. Luisa, El Salvadorluydu. Benden sadece birkaç yaş küçüktü. Bende işe başladığı ilk gün, öğle arası boyunca telefonda annesiyle konuştu. Yanımdaydı ve İspanyolca konuşuyordu. *"La senora es tan bonita, pero loca."* ("Bu hanım çok güzel ama deli.")

Dönüp ona baktım. Sonra, *"Disculpe? Yo te puedo entender,"* (Affedersin? Seni anlayabiliyorum.") dedim.

Luisa'nın gözleri kocaman açıldı. Telefonu annesinin yüzüne kapadı. *"Lo siento. No sabia que usted hablaba Espanol."* ("Üzgünüm. İspanyolca konuşabildiğinizi bilmiyordum.")

Ağzımdan dökülen sözcükler çok tuhaf geldiğinden, daha fazla İspanyolca konuşmak istemedim. İngilizceye döndüm. "Kübalıyım," dedim ona. "Hayatım boyunca İspanyolca konuştum." Gerçi bu pek doğru sayılmazdı. Yıllardır İspanyolca konuşmuyordum.

Bana sanki yorumlamaya çalıştığı bir tabloymuşum gibi baktı. Sonra özür diler gibi, "Kübalılara benzemiyorsunuz," dedi.

"Pues, lo soy," dedim kibirle. ("Eh, öyleyim.")

Luisa başını kabullenircesine sallayarak öğle yemeğini topladı, sonra da yatak çarşaflarını değiştirmeye gitti. Ben en az bir yarım saat daha masada sersemlemiş hâlde oturdum. Düşünmeye devam ettim. *Kimliğimi benden koparmaya çalışmaya nasıl cüret eder?*

Sonra eve baktım. Ne ailemden birinin fotoğrafı vardı, ne de Latin Amerika edebiyatından bir kitap. Saç fırçamdaki saman sarısı saç tellerini düşündüm. Baharat rafında bir kimyon kavanozu bile yoktu. O an bunu bana yapanın Luisa olmadığını fark ettim.

Bunu kendim yapmıştım. Gerçek benliğimden farklı biri olmayı ben seçmiştim.

Fidel Castro Küba'yı kontrol altına almıştı. Eisenhower, o andan itibaren ülkeye ekonomik ambargo uygulamaya başlamıştı. Domuzlar Körfezi olayı bir felakete dönüşmüştü. Kübalı-Amerikalı olmak karmaşıktı. Dünyada Kübalı bir kadın olarak yol almayı denemek yerine geldiğim yerden vazgeçmiştim. Bazı açılardan bu durum babamla beni bir arada tutan az sayıdaki bağı da kesip atmama yardımcı olmuştu. Ama bir yandan da beni annemden uzaklaştırmıştı. Ki tüm bunlar bir yere kadar annem içindi.

Hepsi benim yüzümdendi. Benim seçimlerimin sonucuydu. Hiçbiri Luisa'nın suçu değildi. Mutfak masasında öylece oturup onu suçlamaya hakkım olmadığını fark ettim.

O gece evden ayrılırken, benim yanımda hâlâ huzursuz olduğunu fark etmiştim. Ben de içtenlikle gülümseyerek ertesi gün onu görmeyi beklediğimi söyledim.

O günden sonra onunla hiç İspanyolca konuşmadım. Sadakatsizliğim yüzünden utanç duyuyor, kendimi güvensiz hissediyordum. O zaman zaman İspanyolca konuşmaya devam etti. Duyabileceğim yerlerde annesine yaptığı şakalara güldüm. Onu anladığımı belli ettim. Derken hızla ona merak duymaya başladım. Kendi kişiliği içinde kendini güvende hissedişine imrendim. Özünü koruyacak kadar korkusuzdu. Luisa Jimenez olmaktan gurur duyuyordu.

Şimdiye kadar yanımda çalışanlar içinde sevdiğim ilk insandı. Onsuz asla evden ayrılmazdım.

"Eminim çok iyidir," dedi Rex. "Onu da getir. Şimdi, esas meseleye dönersek, aynı yatakta mı uyuyacağız?"

"Gerekli olduğunu sanmıyorum. Luisa sır saklamayı bilir. Bu konuda dersimi aldım. Yılda birkaç kez parti verir, aynı odada kalıyormuşuz gibi yaparız."

"Peki ben yine de... ne yapıyorsam onu yapmaya devam edebilir miyim?"

"Gezegendeki bütün kadınlarla yatabilirsin, evet."

"Karım dışındaki bütün kadınlarla," dedi Rex gülümseyerek. Sonra içkisinden bir yudum daha aldı.

"Yakalanma yeter."

Rex sanki endişem önemsizmiş gibi elini savuşturdu.

"Ciddiyim, Rex. Beni aldatman büyük bir hikâye. Bunu kaldıramam."

"Endişelenmene gerek yok," dedi Rex. Bu konuda, ondan istediğim diğer her şeyde olduğundan daha samimiydi. Hatta belki *Anna Karenina*'daki sahnelerde olduğundan bile daha içtendi. "Seni aptal gibi gösterecek hiçbir şey yapmam. Bu işte beraberiz."

"Teşekkürler," dedim. "Bunun anlamı büyük. Benim açımdan da durum aynı. Yaptıklarım sana sorun çıkarmayacak. Söz veriyorum."

Rex elini uzattı. Tokalaştık.

"Eh, gideyim artık," dedi saatine bakarak. "Nispeten hevesli genç bir hanımla randevum var. Onu bekletmekten hiç hoşlanmam." Ben doğrulurken o montunu ilikledi. "Ne zaman evlenelim?" diye sordu.

"Önümüzdeki hafta birkaç akşam şehirde boy gösterelim bence. Bir süre böyle devam ederiz. Belki kasım gibi bir yüzük takarız. Harry, büyük günün filmin sinemalarda gösterime girmesinden iki hafta önce olmasını öneriyor."

"Herkesi şok edeceğiz."

"Ve film hakkında konuşmalarını sağlayacağız."

"Benim Vronski, senin Anna olduğunu konuşacaklar."

"Evliliğimiz sayesinde her şey bayağılıktan kurtulup meşrulaşacak."

"Hem pis hem temiz iş," dedi Rex.

"Kesinlikle."

"Bu senin ekmek teknen," dedi.

"Senin de öyle."

"Saçmalık," dedi Rex. "Ben kirliyim. Dibine kadar."

Onunla birlikte dış kapıya kadar yürüdüm ve veda ederken ona sarıldım. Açık kapının önünde dururken, "Son kurguyu gördün mü? İyi mi?" diye sordu.

"Muhteşem," dedim. "Ama neredeyse üç saat sürüyor. Eğer insanların bilet almasını istiyorsak..."

"Bir gösteri yapmalıyız," dedi.

"Kesinlikle."

"Ama bu işte iyiyiz, değil mi? Sen ve ben?"

"Bomba gibiyiz."

PHOTOMOMENT

26 Kasım 1962

Evelyn Hugo ve Rex North Evlendi!

Evelyn Hugo yine yapacağını yaptı. Bizce bu kez kendini aştı. Evelyn ile Rex North, geçen hafta sonu North'un Hollywood Hills'teki evinde evlendi.

İkili yakında vizyona girecek olan *Anna Karenina*'nın çekimleri sırasında tanışmış ve söylenenlere göre ilk görüşte âşık olmuşlardı. Provalarda bile âşıklarmış. Bu iki sarışın âşığın önümüzdeki haftalarda Anna ve Kont Vronski olarak sinema salonlarını yakıp kavuracağı kesin.

Bu Rex'in ilk evliliği. Evelyn'in geçmişindeyse iki başarısız evlilik var. Bu yıl Evelyn'in eski kocası Don Adler, *Sihirbaz* yıldız Ruby Reilly'den boşanarak ikinci kez aynı şeyi yaşadı.

Yepyeni bir film, yıldızlarla dolu bir düğün ve sahip oldukları iki villayla Evelyn ile Rex'in hayatlarını yaşadıkları kesin.

PHOTOMOMENT

10 Aralık 1962

Celia St. James, Oyun Kurucu John Braverman'la Nişanlandı

Süperstar Celia St. James, son günlerde dönem filmi *Royal Wedding*'le ve *Celebration* müzikalindeki çarpıcı dönüşüyle sinema alanında art arda başarılı işlere imza attı.

Şimdi ise kutlayacak bir şeyi daha var. Çünkü aradığı aşkı New York Giants'ın oyun kurucusu John Braverman'da buldu.

İkili Los Angeles ve Manhattan'da yemek yiyip keyifli anlar geçirirken görüldü.

Celia'nın Braverman'a uğurlu gelmesini diliyoruz. Parmağındaki o kocaman elmasın ona kendini uğurlu hissettirdiği kesin!

HOLLYWOOD DIGEST

17 Aralık 1962

Anna Karenina *Gişeyi Salladı*

Heyecanla beklenen *Anna Karenina* cuma günü sinema salonlarında gösterime girdi ve hafta sonunu zirvede kapadı.

Hem Evelyn Hugo hem de Rex North için yapılan coşkulu yorumlardan sonra izleyicilerin filme akın etmesi şaşırtıcı değil. Dünya çapında performanslar ve hem ekranda hem gerçek hayattaki kimyaları sayesinde filme duyulan heyecan âdeta bir kasırgaya dönüştü.

İnsanlar, bir çift Oscar'ın yeni evli çift için mükemmel bir düğün hediyesi olacağını söylüyor.

Filmin aynı zamanda yapımcılarından da olan Evelyn, gişeden en etkili sonucu almaya kararlı.

Bravo, Hugo!

32

AKADEMİ ÖDÜLLERİ GECESİNDE Rex'le yan yana oturmuş, el ele tutuşmuştuk. Herkesin, şehirde dolaşıp milletin gözüne soktuğumuz romantik evliliğimizi görmesine izin veriyorduk.

Kaybettiğimizde ikimiz de kibarca gülümseyerek kazananları alkışladık. Hayal kırıklığına uğramıştım ama şaşırmamıştım. Rex ve benim gibi insanların, bir varlıkları olduğunu kanıtlamaya çalışan güzel film yıldızlarının Oscar alması fikri gerçek olamayacak kadar güzeldi. Çoğu insanın bizden kendi kulvarımızda kalmamızı istediği izlenimini edinmiştim. Biz de meselenin üzerinde durmadık. Gece boyunca eğlendik. İkimiz sabahın ilk ışıklarına kadar içki içip dans ettik.

Celia o yıl ödül töreninde yoktu. Rex'le gittiğim her partide onu arasam da hiçbir yerde görememiştim. Onun yerine Rex'le birlikte âlemlere aktım.

William Morris'in partisinde Harry'yi yakalayıp sessiz bir köşeye çektim. Karşılıklı şampanya içip, ne kadar zengin olacağımızı konuştuk.

Zenginlerle ilgili bilmen gereken bir gerçek var: Daima daha zengin olmak isterler. Eline daha çok para geçmesi asla ama asla bıktırıcı değildir.

Çocukken mutfakta akşam yemeğinde bayat pirinç ve kuru fasulyenin yanında yiyebileceğim bir şeyler bulmaya çalışırken kendi kendime her akşam güzel bir yemek yiyebilsem mutlu olacağımı söylerdim.

Sunset Stüdyoları'ndayken tek istediğimin bir villa olduğunu söylüyordum kendime.

Villayı aldığımdaysa tek isteğimin iki ev ve bir yardımcı ekibi olduğunu söylüyordum.

O gün ise yirmi beşime henüz girmiş biri olarak hiçbir şeyin hiçbir zaman yeterli gelmeyeceğini anlamaya başlamıştım.

Rex'le sabah beşe doğru eve döndük. İkimiz de körkütük sarhoştuk. Arabamız uzaklaşırken çantamda evin anahtarlarını arıyordum. Rex ise yanımda dikilmiş ekşi, alkol kokan nefesini boynuma doğru veriyordu.

"Karım anahtarları bulamıyor!" dedi Rex hafifçe yalpalayarak. "Çok uğraşıyor ama bulabilecek gibi değil."

"Sessiz olur musun lütfen?" dedim. "Komşuları mı uyandırmak istiyorsun?"

"Ne yapacaklar ki?" dedi Rex az öncekinden de yüksek bir sesle. "Bizi şehirden mi şutlayacaklar? Yapacakları bu mu, benim değerli Evelynciğim? Bundan sonra Blue Jay Way'de yaşayamayacağımızı mı söylerler? Bizi Robin Drive'a mı sürerler? Ya da Oriole Lane'e?"

Anahtarları bulup kilide taktım ve kapı kolunu çevirdim. İkimiz birden içeri düştük. Rex'e iyi geceler dileyerek odama çekildim.

Fermuarını açacak kimse olmadığı için elbisemi tek başıma çıkardım. O an evliliğimin yalnızlığı hiç olmadığı kadar ağır geldi bana.

Aynada kendi yansımama takıldı gözüm. Şüpheye yer bırakmayacak denli güzel olduğumu görüyordum. Ama beni seven biri olmadıkça bunun hiçbir anlamı yoktu.

Kombinezonumla durup pirinç sarısı saçlarıma, koyu kahverengi gözlerime, düz, kalın kaşlarıma baktım. Hayatım olmuş kadını özlemiştim. Celia'yı özlemiştim.

Tam da o an Celia'nın John Braverman'la birlikte olabileceğini düşününce sersemledim. Buna inanmamam gerektiğini biliyordum.

Ama bir yandan da onu sandığım kadar iyi tanımadığımdan korkuyordum. Onu seviyor muydu acaba? Beni unutmuş muydu? Onun yastığıma dağılan kızıl saçlarını düşününce gözlerime yaşlar doldu.

"Sıkma canını," dedi Rex arkamdan. Döndüğümde kapı eşiğinde durduğunu gördüm.

Smokininin ceketini çıkarmış, kol düğmelerini çözmüştü. Gömleği yarıya kadar iliklydi. Çözülmüş papyonu boynunun iki yanından sarkıyordu. Ülkedeki milyonlarca kadının uğruna öleceği bir görüntüydü.

"Yattığını sanıyordum," dedim. "Uyanık olduğunu bilsem elbisemi çıkarmak için yardımını isterdim."

"Seve seve yapardım."

Elimi salladım. "Ne yapıyorsun? Uyuyamadın mı?"

"Denemedim ki."

Odanın içinde biraz daha ilerleyerek bana yaklaştı.

"Peki, dene o hâlde. Saat geç oldu. Böyle giderse ikimiz de akşama kadar kalkamayacağız."

"Bir düşün, Evelyn," dedi. Pencereden içeri giren ışıklar sarı saçlarını aydınlatıyordu. Gamzeleri parıldıyordu.

"Neyi düşüneyim?"

"Nasıl olurdu bir düşün."

Bana biraz daha yaklaşarak elini belime koydu. Arkamda durarak bir kez daha boynuma doğru nefes verdi. Bana dokunması kendimi iyi hissettirmişti.

Film yıldızları, film yıldızları ve film yıldızları. Elbette hepimiz bir süre sonra silinip gideriz. Biz de insanız ve herkes gibi kusurlarla doluyuz. Ama seçilmiş insanlarız çünkü sıradışıyız.

Sıradışı bir insanın da onun gibi sıradışı birinden daha çok sevdiği bir şey yoktur.

"Rex."

"Evelyn," dedi kulağıma fısıldayarak. "Sadece bir kez. Olmaz mı?"

"Hayır," dedim. "Olmaz." Ama cevabıma ben bile tam ikna olmamıştım ki Rex olsun. "İkimiz de yarın pişmanlık duyacağımız bir şey yapmadan odana dönsen iyi olur."

"Emin misin?" diye sordu. "İsteğin benim için emirdir ama isteğini değiştirebilmeyi çok isterdim."

"Değişmeyecek," dedim.

"Yine de bir düşün," dedi. Ellerini biraz daha yukarı kaydırdı. Aramızda yalnızca kombinezonumun ipek kumaşı vardı. "Senin üzerinde kendimi nasıl hissedeceğimi düşün."

Güldüm. "Bunu düşünmeyeceğim. Eğer düşünürsem ikimiz de batarız."

"Birlikte hareket ettiğimizi düşün. Önceleri yavaş yavaş, sonra kontrolü kaybederek..."

"Bu diğer kadınlarda işe yarıyor mu?"

"Diğer kadınlar için bu kadar uğraşmak zorunda kaldığım olmamıştı," dedi boynumu öperek.

Ondan uzaklaşabilirdim. Suratına bir tokat indirebilirdim. O da bunu üstdudağı kaskatı kesilerek karşılar, sonra da beni yalnız bırakırdı. Ama henüz bu kısmın bitmesine hazır değildim. Tahrik edilmek hoşuma gitmişti. Yanlış kararı verebileceğimi bilmekten hoşlanmıştım.

Kesinlikle yanlış bir karar olacaktı. Çünkü o yataktan kalktığım anda Rex beni elde etmek için ne kadar çalıştığını unutacak, yalnızca bana sahip olduğunu hatırlayacaktı.

Bu alışıldık bir evlilik de değildi üstelik. Ortada çok fazla para vardı.

Kombinezonumun bir tarafını sıyırmasına izin verdim. Elini yaka kısmının altına götürmesine izin verdim.

"Kendimi senin içinde kaybetmek ne şahane olurdu," dedi. "Altında uzanmak ve üzerimde kıvranışını izlemek."

Neredeyse yapacaktım. Neredeyse kombinezonumu sıyırıp çıkaracak, Rex'i yatağa ittirecektim.

Ama tam o sırada, "Hadi bebeğim, sen de istiyorsun," dedi.

O an Rex'in bunu daha önce sayısız kadın üzerinde birçok kez denemiş olduğunu şüpheye yer kalmayacak şekilde anladım.

Kimsenin seni sıradan hissettirmesine izin verme.

"Çekil şuradan," dedim ama bunu söylerken kaba değildim.

"Ama..."

"Ama filan yok. Yatağına git."

"Evelyn..."

"Rex, sarhoşsun. Beni de senin şu kızlarından biriyle karıştırıyorsun. Oysa ben senin karınım," dedim ironik bir şekilde.

"Bir kerecik de olmaz mı?" dedi. Birden ayılmış gibiydi. Sanki o düşük gözkapakları rolün bir parçasıydı. Söz konusu Rex olduğunda asla emin olamıyordum. Rex North söz konusu olduğunda, nerede durduğundan asla emin olamazsın.

"Bunu bir daha deneme, Rex. Gerçekleşmeyecek."

Gözlerini devirdi. Sonra beni yanağımdan öptü. "İyi geceler Evelyn," dedikten sonra geldiği kadar sessiz hareketlerle kapıdan çıkıp gitti.

◆ ◆ ◆

Ertesi sabah, çalan telefonun sesine uyandım. Öyle bir akşamdan kalmışım ki bir ara nerede olduğumu karıştırır gibi oldum.

"Alo?"

"Kalkma zamanı, minik kuş."

"Harry, ne oluyor?" Güneş gözlerimi yakıyordu.

"Dün siz Fox partisinden ayrıldıktan sonra Sam Pool'la ilginç bir konuşma yaptım."

"Paramount yöneticilerinden birinin Fox partisinde ne işi varmış?"

"Seni ve beni bulmak için gelmiş," dedi Harry. "Tabii Rex'i de."

"Ne için?"

"Paramount adına seninle Rex'e üç filmlik bir anlaşma önermek için."

"Ne?"

"Bizim yapacağımız, başrolünde seninle Rex'in yer alacağı üç film istiyorlar. Sam bir fiyat belirlememizi istedi."

"Fiyat belirlemek mi?" Ne zaman içkiyi fazla kaçırsam ertesi sabah suyun altındaymışım gibi uyanıyordum. Her şey fazla sessiz, fazla bulanık oluyordu. Doğru anladığımdan emin olmam gerekiyordu. "Fiyat belirlemek derken neyi kastediyorsun?"

"Bir film için bir milyon dolar ister misin? Don'un *The Time Before* için o kadar aldığını duydum. Senin için de bu parayı alabiliriz."

Don kadar para kazanmak istiyor muydum? Elbette istiyordum. Ödeme çekini alıp bir kopyasını ortaparmağımın fotoğrafıyla birlikte ona postalamak istiyordum. Ama en çok da ne dilersem yapma özgürlüğü istiyordum.

"Hayır," dedim. "Olmaz. Bana hangi filmlerde oynayacağımı dikte edecekleri bir sözleşme imzalamak istemiyorum. Hangi filmlerde oynayacağımıza seninle birlikte karar veririz. O kadar."

"Dinlemiyorsun."

"Gayet iyi dinliyorum," dedim ağırlığımı omzuma verip telefonu tuttuğum kolumu değiştirirken. Bir yandan da, *Bugün yüzmeye gideceğim, Luisa'ya söyleyeyim de havuzu ısıtsın,* diye düşünüyordum.

"Filmleri biz seçeceğiz," dedi Harry. "Açık anlaşma. Sen ve Rex hangi filmi isterseniz Paramount onu alacak. Ne kadar paraya olursa olsun."

"Sırf *Anna Karenina* yüzünden mi?"

"Adının insanları sinema salonlarına çektiğini kanıtladık. Bir de eğer yeterince keskin görüşlüysem, sanırım Sam Pool, Ari Sullivan'ı kudurtmak istiyor. Onun fırlatıp attıklarını alıp onlardan altın çıkarmak istiyor."

"Yani ben bir piyonum."

"Herkes piyon. Daha önce nasıl yapmadıysan şimdi de meseleleri kişisel algılama."

"Hangi filmi istersek, öyle mi?"

"Ne istersek."

"Rex'e söyledin mi?"

"Gerçekten seninle konuşmadan o aşağılık herife bir şey söyleyeceğime inanıyor musun?"

"Hey, o aşağılık biri değil."

"Kalbini kırdığı Joy Nathan'la konuşurken orada olsaydın fikrin değişirdi."

"Harry, o benim kocam."

"Hayır, Evelyn, değil."

"Onda sevilecek *bir şeyler* bulamaz mısın?"

"Ah, sevilecek yanı çok. Bize kazandırdığı paraları seviyorum mesela. Kazandıracaklarını da..."

"Bana karşı her zaman iyi biri." Ona hayır demiştim ve arkasını dönüp gitmişti. Her erkek bunu yapmazdı. Yapmamıştı.

"Çünkü ikiniz de aynı şeyi istiyorsunuz. Hiç kimse değilse bile sen gayet iyi biliyorsun ki iki insan aynı şeyi istediği sürece o insanların gerçek karakterine dair hiçbir şey söyleyemezsin. Kediyle köpeğin bir fareyi öldürmek için beraber hareket etmesi gibi bir şeydir bu."

"Yani, ben Rex'i severim. Senin de sevmeni isterim. Özellikle de bu anlaşmayı imzalarsak, Rex'le düşündüğümüzden biraz daha uzun süre evli kalmamız gerekecek. Bu da onu benim ailem yapar. Sen de benim ailem olduğuna göre, siz ikiniz de bir ailesiniz."

"Ailelerini sevmeyen bir sürü insan var."

"Tamam, kes artık," dedim.

"Hadi Rex'i de aramıza alıp şu şeyi imzalayalım, tamam mı? Menajerlerinizi bir araya getirin de şu anlaşmaya bir şekil versinler. İmkânsızı isteyelim."

"Tamam," dedim.

Tam telefonu kapatacakken Harry, "Evelyn?" dedi.

"Evet?"

"Neler olduğunun farkındasın, değil mi?"

"Ne oluyormuş?"

"Hollywood'un en çok para alan aktrislerinden biri olmak üzeresin."

33

Sonraki iki buçuk sene boyunca Rex'le evli kaldım. Tepelerdeki evlerden birinde oturuyor, Paramount için film seçip çekiyorduk.

Koca bir ekip oluşturmuştuk bile. İki menajer, bir halkla ilişkiler sorumlusu, avukatlar, ikimiz için de bir işletmeci, set için iki asistan ve evimiz için Luisa'nın da dahil olduğu bir ekip.

Her sabah ayrı yataklarımızda uyanıyor, evin uzak köşelerinde hazırlanıyor, sonra aynı arabaya binerek birlikte sete gidiyorduk. Çekim stüdyosuna girene kadar el ele tutuşurduk. Bütün gün çalışıyor, ardından eve dönüyorduk. Orada da akşamki planlarımız için yeniden ayrılıyorduk.

Ben genellikle Harry'yle ya da hoşlandığım birkaç Paramount yıldızıyla görüşürdüm. Ya da sır tutacağını bildiğim biriyle randevuya çıkardım.

Rex'le evliliğim boyunca, yeniden görmeyi çaresizce arzulayacağım kimseyle karşılaşmadım. Elbette birkaç çapkınlık yaptım. Kimisi diğer yıldızlarla, bir rock şarkıcısıyla, birkaç evli adamla... Bir film yıldızıyla yattıklarını sır olarak saklayacak bir grup. Ama hepsi anlamsız şeylerdi.

Rex'in de anlamsız oynaşları olduğunu düşünüyordum. Çoğu zaman vardı da. Ta ki hepsini bir anda kesene kadar.

Bir cumartesi günü Luisa bana tost yaparken mutfağa girdi.

Ben kahve ve sigara içerek Harry'nin tenise gitmek için beni almaya gelmesini bekliyordum.

Rex buzdolabına gidip kendine bir bardak portakal suyu aldı. Masada yanıma oturdu.

Luisa tostu önüme koydu. Ardından yağ tabağını masanın ortasına bıraktı.

"Siz bir şey ister misiniz, Bay North?" diye sordu.

Rex başını sallayarak istemediğini belirtti. "Teşekkürler, Luisa."

Sonra üçümüz de bir tuhaflık hissettik. Luisa çıkması gerektiğini düşündü. Bir şeyler olmak üzereydi.

Luisa, "Ben çamaşırlara başlayayım," deyip sıvıştı.

"Ben âşık oldum," dedi Rex sonunda yalnız kaldığımızda.

Bu, söylemesini beklediğim son şeydi belki de.

"Âşık mı oldun?" diye sordum.

Şaşkınlığım karşısında kahkaha attı. "Bu çok saçma. İnan bana biliyorum bunu."

"Kime?"

"Joy."

"Joy Nathan mı?"

"Evet. Yıllardır ara ara görüşürüz. Nasıl olur bilirsin."

"Senin için nasıl olduğunu biliyorum tabii. Ama en son onun kalbini fena kırdığını duymuştum."

"Evet, şey, geçmişte biraz... nasıl desem... kalpsiz olduğumu duymak sana çok şaşırtıcı gelmeyecektir."

"Tabii, öyle de diyebiliriz."

Rex güldü. "Ama artık sabahları uyandığımda yatağımda bir kadının olması hoş olabilir gibi gelmeye başladı bana."

"Ne enteresan."

"Sonra o kadın nasıl biri olmalı diye düşündüğümde, Joy geldi aklıma. Yani bir süredir görüşüyoruz. Sessiz sedasız tabii. Şimdiyse onu aklımdan çıkaramıyorum. Sürekli etrafında olmak istiyorum."

"Rex, bu harika," dedim.

"Böyle düşünmeni ummuştum."

"Peki ne yapacağız?" diye sordum.

"Şey," dedi derin bir nefes alarak. "Joy'la ben evlenmek istiyoruz."

"Tamam," dedim. Beynim çoktan son sürat çalışmaya başlamıştı. Boşanmamızı duyurmak için en uygun zamanı hesaplamaya çalışıyordu. Şimdiden iki film yapmıştık bile. Biri fena gişe yapmamıştı, diğeri ise batmıştı. Çocuklarını kaybettikten sonra iyileşmek için Kuzey Carolina'daki bir çiftliğe taşınan ve sonunda küçük kasabalarındaki insanlarla ilişki yaşamaya başlayan genç bir çiftle ilgili olan üçüncü film, *Carolina Sunset*, birkaç ay içinde gösterime girecekti.

Rex'in performansı pek iyi değildi. Ama ben bu filmin benim için iyi bir çıkış potansiyeli taşıdığını biliyordum. "*Carolina Sunset*'in çekimleri sırasında yaşadığımız stresin, sette bulunup birbirimizi başkalarıyla öpüşürken izlemenin bizi yıktığını söyleriz. Herkes bizim için üzülür ama o kadar da kötü hissetmezler. İnsanlar gurur hikâyelerini sever. İstediğimizi elde ettik, şimdi de bedelini ödüyoruz. Bir süre daha bekle. Seni Joy'la tanıştırdığım çünkü mutlu olmanı istediğim hikâyesini anlatırız."

"Bu harika, Evelyn. Gerçekten," dedi Rex. "Joy'un hamile olması dışında. Bir çocuğumuz olacak."

Hayal kırıklığıyla gözlerimi kapadım. "Tamam," dedim. "Tamam. Dur bir düşüneyim."

"Bir süredir mutsuz olduğumuzu söylesek? Ayrı hayatlar yaşadığımızı?"

"Aramızdaki kimyanın fos çıktığını söylemiş oluruz. İnsanlar bu durumda neden *Carolina Sunset*'i izlemeye gitsin ki?"

Bu, Harry'nin daha önce beni uyardığı o andı. Rex, *Caroline Sunset*'i umursamıyordu. En azından benim kadar umursamadığı açıktı. O filmde hiçbir özelliği olmadığını biliyordu. Hem olsa bile yeni aşkıyla, yeni bebeğiyle doluydu artık.

Bir süre pencereden dışarı baktı, sonra bana döndü. "Evet," dedi. "Haklısın. Bu işe beraber girdik, beraber çıkacağız. Önerin nedir? Joy'a bebek doğmadan evlenmiş olacağımızı söyledim."

Rex North her zaman insanların düşündüğünden daha güvenilir biriydi.

"Elbette," dedim. "Tabii ki."

Kapı zili çaldı. Az sonra Harry mutfağa girdi.

Aklıma bir fikir gelmişti.

Kusursuz bir fikir değildi tabii.

Neredeyse hiçbir fikir kusursuz değildir zaten.

"İkimizin de ilişkisi var," dedim.

"Ne?" diye sordu Rex.

Harry, konuşmanın önemli bir kısmını kaçırmış olduğunu anlamıştı. "Günaydın," dedi.

"İkimizin de farklı ilişkiler yaşadığı bir filmin çekimleri sırasında ikimiz de evlilik dışı bir ilişki yaşamaya başladık. Sen Joy'la, ben de Harry'yle."

"Ne?" dedi Harry.

"İnsanlar birlikte çalıştığımızı biliyor," dedim Harry'ye. "Bizi birlikte görüyorlar. Yüzlerce fotoğrafımın arka planında sen varsın. İnanacaklardır." Rex'e döndüm. "Hikâyeler sızdıktan hemen sonra boşanacağız. Hem kimse beni Joy'la aldattığın için seni suçlayamayacak ki bildiğimiz sebeplerden ötürü bunu inkâr edemeyiz. Herkes bunun kurbanı olmayan bir suç olduğunu düşünecek. Çünkü ben de aynı şeyi sana yapmış olacağım."

"Aslında o kadar da korkunç bir fikir değil," dedi Rex.

"İkimiz de kötü görüneceğiz," dedim.

"Kesinlikle," dedi Rex.

"Ama biletleri sattırır," dedi Harry.

Rex gülümsedi, sonra gözlerimin içine bakarak elini uzatıp elimi sıktı.

❖ ❖ ❖

Sabahın ilerleyen saatlerinde arabayla tenis kulübüne doğru ilerlerken Harry, "Kimse buna inanmayacak," dedi. "En azından cemiyettekiler."

"Neden bahsediyorsun?"

"Sen ve ben. Hiç düşünmeden reddedecek bir sürü insan var."

"Çünkü..."

"Çünkü benim ne olduğumu biliyorlar. Aslında daha önce böyle bir şey yapmayı düşünmedim değil. Günün birinde evlenmeyi yani. Tanrı biliyor ya, annem çok mutlu olur. Hâlâ Champaign, Illinois'de oturmuş, çaresizce ne zaman güzel bir kız bulup bir yuva kuracağımı düşünüyor. Ben de bir ailem olsun isterdim. Ama bir sürü insan işin içyüzünü anlayacaktır." Gözlerini kısacık bir an direksiyondan ayırıp bana baktı. "Korkarım pek çok insan bu meselenin de içyüzünü anlayacak."

Camdan, tepeleri sallanan palmiye ağaçlarına baktım.

"O hâlde inkâr edemeyecekleri bir şey veririz," dedim.

Harry'nin en sevdiğim yönü, hiçbir zaman arkamda kalmamasıydı.

"Fotoğraflar," dedi. "İkimizin fotoğrafları."

"Aynen. İş üzerinde yakalanmışız gibi görünecek gizli çekimler."

"Başka birini seçsen daha kolay olmaz mı?" diye sordu.

"Başka birini tanımak zorunda kalmak istemiyorum," dedim. "Mutluymuşum gibi davranmaktan bıktım. Senin yanında hiç değilse gerçekten sevdiğim birini seviyormuş gibi yaparım."

Harry bir süre sessiz kaldı. "Bilmen gereken bir şey var," dedi sonunda.

"Evet."

"Bir süredir sana söylemeyi düşündüğüm bir şey."

"Tamam, söyle."

"John Braverman'la görüşüyorum."

Kalbim hızlı hızlı atmaya başladı. "Celia'nın John Braverman'ı mı?"

Harry başıyla onayladı.

"Ne kadar zamandır?"

"Birkaç haftadır."

"Bana ne zaman söyleyecektin?"
"Söyleyip söylememekte kararsızdım."
"Yani evlilikleri..."
"Sahte," dedi Harry.
"Celia onu sevmiyor yani, öyle mi?" diye sordum.
"Ayrı yataklarda yatıyorlar."
"Onu hiç gördün mü?"
Harry önce cevap vermedi. Sözcüklerini dikkatle seçmeye çalışıyormuş gibi görünüyordu. Ama benim mükemmel sözcükleri bekleyecek sabrım yoktu.
"Harry, *onu hiç gördün mü?*"
"Evet."
"Nasıl görünüyordu?" diye sordum. Sonra daha iyi, daha mühim olan bir soru geldi aklıma. "Beni sordu mu?"
Celia'sız yaşamak hiç kolay olmasa da o başka bir dünyaya aitmiş gibi davranırken her şey *biraz daha kolay* geliyordu. Ama bu, onun yörüngemdeki varlığı, bastırdığım her şeyi birden su yüzüne çıkarmıştı.
"Sormadı," dedi Harry. "Ama bilmek istemediğinden değil, sormak istemediğinden olduğunu düşünüyorum."
"Ama onu sevmiyor, değil mi?"
Harry başını iki yana salladı. "Hayır, onu sevmiyor."
Başımı çevirip yeniden pencereden dışarı baktım. Harry'ye beni onun evine götürmesini söylediğimi hayal ettim. Onun kapısına koştuğumu, dizlerimin üstüne çöküp ona gerçekleri söylediğimi, onsuz hayatın ne kadar ıssız, boş ve hızla anlamını yitirmiş olduğunu anlattığımı hayal ettim.
Ama tüm bunları yapmak yerine, "Fotoğraf olayını ne zaman halledelim?" diye sordum.
"Efendim?"
"İkimizin fotoğrafı. Yakalanmış gibi yapacağımız."
"Yarın gece olabilir," dedi Harry. "Arabayı park etmiş oluruz. Belki tepelerde bir yere. Böylece fotoğrafçıların bizi bulabileceği

ama yine de kuytu bir yer olur. Rich Rice'ı ararım. Bu ara paraya ihtiyacı var."

Başımı sallayarak reddettim. "Haber bizden çıkamaz. Bu magazinciler artık işbirliği yapmıyor. Kendileri habere çıkıyorlar. Başka birinin araması gerek. Gazetelerin, benim yakalanmamı *istediğine* inanacağı biri."

"Kim?"

O fikir aklıma gelir gelmez başımı salladım. Bunu yapmayı hiç istemesem de yapmak zorunda olduğumu biliyordum.

◆ ◆ ◆

Çalışma odamdaki telefonun başında oturuyordum. Kapının kapalı olduğundan emin olduktan sonra numarasını tuşladım.

"Ruby, ben Evelyn. Senden bir iyilik isteyeceğim," dedim telefonu açar açmaz.

Tek bir vurguyu bile kaçırmadan, "Dinliyorum," dedi.

"Birkaç fotoğrafçıya ihbarda bulunman gerek. Trousdale Estates civarındaki bir arabada beni biriyle sarmaş dolaş gördüğünü söyleyeceksin."

"Ne?" dedi Ruby gülerek. "Evelyn, neyin peşindesin sen?"

"Neyin peşinde olduğumu boş ver sen. Tabağında sana yetecek kadarı var."

"Yani Rex bekâr kalmak üzere mi?" diye sordu.

"Artıklarımdan bıkmadın mı?"

"Tatlım, Don *benim* peşimden koştu."

"Eminim öyledir."

"En azından beni uyarabilirdin," dedi.

"Benim arkamdan ne işler çevirdiğini biliyordun," dedim. "Seninleyken durumun değişeceğini düşündüren ne oldu?"

"Aldatmaktan bahsetmiyorum, Ev," dedi.

O an Don'un onu da dövdüğünü anladım.

Kısa bir an şaşkınlıkla sustum.

"Şimdi iyi misin?" dedim az sonra. "Atlattın mı?"

"Boşanma sonuçlandı. Sahil kenarına taşınıyorum. Santa Monica'da bir yer aldım."

"Aleyhinde bir hamle yapmayacağını mı sanıyorsun?"

"Denedi," dedi Ruby. "Ama başaramayacak. Son üç filmi masrafını ancak çıkardı. Herkesin düşündüğünün aksine *The Night Hunter* ile aday gösterilmedi. İyice düşüşte. Yakında tırnaksız bir kedi kadar zararsız olacak."

Telefonun kablosunu parmağıma dolarken Don için biraz üzüldüm. Ama daha çok Ruby için üzülmüştüm. "Ne kadar kötüydü, Ruby?"

"Pancake makyajı ve uzun kollularla gizleyemeyeceğim bir şey değildi." Bunu söyleyişi, sesindeki o gurur kalbimi acıttı. Sanki bunun canını yaktığını itiraf etmek, göstermek istemediği bir zayıflıktı. Onun için, yıllar önce aynı şeyleri yaşayan kendim için kalbim acıdı.

"Bir ara yemeğe gelsene," dedim.

"Ah, boş ver, Evelyn," dedi. "O kadar sahte olmayacak kadar çok şey yaşadık."

Güldüm. "Doğru."

"Yarın özellikle aramamı istediğin biri var mı? Yoksa ihbar hattından herhangi biri olur mu?"

"Bu işi becerecek güçte herhangi biri olur. Benim düşüşüm üzerinden para kazanmaya hevesli herhangi biri işte."

"Eh, yani herkes," dedi Ruby. "Alınma."

"Alınmam."

"Çok başarılısın," dedi. "Çok fazla hit, çok sayıda yakışıklı koca. Hepimiz seni düşürmek istiyoruz."

"Biliyorum, canım. Biliyorum. Benimle işleri bittiğinde sıra sana gelecek."

"Seni hâlâ seven birileri varsa yeterince ünlü olamamışsın demektir," dedi Ruby. "Yarın onları ararım. Her ne yapıyorsan iyi şanslar."

"Teşekkürler," dedim. "Hayat kurtarıyorsun."

Telefonu kapadıktan sonra, *Eğer insanlara o adamın bana yaptıklarını anlatmış olsaydım, aynısını ona yapma fırsatı bulamazdı,* diye düşündüm.

Kararlarımın kurbanlarının bir listesini tutmakla hiç uğraşmadım. Ama o an, eğer öyle bir liste tutsaydım, Ruby Reilly'yi o listeye eklemem gerektiğini fark ettim.

34

Göğüs dekoltesi oldukça cesur olan uygunsuz bir elbise giyerek Harry'yle birlikte Hillcrest Yolu'na gittim.

Harry arabayı kenara çekti. Ona doğru kaydım. Ten rengi bir ruj sürmüştüm çünkü kırmızının fazla itici olacağını biliyordum. Her şeyin yeterince kontrolümde olması ama fazla kontrollü kaçmaması konusunda dikkatliydim. Mükemmel görünmesini istemiyordum. Fotoğrafın sahnelenmiş gibi görünmediğinden emin olmalıydım. Endişelenmeme gerek yoktu. Fotoğraflar epey ses getirecekti. Çoğu zaman gözümüzle gördüğümüzü inkâr edemeyiz.

"Ee, nasıl yapmak istersin?" diye sordu Harry.

"Gergin misin?" diye sordum. "Daha önce bir kadını öptün mü?"

Harry bana sanki geri zekâlıymışım gibi baktı. "Elbette öptüm."

"Seviştin mi peki?"

"Bir kez."

"Hoşuna gitti mi?"

Harry düşündü. "Cevaplaması zor."

"O zaman beni bir erkekmişim gibi düşün," dedim. "Bana sahip olmak zorundaymışsın gibi davran."

"Seni isteyerek öpebilirim, Evelyn. Beni yönlendirmene gerek yok."

"Buraya geldiklerinde bu işi uzun zamandır yapıyor olmalıyız. Bir süredir buradaymışız gibi görünmeli."

Harry saçlarını dağıtıp yakasını çekiştirdi. Güldüm. Sonra ben de kendi üstümü başımı dağıttım. Elbisemin bir omzunu düşürdüm.

"Ah," dedi Harry. "Burası iyice ateşlendi."

Gülerek onu ittirdim. Arkadan bir araba geldiğini gördük. Farları önümüzü aydınlatıyordu.

Panikleyen Harry iki koluyla beni kavrayıp öpmeye başladı. Dudaklarını dudaklarıma sertçe bastırdı. Araba yanımızdan geçerken bir elini saçlarıma götürdü.

Kanyonun derinliklerine doğru ilerleyen arabanın arka farlarına bakarken "Sanırım komşulardan biriydi," dedim.

Harry elimi tuttu. "Yapabiliriz, biliyor musun?"

"Neyi?"

"Evlenebiliriz. Yani öyleymiş gibi davranacağımız süre boyunca bunu *gerçekten* yapabiliriz. O kadar da çılgınca değil. Sonuçta seni seviyorum. Belki bir kocanın, karısını sevmesi gereken şekilde değil ama yeterince sevdiğimi düşünüyorum."

"Harry."

"Hem... Sana dün bir eşim olmasını istediğimden bahsetmiştim. Düşünüyorum da, eğer işe yararsa, insanlar bunu kabullenirse... belki birlikte bir aile olabiliriz. Sen de bir ailen olsun istemiyor musun?"

"Evet," dedim. "Yani eninde sonunda bir ailem olsun istiyorum sanırım."

"Birbirimize çok uygunuz. Gülün yaprakları dökülünce vazgeçeceklerden de değiliz. Ne de olsa ikimiz de birbirimizi gayet iyi tanıyoruz."

"Harry, ciddi olup olmadığını anlayamıyorum."

"Çok ciddiyim. Yani en azından öyle olduğumu düşünüyorum."

"Benimle evlenmek mi istiyorsun?"

"Sevdiğim biriyle birlikte olmak istiyorum. Bir eşim olsun istiyorum. Eve, ailem olacak birini götürmek istiyorum. Artık yalnız yaşamak istemiyorum. Bir oğlum ya da kızım olsun istiyorum. Bunu birlikte yapabiliriz. Sana her şeyi veremem. Bunu biliyorum. Ama bir aile kurmak istiyorum ve seninle kurmak hoşuma giderdi."

"Harry ben alaycı, buyurgan biriyim. Üstelik çoğu insan beni bir şekilde ahlaksız buluyor."

"Sen güçlü, esnek ve yeteneklisin. Baştan ayağa istisnasın."

Gerçekten böyle düşünüyordu.

"Peki ya sen? Senin... eğilimlerin? O nasıl olacak?"

"Aynı Rex'le olduğu gibi. Ben ne yapıyorsam devam edeceğim. İhtiyatlı bir şekilde tabii ki. Sen de ne istersen onu yapacaksın."

"Ama ben hayatım boyunca böyle ilişkiler sürdürmek istemiyorum. Âşık olduğum biriyle birlikte olmak istiyorum. Bana âşık olan biriyle."

"Eh, o konuda sana yardımcı olamam," dedi Harry. "Bunun için onu aramalısın."

Bakışlarımı kucağıma çevirip ojelerime baktım.

Beni yeniden kabul eder miydi?

Onunla John. Benimle Harry.

Aslında yürüyebilirdi. Çok güzel yürürdü.

Peki onunla olamazsam, başka birini ister miydim? Eğer onunla olamayacaksam tek isteğimin Harry'yle bir yaşam olduğundan emindim.

"Tamam," dedim. "Yapalım gitsin."

Arkamıza başka bir araba gelince Harry yeniden beni tuttu. Öpüşü bu kez daha ağır, daha tutkuluydu. Arabadan fotoğraf makinesiyle bir herif atlayınca Harry, kısacık bir an onu görmemiş gibi yaparak elini elbisemin üst kısmından içeri kaydırdı.

Ertesi hafta gazetelerde yayınlanan fotoğraf ahlaksızca, rezil ve şaşırtıcıydı. Yüzlerimiz şiş, bakışlarımız suçluydu. Harry'nin eli de açıkça göğsümdeydi.

Ertesi sabahsa her manşette Joy Nathan'ın hamileliği vardı.

Bütün ülke dördümüzü konuşuyordu.

Ahlaksız, sadakatsiz, şehvetli günahkârlar.

Carolina Sunset sinema salonlarında en uzun gösterim rekorunu kırdı. Rex'le boşanmamızı kutlamak için martini kadehleri elimizdeydi.

"Başarılı evliliğimize," dedi Rex. Sonra kadehleri tokuşturup içkimizi yudumladık.

35

Eve döndüğümde saat sabahın üçüydü. Evelyn dört fincan kahve içmişti ve konuşmaya devam edecek kadar iyi görünüyordu.

Ben her an vazgeçebilirdim ama bir yandan da kendi yaşamıma bir süre daha dönmemek için güzel bir bahaneydi bu. Evelyn'in hikâyesini sindirmeye çalışmakla uğraşmak, kendi yaşamımda var olmam gerekmediği anlamına geliyordu.

Hem zaten kuralları koymak bana düşmezdi. Ben cephemi seçmiş, kazanmıştım. Gerisi ona kalmıştı.

Eve döndüğümde yatağa kıvrılıp hemen uykuya dalmak istedim. Uyumadan öne aklımdan geçen son şey, David'in mesajına henüz cevap vermediğim için geçerli bir bahanem olduğundan dolayı rahatladığımdı.

Cep telefonumun çalmasıyla uyanıp saate baktım. Neredeyse dokuz olmuştu. Günlerden cumartesiydi ve biraz uyumayı ummuştum.

Telefonumda annemin gülümseyen yüzünü gördüm. Onun bulunduğu bölgede saat ancak altı olmalıydı. "Anne? Her şey yolunda mı?"

"Evet, evet, yolunda," dedi annem sanki öğlen vakti arıyormuş gibi. "Yalnızca sen güne başlamadan yakalayıp bir sesini duyayım dedim."

"Anne orada saat daha altı bile değil," dedim. "Üstelik hafta sonu. Biraz uyumayı, sonra da birkaç saat Evelyn'in kayıtlarını deşifre etmeyi planlamıştım."

"Yarım saat kadar önce burada küçük bir deprem oldu. Sonra da tekrar uyuyamadım. Evelyn'le nasıl gidiyor? Ona Evelyn demek de garip geliyor. Sanki onu tanıyormuşum gibi..."

Ona Frankie'yi terfiye ikna ettiğimden bahsettim. Evelyn'in de kapak hikâyesi olmayı kabul ettiğini söyledim.

"Yani *Vivant*'ın yayın yönetmeni ile Evelyn Hugo'ya aynı gün içinde karşı çıktığını mı söylüyorsun? Üstelik ikisinden de istediğini aldın ha?"

Kulağa ne kadar etkileyici geldiğine şaşarak güldüm. "Evet," dedim. "Sanırım öyle oldu."

Annem ise ancak kıkırtı denebilecek bir ses çıkardı. "İşte benim kızım!" dedi. "Ah, şimdi burada olsa baban ışıl ışıl bakıyor olurdu kesin. Gururla şişinirdi. Senin hesaba katılması gereken bir güç olacağını hep biliyordu."

Bunun doğru olup olmadığını merak ettim. Annem daha önce bana yalan söylediğinden değil ama hayal etmesi güç geldiğinden. Babamın benim kibar ya da zeki bir yetişkin oluşumu düşünmesini anlayabiliyordum. Bu mantıklı geliyordu. Ama kendimi hiçbir zaman hesaba katılması gereken bir güç olarak görmemiştim. Belki de böyle düşünmeye *başlasam* iyi olurdu. Belki de bunu hak ediyordum.

"Öyle sayılırım, değil mi? Benimle uğraşma dünya. Benim olanı alacağım!"

"Doğru, tatlım. Alacaksın."

Anneme onu sevdiğimi söyleyip telefonu kapattığımda kendimle gurur duyuyordum, hatta biraz da kibirlenmiştim.

Evelyn Hugo'nun bir haftadan kısa bir sürede hikâyesini bitireceğinden ve tüm bunların neyle ilgili olduğunu öğreneceğimden haberim yoktu. Ondan öylesine nefret edecektim ki onu gerçekten öldürebileceğimden korkacaktım.

ZEKİ, İYİ KALPLİ, MAZLUM HARRY CAMERON

◆ ◆ ◆

36

*C*AROLINA *S*UNSET İLE EN iyi kadın oyuncu dalında aday gösterilmiştim.

Tek sorun, aynı yıl Celia'nın da aday gösterilmiş olmasıydı. Kırmızı halıda Harry'yle birlikte boy gösterdim. Nişanlıydık. Bana elmas ve zümrüt bir yüzük vermişti. O akşam giydiğim boncuklu siyah elbiseyle iyice parlıyordum. Eteğin iki yanındaki yırtmaçlar basenlerimin ortasına kadar uzanıyordu. O elbiseyi sevmiştim.

Herkes de sevdi. İnsanlar kariyerimin retrospektifini yaptığında, o elbiseyle çekilmiş fotoğrafların bir şekilde içinde yer aldığını fark etmiştim. Açık artırmaya o elbiseyi de koydum. Çok para kazandırabilir.

İnsanların da o elbiseyi en az benim kadar sevmesine mutlu olmuştum. Oscar'ı kaybettim ama hayatımın en muhteşem gecelerinden biri olmuştu.

Celia, gösteri başlamadan hemen önce geldi. Üzerinde açık mavi, askısız bir elbise vardı. Kare yakaydı. Elbisesiyle saçlarının rengi çarpıcı bir tezat oluşturuyordu. Beş yıl sonra gözlerim ilk kez ona değdiğinde, nefesim kesilecek gibi oldu.

İtiraf etmek istemesem de Celia'nın bütün filmlerini izlemeye gitmiştim. Yani onu *görmüştüm*.

Ama hiçbir araç, birinin varlığını tam olarak yakalayamaz. Hele hele onun gibi birinin asla. Sırf sana bakmayı seçerek sana kendini önemli hissettiren biri.

Onda, henüz yirmi sekiz yaşındayken bile görkemli bir şeyler vardı. Olgun ve gururluydu. Kim olduğunu çok iyi bilen biriymiş gibi görünüyordu.

Öne doğru bir adım atıp John Braverman'ın koluna girdi. Omuzlarında iyice gerilen smokiniyle John, bir mısır koçanı kadar Amerikalı görünüyordu. Muhteşem bir çift olmuşlardı. Ne kadar sahte olursa olsun.

"Ev, gözünü dikmiş bakıyorsun," dedi Harry beni salona doğru ittirerek.

"Pardon," dedim. "Teşekkürler."

Koltuklarımıza otururken gülümseyerek etrafımızda oturanlara el salladık. Joy ve Rex birkaç sıra arkamızdaydı. İnsanların izlediğini, koşup onlara sarılırsam kafalarının karışacağını bildiğimden kibarca el sallamakla yetindim.

Oturduğumuzda Harry, "Kazanırsan onunla konuşacak mısın?" diye sordu.

Güldüm. "Başarısız oluşunu mu kutlayayım?"

"Hayır ama sen onu çaresizce isteme konusunda bir adım önde gibisin."

"Beni o terk etti."

"Biriyle yattın."

"Onun için yaptım."

Harry, sanki esas meseleyi atlıyormuşum gibi kaşlarını çattı.

"Tamam, kazanırsam onunla konuşacağım."

"Teşekkürler."

"Neden bana teşekkür ediyorsun ki?"

"Çünkü mutlu olmanı istiyorum ve görünüşe bakılırsa kendi lehine bir şeyler yapman için seni ödüllendirmem gerekiyor."

"Peki, eğer o kazanırsa onunla tek kelime etmiyorum."

"Eğer o kazanırsa," dedi Harry ağır ağır, "ki bu epey büyük bir *eğer*, o gelip seninle konuşacak. Ben de seni tutup dinlemen, ona cevap vermen için zorlayacağım."

Ona bakmadım. Kendimi savunmaya geçmiş gibi hissediyordum.

"Sonuçta belirsiz bir konu," dedim. "Herkes ödülü Ruby'ye vereceklerini çünkü geçen yıl *The Dangerous Flight* için ona ödül vermediklerinden dolayı kendilerini kötü hissettiklerini biliyor."

"Vermeyebilirler," dedi Harry.

"Ya, ya," dedim. "Benim de Brooklyn'de sana satacağım bir köprüm var."

Ama ışıklar sönüp de sunucu sahneye çıktığında şansımın az olduğunu düşünmüyordum. Akademi'nin sonunda o lanet olası Oscar'ı bana verebileceğini düşünecek kadar hayal dünyasındaydım.

En İyi Kadın Oyuncu adayları sıralanırken seyircilerin içinde Celia'yı aradım. Aynı anda birbirimizi bulduk. Göz göze geldik. Sonra sunucu, "Evelyn" ya da "Celia" değil de "Ruby" dedi.

Kalbim göğsümün içinde ağrımaya, ağırlaşmaya başlamıştı. Bir şansım olduğuna inandığım için kendime kızıyordum. Sonra Celia'nın iyi olup olmadığını merak ettim.

Harry elimi tutup sıktı. John'un da Celia'nın elini tuttuğunu umuyordum. İzin isteyip tuvalete gittim.

İçeri girdiğimde Bonnie Lakeland ellerini yıkıyordu. Bana gülümsedi, sonra dışarı çıktı. İçeride yalnızdım. Bir bölmeye oturup kapıyı kapattım. Ağlamaya başladım.

"Evelyn?"

Yıllarca bir sesin özlemiyle yanıp tutuştuğunda, o sesi nihayet duyduğunda tanımaman mümkün değildir.

"Celia?" dedim. Sırtım bölmenin kapısına dayalıydı. Gözlerimi sildim.

"Buraya girdiğini gördüm," dedi. "Bunun belki de bir işaret olabileceğini düşündüm. Yani... üzgün olduğuna dair."

"Ruby için mutlu olmaya çalışıyorum," dedim. Gözlerimi kurutmak için bir parça tuvalet kâğıdını dikkatle kullanırken güldüm. "Ama pek benim tarzım değil."

"Benim de," dedi.

Kapıyı açtım. İşte karşımdaydı. Mavi elbisesi, kızıl saçları, bütün odayı dolduran o küçük endamı. Göz göze geldiğimizde beni hâlâ sevdiğini anladım. Gözbebeklerinin genişleyip yumuşamasında görebiliyordum bunu.

"Her zamanki gibi muhteşemsin," dedi ellerini arkaya uzatıp lavaboya yaslanırken. Celia'nın bana bakışında her zaman sarhoş edici bir şeyler vardı. Kendimi bir kaplanın karşısındaki az pişmiş biftek gibi hissediyordum.

"Sen de pek fena sayılmazsın," dedim.

"Burada birlikte yakalanmasak iyi olur," dedi Celia.

"Neden?" diye sordum.

"Çünkü orada, içeride oturan insanların en az birkaçı bir zamanlar bir şeyler çevirdiğimizi biliyor," dedi. "Eminim yine bir şeylerin peşinde olduğumuzu düşünmeleri hoşuna gitmez."

Bu bir testti.

Biliyordum. O da biliyordu.

Eğer doğru cevabı verirsem, eğer onların ne düşündüklerinin umurumda olmadığını söylersem, onunla hepsinin karşısında, sahnenin ortasında sevişebileceğimi söylersem onu geri kazanabilirdim.

Bunu bir süre düşündüm. Sabahları onun sigara ve kahve kokan nefesiyle uyandığımı düşündüm.

Ama sorunun sadece benden kaynaklanmadığını kabul etmesini istiyordum. Ayrılığımızda onun da bir rolü olduğunu kabul etmeliydi. "Ya da belki sen... Neydi o kullandığın kelime? Hah, bir *fahişe* ile görülmek istemiyorsundur."

Celia güldü. Bakışlarını yere çevirdi. Sonra yeniden bana baktı. "Ne söylememi istiyorsun? Hatalı olduğumu mu? Evet, hatalıydım. Sen benim canımı yakmıştın, ben de senin canını yakmak istedim."

"Ama ben asla canını yakmak istemedim," dedim. "Seni kasten yaralamak için hiçbir şey yapmadım."

"Beni sevmekten utandın."

"Kesinlikle hayır," dedim. "Bu doğru değil."

"Ama bunu saklamak için her yolu denedin."
"İkimizi de korumak için yapılması gereken neyse onu yaptım."
"Tartışılır."
"O zaman tartış benimle," dedim. "Bir kez daha kaçıp gitmek yerine tartış."
"Ben kaçıp gitmedim, Evelyn. İsteseydin beni yakalayabilirdin."
"Benimle oynanmasından hoşlanmıyorum, Celia. Sana bunu birlikte *milkshake* içtiğimiz o gün söylemiştim."
Omuz silkti. "Sen herkesle oynuyorsun ama."
"Hiçbir zaman riyakâr olmadığımı iddia etmedim."
"Bunu nasıl yapıyorsun?" diye sordu Celia.
"Neyi?"
"Başka insanlar için kutsal olan konularda bu kadar saygısızca davranmandan bahsediyorum."
"Çünkü diğer insanların benimle bir ilgisi yok."
Hafif bir alayla homurdandı. Ellerine baktı.
"Sen hariç," dedim.
Bakışlarını kaldırıp bana bakmasıyla ödüllendirildim.
"Seni önemsiyorum," dedim.
"Beni *önemsiyordun*."
Başımı salladım. "Hayır, yanlışlıkla söylemedim."
"Rex North'la çok hızlı ilerledin."
Kaşlarımı çatarak baktım ona. "Celia, daha fazlasını biliyor olmalısın."
"Yani sahteydi."
"Her ânı."
"Başka biriyle birlikte oldun mu? Bir erkekle?" diye sordu. Erkekleri hep kıskanmış, onlarla rekabet edemeyeceğinden korkmuştu. Ben de kadınları kıskanıyor, onlara benzeyememekten endişe ediyordum.
"Güzel zamanlar geçirdim," dedim. "Eminim sen de geçirmişsindir."
"John aslında..."

"John'dan bahsetmiyorum. Ama eminim temiz kalmamışsındır." Kalbimi acıtabilecek bir bilgi, insani bir kusur için olta atıyordum.

"Evet," dedi. "Bu konuda haklısın."

"Erkeklerle mi?" diye sordum, cevabın evet olmasını umarak. Çünkü eğer erkeklerle birlikte olduysa onun için hiçbir anlamı olmadığını bilecektim.

Başını iki yana salladı. Kalbim biraz daha kırıldı. Gerilince derinleşen bir yırtık gibi...

"Tanıdığım biri mi?"

"Hiçbiri ünlü değildi," dedi. "Benim için hiçbir anlamları yoktu. Onlara dokunurken sana dokunmanın nasıl bir şey olduğunu düşündüm."

Bunu duymak hem kalbimi acıtmış hem de gururlandırmıştı.

"Beni terk etmemeliydin, Celia."

"Seni terk etmeme izin vermemeliydin."

Daha fazla kavga edecek gücüm yoktu. Kalbim, boğazımdan geçerek gerçeği haykırdı. "Biliyorum. Biliyorum. Biliyorum."

Bazen her şey o kadar hızlı olup biter ki ne zaman başladığından bile emin olamazsın. Biraz önce lavaboya dayanmış olan elleri bir dakika sonra yüzümdeydi. Bedenini bedenime, dudaklarını dudaklarıma bastırmıştı. Yoğun rujunun kremsi tadıyla keskin, baharatlı romun kokusu birbirine karışmıştı.

Onun içinde kayboldum. Onu bir kez daha yakınımda duymanın verdiği histe, ilgisine mazhar olmanın saf mutluluğunda, beni sevdiğini bilmenin güzelliğinde kaybolmuştum.

Sonra kapı hızla açıldı ve iki yapımcının eşleri içeri girdi. Ayrıldık. Celia ellerini yıkıyormuş gibi yaptı. Ben de aynalardan birine doğru ilerleyerek makyajımı düzelttim. İki kadın kendilerini konuşmaya öyle kaptırmıştı ki bizim pek farkımızda değillerdi.

İkisi de birer tuvalet kabinine girdiğinde Celia'ya baktım. O da bana baktı. Sonra musluğu kapadım, bir havlu alışını izledim. Tuvaletin kapısından çıkıp gideceğinden korktum ama gitmedi.

Eşlerden önce biri, sonra diğeri çıkıp gitti. Nihayet yeniden yalnız kalmıştık. Dikkatle dinleyince gösterinin reklam arasından döndüğünü anladık.

Celia'yı yakalayıp öptüm. Onu kapıya doğru ittirdim. Doyamıyordum. Ona ihtiyacım vardı. Beni herhangi bir ilaçtan daha çok iyileştiriyordu.

Tehlikeli olduğunu düşünmek için kendime fırsat bile vermeden elbisesinin eteğini kaldırıp elimi bacağına götürdüm. Onu kapıya iyice dayayıp öpmeye devam ettim. Bir elimle de onu hoşlandığını bildiğim şekilde okşuyordum.

Hafifçe inleyerek elini ağzına götürdü. Boynunu öpmeye başladım. Derken ikimiz, bedenlerimiz birbirine sımsıkı sarılı hâlde kapının önünde ürperdik.

Her an yakalanabilirdik. O yedi dakika içinde salondaki kadınlardan herhangi biri kadınlar tuvaletine gelmiş olsaydı, uğruna onca zaman çabaladığımız her şeyi kaybederdik.

Celia'yla birbirimizi böyle affettik.

Birbirimizden ayrı yaşayamayacağımızı da böyle anladık.

Çünkü artık ikimiz de, sırf birlikte olmak için neyi riske atmaya gönüllü olduğumuzu biliyorduk.

PHOTOMOMENT

14 Ağustos 1967

Evelyn Hugo, Yapımcı Harry Cameron'la Evlendi

Beşinci seferde yürüyecek mi? Evelyn Hugo ve yapımcı Harry Cameron geçen cumartesi günü, Capri sahilindeki bir törenle evlendi.

Evelyn'in üzerinde kirli beyaz, ipek bir elbise vardı ve uzun, sarı saçlarını ortadan ayırarak açık bırakmıştı. Hollywood'un en iyi giyinen erkeklerinden biri olarak tanınan Harry ise krem rengi keten bir takım giymişti.

Amerika'nın sevgilisi Celia St. James'in baş nedime olarak katıldığı düğünde genç oyuncunun efsanevi kocası John Braverman da sağdıç oldu.

Harry ile Evelyn, Evelyn'in *Father and Daughter* ve *Küçük Kadınlar* gibi hitlerle üne kavuştuğu 50'li yıllardan beri beraber çalışıyorlar. Geçen yılın sonlarında, Evelyn hâlâ Rex North ile evliyken suçüstü yakalanan ikili bir ilişki yaşadıklarını itiraf etmişlerdi.

Rex, şimdilerde Joy Nathan'la evli ve Violet North adındaki küçük bir kız bebeğinin babası.

Evelyn ile Harry'nin sonunda ilişkilerini resmiyete dökmeye karar vermelerine sevindik! İlişkilerinin şok edici başlangıcından ve uzun bir nişanlılıktan sonra söyleyebileceğimiz tek şey, nihayet!

37

CELIA DÜĞÜN SIRASINDA çok sarhoştu. Her şeyin sahte olduğunu bildiği hâlde kıskanmamak için kendini zorluyordu. Kendi kocası Harry'nin yanındaydı, Tanrı aşkına! Hepimiz ne olduğumuzu biliyorduk.

İki adam yatıyordu ve birbirleriyle yatan iki kadınla evlilerdi. Dördümüz de birer paravandık.

"Kabul ediyorum," derken aklımdan geçen, *İşte şimdi başlıyor*, oldu. *Gerçek yaşam, bizim yaşamımız. Nihayet bir aile olacağız.*

Harry ile John aşk yaşıyordu. Celia'yla ben aşktan uçuyorduk.

İtalya'dan döndüğümüzde Beverly Hills'teki evimi sattım. Harry de kendi evini sattı. Manhattan'da, Yukarı Doğu Yakası'ndaki bu evi aldık. Celia ile John'unkinin hemen alt sokağında.

Taşınmayı kabul etmeden önce Harry'den babamın hâlâ hayatta olup olmadığını araştırmasını istemiştim. Onunla aynı şehirde yaşayabileceğimden emin değildim. Onunla karşılaşma fikrini kaldırabilir miyim bilmiyordum.

Harry'nin asistanı araştırdı. Babamın 1959'da kalp krizinden öldüğünü öğrendim. Az miktardaki varlığı, kimse hak iddia etmediği için devlete intikal etmişti.

Öldüğünü öğrendiğimde ilk önce, *Demek bu yüzden para için peşime düşmemiş*, diye düşündüm. İkinci düşüncemse, *Tek isteğinin bu olduğundan emin olmam ne üzücü*, oldu.

Sonra bunları kafamdan çıkardım, evle ilgili evrakları imzaladım ve Harry'yle yeni evimizi kutladık. Nereye istersem gitmekte özgürdüm. İstediğimse Manhattan'ın Yukarı Doğu Yakası'na taşınmaktı. Luisa'yı da bizimle gelmeye ikna ettim.

Bu ev oraya yürüme mesafesinde olsa da Hell's Kitchen'a milyonlarca kilometre uzaktım artık. Babam ölmüştü. Ben dünyaca ünlü, evli, âşık ve kimi zaman düşündüğümde aklımı başımdan alacak kadar zengin biriydim.

Şehre taşınmamızdan bir ay kadar sonra Celia'yla birlikte bir taksi tutup Hell's Kitchen'a gittik ve mahalleyi gezdik. Oradan ayrıldığım zamankinden çok farklı görünüyordu. Onu eski dairemin hemen önündeki kaldırıma götürüp bir zamanlar benim olan pencereyi gösterdim.

"Tam şurası," dedim. "Beşinci kat."

Celia, burada yaşadıklarım için, o zamandan beri kendim için yaptığım her şey için şefkatle baktı. Sonra soğukkanlılıkla, güvenle elimi tuttu.

İnsan içinde birbirimize dokunmamızın iyi bir fikir olup olmadığından emin olamayarak ürperdim. İnsanların vereceği tepkiden korktum. Ama sokaktaki diğer insanlar yürümeye devam etti. Hayatlarını sürdürdüler. Kaldırımda el ele tutuşmuş iki kadının farkında değillerdi ya da ilgilenmiyorlardı.

Celia'yla ben geceleri bu evde kalıyorduk. Harry ile John ise onların evindeydi. Beraber dışarıda yemeklere çıkıyorduk. Dördümüz, iki heteroseksüel çift gibi görünüyorduk ama birimiz bile öyle değildik.

Gazeteler bizim için, "Amerika'nın gözde çifte randevucuları" diyordu. Dördümüzün eş değiştirdiğine dair dedikodular bile çalındı kulağıma. O dönem için o kadar da çılgınca bir şey değildi. İnsanı gerçekten düşündürüyor, değil mi? İnsanlar eş değiştirdiğimize inanmaya bu kadar hevesliyken bizim tek eşli ve eşcinsel olduğumuzu öğrenmeleri durumunda skandal yaratacak olmaları çok garip.

Stonewall isyanından sonraki sabahı hiç unutmayacağım. Harry pürdikkat haberleri izliyordu. John bütün gün şehir merkezinde yaşayan arkadaşlarıyla telefonda konuşmuştu.

Celia oturma odasında kalbi çarparak dolaşıyordu. O geceden sonra her şeyin değişeceğine inanıyordu. Eşcinsel insanların kendilerini duyurmasının, kimliklerini itiraf edip dik duracak gücü göstermelerinin insanların tavrını değiştireceğini düşünüyordu.

Çatı bahçemizde oturmuş güneye baktığımızı hatırlıyorum. Celia, Harry, John ve ben, yalnız olmadığımızı fark etmiştik. Şu an böyle söylemek aptalca geliyor ama öyle kendi içime gömülmüş, öyle kendime odaklanmıştım ki benim gibi olan diğer insanları düşünmeye hiç zaman ayırmamıştım.

Ülkenin bir değişimden geçtiğinin farkında değildim demek değil bu. Harry ile ben Bobby Kennedy'nin kampanyasına katılmıştık. Celia, *Effect*'in kapağı için Vietnam protestocularıyla poz vermişti. John, toplumsal haklar hareketinin destekçilerindendi. Ben de Dr. Martin Luther King Jr.'ın çalışmalarına destek verenlerdendim. Ama bu farklıydı.

Bunlar *bizim* insanlarımızdı.

İşte oradalardı. Haklarını elde etmek için polise isyan ediyorlardı. Bense kendi ellerimle yaptığım altından hücremde oturuyordum.

İlk ayaklanmaların ardından bir öğleden sonra terasımda, güneşin altındaydım. Yüksel bel bir kot ile siyah, kolsuz bir üst giymiş, Gibson'ımı yudumluyordum. O insanların, benim görme cesaretini bile gösteremediğim bir hayal için savaşmaya hazır olduğunu fark ettim. Korkmadan, utanmadan kendimiz olabileceğimiz bir dünya için. O insanlar benden çok daha cesur ve umutluydu. Bunu ifade edebilecek başka bir söz yok.

"Bu akşam yeni bir ayaklanma planı varmış," dedi John terasa gelerek. Oldukça caydırıcı bir fiziksel görünümü vardı. Boyu 180 santimden uzundu ve 100 kilodan ağırdı. Saçları asker tıraşı yapılmıştı. Bulaşmak istemeyeceğin biri gibi görünüyordu. Ama onu tanıyan herhangi biri için, hele hele bizim gibi onu sevenler için, bulaşılabilecek ilk insandı.

Futbol sahasında tam bir savaşçı olabilirdi ama dördümüz arasında en tatlımız oydu. Gece iyi uyuyup uyumadığını soran, üç hafta önce söylediğin önemsiz bir şeyi hatırlayan tipte biriydi. Celia ile Harry'yi ve dolayısıyla beni korumayı görev bellemişti. John ve ben aynı insanları seviyorduk. Dolayısıyla birbirimizi de seviyorduk. Ayrıca remi oynamayı da seviyorduk. John'la kaç gece geç saatlere kadar bir el kart daha dağıtarak uyanık kaldığımızı sayamam. İkimiz ölümüne rakiptik. Sinsi galip ile öfkeli kaybeden rolünü değişip duruyorduk.

"Oraya gitmeliyiz," dedi Celia bize katılarak. John köşedeki sandalyeye oturdu. Celia benim oturduğum koltuğun kolçağına oturmuştu. "Onları desteklemeliyiz. Bunun bir parçası olmalıyız."

Harry'nin mutfaktan John'a seslendiğini duydum. "Dışarıdayız!" diye seslendim ona. Aynı anda John da, "Terastayım!" diye seslenmişti.

Harry az sonra kapıda belirdi.

Celia, "Harry, sence de oraya gitmemeli miyiz?" diye sordu. Bir sigara yakıp bir nefes çektikten sonra sigarayı bana uzattı.

Ben başımı iki yana sallarken John kesin bir dille hayır dedi.

Celia, "Ne demek hayır?" diye sordu.

"Oraya gitmeyeceksin," dedi John. "Gidemezsin. Hiçbirimiz gidemeyiz."

"Tabii ki giderim," dedi Celia, onu desteklemem için bana bakarak.

"Üzgünüm," dedim sigarayı ona geri uzatırken. "Bu konuda John'a katılıyorum."

"Harry?" dedi Celia, son bir destek bulma umuduyla.

Harry başını iki yana salladı. "Oraya gidersek yapacağımız tek şey, asıl meseleye duyulması gereken ilgiyi kendi üzerimize çekmek olur. Bütün mesele bizim homoseksüel olup olmadığımız olur çıkar. Kimse homoseksüellerin *haklarından* bahsetmez."

Celia sigarayı dudaklarına yerleştirip içine çekti. Dumanı havaya üflerken yüzünde buruk bir ifade vardı. "O zaman ne yapacağız? Burada hiçbir şey yapmadan oturacak mıyız? Onların bizim adımıza bizim savaşımızı vermelerini mi izleyeceğiz?"

"Onlara bizde olan ama onlarda olmayan bir şey verebiliriz," dedi Harry.

"Para," dedim düşüncelerini takip ederek.

John başıyla onayladı. "Peter'ı arayayım. O, insanlara nasıl fon sağlayabileceğimizi bilir. Kimin kaynağa ihtiyacı olduğunu öğrenir."

"Bunu en başından yapmalıydık," dedi Harry. "En azından bundan sonra yapalım. Bu gece ne olursa olsun, bu mücadele nasıl bir yön alırsa alsın. Burada kararımızı verelim. Bundan sonra bizim işimiz kaynak sağlamak olsun."

"Ben varım," dedim.

"Evet," dedi John başıyla onaylayarak. "Elbette."

"Tamam," dedi Celia. "Eğer yapabileceğimizin en iyisi bu diye düşünüyorsanız..."

"Öyle," dedi Harry. "Bundan eminim."

O günden itibaren gizlice para göndermeye başladık. Ben hayatım boyunca o parayı göndermeye devam ettim.

İnsanların, büyük bir amacın peşinde pek çok farklı şekillerde hizmet verebileceğini düşünüyordum. Kendim için bu yolun çok para kazanmak ve sonra o parayı ihtiyacı olan gruplara yönlendirmek olduğunu hissettim hep. Biraz da kendi kendine hizmet eden bir mantık. Farkındayım. Ama kimliğim nedeniyle, kimliğimin bir kısmını saklamak için yaptığım fedakârlıklar sayesinde pek çok insanın ömürleri boyunca bir arada göremeyecekleri kadar para verebiliyordum. Bununla da hep gurur duydum.

Ancak bu, kafamın hiç karışmadığı anlamına gelmez. Elbette çoğu zaman bu bocalama politik değil de kişiseldi.

Saklamanın bir zorunluluk olduğunu biliyordum ama bunu yapmak zorunda olduğuma inanamıyordum. Yine de bir şeyin doğru olduğunu kabul etmek, onun adil olduğunu düşünmekle aynı şey değil.

Celia 1970'te *Our Men* filminde I. Dünya Savaşı'nda asker olabilmek için kılık değiştiren kadın rolüyle ikinci Oscar'ını kazandı.

O gece Los Angeles'ta onun yanında olamadım çünkü Miami'de *Jade Diamond*'ı çekiyordum. Bir sarhoşla aynı evde yaşayan bir fahişeyi oynuyordum. Ama Celia da ben de biliyorduk ki kuşlar gibi özgür olsaydım bile Akademi Ödülleri'ne onun kolunda gidemezdim.

O akşam Celia seremoniden ve partilerden döndükten sonra beni aradı.

Telefonda çığlık attım. Onun için çok mutluydum. "Başardın," dedim. "İkinci kez başardın!"

"İnanabiliyor musun?" dedi. "İki oldu."

"Onları hak ettin. Bana kalsa bütün dünya her gün sana Oscar vermeli."

"Keşke burada olsaydın," dedi huysuzca. İçmiş olduğu anlaşılıyordu. Onun yerinde olsam ben de içerdim. Ama işleri bu kadar zorlaştırması beni huzursuz ediyordu. Ben de orada olmak isterdim. Bunu bilmiyor muydu? Orada *olamayacağımı* bilmiyor muydu? Bunun canımı ne kadar yaktığını? Neden hep tüm bunların *ona* hissettirdikleri mesele oluyordu?

"Ben de orada olmak isterdim," dedim ona. "Ama böylesi daha iyi, sen de biliyorsun."

"Ah, doğru. Böylece insanlar senin *lezbiyen* olduğunu anlamaz."

Bana lezbiyen denmesinden nefret ediyordum. Bir kadını sevmenin yanlış olduğunu düşündüğümden değil. O meseleyi uzun zaman önce aşmıştım. Ama Celia her şeyi siyah ya da beyaz olarak görüyordu. O kadınları, sadece kadınları seviyordu. Bense onu seviyordum. Oysa Celia, benim geri kalanımı sürekli inkâr ediyordu.

Bir zamanlar Don Adler'a gerçekten âşık olduğumu görmezden geliyordu. Erkeklerle sevişmiş olduğumu ve bundan keyif aldığımı görmezden gelmek istiyordu. Bu meselenin onu tehdit ettiğini düşündüğü âna kadar da görmezden geliyordu. Bir tür şablona dönüşmüştü artık bu. Beni sevdiği zamanlar lezbiyendim, benden nefret ettiği zamanlarsa heteroseksüel bir kadındım.

İnsanlar biseksüellik fikrine dair yavaş yavaş konuşmaya başlamıştı ama o zamanlar bu sözcüğün beni kastedip etmediğinden bile emin değildim. Zaten bildiğim bir şey için bir etiket bulmakla ilgilenmiyordum. Erkekleri seviyordum. Celia'yı seviyordum. Bununla da bir sorunum yoktu.

"Celia, kes şunu. Bu konuşmalardan bıktım artık. Şımarık çocuklar gibi davranıyorsun."

Soğuk bir edayla güldü. "Yıllarca uğraştım, Evelyn. Hiçbir şey değişmedi. Olduğun şeyden korkuyorsun. Ayrıca hâlâ bir Oscar'ın yok. Sen hep bu oldun zaten: Bir çift güzel meme."

Sessizliğin bir süre havada asılı kalmasına müsaade ettim. Telefonun cızırtısı ikimizin de duyabildiği tek sesti.

Derken Celia ağlamaya başladı. "Çok özür dilerim," dedi. "Bunu hiç söylememeliydim. Gerçekten kastederek söylemedim. Çok üzgünüm. İçkiyi biraz fazla kaçırmışım. Bir de seni özledim. Böyle korkunç bir şey söylediğim için özür dilerim."

"Sorun değil," dedim. "Gitmem gerek. Burada saat epey geç oldu, anlarsın. Tekrar tebrikler, tatlım."

Celia'nın cevap vermesini beklemeden kapadım.

Celia hep böyleydi işte. Ona istediğini vermezsen, onu incitirsen o da muhakkak seni incitirdi.

38

"Onu hiç aradın mı?" diye sordum Evelyn'e.

O sırada çantamdan telefonumun boğuk boğuk çaldığını duydum. David için belirlediğim zil sesini hemen tanıdım. Hafta sonu mesajına cevap vermemiştim çünkü ne söylemek istediğimden emin değildim. Sonra sabah da buraya gelince tamamen aklımdan çıkmıştı.

Uzanıp telefonun sesini kıstım.

"Adileşmeye başladığında Celia'yla kavga etmenin hiçbir anlamı yoktu," dedi Evelyn. "Bir gerginlik olduğunda gerilim doruğa ulaşmadan geri çekilirdim. Ona onu sevdiğimi, onsuz yaşayamayacağımı söyler, üzerimi çıkarırdım. Tartışma genellikle bu noktada biterdi. Tüm o duruşuna rağmen Celia'nın, Amerika'daki neredeyse bütün heteroseksüel erkeklerde bulunan bir özelliği vardı: Ellerini memelerimde gezdirmekten başka bir şey istemiyordu."

"Peki içinde kalmadı mı yine de?" diye sordum. "Yani söylediği o sözler?"

"Kalmaz olur mu, elbette kaldı. Bak, gençliğimde bir çift güzel memeden ibaret olduğumu söyleyecek ilk insan ben olurdum. Elimdeki yegâne değer cinselliğimdi. Ben de onu para gibi kullanırdım. Hollywood'a girdiğimde pek iyi eğitim almamıştım. Akademik bir zekâm yoktu. Güçlü değildim. Oyunculuk eğitimim yoktu. Güzel olmak dışında iyi olabileceğim ne vardı ki? Güzelliğinle gurur duymaksa tahrip edici bir şeydir. Çünkü kendine dair dikkat çekici tek şeyin, raf ömrü çok kısa olan bir şey olduğuna inanırsın."

Devam etti. "Celia bana o sözleri söylediğinde otuzlu yaşlarıma girmiştim. Dürüst olmak gerekirse, önümde çok uzun yıllar olduğunu sanmıyordum. Öte yandan, bilirsin, Celia'nın, insanlar onu yeteneğinden dolayı tercih ettiği için iş almaya devam edeceğinden de emindim. Oysa kırışıklıklarım baş gösterip de metabolizmam yavaşladığında bana iş vermeye devam edeceklerini pek sanmıyordum. Yani evet, o sözler canımı çok yaktı."

"Ama yetenekli olduğunu biliyor olmalıydın," dedim ona. "Üç kez Akademi Ödülleri'ne aday gösterilmiştin."

"Mantığını kullanıyorsun," dedi Evelyn bana gülümseyerek. "O her zaman işe yaramaz."

39

1974'TE, OTUZ ALTINCI YAŞ GÜNÜMDE Harry, Celia, John ve ben, hep birlikte Palace'a gittik. O dönemde dünyanın en pahalı restoranı olduğu düşünülüyordu. Ben de müsrif ve saçma görünmeyi seven tipte biriydim.

Şimdi dönüp baktığımda o hakkı nereden bulduğumu düşünüyorum. Sanki o parayı kolay kazanıyor olmam, ona değer verme sorumluluğunu üzerimden alıyormuş gibi gelişigüzel etrafa saçma hakkını... Şimdi bunu biraz küçük düşürücü buluyorum. Havyar, özel uçaklar, bir beyzbol takımı oluşturacak sayıda çalışan...

Ama orası Palace'tı.

Fotoğraf için poz verirken gazetelerden birine düşeceğini biliyorduk. Celia bir şişe Dom Perignon aldı. Harry kendine dört Manhattan söyledi. Ortasında mum yanan bir tatlı geldiğindeyse üçü birden insanların ortasında benim için şarkı söylediler.

Pastadan yiyen tek kişi Harry'ydi. Celia'yla ben formumuza dikkat ediyorduk. John ise onu çoğunlukla protein yemeye zorlayan sıkı bir rejimdeydi.

"En azından bir parça al, Ev," dedi John tatlılıkla. Tabağı Harry'nin önünden çekip bana doğru itti. "Bugün senin doğum günün, Tanrı aşkına."

Bir kaşımı kaldırdım. Sonra bir çatal alarak üzerindeki çikolatayı yarım yamalak sıyırdım. "Kesinlikle haklısın," dedim ona.

Harry, "Kesinlikle pastayı benim yemem gerektiğini düşünmüyor," dedi.

John güldü. "Bir taşla iki kuş."

Celia çatalını hafifçe kadehine dokundurdu. "Tamam, tamam," dedi. "Kısa bir konuşma zamanı."

Bir sonraki hafta Montana'da bir filmin çekimlerine başlayacaktı. O gece yanımda olabilmek için başlangıç tarihini ileri atmıştı.

"Evelyn'e," dedi kadehini kaldırarak. "Girdiği bütün kahrolası odaları aydınlatan ve bize her gün bir rüyada yaşıyormuşuz gibi hissettiren kadına."

◆ ◆ ◆

O gecenin ilerleyen saatlerinde, Celia ile John bir taksi bulmaya çıktığında Harry nazikçe ceketimi giymeme yardımcı oldu. "En uzun evliliğini benimle yaptığının farkında mısın?" diye sordu.

O sırada Harry'yle neredeyse yedi yıldır evliydik. "Ve en iyi evliliğimi," dedim. "İstisnasız."

"Düşünüyorum da..."

Ne düşündüğünü biliyordum. Ya da en azından bildiğimi sanıyordum. Çünkü aynı şey benim de aklımdan geçiyordu.

Otuz altı yaşındaydım. Eğer bir bebeğimiz olacaksa, şimdiye kadar yeterince ertelemiş sayılırdım.

Elbette daha ileri yaşlarda çocuk sahibi olan kadınlar da vardı ama çok yaygın değildi. Son birkaç senemi bebek arabalarındaki bebeklere bakarak geçirmiştim. Etrafta bir bebek varsa gözlerimi başka bir şeye çevirmekte zorlanıyordum.

Arkadaşlarımın bebeklerini alır, anneleri geri almak isteyene kadar sımsıkı sarardım. Kendi çocuğumun nasıl olacağını düşünüp duruyordum. Dünyaya bir can getirmenin, dördümüzün ilgileneceği yeni bir varlık doğurmanın nasıl bir his olacağını merak ediyordum.

Ama eğer bunu gerçekten yapacaksam, artık harekete geçmeliydim.

Bebek sahibi olma kararımız aslında iki kişilik bir karar değildi. Dördümüzün bir arada konuşması gerekiyordu.

"Devam et," dedim restoranın ön kısmına doğru ilerlerken. "Söyle."

"Bir bebek," dedi Harry. "Sen ve ben."

"Bunu John'la konuştun mu?" diye sordum.

"Pek sayılmaz," dedi. "Peki sen Celia'yla konuştun mu?"

"Hayır."

"Peki ama hazır mısın?" diye sordu.

Kariyerim sekteye uğrayacaktı. Bu kaçınılmazdı. Kadınlıktan anneliğe geçiş yapacaktım. Hollywood'da bu iki kavram tuhaf bir şekilde birbirini dışlıyordu. Bedenim değişecekti. Aylarca çalışamayacaktım. Evet demenin hiçbir mantıklı tarafı yoktu. "Evet," dedim. "Hazırım."

Harry başını hafifçe salladı. "Ben de."

"Tamam," dedim bir sonraki adımı düşünerek. "O hâlde John ve Celia'yla konuşacağız."

"Evet," dedi Harry. "Konuşacağız."

"Peki herkes tamam derse?" diye sordum kaldırıma adım atmadan önce.

Harry de benimle birlikte durarak, "Başlayacağız," dedi.

"En açık çözümün evlat edinmek olduğunu biliyorum," dedim. "Ama..."

"Biyolojik çocuğumuz olması gerektiğini düşünüyorsun."

"Evet," dedim. "Kimsenin saklayacak bir şeyimiz olduğu için evlat edindiğimizi iddia etmesini istemiyorum."

Harry başıyla onayladı. "Anlıyorum," dedi. "Ben de biyolojik bir çocuğum olsun istiyorum. Senden ve benden parçalar taşıyacak biri. Bu konuda hemfikiriz."

Kaşlarımı kaldırdım. "Nasıl bebek yapıldığının farkındasın değil mi?" diye sordum.

Gülümsedi. Sonra bana doğru eğilerek fısıltıyla, "Bir yanım, küçük bir yanım, tanıştığımızdan beri seninle yatmak istiyor, Evelyn Hugo," dedi.

Gülerek koluna vurdum. "Hayır, öyle bir şey yok."

"Küçük bir parçam," dedi Harry savunmaya geçerek. "Kendisinden daha büyük bütün içgüdülerime karşı çıkıyor. Yine de hep orada."

Gülümsedim. "Güzel," dedim. "O parçayı kendimize saklarız."

Harry güldü. Sonra elini uzattı, sıktım. "Bir kez daha anlaşmayı kaptın, Evelyn."

40

"**Bebeği ikiniz mi büyüteceksiniz?**" diye sordu Celia. Yatakta çıplak yatıyorduk. Sırtımda terden bir iz oluşmuştu, saç diplerim ıslaktı. Yüzüstü yuvarlanarak elimi Celia'nın göğsüne koydum.

Oynayacağı bir sonraki film için saçlarını siyah yapmıştı. Altın kızılı saçları beni büyülüyordu. Umutsuzca saçlarının yeniden eski rengine boyanmasını, bana karşımda gerçekten o varmış gibi hissettirmesini bekliyordum.

"Evet," dedim. "Tabii ki. Bizim çocuğumuz olacak. Birlikte büyüteceğiz."

"Peki ben tüm bunların neresinde olacağım? Ya da John?"

"Neresinde isterseniz."

"Ne demek istediğini anlamıyorum."

"Diyorum ki nasıl bir yol izleneceğine yolda karar veririz."

Celia sözlerimi düşünürken tavanı izledi. "Bu gerçekten istediğin bir şey mi?" diye sordu sonunda.

"Evet," diye cevap verdim. "Çok istiyorum."

"Benim bunu... hiç istememiş olmam senin için bir sorun mu peki?" diye sordu.

"Çocuk doğurmak istememen mi?"

"Evet."

"Hayır, sanmıyorum."

"Bunu sana benim... benim veremiyor olmam bir sorun mu?" Sesi çatlamaya, dudakları titremeye başlamıştı. Celia ekranda ağlaması gerektiğinde gözlerini iyice kısıp yüzünü örterdi. Ama onlar sahte gözyaşlarıydı. Bir hiç için, hiçlikten doğuyorlardı. Gerçekten ağladığındaysa yüzü, dudaklarının ucu dışında acı verici bir şekilde hareketsiz kalır, gözyaşları gözlerinde birikip kirpiklerine takılırdı.

"Tatlım," dedim onu kendime çekerek. "Tabii ki sorun değil."

"Ben sadece... sana istediğin her şeyi vermek isterdim. Ama şimdi sen bunu istiyorsun, bense sana veremiyorum."

"Celia, hayır," dedim. "Hiç de öyle değil."

"Değil mi?"

"Sen bana bir ömür sahip olamayacağım kadar çok şey verdin."

"Fazla iyimsersin."

"Pozitifim."

Gülümsedi. "Beni seviyor musun?" diye sordu.

"Ah, Tanrım! Ne kadar yetersiz bir ifade bu," dedim.

"Beni öyle seviyorsun ki gözün hiçbir şey görmüyor, öyle mi?"

"Seni öyle çok seviyorum ki kimi zaman aldığın o çılgınca hayran mektuplarına bakıyorum ve *Eh, evet, doğru, ben de onun kirpiklerini toplamak istiyorum*, derken buluyorum kendimi."

Celia güldü. Hâlâ tavana bakarken elini kolumun üst kısmında gezdirdi. "Mutlu olmanı istiyorum," dedi nihayet dönüp bana baktığında.

"Şunu bil ki bu durumda Harry ve ben..."

"Başka bir yolu yok mu?" diye sordu. "Artık kadınların, yalnızca erkeklerin spermlerini kullanarak hamile kalabildiğini sanıyordum."

Başımla onayladım. "Başka yollar da var sanırım," dedim. "Ama yeterince güvenli olduğundan emin değilim. Ya da daha doğrusu, birilerinin bu işi nasıl yaptığımızı öğrenmediğinden nasıl emin oluruz bilemiyorum."

"Harry'le sevişmek zorunda olduğunu söylüyorsun," dedi Celia.

"Âşık olduğum insan sensin. Seviştiğim insan da. Harry'yle ben yalnızca bebek yapacağız."

Celia yüzümü okumaya çalışarak bana baktı. "Emin misin?"

"Kesinlikle eminim."

Yeniden tavana bakmaya başladı. Bir süre konuşmadı. İleri geri oynayan gözlerini izledim. Ağırlaşan soluklarını izledim. Sonra birden yüzünü bana döndü. "Eğer istediğin buysa... eğer bir bebek istiyorsan... o zaman o bebeği yap. Ben... Biz bunu aşarız. İşe yaramasını sağlayacağım. Teyze olabilirim. Celia Teyze. Bunu aşmanın bir yolunu da bulurum."

"Ben de sana yardım ederim," dedim.

Güldü. "Bunu nasıl yapmayı düşünüyorsun?"

"Bunu senin için biraz daha makul hâle getirmek için bir yol var aklımda," dedim boynundan öperek. Kulağının hemen arkasından, alt kısmından, kulak memesiyle boynunun kesiştiği yerden öpülmeyi çok severdi.

"Ah, çok fazlasın," dedi. Başka bir şey söylemedi. Ellerimi göğüslerinden karnına, oradan bacaklarının arasına indirirken beni durdurmadı. İnleyerek beni kendine doğru çekti. O da elini benim bedenimde gezdirmeye başladı. Ben ona dokunurken o da bana dokunuyordu. Başlarda usul usul, sonra daha sert, daha hızlı. "Seni seviyorum," dedi soluk soluğa.

"Seni seviyorum," dedim ben de ona.

Gözlerimin içine öyle bir baktı ki kendimden geçtim. Ve o gece, fedakârlık ederek bana bir bebek verdi.

PHOTOMOMENT

23 Mayıs 1975

Evelyn Hugo ile Harry Cameron'ın Bir Kızları Oldu!

Evelyn Hugo nihayet anne oldu! 37 yaşındaki baş döndürücü güzel, özgeçmişine bir de "anneliği" ekledi. Connor Margot Cameron geçen salı Mount Sinai Hastanesi'nde 3 kilo olarak dünyaya geldi.

Baba Harry Cameron'ın küçük bebeğini kucağına aldığı için mutluluktan havalara uçtuğu söyleniyor.

Geçmişlerinde bir dizi hit bulunan Evelyn ve Harry, şimdiye kadarki en heyecan verici ortak yapımlarının küçük Cameron olduğunu düşünüyor olmalı.

41

CONNOR'A BANA BAKTIĞI İLK an âşık oldum. Saçlı bir kafası, yuvarlak, mavi gözleri vardı. Bir an için aynı Celia'ya benzediğini düşündüm.

Connor sürekli açtı ve yalnız kalmaktan nefret ediyordu. Üzerimde uzanıp sessizce uyumaktan başka bir şey istemiyordu. Harry'ye kesinlikle tapıyordu.

İlk birkaç ay içinde Celia arka arkaya iki film çekti. İkisi de şehir dışındaydı. İçlerinden biri, *The Buyer*, heyecanla beklediğini bildiklerimden biriydi. Ama bir çete filmi olan diğer film kesinlikle Celia'nın nefret ettiği türden bir işti. Şiddet ve karanlığın zirvesindeki bu filmin çekimleri, dördü Los Angeles'ta, dördü Sicilya'da olmak üzere sekiz hafta sürmüştü. Teklif geldiğinde Celia'nın geri çevirmesini bekliyordum. Ama o rolü kabul etti, John da onunla birlikte gitmeye karar verdi.

Onlar yokken Harry'yle gerçekten evli bir çift gibi yaşadık. Harry bana kahvaltıda pastırma ve yumurta yapıp banyomu hazırladı. Ben bebeği besleyip neredeyse saatte bir altını değiştirdim.

Yardım da almıştık tabii. Luisa evle ilgileniyordu. Çarşafları değiştiriyor, çamaşırları yıkıyor, hepimizin arkasını topluyordu. Onun izin günlerinde Harry devreye giriyordu.

İkimiz de daha iyi göründüğüm günler olduğunu bilsek de, bana güzel göründüğümü söyleyen Harry'ydi. Senaryo üstüne senaryo okuyup Connor yeterince büyüdüğünde kabul edeceğim mükemmel projeyi arayan Harry'ydi. Her gece yanımda uyuyan, uykuya dalarken elimi tutan, Connor'ı yıkarken yüzünü çizdiğim için korkunç bir anne olduğumu düşündüğümde beni ayağa kaldıran Harry'ydi.

Harry'yle her zaman yakın olmuştuk. Uzun zamandır da bir aileydik. Ama o süre zarfında kendimi gerçekten bir eş gibi hissetim. Gerçekten bir kocam varmış gibi. Ona olan sevgim daha da arttı. Connor ve onunla geçirdiğimiz zaman, Harry'yle beni hiç hayal edemeyeceğim bir şekilde birbirimize bağladı. Harry hep oradaydı. İyi bir şey olduğunda kutlamak için, kötü bir şey olduğunda desteklemek için...

Arkadaşlığın alın yazısı olabileceğine o zamanlar inanmaya başladım. Connor'la birlikte terasta oturduğumuz bir öğleden sonra Harry'ye, "Bir sürü farklı ruh eşi tipi varsa eğer," demiştim, "benimkilerden biri sensin."

Harry bir şort giymişti. Üzerinde gömlek yoktu. Connor onun göğsünde yatıyordu. O sabah tıraş olmamıştı. Sakalı yavaş yavaş çıkmaya başlamıştı. Çenesinin hemen altında hafif, gri bir çizgi vardı. Connor'la Harry'yi o hâlde izlerken birbirlerine ne kadar benzediklerini düşündüm. Aynı uzun kirpikler, aynı sulu dudaklar.

Harry bir eliyle Connor'ı göğsünde tutarken boştaki eliyle de benim elimi tuttu. "Sana, yaşayan herhangi bir ruha duyduğumdan çok daha fazla ihtiyaç duyduğumu kesinlikle kabul ediyorum," dedi. "Bunun tek istisnası..."

"Connor," dedim. İkimiz de gülümsedik.

Hayatımızın geri kalanı boyunca bunu söyleyecektik. Neredeyse her şeyin tek istisnası hep Connor olacaktı.

◆ ◆ ◆

Celia ile John geri gelince her şey normale döndü. Celia benimle, Harry de John'la yaşıyordu. Connor benim evimde kaldı. Harry'nin gündüzleri ve geceleri bizimle olmak, bizimle ilgilenmek için gelip gideceğini varsayıyorduk.

Ama o ilk sabah, Harry'nin kahvaltı hazırladığı saatlerde, Celia sabahlığını giyip mutfağa doğru ilerledi ve yulaf lapası yapmaya başladı.

Ben de üzerimde pijamalarımla mutfağa inmiştim. Harry içeri girdiğinde Connor'la masada oturuyordum.

Harry, "Ah," dedi Celia'ya bakarak. Tavayı fark etmişti. Luisa lavabodaki bulaşıkları yıkıyordu. "Ben de pastırmayla yumurta yapmaya gelmiştim."

"Ben hallettim," dedi Celia. "Herkes için bir kâse ılık yulaf lapası. Açsan sana da yetecek kadar var."

Harry ne yapması gerektiğinden emin olamayarak bana baktı. Ben de aynı tereddütle ona baktım.

Celia tavayı karıştırmaya devam etti. Sonra üç kâse alıp doldurdu. Tavayı Luisa'nın yıkaması için lavaboya bıraktı.

O an bu sistemin ne kadar tuhaf olduğunu fark ettim. Luisa'nın maaşını Harry'yle ikimiz ödüyorduk ama Harry burada yaşamıyordu bile. Celia ile John, Harry'nin yaşadığı evin kredilerini ödüyordu.

Harry oturup önündeki kaşığı eline aldı. İkimiz de yulaf lapasına aynı anda daldırdık kaşıklarımızı. Celia bize arkasını döndüğünde birbirimize bakarak yüzümüzü ekşittik. Harry ağzını oynatarak bana bir şeyler söyledi. Dudaklarını pek okuyamasam da ne söylediğini biliyordum çünkü ben de aynı şeyi düşünüyordum.

Çok yavan.

Celia yeniden bize dönerek kuru üzüm uzattı. İkimiz de kuru üzümden aldık. Üçümüz mutfakta oturmuş sessizce yulaf lapamızı yerken, Celia'nın hak iddiasının farkındaydık. Ben onundum. Kahvaltımı o hazırlayacaktı. Harry yalnızca bir ziyaretçiydi.

Connor ağlamaya başlayınca Harry onu alıp altını değiştirdi. Luisa çamaşırları halletmek için alt kata inmişti. Yalnız kaldığımızda Celia, "Max Girard, Paramount için *Three A.M.* adında bir film yapıyor. Gerçek bir sanat filmi olması bekleniyor. Bence sen de o işte yer almalısın," dedi.

Max'le, *Boute-en-Train*'de birlikte çalıştığımızdan beri ara sıra da olsa iletişim hâlindeydim. Onun sayesinde adımı yeniden zirveye çıkardığımı asla unutmamıştım. Ama Celia'nın ona katlanamadığını da biliyordum. Max benimle aşırı ilgiliydi ve bunu gizlemiyordu. Fazla açık saçıktı. Celia ona şakayla karışık Pepé Le Pew derdi. "Max'le film yapmam gerektiğini mi düşünüyorsun?"

Celia başıyla onayladı. "Rolü bana teklif ettiler ama sana daha çok uyar. Onun tam bir Neanderthal olduğu gerçeğini bir kenara bırakırsak, adamın iyi filmler yaptığını kabul etmeliyim. Ayrıca bu rol tam senlik."

"Ne açıdan?"

Celia ayağa kalktı. Kendi kâsesiyle benimkini aldı. İkisini de lavaboda duruladıktan sonra tezgâha yaslanarak bana baktı. "Seksi bir rol. Gerçek bir seks bombasına ihtiyaçları var."

Başımı iki yana salladım. "Ben artık bir anneyim. Bütün dünya bunu biliyor."

Celia da başını salladı. "İşte tam da bu yüzden bunu yapmak *zorundasın*."

"Neden?"

"Çünkü sen seksi bir kadınsın, Evelyn. Şehvetlisin, güzelsin, beğeniliyorsun. Senden bunları almalarına izin verme. Cinselliğini elinden almalarına izin verme. Kariyerinin onların şartlarına göre ilerlemesine izin verme. Sen ne yapmak istiyorsun? Bundan sonra her filmde anneyi mi oynamak istiyorsun? Yalnızca rahibe ve öğretmen rollerini mi oynamak istiyorsun?"

"Hayır," dedim. "Tabii ki öyle değil. Her rolü oynamak istiyorum."

"O zaman her rolü oyna," dedi. "Cesur ol. Kimsenin senden beklemediği şeyi yap."

"İnsanlar bunun uygunsuz olduğunu söyleyecek."

"Benim sevdiğim Evelyn bunu umursamaz."

Gözlerimi kapatıp başımı sallayarak onu dinledim. Bunu yapmamı benim için istiyordu. Kısıtlanmanın, sürgün edilmenin beni mutlu etmeyeceğini biliyordu. İnsanların konuşmasını sağlamaya, onları umutlandırmaya, şaşırtmaya devam etmek istediğimi biliyordu. Ama bahsetmediği kısım, gerçekten anlayıp anlamadığından bile emin olmadığım kısım, bunu yapmamı bir yandan da değişmemi istemediği için istemesiydi.

O bir seks bombasıyla birlikte olmak istiyordu.

Bazı şeylerin aynı anda hem doğru hem yanlış oluşu, insanların aynı anda hem iyi hem kötü oluşu, birilerinin seni bencillikten uzak bir şekilde severken bir yandan da acımasızca kendilerine hizmet edişleri bana hep çok ilginç gelmiştir.

Celia'yı bu yüzden seviyordum. Öyle anlaşılmaz bir kadındı ki daima tahminde bulunmam gerekiyordu. İşte beni bir kez daha şaşırtmıştı.

Bana, *Çocuk sahibi ol,* demişti. Ama buna bir de, *Bir anne gibi davranma* da eklemek istemişti.

Celia'nın talihi ve talihsizliği, ne yapacağımın dikte edilmesine izin vermeye ya da tek bir şeye dönüşme konusunda manipüle edilmeye hiç niyetim olmamasıydı.

Senaryoyu okudum ve birkaç gün boyunca düşündüm. Harry'ye ne düşündüğünü sordum. Bir sabah uyandığımda da, *Bu rolü istiyorum,* diye düşündüm. *İstiyorum çünkü hâlâ kendim gibi bir kadın olduğumu göstermek istiyorum.*

Max Girard'ı arayıp eğer beni düşünürse rolle ilgilendiğimi söyledim. O da kabul etti.

"Ama bunu yapmak istemene şaşırdım," dedi Max. "Yüzde yüz emin misin?"

"Çıplaklık var mı?" diye sordum. "Fikre karşı değilim. Gerçekten. Harika görünüyorum, Max. Sorun değil." Harika göründüğüm falan yoktu. Kendimi harika da hissetmiyordum. Bu kesinlikle bir sorundu. Ama çözülebilir bir sorundu. Çözülebilir sorunlar, gerçekten sorun sayılmaz, değil mi?

"Hayır," dedi Max gülerek. "Evelyn, doksan yedi yaşında bile olsan bütün dünya göğüslerini görmek için sıraya girer."

"Mesele bu değilse ne?"
"Don," dedi.
"Don kim?"
"Partnerin," dedi. "Bütün film boyunca. Tamamında."
"Ne?"
"Don Adler'la oynayacaksın."

42

"**Bunu neden kabul ettin?**" diye sordum ona. "Neden onu filmden atmasını istemedin?"

"Eh, öncelikle kazanacağından emin değilsen güç kullanmamalısın," dedi Evelyn. "Ben ise bir hamle yapmam durumunda Max'in onu kovacağından ancak yüzde seksen emindim. İkincisi, dürüst olmak gerekirse bu durum biraz zalimce görünüyordu. Don'un durumu pek iyi değildi. Yıllardır bir hiti olmamıştı. Genç seyircilerin çoğu onun kim olduğunu bile bilmiyordu. Ruby'den ayrıldıktan sonra yeniden evlenmemişti. Söylentilere bakılırsa içki konusunda da iyice kontrolden çıkmıştı."

"Yani onun için üzüldün mü? Sana zarar veren bir adam için?"

"İlişkiler karmaşıktır," dedi Evelyn. "İnsanlar karman çormandır ve sevgi bazen çirkin olabilir. Ben her zaman merhamet çizgisinde yanılmaya meyilliyimdir."

"Yani içinde bulunduğu durum yüzünden ona merhamet duyduğunu söylüyorsun, öyle mi?"

"Durumun benim için ne kadar karmaşık olduğunu düşünerek bana biraz merhamet etmen gerektiğini söylüyorum."

Ağzımın payını almış, zemine bakıyordum. Ona bakmaya cesaretim yoktu. "Üzgünüm," dedim. "Daha önce böyle bir durumda kalmadım ve ben... öyle bir yargıya varırken ne düşünüyordum hiç bilmiyorum. Özür dilerim."

Evelyn kibarca gülümseyerek özrümü kabul etti. "Sevdiği biri tarafından dövülmüş bütün insanlar adına konuşamam ama sana şunu söyleyebilirim ki bağışlamak, aklamaktan farklıdır. Don artık benim için bir tehdit değildi. Ondan korkmuyordum. Kendimi özgür ve güçlü hissediyordum. O yüzden Max'e onunla görüşeceğimi söyledim. Celia beni destekliyordu ama Don'un kadroda olduğunu öğrenince o da tereddütte kalmıştı. Harry, ihtiyatlı olmakla birlikte benim durumla başa çıkma yetime güveniyordu. Temsilcilerim Don'unkileri aradı. L.A.'de bulunacağım bir zaman dilimi için yer ve zaman belirlendi. Ben Beverly Hills Hotel'deki barı önerdim ama Don'un ekibi son dakikada değiştirip Canter's Deli'yi seçtiler. Böylece eski kocamla neredeyse on beş yıl sonra ilk kez görüşüp birer Reuben[*] yedik."

---

[*] Canter's Deli adlı restoranla özdeşleşmiş bir sandviç türü. –çn

43

DON, KARŞIMA OTURUR OTURMAZ, "Üzgünüm, Evelyn," dedi. Ben çoktan buzlu çay siparişi vermiş, ekşi turşuların yarısını yemiştim. Geç kaldığı için özür dilediğini düşündüm.

"Saat daha biri beş geçiyor," dedim. "Sorun değil."

"Hayır," dedi başını iki yana sallayarak. Son fotoğraflarına göre biraz solgun ve zayıflamış görünüyordu. Ayrı geçirdiğimiz yıllar Don'a iyi gelmemişti. Yüzü şişmiş, bel çevresi kalınlaşmıştı. Ama yine de mekândaki herkesten daha yakışıklıydı. Don, başına ne gelirse gelsin her daim yakışıklı olacak türden bir adamdı. Hoş görüntüsü o derece sadıktı.

"Özür dilerim," dedi. Söyleyişindeki o vurgu, taşıdığı anlam beni çarptı.

Beni hazırlıksız yakaladı. Garson gelip Don'a ne içeceğini sordu. Martini ya da bira istemedi. Coca-Cola sipariş etti. Garson gidince bir an Don'a ne söylemem gerektiğini bilemez hâlde buldum kendimi.

"Ayığım," dedi. "İki yüz elli altı gün oldu."

"O kadar oldu ha?" dedim buzlu çayımdan bir yudum alarak.

"Ayyaştım, Evelyn. Bunu artık biliyorum."

"Aynı zamanda hilekârın ve domuzun tekiydin," dedim.

Don başıyla onayladı. "Onu da biliyorum. Gerçekten çok üzgünüm."

Buraya kadar uçmamın tek sebebi onunla bir film çekip çekemeyeceğimi görmekti. Özür dilemesi için gelmemiştim. Bunu aklımdan bile geçirmemiştim. Yalnızca bu kez onu, geçmişte onun beni kullandığı gibi kullanacağımı varsaymıştım. İkimizin adının yan yana olması insanların konuşmasına sebep olacaktı.

Ama karşımdaki pişman adam şaşırtıcı ve karşı konulmazdı.

"Ne yapmam gerekiyor?" diye sordum. "Üzgün olman ne işime yarayacak? Bunun benim için anlamı ne?"

Garson gelip siparişlerimizi aldı.

"Bir Reuben lütfen," dedim kıza menüyü uzatırken. Bu konuda gerçek bir konuşma yapacaksak sağlam bir yemeğe ihtiyacım vardı.

"Ben de aynısından alayım," dedi Don.

Garson kız bizi tanıyordu. Dudaklarını gülümsememek için bastırışında görebiliyordum bunu.

Garson uzaklaşınca Don öne doğru eğildi. "Sana yaptıklarımı telafi etmeyeceğini biliyorum," dedi.

"Güzel," dedim. "Çünkü gerçekten etmez."

"Ama belki yanıldığımın farkında olduğumu, daha iyisini hak ettiğini bildiğimi ve her gün daha iyi bir insan olmak için çalıştığımı bilmek," dedi, "sana kendini biraz olsun iyi hissettirebilir diye düşündüm."

"Artık çok ama çok geç," dedim. "Senin daha iyi bir adam olmanın bana hiçbir faydası yok."

"Artık kimseyi eskiden olduğu gibi incitmeyeceğim," dedi Don. "Seni incittiğim gibi, Ruby'yi incittiğim gibi..."

Kalbimdeki buz hafiften eridi. Bunun bana kendimi daha iyi hissettirdiğini kabul ettim. "Yine de," dedim. "İnsanlara pislik gibi davranıp sonra da basit bir *özür dilerim* demenin her şeyi silmesini bekleyemeyiz."

Don başını alçakgönüllülükle salladı. "Elbette bekleyemeyiz," dedi. "Evet, bunu biliyorum."

"Eğer filmlerin batmasaydı ve Ari Sullivan beni kovduğu gibi seni de kovmasaydı, muhtemelen hâlâ para içinde yüzüyor olurdun ve kokarca gibi içki kokardın."

Don başını sallayarak kabul etti. "Muhtemelen. Bu konuda çok büyük ihtimalle haklı olduğunu söylemek beni üzüyor."

Daha fazlasını istiyordum. Sürünmesini mi istiyordum? Ağlamasını mı? Emin değildim. Yalnızca istediğimi alamadığımı biliyordum.

"Şunu söylememe izin ver," dedi Don. "Seni ilk gördüğüm an sevdim. Deliler gibi sevdim. Sonra her şeyi mahvettim çünkü pek de gurur duymadığım bir adama dönüştüm. O aşkı bu şekilde mahvettiğim *için*, sana asla hak etmediğin korkunç davranışlarda bulunduğum için üzgünüm. Bazen düğün günümüze dönüp her şeyi yeni baştan yaşamak, hatalarımı telafi etmek, sana yaşattıklarımı hiç yaşatmamış olmak istiyorum. Bunu yapamayacağımı biliyorum. Ama gözlerinin içine bakıp kalbimin en derinlerinden senin ne kadar inanılmaz bir insan olduğunu, birlikte ne kadar muhteşem olabileceğimizi bildiğimi, kaybettiğimiz her şeyi benim yüzümden kaybettiğimizi bildiğimi, bundan sonra asla öyle zavallıca davranmamaya kararlı olduğumu ve gerçekten ama gerçekten çok üzgün olduğumu söyleyebilirim."

Don'dan sonraki tüm o yıllar boyunca, tüm filmlerim ve tüm evliliklerim boyunca Don'la işleri yürütebileceğimiz umuduyla geçmişe dönmek isteği hiç duymamıştım. Don'dan sonraki hayatım, kendi yazdığım bir hikâyeydi. Kendi kararlarımın mutluluğu ve karmaşasıydı. İstediğim her şeyi elde etmemi sağlayan bir dizi tecrübeydi.

İyiydim. Kendimi güvende hissediyordum. Güzel bir kızım, üzerime titreyen bir kocam ve iyi bir kadınla yaşadığım aşk vardı. Param ve şöhretim vardı. Geri aldığım bir şehirde muhteşem bir evim vardı. Don Adler benden ne alabilirdi ki?

Ona katlanıp katlanamayacağımı görmeye geldiysem, katlanabileceğimi görmüştüm işte. Hiçbir zerrem ondan korkmuyordu.

Sonra birden farkına vardım: Eğer doğruysa ne kaybederdim ki?

Don Adler'a *seni bağışlıyorum* sözcüklerini söylemedim. Çantamdan cüzdanımı çıkarıp, "Connor'ın fotoğrafını görmek ister misin?" diye sordum.

Gülümseyerek başını salladı. Ona Connor'ın fotoğrafını gösterdiğimde güldü. "Aynı sana benziyor," dedi.

"Bunu bir iltifat olarak kabul ediyorum."

"Başka ne olarak kabul edilebilir ki? Bana sorarsan bu ülkedeki bütün kadınlar Evelyn Hugo'ya benzemek ister."

Başımı arkaya atarak güldüm. Reubenlerimiz yarılanıp da garson tarafından alındığında ona filmi kabul edeceğimi söyledim.

"Harika," dedi. "Bunu duymak gerçekten harika. Bence ikimiz gerçekten de... Onlara müthiş bir gösteri sunabiliriz."

"Arkadaş filan değiliz, Don," dedim. "Bu konuyu iyice anlamanı istiyorum."

Don başını sallayarak kabul etti. "Tamam," dedi. "Anlıyorum."

"Ama en azından *dostane* olabiliriz."

Don gülümsedi. "Dostane olmaktan onur duyarım."

44

ÇEKİMLER BAŞLAMADAN hemen önce Harry kırk beşine girdi. Büyük bir parti ya da resmî bir plan istemediğini söylemişti. Yalnızca hep birlikte güzel bir gün geçirmek istiyordu.

Biz de John ve Celia'yla birlikte parkta bir piknik planladık. Luisa bize yemek hazırladı. Celia sangria yaptı. John da spor malzemeleri dükkânına giderek hem güneşten hem de gelip geçenlerin bakışlarından korunmamız için ekstra büyük bir şemsiye aldı. Eve dönerken aklına peruk ve güneş gözlüğü almak gibi parlak bir fikir de geldi.

O gün öğleden sonra üçümüz, Harry'ye bir sürprizimiz olduğunu söyleyerek onu parka götürdük. Connor, babasının sırtındaydı. Babasında olmaya bayılıyordu. Harry yürüdükçe onu zıplatıyor, Connor da kıkır kıkır gülüyordu.

Harry'nin elini tutup yanımıza çektim.

"Nereye gidiyoruz?" diye sordu. "Biriniz bir ipucu verin bari."

"Olmaz," dedi John başını iki yana sallayarak. "İpucu filan yok. İpuçlarını çözme konusunda çok iyi. Bütün eğlencesi kaçar çözerse."

"Connor, babayı nereye götürüyorsunuz?" diye sordu Harry. Connor'ın adını duyunca gülmesini izledim.

Celia, evimizin bir blok bile ilerisinde olmayan parkın kapısından geçerken Harry şemsiyenin altına serilmiş örtüyü ve piknik sepetini görüp gülümsedi.

"Piknik ha?" dedi.

"Basit bir aile pikniği. Yalnızca beşimiz," dedim.

Harry gülümsedi. Bir an için gözlerini kapadı. Sanki cennette gibiydi. "Kesinlikle mükemmel," dedi.

"Sangriayı ben yaptım," dedi Celia. "Yemekleri tabii ki Luisa yaptı."

"Tabii ki," dedi Harry gülerek.

"John da şemsiyeyi aldı."

John eğilip perukları kaldırdı. "Bir de bunları."

Kıvırcık, siyah olanı bana uzattı. Celia'ya da kısa, sarı olanı verdi. Harry kırmızı peruğu aldı. John ise uzun, kahverengi olanı takarak hippie'ye benzedi.

Hepimiz birbirimize bakıp gülüyorduk ama ne kadar gerçekçi durdukları karşısında şaşkınlığa kapılmıştım. Güneş gözlüklerini de takınca biraz daha özgür hissettim.

"Sen perukları aldıysan, Celia da sangriayı yaptıysa, Evelyn ne yaptı?" diye sordu Harry, Connor'ı sırtından indirip örtünün üzerine koyarken. Connor'ı tutup oturmasına yardımcı oldum.

"Güzel soru," dedi John gülümseyerek. "Ona sorman gerek."

"Ah, ben yardım ettim," dedim.

"Aslında evet, sen ne yaptın Evelyn?" diye sordu Celia.

Dönüp baktığımda üçünün de dalga geçer gibi bana baktıklarını gördüm.

"Ben..." Belli belirsiz piknik sepetini işaret ettim. "Yani bilirsiniz..."

"Hayır," dedi Harry gülerek. "Bilmiyorum."

"Bak, ben bu ara çok meşguldüm," dedim.

"Hı hı," dedi Celia.

"Ah, tamam." Yüzü asılmaya başlayan Connor'ı kucağıma aldım. O yüz ifadesinden az sonra gözyaşlarının geleceğini biliyordum. "Hiçbir bok yapmadım."

Üçü bana bakarak gülmeye başladılar. Sonra Connor da onlara katıldı.

John sepeti açtı. Celia şarapları doldurdu. Harry öne doğru eğilerek Connor'ın alnını öptü.

Dördümüzün bir arada olduğu, kahkaha attığı, gülümsediği ve mutlu olduğu son günlerden biriydi. Bir aileydik.
Çünkü ondan sonra ben her şeyi mahvettim.

45

Don'la birlikte New York'ta, *Three A.M.*'in çekimlerinin ortasındaydık. Luisa, Celia ve Harry ben çalışırken Connor'a sırayla bakıyordu. Günler beklediğimizden uzundu ve çekim uzun sürüyordu.

Ben bir uyuşturucu bağımlısına, Mark'a âşık bir kadın olan Patricia'yı oynuyordum. Mark'ı da Don oynuyordu. Her gün bir kez daha Don'un o tanıdığım eski Don olmadığını görebiliyordum. Sete geliyor, etkileyici bir şekilde laflarını söylüyordu. Bu çok çarpıcı, eşsiz, saf oyunculuktu. Hayatından alıp filme katıyordu.

Sette gerçekten her şeyin kameranın lensinde büyülü bir şeye dönüşmesini umarsın. Ama emin olmanın hiçbir yolu yoktur.

Harry'yle birlikte kendi işlerimizi yaparken bile günlük çekimleri izlerken gözlerim kururdu. Gerçekle film arasındaki ayrımı kaybederdim ama yine de ilk kurguyu görene kadar bütün parçaların mükemmel bir uyum içinde olduğundan yüzde yüz emin olamazdık.

Ama *Three A.M.*'in setinde biliyordum. İnsanların bana bakışını, Don'a bakışını değiştirecek bir film olduğunu biliyordum. Hayatları değiştirebilecek, insanları temize çekebilecek kadar iyi olabileceğini düşündüm. Filmlerin yapım şekillerini bile değiştirecek kadar bile iyi olabilirdi.

Ben de fedakârlıkta bulundum.

Max daha fazla gün istediğinde Connor'la geçirebileceğim zamanlardan vazgeçtim. Max daha fazla gece istediğinde Celia'yla yiyebileceğim yemeklerden, onunla geçirebileceğim akşamlardan vazgeçtim. Neredeyse her gün setten Celia'yı aramam ve bir şeyler için özür dilemem gerekti. Restoranda onunla zamanında buluşamadığım için özür diledim. Evde kalıp benim yerime Connor'a bakması gerektiği için özür diledim.

Bir yanının beni filmi yapmaya ikna ettiği için pişman olduğunu görüyordum. Her gün eski kocamla çalışıyor olmamdan hoşlandığını hiç sanmıyordum. Her gün Max Girard'la çalışmamdan da hoşlanmıyordu. Uzun saatler boyunca çalışmamdan da. Öte yandan küçük kızımı sevdiğini ama ona bakmanın güzel zaman geçirme fikriyle tam uyuşmadığı izlenimine kapılmıştım.

Ama bunu kendine saklıyor, beni destekliyordu. Milyonuncu kez geç kalacağımı söylemek için aradığımda, "Sorun değil, tatlım. Endişelenme. Sadece müthiş ol," derdi. O konuda mükemmel bir partnerdi. Önceliği bana, işime verirdi.

Derken çekimlerin sonuna doğru, duygusal bir sahnenin çalışıldığı uzun bir günün ardından, soyunma odamda eve gitmek için hazırlanıyordum ki Max kapımı tıklattı.

"Hey," dedim. "Aklında ne var?"

Düşünceli düşünceli bana baktı, sonra geçip oturdu. Ben hâlâ ayakta, gitmeye niyetliydim. "Evelyn, üzerinde düşünmemiz gereken bir konu var."

"Öyle mi?"

"Önümüzdeki hafta sevişme sahnesi var."

"Farkındayım."

"Film neredeyse bitmek üzere."

"Evet."

"Ama ben bir şeylerin eksik olduğunu düşünüyorum."

"Ne gibi?"

"Bence izleyicinin Patricia ile Mark'ın çekiminin saf cazibesini anlaması gerekiyor."

"Katılıyorum. Göğüslerimin görünmesini de bu nedenle kabul ettim. Daha önce kendin dahil hiçbir yapımcının benden alamadığı bir şeyi alıyorsun. Heyecanlı olursun diye düşünmüştüm."

"Evet, elbette. Heyecanlıyım. Ama Patricia'nın istediğini alan bir kadın olduğunu, tensel günahlardan keyif aldığını göstermemiz gerektiğini düşünüyorum. Şu anda bir şehit gibi. Film boyunca Mark'a yardım eden, yanında duran bir azizeden farksız."

"Doğru *çünkü* onu çok seviyor."

"Evet ama aynı zamanda onu *neden* sevdiğini de görmemiz gerekiyor. Adam ona ne veriyor? Kadın adamdan ne alıyor?"

"Nereye varmaya çalışıyorsun?"

"Neredeyse kimsenin yapmadığı bir şey çekmek istiyorum."

"Yani?"

"Sırf hoşlandığın için seviştiğini göstermek istiyorum." Gözleri heyecanla irileşmişti. Yaratıcı bir esriklik içindeydi. Max'in biraz şehvet düşkünü olduğunun her zaman farkındaydım ama bu kez farklıydı. Bu isyankâr bir hareketti. "Bunu bir düşün. Seks sahneleri aşkla ilgili. Ya da güçle."

"Elbette. Önümüzdeki hafta çekeceğimiz aşk sahnesinin amacı da Patricia'nın Mark'ı ne kadar sevdiğini göstermek. Ona ne kadar inandığını. Aralarındaki bağın ne kadar kuvvetli olduğunu."

Max başını iki yana salladı. "Seyirciye o sahneyle göstermek istediğim şey, Patricia'nın Mark'ı sevmesinin nedeninin, Mark'ın ona orgazmı tattırması olduğu."

Kendimi bir an geri adım atarak tüm bunları anlamaya çalışırken buldum. Bu kadar utanç verici bir şeymiş gibi hissettirmemesi gerekiyordu ama kesinlikle öyleydi. Kadınlar yakınlık için seks yapardı. Erkeklerse zevk için. Kültürün bize söylediği buydu.

Bedenimden keyif aldığımın, bir erkek formunu tıpkı kendi arzulandığım gibi güçlü bir şekilde arzuladığımın, bir kadının kendi fiziksel hazzını en öne koyduğunun gösterilecek olması fikri... cüretkâr geliyordu.

Max'in bahsettiği şey, dişil arzunun çarpıcı tasviriydi. İçimdeki his ise bu fikri sevmişti. Yani Don'la çarpıcı bir seks sahnesi çekme düşüncesi, benim için bir kâse kepekli gevrek gibi iç kaldırıcıydı. Ama sınırları zorlamak istiyordum. Bir kadının boşalmasını göstermek istiyordum. Bir kadının çaresizce haz vermeye çalışmak yerine haz duymak için seks yaptığını göstermek istiyordum. Bir heyecan ânında ayağa kalkıp paltomu aldım ve elimi uzatarak, "Varım," dedim.

Max gülerek sandalyesinden fırladı. Uzattığım eli tutup sallamaya başladı. *"Fantastique, ma belle!"*

Oysa yapmam gereken ona bu konuda düşünmem gerektiğini söylemekti. Yapmam gereken eve döner dönmez Celia'ya bu konudan bahsetmekti. Yapmam gereken, ona bir söz hakkı vermekti.

Ona şüphelerini ifade etme fırsatı vermeliydim. Bana bedenimle ne yapıp yapamayacağımı söyleme hakkı olmasa da onu da etkileyebilecek eylemlerim konusunda onun da fikrini almak gibi bir sorumluluğum olduğunu düşünmeliydim. Onu bir yemeğe çıkarmalı, ne yapmak istediğimi söylemeli ve bunu neden yapmak istediğimi açıklamalıydım. O gece onula sevişmeli, ona zevk almakla ilgilendiğim tek bedenin onunki olduğunu göstermeliydim.

Bunlar yapması basit şeylerdi. İşin, bütün dünyanın başka biriyle seks yaparken çekilmiş görüntülerini görmesini gerektirdiğinde, sevdiğin insana göstermen gereken zarifliklerdi.

Ben Celia için hiçbirini yapmadım.

Onu görmezden geldim.

Eve gidip Connor'ı kontrol ettim. Mutfağa geçip Luisa'nın buzdolabına bıraktığı tavuklu salatayı yedim.

Celia gelip bana sarıldı. "Çekim nasıldı?"

"Güzel," dedim. "Gayet iyi."

Sırf Celia, *Günün nasıldı? ya da Max'le ilginç bir şey oldu mu? ve hatta, Önümüzdeki hafta nasıl görünüyor?* diye sormadığı için konuyu açmadım.

❖ ❖ ❖

Max, "Oyun!" diye bağırmadan önce iki shot viski içmiştim. Set kapalıydı. Sadece ben, Don, Max, görüntü yönetmeni ve ışık ile ses ekibinden bir iki adam vardı.

Gözlerimi kapatıp yıllar önce Don'u arzulamanın ne güzel bir his olduğunu hatırlamayı telkin ettim kendime. Kendi arzumu uyandırmanın, seksi sevdiğimi fark etmenin, seksin yalnızca erkeklerin istekleriyle değil benimle de ilgili olduğunun farkına varmanın ne kadar olağanüstü olduğunu düşündüm. Başka kadınların zihinlerine bu düşünce tohumunu bırakmayı ne çok istediğimi geçirdim aklımdan. Dışarıda bir yerde kendi zevklerinden, kendi güçlerinden korkan kadınlar olabileceğini düşündüm. Yalnızca tek bir kadının bile eve gidip kocasına, "Bana o adamın o kadına verdiğini ver!" demesini sağlamanın ne büyük bir anlamı olduğunu düşündüm.

O umutsuz isteği, sana yalnızca bir başkasının verebileceği bir şeye duyduğun ihtiyaçla kıvranmayı duydum. Daha önce bunu Don'la yaşamıştım. Şimdi ise Celia'yla yaşıyordum. Gözlerimi kapadım, içime odaklandım ve oraya gittim.

Daha sonra insanlar Don'la filmde gerçekten seks yaptığımızı söyleyecekti. Seks sahnesinin gerçek olduğuna dair her tür dedikodu çıktı. Ama o dedikodular tamamen saçmalıktan ibaretti.

İnsanlar gerçek bir sevişme izlediklerini düşündüler çünkü yakıcı bir enerji vardı. Çünkü ben orada kendimi o adama o an ihtiyaç duyan bir kadın olduğuma ikna etmiştim. Çünkü Don, beni elde etmeden önce beni arzulamanın nasıl bir şey olduğunu hatırlayabilmişti.

O gün sette her şeyi akışına bıraktım. Oradaydım, vahşiydim ve kontrolsüzdüm. Daha önce hiçbir filmde olmadığım kadar. Daha önce hiç olmadığım kadar. Tamamen hayal edilmiş pervasız bir mutluluk ânıydı.

Max "Kestik!" diye bağırınca kendime geldim. Doğrulup sabahlığıma doğru hızla ilerledim. Kızarmıştım. Ben. Evelyn Hugo. Kıpkırmızı.

Don iyi olup olmadığımı sorduğunda bana dokunmasını istemeyerek ondan uzaklaştım.

"İyiyim," dedim. Sonra soyunma odama gittim, kapıyı kapadım ve iki gözüm iki çeşme ağladım.

Yaptığım şeyden utanmıyordum. Seyirciler göreceği için de endişeli değildim. Gözümden yaşlar akıyordu çünkü Celia'ya ne yaptığımın farkına varmıştım.

Belirli kurallara sadık biri olduğuna inanan bir insandım. Başka insanların kabul ettiği kurallar olmayabilirdi ama bana mantıklı gelen kurallardı. Bunların başında da Celia'ya karşı dürüst olmak, ona iyi davranmak geliyordu.

Bu yaptığım ise Celia'ya hiç iyi gelmeyecekti.

Onun rızasını almadan az önce yaptığım şeyi yapmak, sevdiğim kadına iyi gelmeyecekti.

O gün işimiz bitince bir araca binmek yerine elli blok boyunca yürüyerek eve gittim. Kendime zaman vermem gerekiyordu.

Yolda durup çiçek aldım. Ankesörlü bir telefondan Harry'yi arayıp gece Connor'ı almasını istedim.

Eve girdiğimde Celia yatak odasında saçlarını kurutuyordu.

"Bunları sana aldım," dedim beyaz zambak buketini uzatarak. Çiçekçinin beyaz zambakların *aşkım saftır* anlamına geldiğini söylediğinden bahsetmedim.

"Ah, Tanrım," dedi Celia. "Muhteşemler. Teşekkür ederim."

Çiçekleri kokladıktan sonra bir su bardağı alıp musluktan su doldurdu ve çiçekleri içine yerleştirdi. "Bir dakika," dedi. "Bir vazo seçeyim."

"Sana bir şey sormak istiyorum," dedim.

"İnanmıyorum," dedi. "Bu çiçekler bana yağ çekmek için miydi?"

Başımı iki yana salladım. "Hayır," dedim. "Çiçekler seni sevdiğim için. Seni ne kadar çok düşündüğümü, benim için ne kadar önemli olduğunu bilmeni istediğim için. Sana bunu yeterince söyleyemiyorum. Ben de bu şekilde ifade etmek istedim. Bu çiçeklerle."

Suçluluk hiçbir zaman geçinebildiğim bir his olmamıştır. Bu his ne zaman başını kaldırsa, ardından bir ordu getirir. Bir şey için suçluluk duyduğumda, kendimi suçlu hissetmem gereken diğer şeyleri de görmeye başlarım.

Yatağımızın ucuna oturdum. "Ben sadece... Bilmeni isterim ki Max'le bu konuyu aramızda tartıştık ve sanırım filmdeki sevişme sahnesi seninle düşündüğümüzden daha çarpıcı olacak."

"Nasıl çarpıcı?"

"Biraz daha yoğun. Patricia'nın tatmin olma ihtiyacını ortaya koyan bir şey."

İhmal edilmiş bir yalanı saklamak için kuyruklu bir yalan söylüyordum. Celia'nın, zaten yaptığım bir şeyi yapmadan *önce* onun rızasını almak istediğime inanacağı yeni bir hikâye yazıyordum.

"Tatmin olma hissi mi?"

"Patricia'nın Mark'la olan ilişkisinden ne elde ettiğini görmemiz gerek. Yalnızca aşk değil. Ondan fazlası olmalı."

"Mantıklı görünüyor," dedi Celia. "Yani, *Kadın neden onunla kalıyor?* sorusunun cevabını vereceğini söylüyorsun."

"Evet," dedim belki de anlayacağını, bu meseleyi geçmişe dönük olarak çözebileceğimi düşünüp heyecanlanarak. "Aynen öyle. Biz de bu yüzden Don'la açık bir sahne çekeceğiz. Çoğunlukla çıplak olacağım. Filmin özünün gerçekten seyirciye geçmesi için iki ana karakteri birlikte savunmasız, cinsel olarak... birleşirken görmemiz gerekiyor."

Celia konuşmamı dinleyerek sözcüklerin zihnine nüfuz etmesine izin verdi. Söylediklerimi yakaladığını, kendine uydurmaya çalıştığını görebiliyordum. "Filmi dilediğin gibi çekmeni istiyorum," dedi.

"Teşekkürler."

"Sadece..." Önüne bakarak başını iki yana sallamaya başladı. "Ben kendimi çok... Bilmiyorum. Bunu yapabileceğimden emin değilim. Bütün gün Don'la olduğunu, bu uzun geceleri onunla geçirdiğini bilmek ve seni hiç görememek... Bir de sevişme. Seks bizim kutsalımız. Bunu izlemeye dayanabileceğimi sanmıyorum."

"İzlemen gerekmiyor."

"Ama olduğunu bileceğim. Orada öyle bir sahne olduğunu bileceğim. Herkes izleyecek. Bunun sorun olmasını istemiyorum. Gerçekten istemiyorum."

"O hâlde sorun etme."

"Deneyeceğim."

"Teşekkürler."

"Gerçekten deneyeceğim."

"Harika."

"Ama Evelyn, yapabileceğimi sanmıyorum. Senin orada... Mick'le yattığında yıllarca bunu atlatamadım. İkinizi bir arada düşünmek..."

"Biliyorum."

"Sonra Harry'le de yattın. Kim bilir kaç kez hem de," dedi.

"Biliyorum, tatlım. Biliyorum. Ama Don'la yatmayacağım."

"Ama onunla yattın. Yattın. İnsanlar sizi ekranda izlerken, daha önce zaten yapmış olduğunuz bir şeyi izliyor olacaklar."

"O gerçek değil," dedim.

"Biliyorum ama bana söylediğine bakılırsa gerçekmiş gibi görünmesi için hazırlık yapıyorsunuz. Şimdiye kadar herhangi birimizin yaptığı her şeyden daha gerçek görüneceğini söylüyorsun."

"Evet," dedim. "Sanırım söylediğim buydu."

Ağlamaya başladı. Başını ellerinin arasına gömdü. "Seni yüzüstü bırakıyormuşum gibi hissediyorum," dedi. "Ama bunu yapamam. Yapamam. Kendimi biliyorum, bu benim için çok fazla. Bunu kaldıramam. Seni onunla düşünür durur, kendimi hasta ederim." Başını kararlılıkla iki yana salladı. "Özür dilerim. Olmuyor. Bunu kaldıramam. Senin için daha güçlü olmak istiyorum, gerçekten. Durum tam tersi olsaydı sen kaldırabilirdin. Seni hayal kırıklığına uğrattığımı hissediyorum. Çok üzgünüm, Evelyn. Bunu telafi etmek için ömür boyu çalışacağım. İstediğin her rolü almana yardım edeceğim. Bütün hayatımız boyunca. Bir daha böyle bir şey olursa daha güçlü olabilmek için bunu sindirmeye çalışacağım. Ama... Lütfen, Evelyn, senin başka bir adamla yattığını düşünerek yaşayamam. Bu kez yalnızca gerçek *görünse* bile. Yapmam bunu. Lütfen," dedi. "Lütfen bunu yapma."

Kalbim sızladı. Neredeyse kusacaktım.

Yere baktım. Ayağımın altında birleşen iki ahşap parçayı inceledim. Çivi uçlarının nasıl battığına baktım.

Sonra başımı kaldırıp ona baktım ve "Yaptım bile," dedim.

Hıçkırdım.

Sonra özür diledim.

Çaresizce dizlerimin üzerine çöktüm. Uzun zaman önce, kendini gerçekten istediğin şeylerin merhametine bırakman gerektiğini öğrenmiştim.

Ama ben daha bunu yapamadan Celia konuşmaya başladı. "Tek istediğim gerçekten benim olmandı. Ama sen asla benim olmadın. Gerçekten benim olamadın. Ben her zaman senin yalnızca bir parçanla yetinmek zorunda kaldım. Dünya da diğer yarısını aldı. Seni suçlamıyorum. Bu durum, beni seni sevmekten alıkoymadı. Ama bunu yapamam. Yapamam, Evelyn. Sürekli kalbimin bir yanı kırık hâlde yaşayamam."

Sonra kapıdan çıkıp gitti ve beni terk etti.

Bir hafta içinde Celia hem benim evimdeki hem kendi evindeki eşyalarını toplayarak yeniden L.A.'e taşındı.

Aradığımda telefonlarıma çıkmadı. Ona ulaşamadım.

Derken, gitmesinden haftalar sonra John'a boşanma davası açtı. John evrakı aldığında yemin ederim ki Celia'nın onları doğrudan bana gönderdiğini hissettim. Ondan boşanarak aslında benden boşandığı hiçbir şüpheye yer bırakmayacak kadar açıktı.

John'a, Celia'nın temsilcisi ve menajeriyle birkaç görüşme yapmasını söyledim. Beverly Wilshire'da izini buldu. Los Angeles'a uçarak kapısını çaldım.

Üzerimde çok sevdiğim Diane von Furstenberg vardı çünkü Celia bir defasında o elbisenin içindeyken karşı konulmaz olduğumu söylemişti. Oteldeki odalarından çıkan bir kadınla bir adam vardı. Koridor boyunca ilerlerken gözlerini benden alamamışlardı. Kim olduğumu biliyorlardı. Bense saklanmayı reddettim. Yalnızca kapıyı çalmaya devam ettim.

Celia nihayet kapıyı açtığında gözlerinin içine baktım ve hiçbir şey söylemedim. O da sessizce bana baktı. Sonra, gözlerimde yaşlarla yalnızca, "Lütfen," dedim.

Bana arkasını döndü.

"Bir hata yaptım," dedim. "Bir daha asla yapmayacağım."

En son bu şekilde kavga ettiğimizde özür dilemeyi reddetmiştim. Bu kez ne kadar yanıldığımı kabul edersem, teslim olur ve içtenlikle, tüm kalbimle özür dilersem beni bağışlayacağına gerçekten inanıyordum.

Ama affetmedi. "Buna daha fazla dayanamam," dedi başını sallayarak. Yüksek belli bir kotla Coca-Cola tişörtü giymişti. Saçları uzundu, omuzlarını geçiyordu. Otuz yedi yaşında olmasına rağmen hâlâ yirmilerindeymiş gibi görünüyordu. Onda her zaman, bende hiç olmamış bir gençlik vardı. O zamanlar ben otuz sekiz yaşındaydım ve yaşımı göstermeye başlamıştım.

O bunu söylediğinde otelin koridorunda dizlerimin üzerine çökerek ağlamaya başladım.

Beni içeri çekti.

"Bana geri dön, Celia," diye yalvardım ona. "Beni yeniden kabul et. Her şeyi bırakırım. Connor hariç her şeyden vazgeçerim. Bir daha hiçbir filmde oynamam. Bütün dünyanın bizi öğrenmesine izin veririm. Sana tamamımı vermeye hazırım. Lütfen."

Celia dinledi. Sonra son derece sakin bir edayla yatağın yanındaki sandalyeye oturdu ve "Evelyn, sen vazgeçme becerisine sahip değilsin. Hiçbir zaman da olmayacaksın. Seni benim kılacak kadar sevememiş olmak da benim hayatımın trajedisi olacak. Senin herhangi birinin olacak kadar sevilememen..." dedi.

Orada bir süre daha öylece durarak bir şeyler daha söylemesini bekledim. Ama konuşmadı. Söyleyecek başka hiçbir şeyi yoktu. Benim de onun fikrini değiştirmek için söyleyebileceğim hiçbir şey yoktu.

Gerçekle yüzleşince kendimi toparladım, gözyaşlarımı sildim, onu şakağından öptüm ve çıkıp gittim.

Acımı gizleyerek New York uçağına bindim. Eve girene kadar da kendimi tuttum. Ama sonra sanki Celia ölmüş gibi hüngür hüngür ağlamaya başladım.

Bana hissettirdiği buydu.

Onu çok fazla zorlamıştım ve her şey bitmişti.

46

"Gerçekten bu kadar mıydı?" diye sordum.
Evelyn, "Benden usanmıştı," dedi.
"Peki ya film?"
"Buna değip değmediğini mi soruyorsun?"
"Sanırım."
"Film müthiş bir gişe yaptı. Ama yine de değmezdi."
"Don Adler o filmle Oscar kazanmıştı, değil mi?"
Evelyn gözlerini devirdi. "O piç Oscar kazandı ama ben aday bile gösterilmedim."
"Neden peki? Filmi izledim," dedim. "En azından bazı bölümlerini. Harikaydın. Gerçekten sıradışıydın."
"Bunu bilmediğimi mi sanıyorsun?"
"O zaman neden seni aday göstermediler?"
"Çünkü!" dedi Evelyn sinirle. "Çünkü bunun için alkışlanmama izin yoktu. 18 yaş sınırı konmuştu. Ülkedeki neredeyse bütün gazetelerin editörlerine mektuplar yağdı. Çok büyük bir skandaldı. Fazla açık seçikti. İnsanları heyecanlandırmıştı. İnsanlar o hissi duyunca da birilerini suçlamaları gerekti ve beni suçladılar. Başka ne yapabilirlerdi ki? Fransız yönetmeni mi suçlayacaklardı? Fransızlar öyleydi işte. Kendini yeni yeni affettirmeye başlayan Don Adler'ı da suçlayacak değillerdi. Onlar da kendi elleriyle yarattıkları ve artık sürtük diyebilecekleri seks bombasını suçladılar. Bana bunun için Oscar vermeyeceklerdi. Filmi karanlık bir salonda tek

başlarına izleyecek, sonra da halk karşısında beni eleştireceklerdi."

"Ama bu kariyerine zarar vermedi," dedim. "Sonraki yıl iki filmde daha yer aldın."

"İnsanlara para kazandırıyordum. Kimse parayı geri çeviremez. Hepsi beni filmlerinde oynatmaktan mutluydu. Sonra da arkamdan konuşurlardı."

"Birkaç yıl içinde on yılın en yüce performanslarından biri olarak kabul edilen bir oyun sergiledin."

"Evet ama bunun etrafından dolanmak zorunda kalmamalıydım. Ben yanlış bir şey yapmamıştım."

"Bunu hepimiz biliyoruz artık. İnsanlar 80'lerin ortası gibi erken bir dönemden itibaren sana ve filme övgüler düzmeye başladılar."

"Değerinin geç anlaşılmasında bir sorun yok," dedi Evelyn. "Ama ben yıllarca göğsümde kızıl bir damgayla yaşadım. Bu sırada ülkenin her yerindeki erkekler ve kadınlar da filmin ne anlama geldiğini düşünerek birbirlerinin beynini yiyordu. İnsanlar bir kadının becerilmek istemesinin gösterilmesi karşısında şoka uğramıştı. Kaba bir ifade olduğunun farkındayım ama bunu tanımlamanın tek yolu bu. Patricia sevişmek isteyen bir kadın değildi. Becerilmek istiyordu. Biz de bunu gösterdik. İnsanlar bundan hoşlanmaktan hoşlanmadılar."

Hâlâ öfkeliydi. Çenesini sıkışından görebiliyordum bunu.

"Kısa bir süre sonra Oscar kazandın."

"O film yüzünden Celia'yı kaybettim," dedi. "Çok sevdiğim hayatım o filmden sonra tepetaklak oldu. Elbette bunun kendi hatam olduğunu biliyorum. Celia'yla önceden konuşmadan eski kocamla açık saçık bir seks sahnesi çeken bendim. İlişkimde yaptığım hatalar için başka insanları suçlamaya çalışmıyorum. Ama yine de..." Evelyn sessizleşti. Bir an düşüncelerinin içinde kayboldu.

"Bir şey sormak istiyorum çünkü bu konuda açık konuşmanın senin için önemli olduğunu düşünüyorum," dedim.

"Evet..."

"Biseksüel olmak ilişkinde güçlükler yarattı mı?" Cinsel kimliğini tüm nüanslarıyla ve karmaşasıyla resmedeceğimden emin olmak istiyordum.

"Ne demek istiyorsun?" diye sordu. Sesinde hafif bir keskinlik vardı.

"Sevdiğin kadını, erkeklerle olan cinsel ilişkilerin yüzünden kaybettin. Bence bu senin geniş kimliğinle alakalı."

Evelyn beni dinledi, söylediklerim üzerine düşündü. Sonra başını hayır der gibi salladı. "Hayır, sevdiğim kadını kaybettim çünkü şöhreti de en az onun kadar önemsiyordum. Bunun cinselliğimle hiçbir alakası yok."

"Ama Celia'nın sana veremeyeceği şeyleri erkeklerden almak için cinselliğini kullanıyordun."

Evelyn bu kez daha anlayışlı bir edayla salladı başını. "Cinsellik ve seks arasında bir fark var. İstediğimi elde etmek için seksi kullandım. Seks yalnızca bir eylemdir. Cinsellik ise arzu ve hazzın içten ifadesidir. Onu her zaman Celia'ya sakladım."

"Daha önce hiç böyle düşünmemiştim," dedim.

"Biseksüel olmak sadakatsiz olmama neden olmadı," dedi Evelyn. "Bunların birbiriyle hiç alakası yok. Celia'nın ihtiyaçlarımın ancak yarısını karşılayabildiği anlamına da gelmez."

Birden araya girdim. "Ben öyle demek..."

"Öyle demek istemediğini biliyorum," dedi Evelyn. "Ama bunu benim sözcüklerimle kavramanı istiyorum. Celia'nın bana tamamen sahip olamadığını söylemesinin nedeni benim bencilliğim ve elimdeki her şeyi kaybetme korkum yüzündendi. Celia'nın kalbini kırmıştım çünkü hayatımın yarısını onu severek, diğer yarısını ise onu ne kadar çok sevdiğimi saklayarak geçiriyordum. Celia'yı bir kere bile aldatmadım. Eğer aldatmayı, başka bir insanı arzulamak ve onunla seks yapmak olarak tanımlıyorsak, hayır, bir kez bile aldatmadım. Celia'yla birlikteyken yalnızca onunla birlikteydim. Bir erkekle evlenmiş bir kadının hep o erkekle olması gibi. Başka insanlara bakmadım mı? Tabii ki baktım. Herhangi bir ilişkideki herhangi birinin bakacağı gibi. Ama Celia'yı seviyordum ve gerçek benliğimi yalnızca Celia'yla paylaşıyordum.

"Sorun şu ki istediğim diğer şeyleri almak için bedenimi kullanıyordum. Bunu yapmaktan hiç vazgeçmedim. Celia için bile. *Benim* trajedim buydu. Elimdeki tek şey oyken bedenimi kullanmıştım, sonra elimde başka seçenekler olduğu hâlde onu kullanmaya devam etmiştim. Sevdiğim kadını yaralayacağını bile bile devam ettim. Üstelik onu da bu suça dahil ettim. Onu, zarar görmesi pahasına sürekli benim tercihlerimi onaylayacağı bir duruma soktum. Celia benden dargın ayrılmış olabilir ama bu, binlerce kesikle gelen bir ölümdü. Onu günden güne küçücük çiziklerle yaralıyordum. Sonra da iyileştirilemeyecek kadar büyük bir yaraya dönüştüğünde şaşırdım.

"Mick'le yattım çünkü ikimizin de kariyerini korumak istiyordum. Hem benimkini hem Celia'nınkini. Bu, benim için ilişkimizin kutsallığından daha önemliydi. Harry'yle yattım çünkü bir çocuğum olmasını istiyordum. Evlat edinirsek insanların şüphelenebileceğini düşündüm. Çünkü evliliğimizde cinsellik olmayışına dikkat çekmekten korkmuştum. Bunu da ilişkimizin kutsallığının önünde tutmuştum. Sonra Max Girard filmle ilgili yaratıcı bir tercihe dair iyi bir fikirle karşıma çıktığında bunu yapmak istedim. İlişkimizin kutsallığı pahasına yapmak istedim bunu."

"Bence kendine karşı fazla sertsin," dedim. "Celia da mükemmel değildi. Acımasız olabiliyordu."

Evelyn hafifçe omuzlarını silkti. "O her zaman kötünün, daha fazla iyiyle dengelendiğinden emin olurdu. Ben... Ben onun için bunu yapmadım. Benim için yarı yarıyaydı. Bu da sevdiğin birine yapabileceğin en zalimce şeydir. Ona, bir sürü kötülüğe katlanmasını sağlayacak kadar iyilik gösterirsin yalnızca. Elbette tüm bunları o beni terk ettikten sonra fark ettim. Düzeltmeye de çalıştım. Ama artık çok geçti. Onun da dediği gibi, artık bunu kaldıramıyordu. Çünkü neyi önemsediğimi fark etmem çok uzun sürmüştü.

Bunun nedeni cinselliğim değildi. Bunu doğru biçimde anlatacağın konusunda sana güveniyorum."

"Söz," dedim. "Öyle yapacağım."

"Yapacağını biliyorum. Bu arada hazır nasıl resmedilmek istediğim konusuna girmişken, tam mânâsıyla anlaman gereken bir şey daha var. Öldükten sonra bir şeyleri düzeltemeyeceğim. Sana anlattıklarımı dosdoğru aktaracağından kesinlikle emin olmalıyım."

"Elbette," dedim. "Nedir?"

Evelyn'in keyfi biraz kaçtı. "Ben iyi bir insan değilim, Monique. Kitapta bunun net bir şekilde anlaşılmasını sağla. İyi biri olduğum iddiasında bulunmadığımı anlat. Çok insanı yaralayan bir sürü şey yaptığımı ve gerekirse bunların hepsini yine yapacağımı yaz."

"Bilmiyorum," dedim. "Bana kötü biri gibi gelmiyorsun, Evelyn."

"Herkes bir yana, sen, en çok sen fikrini değiştireceksin," dedi. "Çok yakında."

Düşünebildiğim tek şey, *Ne halt etti bu kadın?* oldu.

47

1980'DE JOHN KALP krizinden öldü. Daha ellisine bile gelmemişti. Çok saçmaydı. Hepimizin içinde en atletik ve fit olan oydu. Sigara içmez, her gün egzersiz yapardı. Kalbi duran o olmamalıydı. Ama çoğu şey saçmadır zaten. John aramızdan ayrılırken hepimizin hayatında koca bir boşluk bıraktı.

Connor beş yaşındaydı. Ona John amcasının nereye gittiğini anlatmak çok zordu. Babasının neden o kadar kederli olduğunu anlatmak hele, daha da zordu. Harry haftalarca yataktan çıkmadı. Çıktığında da viski içmek için çıkıyordu. Nadiren ayık görebiliyorduk onu. Her zaman hüzünlü, sık sık da kırıcı oluyordu.

Celia'nın gözyaşları içinde bir fotoğrafı çekilmişti. Gözleri kan çanağına dönmüştü. Arizona'da bir yerlerde karavanına doğru yürüyordu. Onu korumak istiyordum. Birbirimizin içini görelim istiyordum. Ama bunun mümkün olmadığını biliyordum.

Oysa Harry'ye yardım edebilirdim. Connor'la birlikte her gün onun evinde kaldık. Connor oradaki odasında uyudu, ben Harry'nin yatak odasındaki kanepede yattım. Yemek yemesini, yıkanmasını sağladım. Kızıyla göstermelik oyunlar oynamasını da.

Bir sabah uyandığımda Harry'yle Connor'ı mutfakta buldum. Connor kendine bir kâse mısır gevreği koyarken Harry pijama altıyla dikilmiş pencereden dışarı bakıyordu.

Elinde boş bir bardak vardı. Başını manzaradan çevirip Connor'a bakınca, "Günaydın," dedim.

Connor da, "Baba, gözlerin neden ıslak?" diye sordu.

Ağlamış mıydı yoksa sabahın bu erken saati olmasına rağmen çoktan birkaç kadeh içki mi içmişti, emin olamıyordum.

Cenazede siyah, vintage bir Halston giydim. Harry gömleği, kravatı, kemeri ve çoraplarına kadar siyah giyinmişti. Keder yüzünü asla terk etmedi.

Yüzündeki o derin, boğuk acı, basına sunduğumuz hikâyeyle, Harry'nin bana âşık, John ile de arkadaş olduğu hikâyesiyle örtüşmüyordu. John'un evi Harry'ye bırakmış olması da. Ama içgüdülerimi bastırarak Harry'yi duygularını gizlemeye ya da evi reddetmeye zorlamadım. Kim olduğumuzu saklamaya çalışmak için harcayacak çok az enerjim kalmıştı. Kimi zaman acının, görüntümüzü koruma ihtiyacından çok daha güçlü olduğunu gayet iyi öğrenmiştim.

Celia da uzun kollu, siyah bir mini elbiseyle cenazedeydi. Bana selam vermedi. Sadece baktı. Ben de ona baktım ama yanına gidip elini tutma arzusuyla kıvranıyordum. Yine de ona doğru tek bir adım bile atmadım.

Harry'nin kaybını, kendi kaybımın acısını gidermek için kullanmayacaktım. Celia'yı benimle konuşmaya zorlamayacaktım. Bu şekilde olmazdı.

John'un tabutu mezara indirilirken Harry gözyaşlarını tuttu. Celia oradan uzaklaştı. Connor benim Celia'ya bakışlarımı izledi, sonra, "Anne, o kadın kim? Galiba onu tanıyorum," dedi.

"Tanıyorsun, tatlım," dedim. "Tanıyordun."

Derken Connor, benim güzeller güzeli yavrum, "Senin filminde ölen kadın," dedi.

O an Connor'ın Celia'yı hiç hatırlamadığını fark ettim. Onu *Küçük Kadınlar*'dan tanıyordu.

"Tatlı olan kadın. Herkesin mutlu olmasını isteyen," dedi Connor.

Kurmuş olduğum ailenin gerçekten dağıldığını idrak ettiğim andı bu.

NOW THIS

3 Temmuz 1980

Celia St. James ve Joan Marker, En İyi Arkadaşlar

Celia St. James ve Hollywood'un yeni yüzlerinden Joan Marker son zamanlarda bütün şehrin dilinde! Geçen yılki *Promise Me* filmindeki parlak çıkışıyla tanınan Marker, hızla dönemin ilgi odağı hâline geldi. İşin inceliklerini öğrenmek için Amerika'nın Sevgilisi'nden daha iyisini mi bulacak? Santa Monica'da birlikte alışveriş yaparken ve Beverly Hills'de öğle yemeği yerken görülen ikili birbirlerinden sıkılacağa benzemiyor.

Umarız tüm bunlar, ikilinin birlikte bir film yapmayı planlamasından kaynaklanıyordur çünkü bu, müthiş bir performans izleyeceğiz demektir.

48

Harry'yi hayata döndürmenin tek yolunun onu işle ve Connor'la kuşatmak olduğunu biliyordum. Connor kolay işti. Babasını çok seviyordu. Günün her ânı onun ilgisi üzerinde olsun istiyordu. Büyüdükçe Harry'ye daha çok benziyordu. Onun buz mavisi gözlerini, geniş, uzun vücudunu almıştı. Harry, kızıyla birlikteyken içmeyi bırakıyordu. İyi bir baba olmayı önemsiyor, kızı için ayık kalmak gibi bir sorumluluğu olduğunu biliyordu.

Ama her gece kendi evine döndüğünde, ki bu hâlâ dış dünyadan gizlediğimiz bir gerçekti, uyuyakalana kadar içtiğini biliyordum. Bizimle olmadığı günlerde yataktan çıkmadığını biliyordum.

Yani tek seçeneğim işti. Seveceği bir şeyler bulmam gerekiyordu. Tutkuyla bağlanacağı bir senaryo ve benim için büyük bir rol olmalıydı. Yalnızca büyük bir rol oynamak istediğim için değil, aynı zamanda Harry'nin kendisi için hiçbir şeye kalkışmayacağını bildiğim için söylüyorum bunu. Ama eğer ona ihtiyacım olduğuna inanırsa, her şeyi yapardı.

Ben de senaryoları okumaya başladım. Aylar boyu yüzlerce senaryo okudum. Sonra Max Girard bana çekmek konusunda sıkıntılar yaşadığı bir senaryo gönderdi. Adı *All for Us*'tı.

Çocuklarını yetiştirmek ve hayallerinin peşinden koşmak için New York'a taşınmış üç çocuklu bekâr bir anneyle ilgiliydi. Soğuk ve zorlu bir şehirde geçim mücadelesini konu almakla beraber umuttan ve daha fazlasını hak ettiğine inanmaya cesaret etmekten de bahsediyordu. İkisinin de Harry'ye cazip geleceğini biliyordum. Ayrıca anne karakteri Renee, dürüst, erdemli ve güçlü bir karakterdi.

Senaryoyu derhal Harry'ye götürerek okuması için yalvardım. Geçiştirmeye çalıştığında, "Bunun bana nihayet Oscar'ı kazandıracak proje olduğunu düşünüyorum," dedim. Kabul etmesini sağlayan bu oldu.

All for Us'ı sevmiştim. Yalnızca sonunda o lanet heykelciği aldığım için ya da sette Max Girard'la daha da yakınlaştığımız için değil. *All for Us*'ı sevmiştim çünkü Harry'nin şişeyi elinden bırakmasını sağlayamasa da onu yataktan çıkarmayı başarmıştı.

❖ ❖ ❖

Filmin gösterime girmesinden dört ay sonra Oscar törenine Harry'yle beraber gittik. Max Girard, Bridget Manner adında bir modelle katılmıştı. Ama haftalar önce tek isteğinin bana eşlik etmek, kolunda benimle oraya gitmek olduğunu şaka yollu dile getirmişti. Hatta şakayı biraz daha ileri götürerek evlendiğim bütün adamların ismini saymış, onunla evlenmediğim için kırıldığını söylemişti. İtiraf etmeliyim ki Max, kısa sürede kendimi gerçekten yakın hissettiğim birine dönüşmüştü. Yani teknik olarak yanında biri olsa da, ilk sırada hep beraber otururken, oraya hayatta benim için en değerli iki erkekle birlikte gitmişim gibi hissediyordum.

Connor otelde, Luisa'yla birlikte televizyon izliyordu. Sabah saatlerinde Harry'yle bana kendi yaptığı birer resmi vermişti. Benimki altın rengi bir yıldızdı, Harry'ninki ise bir şimşek. Şans için olduklarını söylemişti. Bana verdiği resmi çantama koymuştum. Harry de kendi resmini smokininin cebine koydu.

En iyi kadın oyuncu adaylarını seslendirdikleri sırada, o güne dek gerçekten kazanabileceğime hiç inanmadığımı fark ettim. Oscar'la birlikte her zaman istediğim bazı şeyler de gelecekti: itibar, ağırbaşlılık. Oysa dönüp içime baktığımda, itibar ve ağırbaşlılığa gerçekten sahip olduğumu düşünmediğimi fark ettim.

Brick Thomas zarfı açarken Harry elimi sıktı.

Derken, kendime söylediğim onca şeye rağmen Thomas benim adımı okudu.

Göğsüm inip kalkarken dümdüz karşıya baktım. Duyduklarımı doğru anladığımdan emin olmak istiyordum. Sonra Harry bana baktı ve "Başardın," dedi.

Ayağa kalkıp ona sarıldım. Sahneye doğru ilerledim, Brick'in bana uzattığı Oscar'ı aldım ve kalp atışlarımı yavaşlatmak için elimi göğsüme koydum.

Alkışlar dindiğinde mikrofona doğru eğilerek birazı önceden planlanmış birazı o an aklıma gelenlerden oluşan konuşmamı yaptım. Kazanabileceğimi düşündüğüm diğer adaylıklarımda söylemeye hazırlandığım şeyleri hatırlamaya çalıştım.

"Teşekkürler," dedim o aşina olduğum görkemli yüzlerden oluşan denize bakarak. "Benim için daima değerini koruyacak bu ödül için değil yalnızca, aynı zamanda bu sektörde çalışmama izin verdiğiniz için de teşekkür ederim. Her zaman kolay olmadı. Tanrı biliyor ya, buraya oldukça engebeli yollardan geldim. Ama böyle bir yaşam sürdüğüm için kendimi inanılmaz derecede şanslı hissediyorum. O yüzden, ellilerin ortalarından beri –ah, yaşımı ele veriyorum ama– birlikte çalıştığım bütün yapımcıların yanında, en sevdiğim yapımcıma, Harry Cameron'a ayrıca teşekkür etmek istiyorum. Seni seviyorum. Çocuğumuzu seviyorum. Selam Connor. Artık gidip uyuyabilirsin, tatlım. Saat epey geç oldu. Ve birlikte çalıştığım tüm kadın ve erkek oyunculara, performansımı geliştirmemde bana yardımcı olan tüm yönetmenlere, özellikle de Max Girard'a teşekkür ederim. Bu arada, bu bir üçlük eder Max. Son olarak, her gün düşündüğüm bir kadın var."

On yıl öncesi olsa daha fazlasını söylemeye korkardım. Muhtemelen bu kadarını söylemeye bile korkardım. Ama ona anlatmam gerekiyordu. Onunla yıllardır konuşmamış olsam da onu hâlâ sevdiğimi göstermeliydim. Her zaman seveceğimi de.

"Şu an bizi izlediğini biliyorum. Umarım benim için ne kadar önemli olduğunu biliyordur. Herkese teşekkür ederim. Çok teşekkürler."

Titreyerek kulise geçip kendimi toparladım. Gazetecilerle konuştum. Tebrikleri kabul ettim. Yerime döndükten hemen sonra Max'in en iyi yönetmen, Harry'nin en iyi film ödülünü alışını izledim. Üçümüz bir sürü poz verdik. Ağzımız kulaklarımızdaydı.

Dağın en zirvesine tırmanmıştık ve o gece bayraklarımızı o zirveye dikmiştik.

49

Harry, Connor'a bakmak için otele gitmişti. Saat gecenin birinde Max'le ben, Paramount'un sahibine ait olan malikânenin bahçesindeydik. Gece göğüne su fışkırtan daire biçiminde bir fıskiye vardı. Max'le oturmuş, birlikte başardığımız şeyi düşünüyorduk hayretle. Max'in limuzini geldi.

"Seni otele bırakabilir miyim?" diye sordu.

"Sevgilin nerede?"

Max omzunu silkti. "Sanırım yalnızca gösteri biletiyle ilgileniyordu."

Güldüm. "Zavallı Max."

"Hayır, zavallı Max denemez," dedi başını sallayarak. "Gecemi dünyanın en güzel kadınıyla geçirdim."

Başımı iki yana salladım. "Abartıyorsun."

"Acıkmış görünüyorsun. Hadi arabaya gel, gidip hamburger yiyelim."

"Hamburger mi?"

"Eminim Evelyn Hugo da ara sıra hamburger yiyordur."

Max limuzinin kapısını açıp binmemi bekledi. "Araba senin," dedi.

Eve gidip Connor'ı görmek istiyordum. Uyurken ağzının açılışını izlemek istiyordum. Ama Max Girard'la hamburger yeme fikri de kulağa fena gelmiyordu.

Birkaç dakika sonra limuzin şoförü Jack in the Box'ın arabaya servis bölümüne girmeye çalışıyordu. Max'le arabadan inip içeride yemenin daha kolay olacağına karar verdik.

Kızarmış patates siparişi veren iki ergen çocuğun arkasında sıraya girdik. Benim üzerimde lacivert ipek elbisem vardı, Max ise smokiniyleydi. Sıra bize geldiğinde kasiyer sanki fare görmüş gibi haykırdı.

"Aman Tanrım!" dedi. "Sen Evelyn Hugo'sun!"

Güldüm. "Neden bahsettiğine dair hiçbir fikrim yok," dedim. Bu cümle yirmi beş yıldır hâlâ işe yarıyordu.

"Sen osun. Evelyn Hugo!"

"Saçmalık."

"Bugün hayatımın en güzel günü," dedi. Sonra arkaya seslendi. "Norm, gelip bunu görmelisin. Evelyn Hugo burada. Elbise giymiş."

İnsanlar dönüp bize baktıkça Max daha da çok gülüyordu. Kendimi kafesteki bir hayvan gibi hissetmeye başlamıştım. Bu, yani küçük yerlerde herkesin dönüp sana bakması, insanın alışabileceği bir his değil. Mutfakta çalışan birkaç insan beni görmek için geldi.

Max, "İki hamburger almamız mümkün olur mu acaba?" diye sordu. "Benimkinde ekstra peynir olsun lütfen."

Kimse onu sallamadı.

Tezgâhın arkasındaki kadın, "Bir imza alabilir miyim?" dedi.

"Tabii ki," dedim kibarca.

Bunun bir an önce bitmesini, yemeklerimizi alıp gitmeyi umuyordum. Menü kartonlarını ve kâğıttan şapkaları imzalamaya başladım. Birkaç faturaya da imza attım.

"Gerçekten gitmemiz gerek," dedim. "Geç oldu." Ama durmadılar. Önüme bir şeyler koymaya devam ettiler.

"Oscar kazandın," dedi daha yaşlıca bir kadın. "Sadece birkaç saat önce. Gördüm. Kendi gözlerimle gördüm."

"Aldım, evet," dedim. Sonra elimdeki kalemle Max'i işaret ettim. "O da aldı."

Max el salladı.

Birkaç şeye daha imza atıp birkaç kişiyle daha tokalaştım.
"Pekâlâ, gerçekten gitmem gerek," dedim.

Ama etrafımdaki insan kalabalığı daha da yoğunlaştı.

"Tamam," dedi Max. "Bırakın hanımefendi nefes alsın." Sesinin geldiği yere döndüğümde kalabalığı yararak bana doğru ilerlediğini gördüm. Hamburgerleri uzattı, sonra beni yakaladığı gibi omzuna alıp restorandan çıkardı ve limuzine götürdü.

"Vay canına!" dedim beni bırakınca.

Yanıma oturdu. Hamburger poşetini aldı. "Evelyn," dedi.

"Efendim?"

"Seni seviyorum."

"Beni seviyor musun, nasıl yani?"

Hamburgerleri ezmek pahasına uzanıp beni öptü.

Uzun zamandır terk edilmiş bir binanın elektriklerini biri yakmış gibi hissettim. Celia beni terk ettiğinden beri böyle öpülmemiştim. Hayatımın aşkı kapıdan çıkıp gittiğinden beri arzuyla, benim arzumu da kamçılayan bir arzuyla öpülmemiştim.

Şimdi ise Max, aramızda ezilmiş hamburgerler ve dudaklarımın üzerindeki sıcak dudakları vardı.

"Böyle yani," dedi geri çekilirken. "Bununla ne istersen onu yap."

❖ ❖ ❖

Ertesi sabah yatağımda yemeğini yiyen yedi yaşında bir çocukla, bir Oscar sahibi olarak uyandım.

Kapı tıklatıldı. Sabahlığımı alıp kapıyı açtım. Karşımda iki düzine kırmızı gül ve bir not vardı. Notta şöyle yazıyordu: "Tanıştığımız günden beri seni seviyorum. Vazgeçmeyi denedim. İşe yaramadı. Onu bırak, *ma belle*. Benimle evlen. Lütfen. XO, M."

50

"**B**URADA KESELİM," dedi Evelyn. Haklıydı. Saat epey geç olmuştu. Geri dönmem gereken bir sürü cevapsız arama ve mail olduğunu tahmin ediyordum. Bunların içinde David'den sesli bir mesaj da vardı.

"Tamam," dedim. Defterimi kapadım, kayıt cihazını durdurdum.

Evelyn gün boyunca dağılmış bazı kâğıtlarla kirli kahve fincanlarını topladı.

Telefonuma baktım. David'den iki cevapsız arama. Frankie'den bir, annemden de bir arama vardı.

Evelyn'e veda ederek caddede ilerlemeye başladım.

Hava beklediğimden daha sıcaktı. Montumu çıkardım. Telefonumu cebimden çıkarıp elime aldım. Önce annemin sesli mesajını dinledim. David'in ne söylediğini öğrenmeye hazır olduğumdan emin değildim. Ben ondan ne söylemesini istiyordum, ondan da emin değildim. Yani neyi duymamak beni hayal kırıklığına uğratacaktı bilmiyordum.

"Selam tatlım," dedi annemin sesi. "Sadece yakında orada olacağımı hatırlatmak için aramıştım! Uçuşum cuma akşamı. Biliyorum, geçen sefer metroda kayboldum diye beni havaalanında karşılamakta ısrar edeceksin sen şimdi. Ama endişelenme. Gerçekten. JFK'den kızımın evine nasıl gideceğimi çözebilirim. Ya da LaGuardia'dan. Ah, Tanrım, yanlışlıkla Newark'a bilet aldığımı düşünmedin, değil mi? Hayır, almadım. Almam. Neyse, seni göreceğim için çok heyecanlıyım, benim tombik bebeğim. Seni seviyorum."

Mesaj daha bitmeden gülmeye başlamıştım. Annem New York'ta yalnızca bir kez değil, birkaç kez kaybolmuştu. Hepsi de taksiye binmeyi reddettiği içindi. Los Angeles'ta doğup büyümüş olmasına, dolayısıyla iki farklı ulaşım aracının nasıl kesiştiğine dair hiçbir fikri olmamasına rağmen buradaki toplu taşımayı kullanabileceğinde ısrar ediyordu.

Ayrıca bana tombik bebeğim demesinden de her zaman nefret etmiştim. Büyük oranda, çocukken ne kadar şişman olduğuma bir gönderme olduğunu ikimiz de bildiğimiz içindi. Fazla doldurulmuş bir etli hamura benziyordum.

Mesaj bittiğinde ben de ona yazılı cevabımı bitirip göndermiş (*Seni göreceğim için çok heyecanlıyım! Havaalanında buluşuruz. Sen hangisi olduğunu söyle yeter*) ve metro istasyonuna gelmiştim.

Kendimi David'in sesli mesajını da Brooklyn'e varınca dinleyebileceğime ikna edebilirdim. Neredeyse yapıyordum da. Çok yaklaşmıştım. Ama onun yerine merdivenin başında durup oynatma tuşuna bastım.

"Selam," diyordu, çok aşina olduğum o pürüzlü sesiyle. "Sana mesaj attım ama yanıt alamadım. Ben... Ben New York'tayım. Evdeyim. Yani burada, dairede. Bizim evde. Ya da... senin evinde. Her neyse. Buradayım işte. Seni bekliyorum. Biraz ani olduğunu biliyorum. Ama sence de bazı şeyleri konuşmamız gerekmiyor mu? Sence de söylenecek başka bir şeyler daha yok mu? Şu an boş boş konuşuyorum, o yüzden kapatayım. Ama umarım yakında görüşürüz."

Mesaj bittiğinde merdivenlerden indim, kartımı okuttum ve hareket etmek üzereyken trene bindim. Kalabalık vagona sıkışarak tren her durakta kükrerken sakinleşmeye çalıştım.

Evde ne halt ediyor bu?

Trenden inip caddeye çıktım. Temiz havaya çıkınca yeniden montumu giydim. Bu gece Brooklyn, Manhattan'dan daha serindi.

Eve koşmamak için kendimi tuttum. Sakinleşmeye, toparlanmaya çalıştım. *Acele etmene gerek yok,* dedim kendi kendime. Hem oraya vardığımda soluk soluğa olmak istemiyordum. Saçlarımın mahvolmasını da istemiyordum.

Ön girişe doğru ilerleyerek daireme çıkan merdivenleri tırmandım.

Anahtarımı kilide soktum.

İşte oradaydı.

David.

Mutfağımda, sanki burada yaşıyormuş gibi bulaşıkları topluyordu.

"Selam," dedim ona bakarak.

Aynı görünüyordu. Mavi gözler, kalın kirpikler, kısa kesilmiş saçlar. Üzerinde bordo eflatun bir tişörtle koyu gri kot pantolon vardı.

Onunla ilk tanıştığımızda, birbirimize âşık olduğumuzda, onun beyaz oluşunun işleri kolaylaştırdığını çünkü bana hiçbir zaman yeterince siyah olmadığımı söylemeyeceğini düşündüğümü hatırladım. Sonra Evelyn'in hizmetçisini ilk kez İspanyolca konuşurken duyuşunu düşündüm.

David'in çok okuyan biri olmayışının, asla kötü bir yazar olduğumu düşünmeyeceği anlamına geldiğini düşündüğümü hatırladım. Sonra Celia'nın Evelyn'e iyi bir aktris olmadığını söyleyişini düşündüm.

Daha çekici taraf olmanın bana kendimi daha iyi hissettirdiğini düşündüğümü hatırladım. Çünkü bunun, David'in beni asla terk etmeyeceği anlamına geldiğini düşünmüştüm. Sonra Don'un, Evelyn'e, dünyanın en güzel kadını olduğunu kanıtlayabileceğiniz birine buna rağmen nasıl davrandığını düşündüm.

Evelyn bu zorluklara karşı durmuştu.

Ama şimdi karşımda duran David'e bakarken, bütün bu zorluklardan kaçmış olduğumu görebiliyordum.

Belki de hayatım boyunca.

"Selam," dedi.

Kendime engel olmadım, sözler ağzımdan döküldü. Onları bir şekle sokacak ya da yumuşatacak zamanım, enerjim ya da kendimi zaptetme isteğim yoktu. "Burada ne işin var?" dedim.

David elindeki kâseyi dolaba koydu, sonra bana döndü. "Birkaç meseleyi halletmek için döndüm," dedi.

"Ben de halledilecek bir mesele miyim?" diye sordum.

Çantamı köşeye bıraktım. Ayakkabılarımı çıkarıp attım.

"Yoluna koymam gereken bir şeysin," dedi. "Bir hata yaptım. Sanırım ikimiz de hatalıyız."

Neden şu âna kadar esas meselenin benim özgüvenim olduğunu fark edememiştim? Sorunlarımın çoğunun temelinde, herhangi birine beğenmiyorsa gidip kendini becermesini söyleyecek cesaretimin olmamasının yattığını? Dünyanın çok daha fazlasını istediğini gayet iyi bilmeme rağmen neden daha azıyla yetinerek bunca zaman harcamıştım?

"Ben hata falan yapmadım," dedim. Bu, onun kadar beni de şaşırttı. Hatta belki beni bir parça daha fazla şaşırtmıştı.

"Monique, ikimiz de düşüncesizce davrandık. Ben senin San Francisco'ya taşınmamana öfkelendim. Çünkü senden benim için, kariyerim için fedakârlık bekleme hakkını kazandığımı düşünüyordum."

Cevabımı düşünmeye başlamıştım ama David konuşmaya devam etti.

"Sen de bunu önce sana danışmamama öfkelendin çünkü buradaki hayatının ne kadar önemli olduğunu biliyordum. Ama... Bu meseleyi halletmenin başka yolları da var. Bir süre uzak mesafeli bir ilişki yürütebiliriz. Sonunda ben yeniden buraya dönerim ya da belki zaman içinde sen San Francisco'ya taşınmaya karar verirsin. Başka seçeneklerimiz de var. Söylemek istediğim yalnızca bu. Boşanmak zorunda değiliz. Vazgeçmek zorunda değiliz."

Kanepeye oturdum. Parmaklarımı oynatarak düşünmeye başladım. O bunları söylediğinde, son birkaç haftadır beni en çok üzenin, canımı sıkanın ve kendimi bu kadar korkunç hissetmeme neden olanın ne olduğunu fark etmiştim.

Reddedilmek değildi.

Kalbim de kırık değildi.

Mesele yenilgiydi.

Don beni terk ettiğinde kalbim kırılmadı. Yalnızca evliliğimin başarısız olduğunu hissettim. Bunlar birbirinden oldukça farklı şeyler.

Evelyn bunları daha geçen hafta söylemişti.

Beni neden bu kadar rahatsız ettiğiniyse şimdi anlıyordum.

Yenildiğim için sersemlemiştim. Kendim için doğru adamı seçememiştim. Yanlış bir evliliğe adım atmıştım. Çünkü otuz beş yaşındaydım ve henüz kimseyi onun için fedakârlık yapacak kadar sevmemiştim. Kalbimi kimseye bu kadar açmamıştım henüz.

Bazı evlilikler o kadar da harika olmayabilir. Bazı aşklar bütün tarafları kapsamaz. Kimi zaman ayrılırsınız çünkü bir aradayken o kadar da iyi değilsinizdir.

Boşanma kimi zaman dünyayı sarsan bir kayıptır. Bazense sadece iki insanın bir pustan kurtuluşundan ibarettir.

"Ben sanmıyorum.... Bence San Francisco'ya, evine dönmelisin," dedim sonunda.

David gelip yanıma oturdu.

"Bence ben de burada kalmalıyım," dedim. "Ayrıca uzun mesafe evliliğinin doğru bir hamle olduğunu sanmıyorum. Bence doğru hamle... boşanmak."

"Monique..."

"Üzgünüm," dedim David elime uzanırken. "Keşke böyle hissetmeseydim. Ama sanırım derinlerde bir yerde sen de böyle hissediyorsun. Çünkü buraya beni ne kadar özlediğini söylemeye gelmedin. Ya da bensiz yaşamanın ne kadar zor olduğunu söylemeye. Vazgeçmek istemediğini söyledin. Bir şey diyeyim mi, ben de vazgeçmek istemiyorum. Bu işte başarısız olmak istemiyorum. Ama aslına bakarsan bu, bir arada kalmak için iyi bir neden sayılmaz. Vazgeçmek istemeyişimizin *nedenleri* olmalı. Benimse... Benim öyle bir nedenim yok." Söylemek istediğim şeyi kibarca söylemenin bir yolunu bilmiyordum. O yüzden doğrudan söyledim. "Sen hiçbir zaman benim diğer yarımmışsın gibi hissettirmedin."

Ancak David kanepeden kalktığında orada oturup uzun süre konuşacağımızı varsaydığımı fark ettim. Ve ancak David ceketini giyince muhtemelen bu gece burada kalacağını düşündüğünü fark ettim.

Ama David elini kapının kulpuna attığında, nihayetinde daha iyi bir yaşam bulmak için cansız bir yaşamı sonlandırdığımı fark ettim.

"Umarım günün birinde diğer yarınmış gibi hissettiğin birini bulursun," dedi David.

Celia gibi.

"Teşekkürler," dedim. "Umarım sen de bulursun."

David gülümsedi ama daha çok kaş çatar gibiydi. Sonra gitti.

Bir evliliğini bitirdiğinizde uykularınızın kaçması gerekir, değil mi?

Bana öyle olmadı. Rahat bir uyku çektim.

✦ ✦ ✦

Ertesi sabah Evelyn'in evine henüz girmiştim ki Frankie aradı. Başta sesli mesaja yönlendirmeyi düşündüm ama kafamda dönüp duran çok fazla şey vardı zaten. Bunlara bir de *Frankie'yi geri ara* maddesi eklemek limiti zorlayabilirdi. Şimdi halletmek daha iyiydi. Halledip ardımda bırakmak.

"Selam Frankie," dedim.

"Selam," dedi. Sesi rahat, hatta neşeliydi. "Fotoğrafçılarla bir iş programı yapmamız gerekiyor. Evelyn onların eve gelmesini ister diye düşündüm."

"Ah, güzel soru," dedim. "Bir saniye." Telefonun mikrofonunu kapatıp Evelyn'e döndüm. "Fotoğraf çekiminin nerede ve ne zaman olmasını istersin diye soruyorlar."

"Burası iyi," dedi Evelyn. "Cuma diyelim."

"Cumaya üç gün var."

"Evet, bildiğim kadarıyla perşembeden sonra cuma geliyor. Böyle bir hakkım var mı?"

Gülümseyerek başımı salladım. Sonra telefonun mikrofonunu açıp Frankie'ye döndüm. "Evelyn onun evinde, cuma günü diyor."

"Öğlene doğru olabilir," dedi Evelyn. "On bir."

"On bir iyi mi?" diye sordum Frankie'ye.

Frankie kabul etti. "Kesinlikle mükemmel!"

Telefonu kapattım Evelyn'e baktım. "Üç gün sonrası için fotoğraf çekimi mi istiyorsun?"

"Hayır, *sen* benden fotoğraf çekimine katılmamı istemiştin, unuttun mu?"

"Ama yani cumadan emin misin?"

"O zamana kadar işimiz bitmiş olur," dedi Evelyn. "Normalde olduğundan da daha geç saatlere kadar çalışman gerekecek. Grace'e senin sevdiğin muffinlerden yaptırırım. Artık Peet's kahvesi sevdiğini de biliyorum, onu da ayarlarız."

"Tamam," dedim. "Olur ama hâlâ almamız gereken epey yol var."

"Endişelenme. Cumaya kadar bitmiş olur."

Ona şüpheyle baktığımda, "Mutlu olmalısın, Monique. İstediğin cevapları alacaksın," dedi.

51

Harry, Max'in bana gönderdiği notu okuyunca buz kesti. Bir süre konuşmadı. Önce notu ona göstererek duygularını incittiğimi düşündüm ama sonra düşündüğünü fark ettim.

Connor'ı Beverly Hills'teki Coldwater Canyon'un parkına götürmüştük. New York'a uçuşumuz birkaç saat sonraydı. Connor salıncaklarda oynarken Harry'yle ikimiz onu izliyorduk.

"Aramızda değişen hiçbir şey olmaz," dedi. "Boşanırsak."

"Ama Harry..."

"John gitti. Celia gitti. Artık çifte randevuların ardına saklayacak bir şey kalmadı. Değişen hiçbir şey olmaz."

"*Biz* değişiriz," dedim, Connor'ın bacaklarını daha hızlı sallayarak daha yükseğe uçuşunu izlerken.

Harry de güneş gözlüklerinin ardından onu gülümseyerek izliyordu. Connor'a el salladı. "Aferin, tatlım," diye seslendi. "O kadar yükseğe uçacaksan zincirlere sımsıkı tutunmayı unutma."

İçki konusunda kendini biraz kontrol etmeye başlamıştı. Bağımlılık anlarını özenle bulup seçmeyi öğrenmişti. İşinin ya da kızının önüne hiçbir şeyin geçmesine izin vermiyordu. Ama ben yine de tamamen kendi başına bırakılırsa ne yapacağı konusunda kaygılıydım.

Bana döndü. "Değişmeyeceğiz, Ev. Söz veriyorum. Ben yine şimdiki gibi kendi evimde yaşayacağım. Sen de senin evinde. Her gün geleceğim. Connor istediği zaman geceleri bende kalacak. Görünürde herhangi bir şey olursa daha mantıklı olabilir. İnsanlar çok geçmeden neden farklı evlerde yaşadığımızı merak eder."

"Harry..."

"Sen ne istersen onu yap. Max'le birlikte olmak istemiyorsan olma. Ben yalnızca boşanmamız için oldukça iyi nedenlerimiz olduğunu söylüyorum. Sana bir daha eşim diyemeyecek olmak dışında bir götürüsü de olmayacak, ki bilirsin, senin eşim olduğunu söylemekten her zaman gurur duymuşumdur. Ama biz her zaman nasılsak öyle kalacağız. Bir aile olacağız. Hem zaten... Bana sorarsan birilerine âşık olmak sana iyi gelecektir. O şekilde sevilmeyi hak ediyorsun."

"Sen de öyle."

Harry kederle gülümsedi. "Benim bir aşkım vardı. Öldü. Ama senin için tam zamanı bence. Belki Max olur, belki başka biri."

"Senden boşanma fikri hoşuma gitmiyor," dedim. "Ne kadar anlamsız olursa olsun, umurumda değil."

Connor en yükseğe çıkıp bacaklarını iki yana açarken, "Baba beni izle!" diye seslendi. Sonra en tepedeyken atlayıp yere kondu. Neredeyse kalbim duracaktı.

Harry güldü. "Mükemmel!" dedi Connor'a. Sonra bana döndü. "Özür dilerim. Ona bunu ben öğretmiş olabilirim."

"Onu anladım."

Connor yeniden salıncağa bindiğinde Harry bana doğru eğilerek kolunu omzuma attı. "Benden boşanma fikrinin hoşuna gitmediğini biliyorum," dedi. "Ama Max'le evlenme fikrinden de hoşlandığını düşünüyorum. Yoksa o notu bana göstermekle uğraşmazdın."

❖ ❖ ❖

"Bu konuda gerçekten ciddi misin?" diye sordum.

Max'le birlikte New York'ta, onun evindeydik. Bana beni sevdiğini söylemesinin üzerinden üç hafta geçmişti.

"Gayet ciddiyim," dedi Max. "Ne diyorlardı? Kanser kadar ciddiyim."

"Kalp krizi."

"İyi. Kalp krizi kadar ciddiyim."

"Birbirimizi neredeyse hiç tanımıyoruz," dedim.

"Birbirimizi 1960'tan beri tanıyoruz, *ma belle*. Aradan ne kadar zaman geçtiğini fark etmemişsin. Yirmi yıldan fazla oldu."

Kırklı yaşlarımın ortasındaydım. Max ise benden birkaç yaş büyüktü. Kızım ve sahte kocamla yaşarken yeniden âşık olmanın benim için söz konusu bile olmayacağını düşünüyordum. Nasıl olduğunu anlamamıştım bile.

Şimdi ise karşımda bir erkek, yakışıklı, hoşlandığım, bir geçmişimiz olan bir erkek vardı ve bana beni sevdiğini söylüyordu.

"Yani Harry'den ayrılmamı mı öneriyorsun? Öylece bırakayım mı? Aramızda olabileceğini düşündüklerimiz yüzünden?"

Max yüzünü asarak baktı bana. "Sandığın kadar aptal biri değilim," dedi.

"Senin aptal olduğunu hiç düşünmedim ki."

"Harry eşcinsel," dedi.

Bedenimin bir anda ondan olabildiğince uzaklaştığını hissettim. "Neden bahsettiğine dair hiçbir fikrim yok."

Max güldü. "Hamburger alırken bu replik işine yaramamıştı. Şimdi de yaramayacak."

"Max..."

"Benimle zaman geçirmekten hoşlanıyor musun?"

"Elbette hoşlanıyorum."

"Peki yaratıcı anlamda birbirimizi anladığımıza katılmıyor musun?"

"Tabii ki katılıyorum."

"Kariyerinin en önemli üç filminde yönetmenin ben değil miydim?"

"Öyleydin."

"Sen de bunun tesadüf olduğunu düşünüyorsun, öyle mi?"

Bir süre düşündüm. "Hayır," dedim. "Tesadüf değil."

"Evet, değil," dedi. "Çünkü ben seni *görüyorum*. Çünkü senin için yanıp tutuşuyorum. Çünkü gözlerim ne zaman sana değse, bedenim arzuyla dolup taşıyor. Çünkü on yıllardır sana âşığım. Kamera seni, benim gördüğüm gibi görüyor. Böyle olduğunda sen de hızlı yükseliyorsun."

"Yetenekli bir yönetmensin."

"Evet, elbette öyleyim," dedi. "Ama yalnızca sen bana ilham verdiğin için. Sen, benim Evelyn Hugo'm, içine bulunduğun her filmi güçlendiren bir yeteneksin. Sen benim ilham perimsin. Ben de senin yol gösterenin. Sana en iyi işleri getiren insan benim."

Derin bir nefes aldım. Söylediklerini düşündüm. "Haklısın," dedim. "Kesinlikle haklısın."

"Bundan daha erotik bir şey düşünemiyorum," dedi. "İki insanın birbirine ilham vermesinden daha erotik bir şey olamaz." Bana doğru eğildi. Sıcaklığını tenimde hissedebiliyordum. "Birbirimizi anlama biçimimizden daha anlamlı hiçbir şey düşünemiyorum. Harry'den ayrılmalısın. O kendini toparlar. Kimse onun durumunu bilmiyor. Biliyorlarsa da konuşmuyorlar. Artık onu korumana ihtiyacı yok. *Benim* ise sana ihtiyacım var, Evelyn. Sana öyle çok ihtiyacım var ki," diye fısıldadı kulağıma. Nefesinin sıcaklığı, kirli sakallarının yanağımı çizişi beni kışkırttı.

Onu kavrayıp öpmeye başladım. Kendi gömleğimi çıkardım. Onunkini yırttım. Pantolonunun kemerini çözüp tokasını fırlattım. Kendi kotumun düğmesini de koparır gibi açarak vücudumu onunkine doğru bastırdım.

Bana sarılışı, hareket edişi, benim için yanıp tutuştuğunu açıkça gösteriyordu. Sanki bana dokunabilecek kadar şanslı olduğuna inanamıyordu. Sutyenimin askılarını çıkarıp memelerimi serbest bıraktığımda gözlerimin içine baktı, sonra sanki gizli bir hazinenin kilidini açarmış gibi ellerini mememe götürdü.

Bu öyle iyi gelmişti ki. Bu şekilde dokunulmak. Kendi arzumu özgür bırakmak. Max kanepeye uzandı, ben de üzerine oturdum.

İstediğim gibi hareket ederek, ondan ihtiyacım olanı alarak yıllardan beri ilk kez hazzı hissettim.

Çölde su bulmuş gibiydim.

Bittiğinde ondan ayrılmak istemedim. Onun yanından hiç ayrılmak istemiyordum.

"Üvey baba olacaksın," dedim. "Bunun farkında mısın?"

"Connor'ı seviyorum," dedi Max. "Çocukları seviyorum. Yani bu benim için güzel bir şey."

"Harry de hep etrafımızda olacak. Asla bizden uzaklaşmayacak. O demirbaş."

"Beni rahatsız etmiyor. Harry'yi hep sevmişimdir."

"Kendi evimde kalmak istiyorum," dedim. "Burada değil. Connor'ı bulunduğu yerden ayırmayacağım."

"Olur," dedi.

Bir süre sessiz kaldım. Tam olarak ne istediğimi bilmiyordum. Tek bildiğim, onunla daha fazla birlikte olmak istiyordum. Onu yeniden deneyimlemek istiyordum. Max'i bir kez daha öptüm. İnledim. Sonra üzerime çıkmasına izin verdim. Gözlerimi kapadığımda, yıllar sonra ilk kez Celia'yı görmedim.

"Evet," dedim o benimle sevişirken. "Seninle evlenirim."

BİR HAYAL KIRIKLIĞI OLARAK
MAX GIRARD

◆ ◆ ◆

NOW THIS

11 Haziran 1982

Evelyn Hugo, Yönetmen Max Girard'la Evlenmek için Harry Cameron'dan Boşanıyor

Evelyn Hugo tam bir evlilik insanı! 15 yıllık evliliğin ardından Harry Cameron ile yollarını ayırmaya karar verdiler. İkili bu yıl iyice yükselişe geçmiş, ikisi de *All for Us* ile Oscar kazanmıştı.

Ancak bazı kaynaklar Evelyn ile Harry'nin bir süredir ayrı olduğunu iddia ediyor. Evlilikleri son yıllarda arkadaşlığa dönüşmüş. Harry'nin müteveffa arkadaşı John Braverman'ın, Evelyn'in bir sokak aşağısındaki evinde yaşadığını öne sürenler var.

Evelyn de bu zamanı *All for Us*'taki yönetmeni Max Girard'la yakınlaşarak değerlendirmiş gibi görünüyor. İkili evlenmeyi planladıklarını duyurdu. Max'in Evelyn için şanslı mutluluk bileti olup olmadığını zaman gösterecek. Bildiğimiz şu ki Evelyn'in altı numaralı kocası olacak.

52

Max ile Joshua Tree'de, Connor, Harry ve Max'in kardeşi Luc'un katıldığı bir törenle evlendik. Max aslında nikâhımız ve balayımız için Saint-Tropez ya da Barcelona'yı önermişti. Ama ikimiz de Los Angeles'taki film çekimlerimizi daha yeni bitirmiştik ve çölde küçük bir grupla birlikte olma fikrinin kulağa hoş geldiğini düşündüm.

Uzun zaman önce masumiyet numarası yapmayı bıraktığımdan beyaz giymek istememiştim. Onun yerine okyanus mavisi uzun bir elbise giydim. Sarı saçlarımsa çok az kabartılmıştı. Kırk dört yaşındaydım.

Connor saçlarına çiçekler takmıştı. Harry üzerinde bir pantolon ve yakası düğmeli bir gömlekle Connor'ın yanındaydı.

Damat Max, beyaz keten bir takım giymişti. İlk evliliği olduğu için beyaz giymesi gerekenin o olduğuna dair şakalar geçmişti aramızda.

O akşam Harry ile Connor uçakla New York'a döndü. Luc da Lyon'daki evine uçtu. Max'le ikimiz bir kulübede kaldık. Issız bir gecede yalnızdık.

Yatakta, masada, gecenin ortasında, verandada, yıldızların altında seviştik.

Sabah greyfurt yiyip kart oynadık. Televizyonda kanalları gezdik. Güldük. Sevdiğimiz filmlerden, çektiğimiz filmlerden, çekmek istediğimiz filmlerden bahsettik.

Max, başrolünde benim olacağım bir aksiyon filmi düşündüğünü söyledi. Ona bir aksiyon kahramanı olmaya uygun olup olmadığımdan pek emin olmadığımı söyledim.

"Kırklarımdayım, Max," dedim. Çölde yürüyorduk. Güneş bizi mahvediyordu. Suyu da kulübede unutmuştum.

Yürümeye devam ederken kumları tekmeleyerek, "Sen yaşsızsın," dedi bana. "Her şeyi yapabilirsin. Sen Evelyn Hugo'sun."

"Ben Evelyn'im," dedim ona. Olduğum yerde durdum. Elini tuttum. "Bana sürekli Evelyn Hugo demene gerek yok."

"Ama sen osun," dedi. "Sen *şu* Evelyn Hugo'sun. Sıradışısın."

Gülümsedim. Sonra onu öptüm. Sevdiğimi ve sevildiğimi hissetmek beni çok rahatlatmıştı. Yeniden biriyle birlikte olmak istemek beni canlandırmıştı. Celia'nın bana asla geri dönmeyeceğini düşündüm. Ama Max yanımdaydı. O benimdi.

Kulübeye geri döndüğümüzde ikimiz de güneşten yanıp kavrulmuştuk. Akşam yemeği için fıstık ezmesiyle marmelat hazırladım. Yatağa oturup haberleri izledik. Bir an çok huzurlu hissettim kendimi. Kanıtlanacak yahut saklanacak hiçbir şey yoktu.

Uyurken Max bana sarıldı. Kalp atışlarını sırtımda hissedebiliyordum.

Ertesi sabah saçlarım darmadağınık ve nefesim kokarak uyandığımda, yüzünde bir tebessüm görmeyi bekleyerek dönüp Max'e baktım. Ama onu sanki saatlerdir tavana bakıyormuş gibi donuk buldum.

"Ne düşünüyorsun?" diye sordum.

"Hiç."

Göğsündeki kıllar beyazlamaya başlamıştı. Bunun onu daha hoş gösterdiğini düşünüyordum.

"Ne oldu?" dedim. "Bana söyleyebilirsin."

Dönüp bana baktı. Bakımsız görüntümden utanır gibi oldum, saçlarımı düzelttim. Max bakışlarını yeniden tavana çevirdi.

"Hiç böyle hayal etmemiştim."

"Ne hayal etmiştin ki?"

"Seni," dedi. "Seninle görkemli bir hayat hayal etmiştim."

"Artık etmiyor musun?"

"Hayır, öyle değil," dedi başını sallayarak. "Dürüst olabilir miyim? Sanırım çölü hiç sevmedim. Çok güneşli, iyi yemek yok. Neden buradayız ki? Biz şehir insanıyız, aşkım. Eve dönmeliyiz."

Daha büyük bir şey olmadığı için rahatlayarak güldüm. "Burada üç günümüz daha var," dedim.

"Evet, evet, biliyorum, *ma belle* ama lütfen, eve dönelim."

"Erkenden mi?"

"Birkaç gün için Waldorf'tan oda tutabiliriz. Buradan iyidir."

"Tamam," dedim. "Eğer eminsen..."

"Eminim," dedi. Sonra kalkıp duşa girdi.

Bir zaman sonra havaalanında uçağın kalkmasını beklerken Max, uçuşta okuyacak bir şeyler almaya gitti. Döndüğünde elinde *People* dergisi vardı. Bana düğünümüzle ilgili yazıyı gösterdi.

Bana "cüretkâr seks bombası" demişlerdi, Max'e ise "beyaz atlı şövalye".

"Çok iyi, değil mi?" dedi. "Kraliyet mensupları gibi görünüyoruz. Bu fotoğrafta çok güzel görünüyorsun. Ama tabii ki görüneceksin. Sen busun sonuçta."

Gülümsedim ama aklımda yalnızca Rita Hayworth'ün meşhur sözü vardı. *Erkekler yatağa Gilda'yla giriyorlar ama benimle uyanıyorlar.*

"Birkaç kilo versem iyi olacak," dedi karnına vurarak. "Senin yanında yakışıklı görünmek istiyorum."

"Sen zaten yakışıklısın," dedim. "Her zaman yakışıklıydın."

"Hayır," dedi başını sallayarak. "Şu fotoğrafta beni nasıl çıkarttıklarına baksana. Üç tane çenem varmış gibi duruyor."

"Kötü bir fotoğraf, o kadar. Gerçekte harika görünüyorsun. Seninle ilgili tek bir şeyi bile değiştirmezdim, gerçekten."

Ama Max beni dinlemiyordu. "Sanırım kızarmış yiyecekleri bırakmam gerekiyor. Tam bir Amerikalı oldum, öyle değil mi? Senin için yakışıklı olmak istiyorum."

Aslında *benim* için yakışıklı olmaktan değil, benimle *birlikte* çekilecek fotoğraflarda yakışıklı görünmekten bahsediyordu.

Uçağa binerken kalbim biraz kırılmıştı. Uçuş boyunca dergiyi okuyuşunu izlerken o kırık daha da derinleşti.

Uçak inişe geçmeden hemen önce ekonomi sınıfından bir adam tuvaleti kullanmak için birinci sınıf bölmesine geldi ve beni görünce dönüp bir kez daha baktı. Adam gidince Max gülümseyerek bana döndü ve "Sence eve gittiğinde çevresindeki herkese Evelyn Hugo ile aynı uçakta olduğunu anlatır mı?" diye sordu.

Bunu söylediği an, kalbim tamamen ikiye bölündü.

◆ ◆ ◆

Max'in aslında beni sevmeye *çalışmak* gibi bir niyetinin olmadığını, yalnızca benim *idea*'mı sevme kapasitesine sahip olduğunu anlamam dört ay sürdü. Ondan sonra ise, çok salakça geliyor biliyorum ama ondan ayrılmak istemedim çünkü boşanmak istemedim.

Daha önce yalnızca bir kez sevdiğim bir adamla evlenmiştim. Bu, süreceğine inanarak yaptığım ikinci evlilikti. Hem zaten Don'u da ben terk etmemiştim, o beni bırakmıştı.

Max'e gelince, bir şeylerin değişebileceğini, bir şans olduğunu, bir şeylerin onu, beni olduğum gibi görmeye ve öyle sevmeye yöneltebileceğini düşünüyordum. Belki o gerçek beni sevmeye başladığında ben de gerçek Max'i sevebilirdim.

Sonunda biriyle anlamlı bir evliliğim olabileceğini düşünmüştüm.

Ama bu hiç olmadı.

Max, beni bir ödülmüşüm gibi yanında taşıyarak şehre hava attı. Herkes Evelyn Hugo'yu istiyordu, Evelyn Hugo ise onu.

Boute-en-Train'deki o kız herkesi büyülemişti. Onu yaratan adamı bile. Ben ise Max'e o kızı benim de sevdiğimi ama o kız olmadığımı söylemenin bir yolunu bilmiyordum.

53

1988'DE CELIA, BİR FİLM uyarlamasında Leydi Macbeth rolünü aldı. En iyi kadın oyuncu dalında aday olabilirdi. Filmde ondan daha büyük bir rolü olan başka bir kadın yoktu. Ama o, en iyi yardımcı kadın oyuncu adaylığına yazdırmış olmalıydı kendini. Çünkü oy pusulası geldiğinde, o dalda aday olduğunu gördüm. Görür görmez de onun isteği olduğunu anladım. Öyle zeki biriydi.

Doğal olarak ona oy verdim.

Oscar'ı kazandığında Connor ve Harry'yle birlikte New York'taydım. Max o yıl törene tek başına gitmişti. Bu, aramızda bir kavgaya neden olmuştu. O beni yanında istiyordu. Bense geceyi korselerle ve on beş santim topuklularla değil, ailemle geçirmek istemiştim.

Hem dürüst olmak gerekirse, artık elli yaşındaydım. Rekabet etmem gereken yeni nesil aktrislerle doluydu her yer. Hepsi pürüzsüz tenleri ve parlak saçlarıyla mükemmel görünüyordu. Mükemmel biri olarak tanınıyorsan, birinin yanında durup yetersiz kalmaktan daha kötü bir kader hayal edemezsin.

Bir zamanlar ne kadar güzel olduğumun hiçbir önemi yoktu. Zaman geçiyordu ve herkes bunu görebilirdi.

Aldığım roller giderek kesiliyordu. Artık genellikle yarı yaşımdaki kadınlara önerilen büyük rollerin annelerini oynamam teklif ediliyordu. Hollywood'da yaşam çan eğrisi gibidir. Ben, en tepedeki zamanımı olabildiğince uzatmıştım. Çoğu insandan daha uzun süre kalmıştım orada. Ama artık o köşeyi dönmem gerekiyordu. Hepsi beni emekliye ayırmak istiyordu.

O yüzden Akademi Ödülleri'ne katılmak istemedim. L.A.'e uçmak ve bütün günümü makyaj sandalyesinde geçirdikten sonra karnımı içime çekip dimdik durarak yüzlerce kameranın, milyonlarca çift gözün karşısına geçmek yerine günü kızımla geçirdim.

Luisa izindeydi. Onun yerine bakmasını isteyeceğimiz kimseyi bulamamıştık. Biz de Connor'la evi temizleme oyunu uydurup oynadık. Birlikte akşam yemeği yaptık. Daha sonra mısır patlatarak Harry'yle birlikte oturup Celia'nın ödülü kazanışını izledik.

Celia'nın üzerinde fırfırlı, sarı ipekten bir elbise vardı. Artık daha kısa olan kızıl saçları topuz yapılmıştı. Yaşlanmıştı, evet ama hâlâ nefes kesiciydi. Adını okuduklarında sahneye çıkarak seyircilerin onda her zaman gördükleri zarif ve içten tavırlarıyla ödülünü aldı. Mikrofonu bırakmak üzereyken dönüp, "Ve bu akşam kendini tutamayıp televizyonu öpecek olanlar, lütfen dişinizi kırmayın," dedi.

Connor, "Anne, neden ağlıyorsun?" diye sordu.

Gözyaşlarımın aktığını, elimi yüzüme götürünce fark ettim.

Harry sırtımı sıvazlayarak gülümsedi. "Onu aramalısın," dedi. "Savaş baltalarını gömmek hiçbir zaman kötü değildir."

Aramak yerine bir mektup yazdım.

> Çok sevgili Celia,
> Tebrikler! Bunu kesinlikle hak ettin. Neslimizin en yetenekli aktrisi olduğuna hiç şüphe yok.
> Senin çok ama çok mutlu olmandan başka hiçbir şey istemiyorum. Bu kez TV'yi öpmedim ama önceden olduğu kadar yüksek sesle sevindim.
>
> *Tüm sevgimle,*
> *~~Edward~~*
> *Evelyn*

Mektubu, şişeye konmuş bir mesaj göndermenin huzuruyla gönderdim. Yani herhangi bir cevap beklemiyordum. Ama bir hafta sonra cevap geldi. Küçük, kare biçiminde, krem rengi bir zarfta adım yazıyordu.

Çok sevgili Evelyn,
Mektubunu uzun zaman suyun altında yaşamış da nefessiz kalmışım gibi okudum. Umarım o kadar anlayışsız olduğum için beni affedersin. Her şeyi bu kadar berbat etmeyi nasıl başardık? Peki ya neredeyse on yıldır konuşmadığımız hâlde hâlâ her gün sesini zihnimde duymama ne demeli?
XO
Celia

Çok sevgili Celia,
Bütün yanlış adımlarımız bana ait. Bencil ve öngörüsüzdüm. Tek umudum, mutluluğu başka bir yerde bulmuş olmandır. Çok mutlu olmayı hak ediyorsun. Sana bu mutluluğu veren ben olamadığım için özür dilerim.
Sevgiler,
Evelyn

Çok sevgili Evelyn,
Düzenlenmiş bir geçmişle uğraşıyorsun. Güvensiz, dar görüşlü ve naiftim. Sırlarımızı gizlemek için yaptıkların konusunda seni suçladım. Ama gerçek şu ki, sen dış dünyanın yaşamımıza bulaşmasını her önlediğinde yoğun bir rahatlama duymuştum. Ayrıca en mutlu anlarımın hepsi senin tarafından planlandı. Bu konuda hakkını hiçbir zaman vermedim. İkimiz de suçluyuz. Ama özür dileyen yalnızca sen oldun. Lütfen bunu şimdi düzeltmeme izin ver: Özür dilerim, Evelyn.
Sevgiler,
Celia

NOT: *Birkaç ay önce Three A.M.'i izledim. Oldukça cesur, cüretkâr ve önemli bir film. Bunun önünü tıkamam yanlış olurmuş. Sen her zaman benim inandığımdan çok daha yetenekliydin.*

Çok sevgili Celia,
    Sence sevgililer arkadaş olabilir mi? Konuşmadan geçirerek heba ettiğimiz yılları düşünmekten nefret ediyorum.
Sevgiler,
Evelyn

Çok sevgili Evelyn,
    Max, Harry gibi mi? Rex gibi mi?
Sevgiler,
Celia

Çok sevgili Celia,
    Bunu söylediğim için üzgünüm ama hayır, değil. O farklı. Ama seni görmek için deliriyorum. Görüşebilir miyiz?
Sevgiler,
Evelyn

Çok sevgili Evelyn,
    Dürüst olmam gerekirse bu haber beni üzdü. Seni bu şartlarda görmeye katlanabilir miyim bilmiyorum.
Sevgiler,
Celia

Çok sevgili Celia,
    Geçen hafta seni birkaç kez aradım ama aramalarıma dönmedin. Yeniden deneyeceğim. Lütfen, Celia. Lütfen.
Sevgiler,
Evelyn

54

"Alo?" Sesi aynı eskisi gibiydi. Tatlı ama biraz sert.
"Benim," dedim.
"Selam." O an sesinin yumuşaması, hayatımı yeniden toparlayabileceğim, eskiye dönebileceğim konusunda beni umutlandırmıştı.
"Onu sevmiştim," dedim. "Max'i. Ama artık sevmiyorum."
Hatta kısa bir sessizlik oldu.
Sonra, "Ne diyorsun yani?" diye sordu.
"Seni görmek istediğimi söylüyorum."
"Seninle görüşemem, Evelyn."
"Tabii ki görüşebilirsin."
"Ne yapalım istiyorsun?" dedi. "Birbirimizi bir kez daha mı mahvedelim?"
"Beni hâlâ seviyor musun?" diye sordum.
Sessiz kaldı.
"Ben seni hâlâ seviyorum, Celia. Yemin ederim ki seviyorum."
"Ben... Bence bu konuyu kapamalıyız. Eğer..."
"Eğer ne?"
"Hiçbir şey değişmedi, Evelyn."
"Her şey değişti."
"İnsanlar hâlâ bizim gerçekte kim olduğumuzu öğrenmemeli."
"Elton John eşcinsel olduğunu itiraf etti," dedim. "Yıllar oldu."
"Elton John'ın bir çocuğu ve onun heteroseksüel bir erkek olduğuna inanan seyirciler üzerine kurulu bir kariyeri yok."

"İşlerimizi kaybedeceğimizi mi söylüyorsun?"

"Bunu sana söyleyenin ben olduğuma inanamıyorum," dedi.

"Sana değişenin ne olduğunu söyleyeyim," dedim. "Artık umursamıyorum. Her şeyden vazgeçmeye hazırım."

"Ciddi olamazsın."

"Çok ciddiyim."

"Evelyn, birbirimizi yıllardır görmüyoruz."

"Beni unutmayı başardığını biliyorum," dedim. "Joan'la birlikte olduğunu biliyorum. Eminim başkaları da olmuştur." Beni düzeltmesini, başka hiç kimse olmadığını söylemesini umarak bekledim. Ama yapmadı. Ben de devam ettim. "Ama beni sevmekten vazgeçtiğini söyleyebilir misin gerçekten?"

"Elbette hayır."

"Ben de söyleyemem. Seni her gün sevmeye devam ettim."

"Başka biriyle evlendin."

"Onunla evlendim çünkü seni unutmama faydası olmuştu," dedim. "Seni sevmekten vazgeçtiğim için değil."

Celia'nın derin bir nefes aldığını duydum.

"L.A.'e geleceğim," dedim. "Birlikte yemek yiyeceğiz, tamam mı?"

"Yemek mi?" diye sordu.

"Sadece yemek. Konuşmamız gereken şeyler var. Birbirimize en azından uzun, güzel bir sohbet borçluyuz. Önümüzdeki değil ondan sonraki haftaya ne dersin? Harry, Connor'a bakabilir. Birkaç gün orada kalabilirim."

Celia yine sessizliğe gömüldü. Düşünüyordu. Bir an için bunun geleceğimin, geleceğimizin karar ânı olduğu hissine kapıldım.

"Tamam," dedi. "Yemek."

◆ ◆ ◆

Havaalanına gideceğim sabah Max geç saatlere kadar uyudu. O gün öğleden sonra gece çekimi için sette olması gerekiyordu. Ben de veda etmek için elini sıkıp dolaptan eşyalarımı aldım.

Celia'nın mektuplarını yanıma alıp almama konusunda kararsızdım. Hepsini zarflarıyla birlikte saklamış, dolabımın arka tarafındaki bir kutunun içine yerleştirmiştim. Son birkaç gündür neler götüreceğimi seçerken, mektupları bir almış bir bırakmıştım. Bir türlü karar veremiyordum.

Celia'yla konuşmaya başladığımız günden beri mektupları her gün yeniden okuyordum. Onlardan ayrı kalmak istemiyordum. Parmaklarımı sözcüklerin üzerinde gezdirmek, kalemin kâğıtta oluşturduğu kabartıları hissetmek hoşuma gidiyordu. Kafamın içinde onun sesini duymayı seviyordum. Ama zaten Celia'yı görmeye gidiyordum. Mektuplara ihtiyacım olmadığına karar verdim.

Botlarımı giydim, ceketimi aldım. Sonra çantamın fermuarını açarak mektupları çıkardım ve kürklerimin arkasına sakladım.

Max'e bir not bıraktım: "Perşembe günü döneceğim, Maximilian. Sevgiler, Evelyn."

Connor mutfaktaydı. Harry'nin evine gitmeden önce Pop-Tart'larını alıyordu. Ben yokken orada kalacaktı.

"Babanda Pop-Tart yok mu?" diye sordum.

"Esmer şekerli olandan yok. O çileklilerden alıyor ama ben onları hiç sevmiyorum."

Connor'ı kucaklayıp yanağından öptüm. "Hoşça kal. Ben yokken uslu ol," dedim.

Bana gözlerini devirerek baktı. Bunu öpücük için mi yoksa direktif için mi yapmıştı, emin olamadım. On üç yaşına girmişti artık. Ergenliğe giriyordu ve bu durum canımı acıtmaya başlamıştı bile.

"Tamam, tamam, tamam," dedi. "Görürsem söylerim."

Dışarı çıktığımda limuzinim beni bekliyordu. Şoföre çantamı verdim. Son anda Celia'yla yiyeceğimiz yemekten sonra bana, beni bir daha görmek istemediğini söyleyebileceğini düşündüm. Bana benimle bir daha konuşmayı düşünmediğini söyleyebilirdi. Dönüş uçağına binip onun için daha büyük bir özlemle yanıyor olabilirdim. Mektupları istediğime karar verdim. Yanımda olmalıydılar. Onlara ihtiyacım vardı.

"Bir dakika bekle," dedim şoföre. Eve döndüm. Connor, benim binmek üzere olduğum asansörden çıkıyordu.

"Bu kadar çabuk mu döndün?" dedi. Çantası sırtındaydı.

"Bir şey unutmuşum. Güzel hafta sonları, tatlım. Babana birkaç güne döneceğimi söyle."

"Hı hı, tamam. Bu arada Max az önce kalktı."

"Seni seviyorum," diyerek asansörün düğmesine bastım.

"Ben de seni seviyorum," dedi Connor. Bana el salladıktan sonra ön kapıdan çıkıp gitti.

Üst kata çıkıp yatak odasına doğru ilerledim. Max içeride, dolabımın önündeydi.

Uzun zamandır ilk günkü gibi sakladığım Celia'nın mektupları odaya saçılmıştı. Çoğunun zarfı, önemsiz bir şeymiş gibi yırtılarak açılmıştı.

"Ne yapıyorsun?" diye sordum.

Max'in üzerinde siyah bir tişörtle eşofman altı vardı. "*Ben* mi ne yapıyorum?" dedi. "Bu kadarı da fazla artık. Buraya gelmiş bana ne yaptığımı mı soruyorsun?"

"Onlar benim."

"Ah, onu fark ettim, *ma belle.*"

Uzanıp mektupları elinden almaya çalıştım. Hepsini benden uzaklaştırdı.

"Bir ilişkin mi var?" dedi gülümseyerek. "Ah, ne kadar da Fransızsın."

"Max, kes şunu."

"Küçük bir sadakatsizliği önemsemem, canım. Eğer saygılı bir şekilde yapılmışsa ve ardında kanıt bırakmamışsa."

Bunu öyle bir söylemişti ki evliliğimiz boyunca başka insanlarla yatmış olduğunu fark ettim. Acaba Max ve Don gibi adamlardan gerçekten korunabilecek bir kadın var mıdır diye düşündüm. Kimbilir ne çok kadın, Evelyn Hugo gibi muhteşem olmanın kocalarının onları aldatmasını önleyebileceğini düşünmüştür diye geçirdim içimden. Ama benim sevdiğim erkeklere engel olamamıştı.

"Seni aldatmıyorum, Max. Keser misin şunu?"

"Belki de aldatmıyorsundur," dedi. "Buna inanabilirim. İnanamadığım şey senin lezbiyen olman."

Gözlerimi kapadım. Öfkem içimde öyle yakıcı bir biçimde büyüyordu ki dünyadan uzaklaşmam, kendimi kendi bedenimin içinde toparlamam gerekiyordu.

"Ben lezbiyen değilim," dedim.

"Bu mektuplar öyle söylemiyor ama."

"O mektuplar seni ilgilendirmez."

"Belki de," dedi Max. "Eğer bu mektuplar yalnızca Celia St. James'in geçmişte sana karşı hissettiklerinden bahsediyorsa, yanılan benimdir. Bunları hemen şimdi bırakır ve senden ânında özür dilerim."

"Güzel."

"*Eğer* dedim." Ayağa kalkarak bana yaklaştı. "Bu büyük bir *eğer*. Eğer bu mektuplar, senin bugün Los Angeles'a gitme kararı vermene neden olduysa, o zaman öfkelenirim işte. Çünkü beni aptal yerine koyuyorsun demektir."

Eğer ona Los Angeles'ta Celia'yla görüşmek gibi bir niyetim olmadığını söylersem, bunu gerçekten inandırıcı bir şekilde yaparsam geri çekilebileceğini düşünüyordum. Belki özür diler, hatta beni havaalanına kendi götürürdü.

İçimden gelen ilk şey de buydu aslında. Yalan söylemek, saklamak, ne yaptığımın ve kim olduğumun üstünü örtmek. Ama onu kandırmak için ağzımı açtığımda bambaşka sözler döküldü dilimden.

"Onunla görüşecektim. Haklısın."

"Beni aldatacak mıydın yani?"

"Senden ayrılacaktım," dedim. "Bence bunun sen de farkındaydın. Bunu bir süredir bildiğini düşünüyorum. Senden ayrılacaktım. Onun için değilse bile kendim için."

"Onun için mi?" dedi.

"Onu seviyorum. Her zaman sevdim."

Max, sanki kaybedeceğimi varsayarak beni bu oyuna çekermiş gibi yere baktı. Başını inanamıyormuş gibi salladı. "Vay be," dedi. "İnanılmaz. Bir lezbiyenle evlenmişim."

"Şunu söylemeyi bırak," dedim.

"Evelyn, eğer kadınlarla seks yapıyorsan lezbiyensindir. Kendinden nefret eden bir lezbiyen olma. Bu... bu hiç hoş değil."

"Senin neyin hoş olduğunu düşündüğünle ilgilenmiyorum. Lezbiyenlerden nefret ettiğim filan da yok. Onlardan birine âşığım. Ama seni de sevdim ben."

"Ah, lütfen," dedi. "Lütfen beni daha fazla aptal yerine koyma. Yıllarımı seni severek geçirdim ve sonunda bunun senin için hiçbir anlamı olmadığını öğrendim."

"Sen beni bir gün olsun sevmedin," dedim. "Sen, kolunda bir film yıldızıyla gezmeyi sevdin. Yatağımda uyuyan erkek olmayı sevdin. Bu aşk değil. Bu sahip olma."

"Neden bahsettiğine dair hiçbir fikrim yok," dedi.

"Tabii ki olmaz," dedim. "Çünkü ikisi arasındaki farkı bile bilmiyorsun."

"Beni hiç sevdin mi?"

"Evet, sevdim. Benimle seviştiğinde, bana kendimi arzulanır hissettirdiğinde, kızıma çok iyi baktığında ve bende başka kimsenin göremediği bir şeyi gördüğüne inandığım günlerde seni sevdim. Kimsenin sahip olmadığı bir içgörü ve yeteneğe sahip olduğunu düşündüğüm günlerde. Seni çok sevdim."

"Yani lezbiyen değilsin," dedi.

"Bu konuyu seninle tartışmak istemiyorum."

"Ama tartışacaksın. Tartışmak zorundasın."

"Hayır," dedim mektupları ve zarfları toplayıp ceplerime tıkıştırırken. "Değilim."

"Evet," dedi kapının önüne geçerek. "Zorundasın."

"Max, çekil yolumdan. Gidiyorum ben."

"Onu görmeye gidemezsin," dedi. "Olmaz."

"Tabii ki gidebilirim."

Telefon çalmaya başladı ama açamayacak kadar uzaktaydım. Arayanın şoför olduğunu biliyordum. Hemen çıkmazsam uçağımı kaçıracaktım. Başka uçuşlar da vardı ama bunu yakalamak istiyordum. Celia'ya bir an önce kavuşmak istiyordum.

"Evelyn, dur," dedi Max. "Bunu bir düşün. Hiç mantıklı değil. Beni terk edemezsin. Tek bir telefon konuşmasıyla seni mahvedebilirim. Herkese ama herkese anlatabilirim bunu. Hayatın bir daha asla aynı olmaz."

Beni tehdit etmiyordu. Yalnızca aşikâr olanı açıklıyordu. Sanki, *Tatlım, mantıklı düşünemiyorsun. Bu iş senin için iyi bitmez*, der gibiydi.

"Sen iyi bir adamsın, Max," dedim. "Benim canımı yakmaya çalışacak kadar öfkeli olduğunu görebiliyorum. Ama seni, çoğu zaman doğru olanı yapmaya *çalıştığını* bilecek kadar tanıyorum en azından."

"Peki ya bu kez yapmazsam?" diye sordu. İşte bu bir tehditti.

"Senden ayrılacağım, Max. Belki şimdi, belki daha sonra. Ama mutlaka ayrılacağım. Eğer bu yüzden benim ayağımı kaydırmaya karar verirsen, sanırım yapman gerekecek."

Hareket etmedi. Onu ittirerek yanından geçip kapıdan çıktım.

Hayatımın aşkı beni bekliyordu. Onu geri kazanacaktım.

55

Spago'ya gittiğimde Celia oradaydı. Üzerinde siyah bir pantolon ve tiril tiril, krem rengi kolsuz bir gömlek vardı. Dışarıda hava oldukça sıcaktı ama restoranın kliması oldukça güçlüydü. Celia biraz üşümüş gibiydi. Kollarındaki tüyler diken diken olmuştu.

Kızıl saçları hâlâ çarpıcıydı ama artık boya olduğu açıktı. Önceden doğal güneş ışığının bir sonucu olarak ortaya çıkan altın rengi çizgiler koyulaşmış, bakır rengine dönmüştü. Mavi gözleri her zaman olduğu gibi baştan çıkarıcıydı ama etrafındaki deri artık daha yumuşaktı.

Son birkaç yıl içinde bir iki kez plastik cerrahiye gitmiştim. Onun gittiğinden de şüpheleniyordum. Üzerimde derin V yakalı siyah bir elbise vardı. Belden kemerliydi. Sarı saçlarım artık griden bir tık daha açıktı ve kısa kesilmişti. Yüzümü çevreliyordu.

Beni görünce ayağa kalktı. "Evelyn," dedi.

Ona sarıldım. "Celia."

"Harika görünüyorsun," dedi. "Her zamanki gibi."

"Sen de seni son gördüğün günkü gibisin," dedim.

"Biz birbirimize hiç yalan söylemedik," dedi gülümseyerek. "Şimdi de yapmayalım."

"Harikasın," dedim.

"Sen de."

Bir kadeh beyaz şarap sipariş ettim. O da limonlu soda istedi.

"Artık içmiyorum," dedi Celia. "Artık bir zamanlar olduğu gibi iyi gelmiyor."

"Sorun değil. İstersen beyaz şarabımı masaya geldiği an camdan dışarı fırlatabilirim."

"Hayır," dedi gülerek. "Benim düşük toleransım neden senin problemin olsun ki?"

"Seninle ilgili her şeyin benim problemim olmasını istiyorum," dedim.

"Ne dediğinin farkında mısın?" diye fısıldadı bana masanın karşısından uzanarak. Bluzunun yakası açılarak neredeyse midesine kadar olan kısmı açığa çıkardı. Yağ bağlamış olacağından korkmuştum ama her nasılsa korktuğum gibi olmamıştı.

"Elbette ne dediğimin farkındayım."

"Sen beni mahvettin," dedi. "Hem de iki kez. Seni aşmak için yıllarımı harcadım."

"Başarabildin mi? İkisinde de?"

"Tamamen değil."

"Bence bunun bir anlamı olmalı."

"Neden şimdi?" diye sordu. "Yıllar sonra neden aradın?"

"Sen beni terk ettikten sonra seni milyon kez aradım. Hatta gelip kapına dayandım," diye hatırlattım ona. "Benden nefret ettiğini düşünüyordum."

"Ediyordum," dedi. Biraz geri çekildi. "Sanırım hâlâ da ediyorum. En azından biraz."

"Benim senden nefret etmediğimi mi sanıyorsun?" Sesimi yükseltmemeye, iki eski arkadaş sohbet ediyormuş gibi davranmaya çalışıyordum. "Bir parça bile mi?"

Celia gülümsedi. "Hayır, nefret etmek çok da mantıksız sayılmaz."

"Ama bunun beni durdurmasına izin vermeyeceğim," dedim.

İç çekerek önündeki menüye baktı.

Planlı bir şekilde öne doğru eğildim. "Daha önce denemeyi düşünmemiştim," dedim ona. "Sen beni terk ettikten sonra kapının tamamen kapalı olduğunu sanmıştım. Ama şimdi biraz olsun aralanmış gibi. Ben de o kapıyı ardına kadar açıp içeri girmek istiyorum."

"Kapının açık olduğunu düşünmene sebep olan ne?" diye sordu menünün sol tarafına bakarken.

"Yemekteyiz, öyle değil mi?"

"Arkadaş olarak," dedi.

"Seninle ben asla arkadaş olmadık."

Menüyü kapatıp masaya bıraktı. "Okuma gözlüğü kullanıyorum," dedi. "Buna inanabiliyor musun? Okuma gözlüğü..."

"Kulübe hoş geldin."

"Canım yandığında bazen kaba olabiliyorum," diye hatırlattı.

"Bana bilmediğim bir şey söylemiyorsun."

"Kendini yeteneksiz hissetmene neden oldum," dedi. "Seni meşru kıldığım için bana ihtiyacın olduğunu düşünmeni sağlamaya çalıştım."

"Biliyorum."

"Ama sen her zaman yeterliydin."

"Onu da biliyorum," dedim.

"Oscar'ı kazanmandan sonra beni arayacağını düşünmüştüm. Bana yetenekli olduğunu göstermek, Oscar'ını gözüme sokmak istersin sanmıştım."

"Konuşmamı dinledin mi?"

"Elbette dinledim," dedi.

"Sana elimi uzattım," dedim. Bir parça ekmek alarak üzerine tereyağı sürdüm. Ama tek bir lokma bile almadan bıraktım.

"Emin değildim," dedi Celia. "Yani, benden bahsettiğinden emin olamadım."

"Bir ismini söylemediğim kaldı."

"O kadın demiştin."

"Aynen öyle."

"Belki de başka bir kadının vardır diye düşündüm."

Celia'nın arkasındaki diğer kadınlara baktım. Kendimi onun dışındaki kadınlardan biriyle hayal ettim. Ama hayatım boyunca herkesi "Celia" ve "Celia değil" diye ikiye bölmüştüm. Bir diyaloğa girdiğimi düşündüğüm diğer bütün kadınlar da alınlarına "Celia değil" damgası yerdi muhtemelen. Eğer kariyerimi ve her şeyimi bir kadını sevdiğim için riske atacaksam, o kadın Celia olacaktı.

"Senden başka hiçbir kadın yok," dedim ona.

Celia dinledi. Gözlerini kapadı. Sonra konuştu. Kendine engel olmaya çalışıyormuş ama başaramıyormuş gibiydi. "Ama erkekler vardı."

"Yine aynı terane," dedim gözlerimi devirmemek için kendimi zor tutarak. "Ben Max'le birlikteydim. Sen de görünen o ki Joan'la. Joan benimle mukayese edilebilir mi?"

"Hayır," dedi Celia.

"Peki Max seninle aşık atabilir mi?"

"Ama onunla hâlâ evlisin."

"Evrakları hazırlıyorum. Gidiyor. Bitti."

"Bu çok ani olmadı mı?"

"Pek sayılmaz aslında. Çoktan bitmişti zaten. Hem senin mektuplarını buldu," dedim.

"Sonra da seni terk etmeye mi karar verdi?"

"Hayır, onunla kalmazsam beni ifşa edeceğini söyleyerek tehdit etti."

"Ne?"

"Ondan ayrılıyorum," dedim. "Canı ne isterse onu yapsın. Elli yaşındayım ve ölene kadar herkesin benim hakkımda söyleyeceği her şeyi kontrol edecek enerjim yok. Bana teklif edilen roller bok gibi. Rafımda Oscar'ım var. Muhteşem bir kızım var. Harry var. Tanınmış biriyim. Yıllarca benim filmlerimden bahsedecekler. Daha fazla ne isteyebilirim ki? Benim onuruma altın bir heykel mi?"

Celia güldü. "Oscar dediğin o zaten," dedi.

Ben de güldüm. "Kesinlikle! Harika bir noktaya parmak bastın. O da varmış demek ki. Geriye bir şey kalmadı, Celia. Aşılacak başka bir dağ yok. Bütün hayatımı biri beni dağdan atmasın diye saklanarak geçirdim. Ama sana bir şey söyleyeyim mi? Artık saklanmaktan bıktım. Bırak gelip beni bulsunlar. İsterlerse beni aşağı da fırlatabilirler. Bu yıl Fox için son bir film yapmak için sözleşme imzaladım. Ondan sonra tamamım."

"Ciddi olamazsın."

"Ciddiyim. Başka bir yönden bakarsak... seni öyle kaybettim. Artık daha fazla kaybetmek istemiyorum."

"Mesele sadece kariyerlerimiz değil," dedi. "Bu, tahmin edilemez sonuçlar doğurabilir. Ya Connor'ı senden alırlarsa?"

"Bir kadına âşık olduğum için mi?"

"Hem annesinin hem babasının 'eşcinsel' olduğunu düşündükleri için."

Şarabımdan bir yudum aldım. "Karşımda sen varken kazanmanın bir yolu yok," dedim sonunda. "Saklanmak istersem korkak diyorsun. Saklanmaktan yorulduğumda kızımı elimden alacaklarını söylüyorsun."

"Üzgünüm," dedi Celia. Söyledikleri için duyduğu üzüntü, böyle bir dünyada yaşadığımız için duyduğu üzüntüden daha azdı. "Sen ciddi misin gerçekten?" diye sordu. "Gerçekten vaz mı geçiyorsun?"

"Evet," dedim. "Bırakacağım."

"Kesin emin misin?" diye sordu garson onun önüne bifteğini, benim önüme de salatamı koyarken. "Yani kesinlikle eminsin, öyle mi?"

"Evet."

Celia bir süre sessiz kaldı. Tabağına baktı. Bu âna dair her şeyi gözden geçiriyor gibiydi. Sessizliği uzadıkça kendimi daha da öne eğilmiş, ona yaklaşmaya çalışır hâlde buldum.

"Bende kronik obstrüktif akciğer hastalığı var," dedi sonunda. "Muhtemelen altmışın ötesini göremeyeceğim."

Ona bakakaldım. "Yalan söylüyorsun," dedim.

"Söylemiyorum."

"Evet, yalan söylüyorsun. Bu doğru olamaz."

"Doğru."

"Hayır, değil," dedim.

"Doğru," dedi. Çatalını eline aldı, önündeki sudan bir yudum içti.

Zihnim hızla çalışıyor, kafamın içinde düşünceler fır dönüyordu. Kalbim göğsümün içinde sıkışmıştı.

Celia yeniden konuştuğunda sözlerine odaklanabilmemin tek nedeni, önemli olduklarını bilmemdi. Önem arz ediyorlardı. "Bence filmini yapmalısın," dedi. "Güçlü bir nokta koy. Sonra... Ondan sonra İspanya kıyılarına taşınmalıyız bence."

"Ne?"

"Hayatımın son yıllarını güzel bir sahilde geçirme fikri hep hoşuma gitmiştir. İyi bir kadının sevgisiyle birlikte," dedi.

"Sen... Sen ölüyor musun?"

"Senin çekimlerin sürerken ben İspanya'dan bir yer bakabilirim. Connor'ın çok iyi bir eğitim alabileceği bir yer bulacağım. Buradaki evimi satarım. Bir yerden küçük bir ev alırım. Harry için de bir yer olur tabii. Ve Robert için de."

"Abin Robert mı?"

Celia başıyla onayladı. "Birkaç yıl önce bir iş için buraya taşındı. Yakınlaştık. O... O beni biliyor. Destekliyor da."

"Kronik obstrüktif... nedir?"

"Aşağı yukarı anfizem denebilir," dedi. "Sigaradan. Sen hâlâ kullanıyor musun? Bırakmalısın. Hemen."

Başımla kullanmadığımı belirttim. Uzun zaman önce bırakmıştım.

"Süreci yavaşlatmak için tedaviler var. Çoğu zaman normal bir yaşam sürebileceğim. Bir süreliğine."

"Sonra ne olacak?"

"Sonra, yavaş yavaş hareket etmekte, nefes almakta güçlük çekeceğim. Bu belirtiler başladığında fazla zamanım kalmamış olacak. Hepsi, şanslıysam aşağı yukarı on yılım olduğunu söylüyor."

"On yıl mı? Sen daha kırk dokuz yaşındasın."

"Biliyorum."

Ağlamaya başladım. Kendime engel olamadım.

"Dikkat çekiyorsun," dedi. "Kendini tutmalısın."

"Yapamıyorum," dedim.

"Tamam," dedi. "Tamam."

Çantasını çıkarıp masaya yüz dolar bıraktı. Beni sandalyemden kaldırdı, valeye doğru ilerledik. Adama biletini verdi. Beni arabanın ön koltuğuna oturttu. Evine götürdü. Kanepeye oturttu.

"Bunu kaldırabilecek misin?" dedi.

"Ne demek istiyorsun?" diye sordum. "Tabii ki kaldırabilirim."

"Eğer bunu başarabilirsen," dedi, "yapabiliriz. Birlikte olabiliriz. Bence... bence hayatımızın geri kalanını birlikte geçirebiliriz, Evelyn. Eğer bunu kaldırabilirsen. Ama eğer başarabileceğini düşünemiyorsan, sana bunu yapamam, vicdanım el vermez."

"Tam olarak neyi kaldırmaktan bahsediyorsun?"

"Beni yeniden kaybetmeyi. Beni yeniden kaybetmeyi kaldırabileceğini düşünmüyorsan, beni yeniden sevmene izin vermek istemiyorum. Son bir kez..."

"Kaldıramam. Tabii ki kaldıramam. Ama yine de seni istiyorum. Ne olursa olsun yapacağım. Evet," dedim sonunda. "Bununla yaşayabilirim. Bunu hiç hissetmemiş olmaktan daha kolay atlatırım."

"Emin misin?" diye sordu.

"Evet," dedim. "Evet, eminim. Daha önce hiçbir şeyden bu kadar emin olmamıştım. Seni seviyorum, Celia. Seni hep sevdim. Kalan zamanımızı birlikte geçirmeliyiz."

Yüzümü kavradı. Beni öptü. Ve ben ağladım.

O da benimle birlikte ağlamaya başladı. Çok geçmeden tadını aldığım yaşların ondan mı benden mi aktığını anlayamaz oldum. Tek bildiğim, bir kez daha her zaman sevdiğim kadının kollarında olduğumdu.

Sonunda Celia'nın bluzu yerde, benim elbisem ayaklarımın etrafındaydı. Celia'nın dudaklarını memelerimde, ellerini karnımda hissedebiliyordum. Elbisemin içinden çıktım. Çarşafları bembeyaz ve yumuşacıktı. Artık sigara ve alkol değil, narenciye kokuyordu.

Sabah yüzümde onun yastığa yayılmış saçlarıyla uyandım. Yan dönerek vücudumla onu arkadan sardım.

"Ne yapacağımızı söylüyorum," dedi Celia. "Sen Max'ten ayrılacaksın. Ben Kongre'deki bir arkadaşımı arayacağım. Vermont vekili. Biraz tanıtıma ihtiyacı var. Sen etrafta onunla görüneceksin. Senin Max'i daha genç biri için bıraktığın söylentisini yayacağız."

"Kaç yaşında?"

"Yirmi dokuz."

"Tanrım, Celia! Daha çocukmuş," dedim.

"İnsanlar da aynen böyle diyecek. Senin onunla birlikte olmana şaşıracaklar."

"Max bana iftira atmaya kalktığında da..."

"Seninle ilgili hiçbir iddiasının önemi olmayacak. Canı yandığı için öyle yapıyormuş gibi görünecek."

"Sonra?" diye sordum.

"Sonra, biraz zaman geçince abimle evleneceksin."

"Neden Robert'la evleniyorum?"

"Böylece öldüğümde her şeyim senin olabilir. Mallarım senin kontrolünde olur. Mirasımı alabilirsin."

"Bunu devirle de yapabilirsin."

"Birileri çıkıp sevgilim olduğun için elinden almaya kalkışsın diye mi? Hayır. Böylesi daha iyi. Daha zekice."

"Ama abinle evlenmek... Delirdin mi sen?"

"Kabul edecektir," dedi. "Benim için. Hem zaten gördüğü hemen her kadınla yatıyor diye adı çıktı. İtibarını kazanmasına yardımcı olursun. İki taraf da kazanır."

"Çıkıp gerçeği söylemek yerine bunca şey?.."

Celia'nın kaburgalarının altımda yükselip alçalışını hissedebiliyordum.

"Gerçeği söyleyemeyiz. Rock Hudson'a ne yaptıklarını gördün mü? Kanserden ölüyor olsaydı, her yanda televizyoncular olur, uzun yayınlar yaparlardı."

"İnsanlar AIDS'i anlamıyor," dedim.

"Gayet iyi anlıyorlar," dedi Celia. "Sadece hastalığı kapma biçiminden dolayı bunu hak ettiğini düşündüler."

Kalbim göğsüme batarken başımı yastığa bıraktım. Tabii ki haklıydı. Son birkaç yılda Harry'nin bir sürü arkadaşını, eski sevgililerini AIDS'ten kaybedişine tanık olmuştum. Kendisi de hastalanacak korkusuyla, sevdiği insanlara nasıl yardım edeceğini bilememenin üzüntüsüyle gözleri kızarana dek ağlayışını izlemiştim. Ronald Reagan'ın gözlerimizin önünde olup bitenleri görmezden gelişini görmüştüm.

"Altmışlardan beri pek çok şeyin değiştiğini biliyorum," dedi. "Ama o kadar da değişmediler. Reagan'ın eşcinsel haklarının toplumsal haklar olmadığını söylemesinin üzerinden çok geçmedi. Connor'ı kaybetme riskini göze alamazsın. O yüzden Jack'i arayacağım. Meclisteki arkadaşım. Bir hikâye uyduracağız. Sen filmini çekeceksin. Abimle evleneceksin. Sonra hep birlikte İspanya'ya taşınacağız."

"Harry'yle konuşmam gerek."

"Elbette," dedi. "Harry'yle konuş. Eğer İspanya'yı sevmiyorsa Almanya'ya gideriz. Ya da İskandinavya'ya. Asya da olur. Umurumda değil. Yalnızca insanların kim olduğumuzla ilgilenmediği, bizi rahat bırakacakları ve Connor'ın normal bir çocukluk yaşayabileceği bir yere gitmemiz gerek."

"Senin de tıbbi bakıma ihtiyacın olacak."

"Nerede olursa oraya uçarım. Ya da bana bakacak birilerini de getiririz."

Düşündüm. "Güzel bir plan."

"Gerçekten mi?" Celia'nın onore olduğunu görebiliyordum.

"Boynuz kulağı geçmiş," dedim.

Güldü. Uzanıp onu öptüm.

"Evdeyiz," dedim.

Burası benim evim değildi. Daha önce burada birlikte yaşamamıştık. Ama ne demek istediğimi anladı.

"Evet," dedi. "Evdeyiz."

1 Temmuz 1988

Evelyn Hugo ve Max Girard'ın Boşanma Süreci, Hugo'nun Aldattığı İddialarıyla Çirkinleşiyor

Evelyn Hugo bir kez daha boşanma mahkemesinin yolunu tuttu. Boşanma sebebinin "şiddetli geçimsizlik" olarak belirtildiği evrakı kayda geçirdi. Her ne kadar bu konuda tecrübeli olsa da bu kez o kadar da sıradan olmayacak gibi.

Kaynaklar, Max Girard'ın nafaka istediğini belirtirken kimileri de Girard'ın şehrin her yerinde Hugo aleyhine konuştuğunu bildiriyor.

Eski eşlerin yakın çevresinden bir dostları, "Max o kadar öfkeli ki Evelyn'i ona döndürmek için her şeyi söylüyor," diyor. "Aklına ne gelirse söylüyor işte. Aldattığını, lezbiyen olduğunu, Oscar'ını ona borçlu olduğunu... Canının çok yandığı belli."

Hugo geçen hafta kendisinden *çok genç* bir adamla görüldü. Demokratların Vermont'tan kongre üyesi olan Jack Easton henüz yirmi dokuz yaşında. Yani Evelyn'le arasındaki yaş farkı yirmiden fazla. Los Angeles'ta birlikte yemek yedikleri gecenin fotoğrafları bir ölçü kabul edilebilirse, bir romantizm filizlenmek üzere.

Hugo'nun geçmiş performansı mükemmel diyemeyiz ama şu durumda net olan bir şey var ki Girard'ın yorumları, kedinin erişemediği ciğere mundar demesine benziyor.

56

HARRY BİZİMLE AYNI fikirde değildi.
    O, planın bana bağlı olmayan tek parçası, yapmasını istediğim şeyi kabul etmesi için manipüle etmek istemediğim tek insandı. O da her şeyi ardında bırakıp Avrupa'ya gitmek istemiyordu.

"Emekli olmamı öneriyorsun," dedi Harry. "Ama ben daha altmışıma bile girmedim. Tanrım, Evelyn! Bütün gün ne yapacağım ben? Sahilde iskambil mi oynayacağım?"

"Kulağa hoş gelmiyor mu?"

"Bir buçuk saat falan sürecekse, evet, kulağa hoş geliyor," dedi. Portakal suyuna benzer bir şey içiyordu ama içinde votka olduğundan şüpheleniyordum. "Hayatımın geri kalanı boyunca kendimi oyalamaya mı çalışacağım?"

Theresa's Wisdom setindeki soyunma odamda oturuyorduk. Senaryoyu Harry bulmuş ve benim çocuklarını bir arada tutmak için elinden geleni yaparken kocasından ayrılan bir kadın olan Theresa'yı oynamamı da anlaşmaya ekleyerek Fox'a satmıştı.

Çekimlerin üçüncü günüydü. Beyaz Chanel pantolonlu takım ve incilerden oluşan bir kostüm vardı üzerimde. Theresa ve kocasının boşanacaklarını Noel yemeğinde duyurdukları sahnenin çekimleri yapılacaktı. Harry, hâki pantolonu ve Oxford gömleğiyle her zamanki gibi yakışıklı görünüyordu. Saçları neredeyse tamamen beyazlamıştı. Yaş aldıkça daha da çekici olduğu için ona ciddi

ciddi sinirleniyordum. Zira ben değerimin günden güne küflenmekte olan bir limon gibi yok oluşunu izlemek zorundaydım.

"Harry, bu yalanı yaşamayı bir kenara bırakmak istemiyor musun?"

"Hangi yalan?" diye sordu. "Senin için bir yalan oluşunu anlıyorum. Çünkü Celia'yla bir yaşam kurmak istiyorsun. Benim de bunu desteklediğimi biliyorsun. Ama bu yaşam benim için bir yalan değil."

"Başka erkekler de var," dedim. Sesim giderek daha sabırsız çıkmaya başlıyordu. Sanki Harry beni oyuna getirmeye çalışıyormuş gibi hissetmiştim. "Başka erkekler yokmuş gibi davranma."

"Elbette var ama anlamlı bir bağ kurulabilecek tek bir adam bile yok," dedi Harry. "Çünkü ben yalnızca John'u sevdim. O da öldü. Ben sırf sen ünlü olduğun için ünlüyüm, Ev. Seninle bir şekilde bir alakası yoksa, beni ya da yaptığım herhangi bir şeyi umursayan yok. Hayatıma giren erkeklerle birkaç hafta görüşüyorum, sonra gidiyorlar. Bir yalanı değil, kendi hayatımı yaşıyorum."

Sete çıkmadan önce fazla öfkelenmek istemiyordum. Derin bir nefes alıp bastırılmış bir beyaz Anglosakson protestan havasına girdim. "Saklanmam gerektiğini önemsemiyor musun?"

"Önemsiyorum," dedi. "Önemsediğimi biliyorsun."

"O zaman..."

"Peki ama neden senin Celia'yla ilişkin Connor'ın hayatını tamamen değiştirmemizi gerektiriyor? Tabii benimkini de?"

"O benim hayatımın aşkı," dedim. "Bunu biliyorsun. Onunla olmak istiyorum. Hepimizin yeniden bir arada olmasının zamanı geldi."

"Bir daha bir arada *olamayız*," dedi elini masaya koyarak. "Hepimiz bir araya gelemeyiz." Sonra da çıkıp gitti.

◆ ◆ ◆

Harry'yle her hafta sonu Connor'la vakit geçirmek için uçakla eve gidiyorduk. Hafta içi çekimler sürerken ben Celia'yla birlikte oluyordum o ise... Nerede olduğunu bilmiyordum. Ama mutlu görünüyordu, ben de hiç sormadım. Aklımın bir köşesinde, ilgisini birkaç günden uzun süre çekmeyi başarabilmiş biriyle görüşüyor olabileceği düşüncesi vardı.

Theresa's Wisdom'ın çekimleri, rol arkadaşım Ben Madley yorgunluktan hastanelik olduğu için plana göre üç hafta sarkınca iki arada bir derede kalmıştım.

Bir yandan eve dönüp her gece kızımla birlikte olmak istiyordum.

Ama diğer yandan Connor gün geçtikçe bana karşı daha öfkeli oluyordu. Annesini bir utanç kaynağı olarak görüyordu. Dünyaca tanınmış bir film yıldızı olmam, Connor'ın beni fazlasıyla aptal bulduğu gerçeğini değiştirmiyordu. L.A.'de Celia'yla birlikteyken, kendi kanımdan canımdan biri tarafından sürekli ötelendiğim New York'ta olduğumdan daha mutluydum. Ama Connor'ın benden yalnızca bir akşam isteyeceğini bilsem, bir dakika bile düşünmeden her şeyi geride bırakırdım.

Filmin çekimleri tamamlandıktan sonraki gün bazı eşyalarımı toplarken Connor'la telefonda konuşuyor, ertesi gün için plan yapıyorduk.

"Babanla gece uçağında olacağız. Sabah seni uyandırmak için başında olurum," dedim Connor'a.

"Tamam," dedi. "Güzel."

"Belki Channing's'de kahvaltı ederiz."

"Anne, artık kimse Channig's'e gitmiyor."

"Kötü haber vermek istemem ama eğer *ben* Channing's'e gidersem, Channing's yine mükemmel bir yer olarak kabul edilir."

"Sana katlanılmaz biri olduğunu söylerken bahsettiğim tam da bu işte."

"Yalnızca seni Fransız tostu yemeye götürmek istiyorum, Connie. Daha kötü şeyler de var."

Hollywood Hills'de kiraladığım bungalovun kapısı çalındı. Açtığımda karşımda Harry'yi gördüm.

"Gitmem gerek, anne," dedi Connor. "Karen uğrayacak. Luisa bize barbeküde rulo köfte yapıyor."

"Bir saniye bekle," dedim. "Baban geldi. Sana bir merhaba demek istiyor. Hoşça kal, tatlım. Yarın görüşürüz."

Telefonu Harry'ye uzattım. "Selam küçük böcek... Eh, haklı. Annen bir yerde boy gösterirse, orası tam anlamıyla popüler bir yer hâline gelir... Tamam... Tamam. Yarın sabah üçümüz kahvaltıya gideriz. Şu yeni harika yer neresiyse oraya gideriz, tamam... Adı neydi? Wiffles mı? Nasıl bir isim o öyle?.. Tamam tamam. Wiffles'a gideriz. Pekâlâ, tatlım, iyi geceler. Seni seviyorum. Yarın görüşürüz."

Harry yatağıma oturup bana baktı. "Anlaşılan Wiffles'a gidiyoruz."

"Çocuğun elinde kukla oldun, Harry," dedim.

Omuzlarını silkti. "Pişman değilim." Ben eşyalarımı toplamaya devam ederken Harry ayağa kalkıp kendine bir bardak su doldurdu. "Dinle bak, bir fikrim var," dedi. Bana yaklaştığında nefesindeki belli belirsiz likör kokusunu duydum.

"Ne hakkında?"

"Avrupa hakkında."

"Tamam..." dedim. Harry'yle New York'a dönene kadar meseleyi akışına bırakmaya karar vermiştim. Eve döndüğümüzde bu meseleyi daha derinlemesine tartışabilecek sabrımız ve zamanımız olur diye düşünüyordum.

Bu fikrin Connor için iyi olduğunu düşünüyordum. Ne kadar sevsem de New York, yaşamak için tehlikeli bir yere dönüşmüştü. Suç oranları hızla artıyordu. Her yerde uyuşturucu vardı. Yukarı Doğu Yakası'nda biz bu tür şeylerden korunuyorduk ama yine de Connor'ın kaosun bu kadar yakınında yaşayacak olduğu düşüncesi beni huzursuz ediyordu. Daha da önemlisi, annesiyle babasının iki okyanus arası gidip geldiği ve bizim yokluğumuzda Luisa tarafından bakıldığı bir yaşamın onun için en iyi yaşam olduğundan o kadar da emin değildim artık.

Evet, onu köklerinden ayıracaktık. Arkadaşlarına veda etmesine neden olduğum için benden nefret edeceğini de biliyordum. Ama aynı zamanda küçük bir şehirde yaşamanın faydasını göreceğini de biliyordum. Yanında daha çok bulunan bir annesi olacaktı. Dürüst olmak gerekirse, artık dedikodu köşelerini okuyup magazin haberlerini izleyecek yaşa da geliyordu. Televizyonu açıp annesinin altıncı kez boşandığından bahsedildiğini duymak bir çocuk için ne kadar iyi olabilirdi ki?

"Sanırım ne yapacağımızı biliyorum," dedi Harry. Yatağa oturdum, o da yanıma yerleşti. "Buraya taşınacağız. Los Angeles'a geri döneceğiz."

"Harry..." dedim.

"Celia benim bir arkadaşımla evlenecek."

"Arkadaşın mı?"

Harry bana doğru kaydı. "Biriyle tanıştım."

"Ne?"

"Stüdyoda tanıştık. Başka bir prodüksiyonda çalışıyor. Başta geçici bir şey olduğunu düşündüm. Sanırım o da öyle düşündü. Ama galiba ben... Kendimi birlikte hayal edebildiğim bir adam bu."

O an onun için çok sevinmiştim. "Kendini herhangi biriyle hayal edemeyeceğini düşünüyordum," dedim şaşkın ama memnun bir sesle.

"Edemiyordum," dedi.

"Ne oldu peki?"

"Artık hayal edebiliyorum."

"Bunu duyduğuma çok sevindim, Harry. Ne kadar sevindiğimi tahmin bile edemezsin. Sadece bunun iyi bir fikir olduğundan emin değilim," dedim. "Adamı tanımıyorum bile."

"Gerek yok," dedi Harry. "Yani, Celia'yı ben seçmedim. Sen seçtin. Ben de... Sanırım ben de onu seçmek istiyorum."

"Ben artık oyunculuk yapmak istemiyorum, Harry," dedim.

Bu son filmin çekimlerinde çok yıprandığımı fark etmiştim. Bir sahneyi ikinci kez oynamam istendiğinde gözlerimi deviresim geliyordu. İzimi bırakmak, sanki zaten bin kez koştuğum bir maratonu baştan koşmak gibi geliyordu. Çok basit, iddiasız, sönük. Öyle ki ayakkabılarını bağlamanı isteseler öfkelenecekmişsin gibi.

Belki de beni heyecanlandıran roller alıyor olsaydım, belki hâlâ kanıtlamam gereken bir şeyler olduğunu hissetseydim, bilmiyorum, farklı tepki verebilirdim.

Seksenlerinde ya da doksanlarında olmalarına rağmen inanılmaz işlere imza atmaya devam eden pek çok kadın vardı. Celia da onlardandı. İşe kendini tamamen verdiği için sonsuza kadar arka arkaya hayranlık uyandıran performanslar sergileyebilirdi.

Ama ben istekli değildim. Ben hiçbir zaman oyunculuk sanatına kalbimi vermemiştim, yalnızca *kanıtlamakla* ilgileniyordum. Gücümü kanıtlamak, değerimi kanıtlamak, yeteneğimi kanıtlamak.

Hepsini kanıtlamıştım.

"Olur," dedi Harry. "Oyunculuk yapmak zorunda değilsin."

"Peki ama eğer oynamıyorsam neden Los Angeles'ta yaşayayım? Özgür olabileceğim, kimsenin bana aldırış etmeyeceği bir yerde yaşamak isterim. Sen küçükken sizin blokta ya da birkaç blok ötede ev arkadaşlığı yapan iki ihtiyar kadını hatırlıyor musun? Kimse onlara hiçbir şey sormuyordu çünkü umursamıyorlardı. İşte o kadınlardan biri olmak istiyorum. Burada onu yapamam ki."

"Onu hiçbir yerde yapamazsın," dedi Harry. "Bugün olduğun kişi olmanın bedeli o."

"Bunu kabul etmiyorum. Bence benim böyle bir şey yapabilmem gayet mümkün."

"Eh, ben de onu yapmak istemiyorum. O yüzden önerim yeniden evlenmemiz. Celia da arkadaşımla evlenir."

"Bunu daha sonra konuşuruz," dedim ayağa kalkıp makyaj çantamla banyoya doğru ilerlerken.

"Evelyn, bu ailenin ne yapacağına tek başına karar veremezsin."

"Tek başına karar vermekten bahseden kim? Ben yalnızca bu konuyu daha sonra konuşmak istediğimi söylüyorum. Bir sürü seçeneğimiz var. Avrupa'ya gidebiliriz, buraya taşınabiliriz, New York'ta kalabiliriz."

Harry başını salladı. "O New York'a taşınamaz."

Sabrım tükenmişti. İç çektim. "Bu meseleyi *daha sonra* konuşmamız için bir neden daha."

Harry sanki beni azarlamak üzereymiş gibi öfkeyle ayağa kalktı. Ama sonra sakinleşti. "Haklısın," dedi. "Sonra konuşuruz."

Sabunumu ve makyaj malzemelerimi paketlerken yanıma geldi. Kolumdan tutup şakağımdan öptü.

"Bu akşam beni alırsın, değil mi?" dedi. "Benim evimden? Havaalanına giderken ve uçuş sırasında daha ayrıntılı konuşabiliriz. Belki uçakta birkaç Bloody Mary atarız."

"Bunu çözeceğiz," dedim. "Biliyorsun, değil mi? Sensiz hiçbir şey yapmayacağım. Sen benim en iyi arkadaşımsın. Ailemsin."

"Biliyorum," dedi. "Sen de benim. John'dan sonra birini sevebileceğimi hiç sanmıyordum. Ama bu adam... Evelyn, ona âşık oluyorum. Sevebileceğimi bilmek de... Yani bunu yapabilmek..."

"Biliyorum," dedim elini tutup sıkarak. "Biliyorum. Söz veriyorum elimden geleni yapacağım. Bu meseleyi çözeceğiz, söz veriyorum."

"Tamam," dedi Harry. Tuttuğu elimi iyice sıktı, sonra kapıya doğru ilerledi. "Bu işi çözeceğiz."

❖ ❖ ❖

Ben arka koltuğa yerleşirken adının Nick olduğunu söyleyen şoförüm, akşam dokuz gibi beni almaya geldi.

Nick, "Havaalanına mı?" diye sordu.

"Aslında önce Westside'a uğrayacağız," dedim ona Harry'nin kaldığı evin adresini vererek.

Şehirde, Hollywood'un perişan kısımlarından, Sunset Strip üzerinden ilerlerken, buradan gittiğimden beri Los Angeles'ın ne kadar çirkinleşmiş olduğunu düşünerek kederlendim. O bakımdan Manhattan'ı andırıyordu. On yıllar ona iyi gelmemişti. Harry, Connor'ı burada büyütmekten bahsediyordu ama ben kendi iyiliğimiz için büyük şehirlerden uzaklaşmamız gerektiği hissinden kurtulamıyordum.

Harry'nin kiralık evinin yakınlarındaki bir kırmızı ışıkta durduğumuzda Nick kısa bir an bana dönüp gülümsedi. Köşeli bir çenesi vardı. Saçları alabros kesimiydi. Sırf o gülümsemesini kullanarak bir sürü kadınla yatmış olduğunu söyleyebilirim.

"Ben de oyuncuyum," dedi. "Aynı sizin gibi."

Kibarca gülümsedim. "Becerebilirsen çok güzel iştir."

Başıyla katıldığını belirtti. "Bu hafta bir temsilciyle anlaştım," dedi araba yeniden hareket ederken. "Yola çıktığımı hissediyorum. Ama eğer havaalanına vakitlice varırsak, yeni başlayanlar için vereceğiniz birkaç öneri almak isterim sizden."

Pencereden dışarı bakarak, "Hı hı," dedim. Karanlığın içinde Harry'nin mahallesindeki rüzgârlı sokaklardan geçerken, havaalanına vardığımızda Nick bu konuyu tekrar açarsa ona işin önemli bir kısmının şansa bağlı olduğunu söylemeye karar verdim.

Geçmişini reddetmeye, bedenini metalaştırmaya, iyi insanlara yalan söylemeye, insanlar ne düşünür diye sevdiklerini feda etmeye, tekrar tekrar, ta ki başlarken kim olduğunu ya da bu yola neden girdiğini unutana kadar kendinin yanlış versiyonunu seçmeye hazır olmasını da ekleyecektim.

Ama Harry'nin evine giden dar patikaya doğru döndüğümüzde az önce aklımda ne varsa uçup gitti.

Şok içinde öne eğilmiştim.

Önümüzde bir araba vardı. Düşmüş bir ağacın altındaydı.

Sedan, ağacın gövdesine çarpmış ve üstüne devrilmesine neden olmuş gibi görünüyordu.

"Ah, Bayan Hugo..." dedi Nick.

"Gördüm," dedim, gördüklerimin gerçek olduğunu, bir göz yanılması olmadığını onaylamasını istemeyerek.

Arabayı yolun kenarına çekti. Park ederken şoför tarafını çizen dalların sesini duydum. Elim kapının kolunda donup kalmıştım. Nick arabadan atlayıp koşmaya başladı.

Ben de kapıyı açıp ayağımı yere bastım. Nick kenarda durmuş, ezilmiş arabanın kapılarından birine ulaşıp ulaşamayacağını anlamaya çalışıyordu. Bense doğruca ön tarafa, ağacın yanına doğru ilerleyip ön camdan içeriye baktım.

Hem korktuğum hem de olabileceğine ihtimal vermediğim manzarayı gördüm.

Harry direksiyonun üzerine devrilmişti.

Yan tarafa baktığımda yolcu koltuğunda oturan genç bir adam gördüm.

Herkes bir can pazarı ile karşılaştığında paniğe kapılacağını düşünür. Ama gerçekten böyle bir şeyi tecrübe etmiş olan neredeyse herkes, paniğin bedeli ödenmesi güç bir lüks olduğunu söyleyecektir sana.

O an düşünmeden hareket eder, elindeki bilgiyle yapabildiğin her şeyi yaparsın.

Her şey bittiğindeyse çığlık atar, ağlarsın. Sonra onca şeyi nasıl yaptığını düşünürsün. Çünkü kuvvetle muhtemeldir ki gerçek bir travma durumunda beynin anı toplamakta pek başarılı değildir. Sanki kamera açık ama kayıtta değilmiş gibi. Sonradan başına oturup filmi başa sardığında sadece boşluk görürsün.

Hatırladıklarımı anlatayım.

Nick'in Harry'nin arabasının kapısını zorla açtığını hatırlıyorum.

Harry'yi dışarı çıkarmasına yardım ettiğimi hatırlıyorum.

Onu felç edebiliriz diye Harry'yi kıpırdatmamamız gerektiğini düşündüğümü hatırlıyorum.

Ama aynı zamanda orada öylece dikilip Harry'yi direksiyonun üzerinde bırakamayacağımı düşündüğümü de hatırlıyorum.

Kanlar içindeki Harry'yi kollarımda tuttuğumu hatırlıyorum.

Kaşında derin bir kesik olduğunu, oradan akan kanın yüzünün yarısını kıpkırmızı kapladığını hatırlıyorum.

Emniyet kemerinin boynunun altında oluşturduğu kesiği hatırlıyorum.

İki dişinin kucağında olduğunu hatırlıyorum.

Harry'yi sarstığımı hatırlıyorum.

"Benimle kal, Harry. Benimle kal. Sözünü tut," dediğimi hatırlıyorum.

Diğer adamın yanımda olduğunu hatırlıyorum. Nick'in bana onun öldüğünü söylediğini hatırlıyorum. Öyle görünen birinin zaten canlı olamayacağını düşündüğümü hatırlıyorum.

Harry'nin sağ gözünün açıldığını hatırlıyorum. Bunun içimdeki umudu nasıl ateşlediğini, gözünün beyazının kanın kırmızısı içinde ne kadar parlak göründüğünü hatırlıyorum. Nefesinin ve hatta teninin nasıl viski koktuğunu hatırlıyorum.

Harry'nin yaşıyor olabileceğini anladığımda ne yapılması gerektiğini birden fark etmenin ne kadar sarsıcı olduğunu hatırlıyorum.

Bu onun arabası değildi.

Kimse onun burada olduğunu bilmiyordu.

Onu hastaneye götürmeli ve arabayı onun kullandığını kimsenin öğrenmeyeceğinden emin olmalıydım. Hapse girmesine izin veremezdim. Ya onu araçla adam öldürmekten yargılasalardı?

Kızımın, babasının içkili hâlde araba kullanarak birini öldürdüğünü öğrenmesine izin veremezdim. Âşığını öldürdüğünü. Ona yeniden sevebileceğini gösteren adamı öldürdüğünü.

Nick'ten Harry'yi bizim arabaya taşımak için yardım istedim. Diğer adamı tamamen harap olmuş sedanın sürücü koltuğuna oturtmama da yardım etmesini sağladım.

Sonra çantamdan alelacele bir şal çıkarıp direksiyonu, kanı, emniyet kemerini sildim. Harry'nin tüm izlerini ortadan kaldırdım.

Sonra Harry'yi hastaneye götürdük.

Orada kanlar içinde ve ağlayarak ankesörlü bir telefondan polisi aradım ve kazayı bildirdim.

Telefonu kapadığımda bekleme salonunda oturan Nick'i gördüm. Göğsünde, kollarında, hatta boynunda kan vardı.

Ona doğru yürüdüm. Ayağa kalktı.

"Eve gitmelisin," dedim.

Nick hâlâ şoktaydı. Başını sallayarak tamam dedi.

"Eve tek başına gidebilecek misin? Taksi çağırmamı ister misin?"

"Bilmiyorum," dedi.

"Tamam, o zaman sana bir taksi çağıracağım." Çantamı aldım, cüzdanımdan iki yirmilik çıkardım. "Bu eve gitmene yeter."

"Tamam," dedi.

"Eve gideceksin ve olan biten her şeyi unutacaksın. Gördüğün her şeyi."

"Biz ne yaptık?" dedi. "Nasıl... Nasıl..."

"Beni arayacaksın," dedim. "Beverly Hills Hotel'de bir oda tutacağım. Yarın beni ara. Sabah ilk iş. O zamana kadar kimseyle konuşmayacaksın. Duyuyor musun?"

"Evet."

"Annenle, arkadaşlarınla, taksi şoförüyle bile. Kız arkadaşın var mı?"

Başıyla hayır dedi.

"Ev arkadaşın falan?"

Bu kez başını evet demek için salladı.

"Onlara yolda bir adam bulduğunu ve hastaneye götürdüğünü söyleyeceksin, tamam mı? Başka hiçbir şey söylemeyeceksin, tamam mı? Onu da sorarlarsa söyle."

"Tamam."

Başıyla da onayladı. Ona bir taksi çağırdım. Taksi gelene kadar onunla bekledim. Arka koltuğa oturttum.

"Yarın sabah ilk iş ne yapıyorsun?" diye sordum açık camdan.

"Sizi arayacağım."

"Güzel," dedim. "Uyuyamazsan düşün. Neye ihtiyacın olduğunu düşün. Yaptıkların için bir teşekkür olarak benden ne isteyeceğini düşün."

Başını salladı ve taksi uzaklaştı.

İnsanlar bana bakıyordu. Kanlarla kaplı pantolon takımı içinde Evelyn Hugo. Magazincilerin her an orada olabileceğinden korkuyordum.

İçeri girip giyecek bir şeyler ve beklemek için özel bir oda istedim. Kıyafetlerimi çöpe attım.

Hastane görevlilerinden bir adam bana Harry'nin başına neler geldiğini sorunca, "Beni rahat bırakmanız için ne yapmalıyım?" dedim. Söylediği rakam cüzdanımdakinden az çıkınca rahatladım.

Saat altıdan sonra odaya bir doktor geldi ve bana Harry'nin uyluk atar damarının yarılmış olduğunu söyledi. Çok kan kaybetmişti.

Kısacık bir an, attığım kıyafetlerimi alıp kanının bir kısmını ona geri verebilir miyim, bu işe yarar mı diye düşündüm.

Ama doktorun ağzından çıkan sözler dikkatimi dağıttı.

"Başaramayacak."

Harry'nin, benim Harry'min öleceğini idrak edince soluksuz kaldım.

"Ona veda etmek ister misin?"

Odaya girdiğimde yatakta bilinçsizce yatıyordu. Her zamankinden daha solgun görünüyordu ama biraz temizlenmişti. Artık her yeri kan içinde değildi. Yakışıklı yüzünü görebiliyordum.

"Fazla zamanı yok," dedi doktor. "Ama size bir dakika verebiliriz."

Panikleme lüksüm yoktu.

Ben de yatağa, onun yanına girdim. Gevşek duruyor olsa da elini tuttum. Belki de sarhoşken direksiyona geçtiği için ona kızgın olmalıydım. Ama Harry'ye hiçbir zaman kızamamıştım ki ben. Herhangi bir yerde, herhangi bir zamanda duyduğu acıyla elinden gelenin en iyisini yaptığını biliyordum. Bu da ne kadar trajik olursa olsun, elinden gelenin en iyisiydi.

Alnımı onun alnına dayadım. "Kalmanı istiyorum, Harry," dedim. "Sana ihtiyacımız var. Connor'ın da benim de." Elini daha sıkı tuttum. "Ama eğer gitmen gerekiyorsa, o zaman git. Canın yanıyorsa git. Zamanı geldiyse git. Ama sevildiğini, seni asla unutmayacağımı, Connor'la yapacağımız her şeyde yaşayacağını bilerek git. Seni tüm kalbimle sevdiğimi, muhteşem bir baba olduğunu bilerek git. Sana tüm sırlarımı söylediğimi bilerek. Çünkü sen benim en iyi arkadaşımdın."

Harry bir saat sonra öldü.

O gittikten sonra o yıkıcı panikleme lüksüne sahiptim artık.

❖ ❖ ❖

Sabah, otele giriş yapmamdan birkaç saat sonra telefon sesiyle uyandım.

Ağlamaktan gözlerim şişmişti. Boğazım acıyordu. Yastıkta hâlâ gözyaşlarımın izi vardı. Olsa olsa bir saat, hatta belki de daha az uyuduğumdan emindim.

"Alo?" dedim.

"Ben Nick."

"Nick?"

"Şoförünüz."

"Ah," dedim. "Evet. Merhaba."

"Ne istediğimi biliyorum," dedi.

Sesi kendinden emindi. Gücü beni korkuttu. O sırada kendimi çok zayıf hissediyordum. Ama bu aramanın benim fikrim olduğunu da biliyordum. Bu konuşmanın yönünü ben belirlemiştim. Bunun lafını bile açmadan, *Sessiz kalmak için benden ne istediğini söyle,* demiştim.

"Beni ünlü yapmanı istiyorum," dedi. Bunu demesiyle birlikte, içimde yıldızlığa dair kalmış son sevgi kırıntıları da yok olup gitti.

"İstediğin şeyin tam olarak ne anlama geldiğinin farkında mısın?" dedim. "Eğer ünlü olursan dün gece senin için de tehlikeli olur."

"Sorun değil," dedi.

Hayal kırıklığıyla iç çektim. "Tamam," dedim boyun eğerek. "Sana birkaç rol ayarlarım. Gerisi sana kalmış."

"Olur. Bu kadarı bana yeter."

Ona temsilcisinin adını sordum, sonra telefonu kapadım. İki telefon görüşmesi yaptım. İlki kendi temsilcimleydi. Nick'i kendi temsilcisinin elinden kapmasını söyledim. İkinci görüşme ise ülkenin en çok kâr eden aksiyon filminden bir adamlaydı. Film, ellilerinin sonundaki bir komiserin emekli olacağı gün bir grup Rus teröristi alt etmesini anlatıyordu.

"Don?" dedim karşımdaki telefonu açar açmaz.

"Evelyn! Senin için ne yapabilirim?"

"Bir arkadaşımı bir sonraki filmine alman gerek. Ona verebileceğin en büyük rolü ver."

"Tamam," dedi. "Hallederiz." Nedenini sormadı. İyi olup olmadığımı sormadı. Onunla birlikte o kadar çok şey aşmıştık ki işin aslını gayet iyi biliyordu. Ona Nick'in adını verip telefonu kapadım.

Telefonu yerine koyduktan sonra bağırmaya, feryat etmeye başladım. Çarşafları kavradım. Bunca zamandır sevdiğim tek adamı özlemiştim.

Connor'a söylemem gerektiğini düşününce, onsuz bir gün geçirmeye çalıştığımı düşününce, Harry Cameron'sız bir dünya düşününce kalbim acıdı.

Beni yaratan, bana güç veren, beni koşulsuz seven, bana bir aile ve bir evlat veren Harry'ydi.

Tüm bunları düşünerek otel odamda haykırdım. Pencereleri açıp dışarıya doğru çığlık attım. Gözyaşlarımın etraftaki her şeyi ıslatmasına izin verdim.

Eğer ruh hâlim biraz daha iyi olsaydı, Nick'in bu denli fırsatçı ve atılgan oluşuna hayret edebilirdim.

Gençlik yıllarımda böylesi bir davranıştan etkilenebilirdim. Harry büyük ihtimalle cesur biri olduğunu söylerdi. Pek çok insan doğru zamanda doğru yerde olmakla bir şeyler elde edebilirdi. Ama Nick, bir şekilde yanlış zamanda yanlış yerde olmayı bir kariyere çevirecekti.

Kaldı ki ben, Nick'in hikâyesi içinde o âna gereğinden fazla önem veriyor olabilirim. Adını değiştirdi, saçını kestirdi ve çok, çok büyük işler yaptı. İçimden bir ses, benimle hiç karşılaşmamış olsa bile tüm bunları gerçekleştirebileceğini söylüyor. Sanırım demek istediğim şu: Her şey şansla alakalı değil.

Şansla *ve* orospu çocuğunun teki olmakla alakalı.

Bana bunu Harry öğretti.

NOW THIS

28 Şubat 1989

Yapımcı Harry Cameron Öldü

Üretken yapımcı ve Evelyn Hugo'nun eski kocası Harry Cameron, hafta sonu Los Angeles'ta anevrizma sonucu hayatını kaybetti. Cameron 58 yaşındaydı.

Bir zamanlar Sunset Stüdyoları'nın önemli isimlerinden biriyken sonradan bağımsız bir yapımcı olan Cameron, Hollywood'un pek çok büyük filmine öncülük etmesiyle tanınıyor. Bu filmler arasında 50'lerin klasiklerinden *To Be with You* ile *Küçük Kadınlar*'ın yanı sıra 60, 70 ve 80'li yıllardan da birçok film yer alıyor. 1981 yapımı *All for Us* da bunlardan biri. Yapımcı, *Theresa's Wisdom*'ın çekimlerini henüz tamamlamıştı.

Cameron ince zevkleri ve nazik ama katı tavırlarıyla tanınıyordu. Hollywood, en sevilen adamlarından birini kaybetmenin üzüntüsünü yaşıyor. Eski çalışma arkadaşlarından biri, "Harry oyuncuların gözdesiydi," dedi. "O bir projeye el attığında, o işte yer almak isteyeceğinizi bilirdiniz."

Cameron ardında Evelyn Hugo'yla evliliğinden doğan ve şimdilerde ilk gençliğini yaşayan kızı Connor Cameron'ı bıraktı.

NOW THIS

4 Eylül 1989

Vahşi Çocuk

ACABA KİM?
Hollywood'un hangi değerli çocuğu uygunsuz vaziyette yakalandı? Hem de tam anlamıyla!

Eski A++ aktrislerden birinin kızı zor bir dönemden geçiyor. Görünüşe bakılırsa bir köşeye çekilmektense iyice manyağa bağlamış.

Duyduk ki bu Vahşi Çocuk henüz 14 yaşında olmasına rağmen devam ettiği prestijli liseyi sık sık kırıyor ve New York'un lüks kulüplerinden birinde görülüyormuş. Görüldüğünde de genellikle ayık olmadığı söyleniyor. Yalnızca alkolden bahsetmiyoruz bu arada. *Burnunun altında biraz toz kalmış sanki...*

Görünüşe bakılırsa annesi duruma el koymaya çalışıyor ancak Vahşi Çocuğun iki öğrenci arkadaşıyla... yatakta yakalanması sorunu iyice ayyuka çıkardı!

57

HARRY'NİN ÖLÜMÜNDEN altı ay sonra Connor'ı bu şehirden çıkarmaktan başka çarem olmadığını anlamıştım. Her şeyi denemiştim çünkü. Özenli ve korumacıydım. Onu terapiye götürmeyi denedim. Onunla babası hakkında konuştum. Dünyanın geri kalanının aksine Connor, babasının bir trafik kazasında öldüğünü biliyordu. Bu tür bir şeyin neden dikkatle idare edilmesi gerektiğini de anlıyordu. Ama bunun yalnızca stresini artırdığının farkındaydım. Bana açılmasını sağlamaya çalıştım. Ama onun daha iyi seçimler yapması için elimden hiçbir şey gelmiyordu.

On dört yaşındaydı ve yıllar önce benim annemi kaybettiğim gibi aniden babasını kaybetmiş, derin bir üzüntüye kapılmıştı. Çocuğumla ilgilenmeliydim. Bir şeyler yapmalıydım.

İçimden gelen, onu spot ışıklarından, ona uyuşturucu satmak isteyen insanlardan, onun acısından faydalanmak isteyenlerden uzağa taşınmaktı. Onu, ona göz kulak olabileceğim, koruyabileceğim bir yere götürmeliydim.

Yönlendirilmesi ve iyileşmesi gerekiyordu. Bunu ise benim kurduğum hayatın içindeyken başaramazdı.

"Aldiz," dedi Celia.

Telefonda konuşuyorduk. Onu aylardır görmemiştim. Ama her gece konuşuyorduk. Celia ayakta kalmama, yoluma devam etmeme yardımcı oluyordu. Çoğu gece Celia ile konuşurken yatağa uzanıyor, kızımın acısından başka bir şey konuşamıyordum. Celia,

Aldiz önerisiyle geldiğinde yavaş yavaş bundan kurtulmaya, tünelin ucundaki ışığı görmeye başlamıştım.

"Orası neresi?" diye sordum.

"İspanya'nın güney kıyılarında. Küçük bir şehir. Robert'la konuştum. Malaga'dan tanıdığı birkaç arkadaşıyla konuştu. Aldiz'e yakın bir yer. İngilizce okulları araştıracak. Daha çok bir balıkçı köyü. Bizi umursayacaklarını sanmıyorum."

"Sakin mi?" diye sordum.

"Öyle sanıyorum," dedi. "Bence Connor'ın başını belaya sokmak için gerçekten uğraşması gerekecek."

"Bu onun yöntemi sanırım," dedim.

"Sen yanında olacaksın. Ben de öyle. Robert da yanımızda olacak. Onun iyi olmasını sağlayacağız. Destek aldığından, etrafında konuşabileceği insanlar olduğundan emin olacağız. Doğru arkadaşlar edindiğinden."

İspanya'ya taşınmanın Luisa'yı kaybetmek anlamına geldiğini biliyordum. Bizimle birlikte zaten L.A.'den New York'a taşınmıştı. İspanya'ya taşınarak hayatını bir kez daha altüst etmek istemeyecekti. Hem on yıllardır ailemize baktığının ve artık yorulduğunun da farkındaydım. Amerika'dan ayrılışımızın ona gitmek için ihtiyaç duyduğu bahaneyi vereceği düşüncesine kapılmıştım. Ona iyi bakıldığından da emin olacaktım. Hem zaten evimi idare etmek için kolları sıvamaya hazırdım.

Akşam yemeğini pişiren, tuvaletleri ovan, kızı için her an müsait olan biri olmak istiyordum.

"İspanya'da iyi iş yapmış bir filmin var mı?" diye sordum.

"Yakın zamanda yok," dedi Celia. "Senin?"

"Sadece *Boute-en-Train*," dedim. "Yani hayır."

"Sence bunu kaldırabilecek misin gerçekten?"

Celia'nın tam olarak neden bahsettiğini anlamadan, "Hayır," dedim. "Hangi kısmından bahsediyorsun?"

"Önemsizlik."

Güldüm. "Ah, Tanrım!" dedim. "Evet. O, hazır olduğum tek kısım."

❖ ❖ ❖

Planlarımız tamamlandığında, Connor'ın hangi okula gideceğini, hangi evleri alacağımızı, nasıl yaşayacağımızı kesinleştirdiğimde Connor'ın odasına gidip yatağına oturdum.

Üzerinde Duran Duran tişörtüyle soluk bir kot vardı. Sarı saçları yukarı doğru toplanmıştı. Onu üçlü seks yaparken yakaladığım günden beri cezalı olduğundan, orada asık suratla oturup beni dinlemekten başka şansı yoktu.

Ona oyunculuğu bırakacağımı söyledim. İspanya'ya taşınacağımızı söyledim. Orada iyi insanlarla, şöhretten ve kameralardan uzak bir hayat sürerek daha mutlu olacağımızı söyledim.

Sonra usulca, tereddütle ona Celia'ya âşık olduğumu söyledim. Robert'la evleneceğimi söyleyerek kısa ve net bir ifadeyle nedenlerini açıkladım. Ona çocuk muamelesi yapmadım. Karşımda bir yetişkin varmış gibi davrandım. Nihayet ona gerçeği söylemiştim. Kendi gerçeğimi.

Harry'den, Celia'yla ne kadar zamandır birlikte olduğumdan ya da bilmesine gerek duymadığım herhangi bir şeyden bahsetmedim. Tüm bunlar zamanla açıklanırdı.

Ona yalnızca bilmeyi hak ettiği kısmı anlattım.

Konuşmam bittiğinde, "Söyleyeceğin her şeyi duymaya hazırım. Bütün sorularını cevaplayabilirim. Bu konuyu tartışabiliriz," dedim.

Ama tek yaptığı omuzlarını silkmek oldu. Sırtını duvara yaslamış, yatakta otururken, "Umurumda değil, anne," dedi. "Gerçekten değil. Kimi istersen sevebilirsin. İstediğinle evlenebilirsin. Beni istediğin yerde yaşamaya zorlayabilirsin. Hangi okula istiyorsan oraya giderim. Umurumda değil, tamam mı? Hiç umurumda değil. Tek istediğim yalnız kalmak. O yüzden odamdan çık. Lütfen. Eğer bunu yaparsan, geri kalanıyla ilgilenmiyorum."

Ona baktım. Gözlerinin içine. Acısı içimi sızlattı. Sarı saçları ve gitgide zayıflayan yüzüyle Harry'den çok bana benzemeye başlamasından korkuyordum. Elbette eğer bana benzerse daha çekici olurdu. Ama o Harry'ye *benzemeliydi*. Dünya bize bunu çok görmemeliydi.

"Tamam," dedim. "Seni şimdilik yalnız bırakacağım."

Ayağa kalktım. Ona biraz alan bıraktım.

Eşyalarımızı topladım. Nakliyecilerle anlaştım. Celia ve Robert'la planlarımızı konuştum.

New York'tan ayrılmamıza iki gün kala odasına girerek, "Aldiz'de seni özgür bırakacağım. Kendi odanı seçebilirsin. Buraya gelip bazı arkadaşlarını ziyaret etmene de izin vereceğim. Hayatını kolaylaştırmak için elimden ne gelirse yapacağım. Ama iki şeye ihtiyacım var."

"Nedir?" dedi. Sesi ilgisizdi ama bana bakıyordu. Benimle konuşuyordu.

"Birlikte yemek yemek. Her akşam."

"Anne..."

"Sana kendi alanını veriyorum. Bütün güvenimi. Senden de sadece iki şey istiyorum. Biri her akşam birlikte yemek yemek."

"Ama..."

"Bu tartışmaya kapalı. Zaten üniversiteye gitmene üç yıl kaldı şurada. Günde bir yemekle başa çıkabilirsin."

Bakışlarını benden çevirdi. "İyi. İkincisi ne?"

"Bir psikoloğa gideceksin. En azından bir süreliğine. Çok fazla şey yaşadın. Hepimiz öyle. Biriyle konuşmaya başlamalısın."

Aylar önce bunu ilk denediğimde ona karşı çok zayıftım. Beni reddetmesine izin vermiştim. Bu sefer aynı şeyi yapmayacaktım. Artık daha güçlüydüm. Daha iyi bir anne olabilirdim.

Belki de bunu sesimden anlamıştı çünkü benimle tartışmaya kalkmadı. Sadece, "İyi, her neyse," dedi.

Ona sarılıp alnından öptüm. Tam ben onu bırakırken kollarını vücuduma sararak sarılışıma karşılık verdi.

58

Evelyn'in gözleri yaşarmıştı. Bir süredir hep yaşla doluydular zaten. Ayağa kalkıp bir mendil aldı.

Muhteşem bir kadındı. Yani demek istediğim bizzat o, kendisi bir manzaraydı. Öte yandan derin, çok derin bir insandı. O an benim için objektif kalmak imkânsızdı. Tüm gazetecilik etiğine rağmen onu acısından etkilenecek, hislerini anlayacak kadar önemsiyordum.

"Çok zor olmalı... Yani bu yaptığın, hikâyeni böylesine dobra bir şekilde anlatman... Bilmeni isterim ki bu konuda sana hayranlık duyuyorum."

"Sakın," dedi Evelyn. "Tamam mı? Bana bir iyilik yap ve böyle şeyler söyleme. Ben kim olduğumu biliyorum. Yarın sen de öğreneceksin."

"Bunu söyleyip duruyorsun ama hepimiz kusurluyuz. Yani gerçekten kurtarılamaz olduğuna mı inanıyorsun?"

Beni duymazdan geldi. Bana değil, pencereden dışarıya baktı.

"Evelyn," dedim. "Gerçekten..."

Bakışlarını bana döndürerek sözümü kesti. "Zorlamamayı kabul etmiştin. Yakında bitireceğiz zaten. Geride merak ettiğin hiçbir şey kalmayacak."

Ona şüpheyle baktım.

"Gerçekten," dedi. "Bu konuda bana güvenebilirsin."

UYSAL
ROBERT JAMISON

◆ ◆ ◆

NOW THIS

8 Ocak 1990

Evelyn Hugo Yedinci Kez Evlendi

Evelyn Hugo, geçtiğimiz cumartesi günü yatırımcı Robert Jamison'la evlendi. Evelyn yedinci kez nikâh masasına otururken Robert'ın ise ilk evliliği.

Robert'ın ismi size tanıdık geliyorsa, muhtemelen Evelyn, Robert'ın Hollywood'la tek bağı olmadığı içindir. Jamison, Celia St. James'in abisi. Bazı kaynaklardan aldığımız bilgilere göre çift, iki ay önce Celia'nın verdiği bir partide tanıştı. O günden beri de birbirlerine deliler gibi âşıklar.

Tören, Beverly Hills hükümet binasında gerçekleşti. Evelyn krem rengi bir takım giyerken Robert ince çizgili takımıyla son derece şıktı. Evelyn'in merhum Harry Cameron'dan olan kızı Connor Cameron baş nedimeydi.

Üçlü, kısa bir süre sonra İspanya'ya doğru yola çıktı. Kısa bir süre önce güney sahillerinden bir ev alan Celia'yı ziyarete gittikleri tahmin ediliyor.

59

Connor, Aldız'in kayalıklı sahillerinde hayata döndü. Ağır ama sürekliydi. Bir tohumun serpilişi gibi.

Celia'yla scrabble oynamaktan hoşlanıyordu. Bana söz verdiği gibi her akşam benimle yemek yedi. Bazı akşamlar nişastadan tortilla ya da annemin *caldo gallego*'sunu yapmama yardım etmek için mutfağa bile giriyordu.

Ama asıl Robert'ın cazibesine kapılmıştı.

Uzun boylu, heybetli, hafif bira göbekli ve kır saçlarıyla Robert, başlarda genç bir kızla ne yapacağını hiç bilmiyordu. Sanırım Connor'dan gözü korkmuştu. Ne diyeceğini bilemiyordu. O da Connor'la arasına bir mesafe koydu. Hatta belki ondan köşe bucak kaçtı bile denebilir.

Ona elini uzatan, nasıl poker oynanacağını öğretmesini, finans anlatmasını, balığa gitmek isteyip istemediğini soran hep Connor oldu.

Asla Harry'nin yerini almadı. Kimse onun yerini tutamazdı zaten. Ama acıyı biraz olsun hafifletti. Connor ona oğlanlarla ilgili fikirlerini sorardı. Doğum gününde Robert'a mükemmel süveteri bulmak için zaman harcadı.

Robert da onun odasını boyadı. Hafta sonları Connor çok seviyor diye barbeküde kaburga yaptı.

Connor yavaş yavaş dünyanın, kalbini açmak için makul derecede güvenli bir yer olduğuna ikna olmaya başladı. Babasını kaybetmenin açtığı yaraların asla tamamen iyileşmeyeceğini, lise yılları boyunca o yara dokusunun her yanını sardığını biliyordum. Ama partiler vermeyi bıraktığını gördüm. Derslerinden A ya da B almaya başladığını gördüm. Nihayet Stanford'a girdiğinde ona baktım ve ayakları yere basan, başı omuzlarının üzerinde dimdik duran bir kızım olduğunu gördüm.

Connor'ı okuluna yerleştirmek için onunla birlikte yola çıkmamdan bir gece önce Celia ve Robert'la birlikte kızımı yemeğe çıkardık. Suyun üzerindeki küçük bir restorandaydık. Robert onun için bir hediye getirmiş, güzelce paketlemişti. Bir poker seti. "O floşlarla benim paramı nasıl aldıysan herkesin parasını al!" dedi.

Connor müthiş bir sevinçle, "Sonra sen de kazandığım paralarla yatırım yapmama yardımcı olursun," dedi.

"Bravo," dedi Robert.

Robert her zaman Celia için her şeyi yapabileceğinden dolayı benimle evlendiğini söylerdi. Ama bence benimle evlendi çünkü bu, kısmen de olsa ona bir aileye sahip olma fırsatı sunuyordu. Bir kadınla yerleşik bir hayat kurmayacaktı asla. İspanyol kadınlarının da ondan en az Amerikalılar kadar büyülendiğini görmüştük. Ama bu sistem, bu aile, dahil olabileceği türden bir aileydi. Sanırım bunu o imzayı atarken biliyordu.

Ya da belki de Robert, işine yarayan bir şeyin içine yanlışlıkla girmiş, o şeyi elde edene kadar ne istediğinin fakrında olmamıştı. Bazı insanlar bu konularda şanslıdır. Ben, her zaman her zerremle isteklerimin peşinden gittim. Diğerleri ise mutluluğun içine düşerdi. Bazen keşke onlar gibi olsam derdim. Eminim onlar da zaman zaman benim gibi olmak istiyorlardı.

Connor Amerika'ya geri dönüp sadece tatillerde eve gelmeye başlayınca, Celia'yla birbirimize eskisinden daha fazla zaman ayırabilir olduk. Ne film çekimimiz vardı ne de endişelenmemizi gerektiren dedikodu sütunları. Neredeyse hiç tanınmıyorduk. Birimizden birini tanıyan olsa bile çoğunlukla çekiniyor, yanımıza sokulmuyorlardı.

İspanya'da tam anlamıyla istediğim hayatı yaşıyordum. Her sabah uyanıp da Celia'nın saçlarının yine yastığıma saçılmış olduğunu görmek bana huzur veriyordu. Kendimize ayırabildiğimiz her dakikaya, kollarımı ona dolayabildiğim her saniyeye değer veriyordum.

Yatak odamızın okyanusa bakan kocaman bir balkonu vardı. Sudan gelen esinti geceleri sık sık içeri dolardı. Tembel sabahlarımızda o balkonda oturur, birlikte gazeteleri okurduk. Mürekkebi parmaklarımıza bulaşırdı.

Yeniden İspanyolca konuşmaya bile başlamıştım. Önceleri gerekli olduğu için konuşuyordum. Diyalog kurmamız gereken çok fazla insan vardı ve bunu yapmaya gerçekten hazırlıklı olan bir tek bendim. Ama bu gereklilik bana iyi geldi. Çünkü kendimi güvensiz hissetmem konusunda kaygılanamıyordum. O işi halletmem gerekiyordu. Sonra, zaman içinde bu durumun bana çok kolay gelmesiyle gururlandığımı fark ettim. Aksan farklıydı –gençliğimin Küba İspanyolcası, Kastilya İspanyolcasıyla tam bir uyum içinde sayılmazdı– ama tek kelime etmeden geçen yıllar zihnimden çok bir şey silip götürememişti.

Evde bile sık sık İspanyolca konuşarak Celia ile Robert'ı kısıtlı bilgileriyle, parçaları bir araya getirerek ne söylediğimi çözmeye zorluyordum. Bunu onlarla paylaşmak hoşuma gidiyordu. Uzun zaman önce gömmüş olduğum bir parçamı gösterebiliyor olmak hoşuma gidiyordu. Kazdığım zaman o parçanın hâlâ orada durduğunu, beni beklediğini görmekten mutluydum.

Ama elbette günlerimiz ne kadar mükemmel görünürse görünsün, her gece üzerimize bir ağrı çöküyordu.

Celia iyi değildi. Sağlığı gitgide bozuluyordu. Fazla zamanı kalmamıştı.

Bir gece karanlıkta uzanmış ama henüz uyumamışken Celia, "Yapmamam gerektiğini biliyorum," dedi bana. "Ama bazen kaybettiğimiz onca yıl için ikimize de çok kızıyorum. Çöpe attığımız onca zaman için..."

Elini tuttum. "Anlıyorum," dedim. "Ben de kızıyorum."

"Eğer birini yeterince seviyorsan, her şeyin üstesinden gelebilmelisin," dedi. "Biz birbirimizi hep çok sevdik. Ne bu kadar sevilebileceğimi düşünmüştüm ne de bu kadar sevebileceğimi. O zaman neden? Neden üstesinden gelemedik?"

"Geldik," dedim ona dönerek. "Bak, buradayız işte."

Başını iki yana salladı. "Ama *yıllar*," dedi.

"İnatçıydık," dedim. "Ayrıca başarılı olabileceğimiz aletlerle donatılmamıştık. İkimiz de yönlendiren taraf olmaya alışkındık. İkimiz de dünyanın kendi etrafımızda döndüğüne inanmaya meyilliydik..."

"Ayrıca eşcinsel olduğumuzu saklamak zorundaydık," dedi. "Yani benim eşcinsel, seninse biseksüel olduğunu."

Karanlıkta gülümseyerek Celia'nın elini sıktım.

"Dünya işimizi hiç kolaylaştırmadı," dedi.

"Bence ikimizin de daha fazlasını istemesi gerçekçiydi. Eminim ikimiz, küçük bir şehirde bunu başarabilirdik. Sen öğretmen olurdun. Ben de hemşire. Kendimiz için bir şeyleri kolaylaştırabilirdik."

Celia'nın hemen yanımda başını salladığını hissedebiliyordum. "Ama hayır, biz o değiliz. Hiçbir zaman olamadık, olamayız da."

Başımla onayladım. "Bence kendin olmak, gerçekten, bütünüyle kendin olmak, her zaman akıntıya karşı yüzüyormuşsun gibi hissettirir."

"Evet," dedi. "Ama eğer seninle geçirdiğim son birkaç yıl bir ölçü sayılırsa, sanırım aynı zamanda günün sonunda sutyenini çıkarmak gibi de hissettiriyor."

Güldüm. "Seni seviyorum," dedim. "Beni sakın bırakma."

Ama o, "Ben de seni seviyorum. Seni asla bırakmayacağım," dediğinde, ikimiz de aslında tutamayacağı bir söz verdiğini biliyorduk.

Onu yeniden kaybetme düşüncesine, daha önceki kaybedişlerimden daha derin bir kayıp düşüncesine dayanamıyordum. Sonsuza dek onsuz kalacağımı, onunla hiçbir bağım olmayacağını düşünmeye katlanamıyordum.

"Benimle evlenir misin?" diye sordum.

Gülmeye başladı ama onu susturdum.

"Şaka yapmıyorum! Seninle evlenmek istiyorum. Hemen ve son kez. Bunu hak etmiyor muyum? Yedi evlilikten sonra sonunda hayatımın aşkıyla evlenemeyecek miyim?"

"İşlerin o şekilde yürüdüğünü sanmıyorum, tatlım," dedi. "Ayrıca abimin karısını elinden almış olacağımı hatırlatmama gerek var mı?"

"Ben ciddiyim, Celia."

"Ben de öyle, Evelyn. Evlenmemizin hiçbir yolu yok."

"Bir evlilik, verilen bir sözden başka nedir ki?"

"Sen öyle diyorsan," dedi. "Ne de olsa uzman olan sensin."

"Hadi şimdi, burada evlenelim. Sen ve ben. Bu yatağın içinde. Beyaz bir gecelik giymene bile gerek yok."

"Ne diyorsun sen?"

"Manevi bir sözden bahsediyorum. İkimiz arasında, ömrümüzün geri kalanı boyunca geçerli olacak bir söz."

Celia cevap vermeyince düşündüğünü anladım. İkimizin orada, o yatakta evlenmesinin bir anlamı olup olmayacağını düşünüyordu.

"Bak, şöyle yapacağız," dedim onu ikna etmeye çalışarak. "Birbirimizin gözlerinin içine bakacağız, el ele tutuşacağız ve kalplerimizdekini dile getirip birbirimizin hep yanında olacağımıza söz vereceğiz. Herhangi bir resmî belgeye, tanığa ya da dini onaya ihtiyacımız yok. Zaten resmî olarak evli olmamın bir önemi yok, zira ikimiz de biliyoruz ki Robert'la sırf seninle birlikte olabilmek için evlendim. Başkalarının kurallarına ihtiyacımız yok. Yalnızca birbirimize ihtiyacımız var."

Bir süre sessiz kaldı. İç çekti. Sonra, "Peki, varım," dedi.

"Gerçekten mi?" O ânın birdenbire ne kadar da anlamlı bir hâl aldığını görünce şaşırmıştım.

"Evet," dedi. "Seninle evlenmek istiyorum. Seninle evlenmeyi hep istedim. Sadece... bunu yapabileceğimiz aklıma gelmemişti. Yani kimsenin onayına ihtiyaç duymayacağımız."

"İhtiyacımız yok," dedim.

"O zaman yapalım."

Gülerek yatağın içinde doğruldum. Komodinimin üzerindeki ışığı açtım. Celia da doğruldu. Birbirimize dönerek el ele tutuştuk.

"Bence seremoniyi sen idare etmelisin," dedi.

"Sanırım ben daha çok düğünde bulundum," diye takıldım.

O gülünce ben de onunla birlikte güldüm. Ellilerimizin sonundaydık ve yıllar önce yapmamız gereken bir şeyi nihayet yapacak olma düşüncesi karşısında başımız dönmüştü.

"Tamam," dedim. "Gülmek yok. Bu işi halledeceğiz."

"Tamam," dedi gülümseyerek. "Hazırım."

Nefes aldım. Celia'ya baktım. Gözlerinin etrafında kazayakları oluşmuştu. Ağzının kenarında kırışıklıklar belirmişti. Saçları yastıkta karışmıştı. Üzerinde omzu yırtık eski bir New York Giants tişörtü vardı. Geleneklerin canı cehenneme, hiç bu kadar güzel göründüğünü hatırlamıyorum.

"Canım sevgilim," dedim. "Sanırım biz bizeyiz."

"Evet," dedi Celia. "Görüyorum."

"Bugün burada... bizim birleşmemizi kutlamak için toplandık."

"Harika."

"Hayatlarının geri kalanını birlikte geçirmek için gelmiş iki insan."

"Katılıyorum."

"Sen, Celia beni, Evelyn'i eşin olarak kabul ediyor musun? Hastalıkta sağlıkta, varlıkta ve yoklukta, ölüm bizi ayırana dek, ikimiz de yaşadığımız sürece?"

Gülümsedi. "Ediyorum."

"Peki ben, Evelyn seni, Celia'yı eşim olarak kabul ediyor muyum? Hastalıkta sağlıkta ve tüm diğer durumlarda? Ediyorum."

Küçük bir aksaklık olduğunu fark ettim. "Bir dakika, yüzüklerimiz yok."

Celia uygun bir şeyler bulmak için etrafa baktı. Ben de ellerimi ellerinden ayırmadan komodinin üzerine baktım.

"İşte," dedi Celia başından bir saç tokası çıkararak.

Ben de gülerek at kuyruğumu çözüp tokamı çıkardım.

"Tamam," dedim. "Celia, sözlerimi tekrar et. Evelyn, bu yüzüğü sonsuz aşkımın bir nişanesi olarak kabul et."

"Evelyn, bu yüzüğü sonsuz aşkımın bir nişanesi olarak kabul et."

Celia tokayı alıp yüzükparmağıma üç kez doladı.

"Söyle. Bu yüzükle seni eş olarak kabul ediyorum."

"Bu yüzükle seni eş olarak kabul ediyorum."

"Tamam. Şimdi sıra bende. Celia, bu yüzüğü sonsuz aşkımın bir nişanesi olarak kabul et. Bu yüzükle seni eş olarak kabul ediyorum." Tokamı onun parmağına taktım. "Ah, yeminleri unuttum. Yemin edecek miyiz?"

"Edebiliriz," dedi. "Eğer sen istiyorsan."

"Tamam," dedim. "Sen ne söyleyeceğini düşün. Ben de düşüneyim."

"Düşünmeme gerek yok," dedi. "Hazırım. Biliyorum."

"Tamam," dedim. Kalbimin hızla çarpması beni şaşırtmıştı. Söyleyeceklerini bir an önce duymak istiyordum. "Başla."

"Evelyn, 1959'dan beri sana âşığım. Bunu her zaman gösterememiş olabilirim, yolumuza başka şeylerin çıkmasına izin vermiş olabilirim ama bil ki seni o zamandan beri seviyorum. Seni sevmekten hiç vazgeçmedim. Hiçbir zaman da vazgeçmeyeceğim."

Kısacık bir an gözlerimi kapayarak sözlerinin içime nüfuz etmesine izin verdim.

Sonra ben konuşmaya başladım. "Yedi kere evlendim ama hiçbiri bunun kadar doğru gelmemişti. Sanırım seni sevmek, benimle ilgili en gerçek şey."

Öyle bir gülümsedi ki ağlamaya başlayacağını düşündüm. Ama ağlamadı.

"Bana... bizim tarafımızdan verilen yetkiye dayanarak bizi eş ilan ediyorum," dedim.

Celia güldü.

"Artık gelini öpebilirim," dedim. Ellerini bırakarak yüzünü kavradım ve onu, eşimi öptüm.

60

ALTI YIL SONRA, Celia ile İspanya sahillerinde on yıldan uzun bir süre birlikte yaşamamızın, Connor'ın üniversiteden mezun olup Wall Street'te işe başlamasının ardından, bütün dünya artık *Küçük Kadınlar*'ı, *Boute-en-Train*'i, Celia'nın üç Oscar'ını unutmuşken, Cecelia Jamison solunum yetmezliğinden öldü.

Kollarımdaydı. Yatağımızda.

Mevsimlerden yazdı. Rüzgârın içeri girebilmesi için pencereler açıktı. Odada hastalık kokusu vardı ama yeterince yoğunlaşırsan okyanusun tuzlu kokusunu da duyabilirdin. Gözleri donup kaldı. Alt katta, mutfakta olan hemşireyi çağırdım. Sanırım Celia'nın benden alındığı o dakikalarda anı üretmeyi yine durdurmuştum.

Tek hatırladığım ona tutunup sımsıkı sarıldığım. "Yeterince zamanımız olmadı," deyişim.

Sağlık ekibi onun cesedini götürürken sanki ruhumu söküp alıyorlarmış gibi hissettim. Sonra, kapı kapandığında, herkes gittiğinde, Celia artık hiçbir yerde yokken Robert'a baktım ve yere yığıldım.

Fayanslar yanan tenimi üşütüyordu. Taşın sertliği kemiklerimi ağrıtıyordu. Altımda bir gözyaşı birikintisi oluşuyordu ama başımı yerden kaldıramıyordum.

Robert beni kaldırmaya çalışmadı.

O da yere, yanıma geldi ve ağladı.

Onu kaybetmiştim. Aşkımı. Celia'mı. Ruh eşimi. Tüm hayatımı, sevgisini kazanmak için geçirdiğim kadını.
Gitmişti işte.
Geri dönüşü yoktu, sonsuza dek gitmişti.
Derken o yıkıcı panik lüksü beni yine ele geçirdi.

NOW THIS

5 Temmuz 2000

Ekran Kraliçesi Celia St. James Öldü

Üç kez Oscar kazanmış olan Celia St. James, geçen hafta 61 yaşında amfizeme bağlı komplikasyonlar nedeniyle hayatını kaybetti.

Georgia'nın küçük bir kasabasındaki varlıklı bir aileden gelen kızıl saçlı St. James, kariyerinin ilk yıllarında Georgia Fıstığı olarak anılıyordu. Ancak 1959 yapımı *Küçük Kadınlar* uyarlamasındaki Beth rolü ona ilk Akademi Ödülü'nü kazandırdı ve onu gerçek bir yıldıza dönüştürdü.

St. James sonraki otuz yıl boyunca dört kez daha ödüle aday gösterilmiş ve heykelciği iki kez daha evine götürmüştü. 1970'de *Our Men* filmindeki rolüyle En iyi Kadın Oyuncu ödülünün sahibi olurken Shakespeare trajedisinin 1987 yapımı uyarlamasındaki Leydi Macbeth rolüyle En İyi Yardımcı Kadın Oyuncu Ödülünü aldı.

St. James, dikkat çeken yeteneğinin yanı sıra komşu kızı çekiciliğiyle ve futbol dünyasının kahramanlarından John Braverman'la on beş yıl süren evliliğiyle de tanınıyor. İkili 1970'lerin sonunda boşanmış olsalar da Braverman'ın 1980'deki ölümüne dek arkadaşlıklarını sürdürdüler. St. James bir daha evlenmedi.

St. James'in varlıkları ağabeyi –ve St. James'in eski rol arkadaşlarından Evelyn Hugo'nun kocası– Robert Jamison tarafından idare edilecek.

61

CELIA DA HARRY GİBİ Los Angeles'ta Forest Lawn'a gömüldü. Bir perşembe sabahı Robert'la birlikte cenazesini kaldırdık. Tören gizli tutulsa da insanlar orada olduğumuzu biliyordu. Celia'nın gömüleceğini biliyorlardı.

Mezara indirildiğinde, toprağın üzerindeki çukura baktım. Sonra tabutunun ahşabının parıltısına baktım. İçimde tutamadım. Gerçek benliğimin dışarı çıkmasına engel olamadım.

"Bana bir dakika verin," dedim Robert'la Connor'a. Sonra arkamı döndüm.

Yürümeye başladım. Mezarlığın rüzgârlı yokuşları boyunca aradığımı bulana dek yürüdüm.

Harry Cameron.

Mezar taşının kenarına oturdum ve içim sökülürcesine ağlamaya başladım. Tükendiğimi hissedene kadar ağladım. Tek kelime etmedim. Gerek duymamıştım. Kafamın ve kalbimin içinde o kadar uzun zamandır, o kadar uzun yıllardır Harry'yle konuşuyordum ki artık sözcükleri aşmışız gibi geliyordu.

Hayatım boyunca her konuda bana yardım eden, beni destekleyen o olmuştu. Şimdi ona her zamankinden daha çok ihtiyacım vardı. Ben de bildiğim tek yolla yanına gitmiş, beni yapabileceği tek yolla iyileştirmesine izin vermiştim. Ayağa kalktım, eteğimi silkeledim ve arkamı döndüm.

Orada, ağaçların arasında fotoğraflarımı çeken iki magazinci vardı. Ne kızmış ne de gururlanmıştım. Umurumda bile değildi. Umursamak bana çok şeye mal olmuştu. Artık buna harcayacak bir şeyim yoktu.

Yürüyerek oradan uzaklaştım.

İki hafta sonra, Robert'la Aldiz'deki eve dönmemizin ardından Connor bana bir dergi gönderdi. Kapağında Harry'nin mezarındaki fotoğrafım vardı. Ön kısmına bir not eklemişti. Kısa bir not. "Seni seviyorum."

Notu çıkarıp başlığı okudum: "Efsane Evelyn Hugo, yıllar sonra Harry Cameron'ın mezarında gözyaşı döktü."

En güzel yıllarım uzun zaman önce geçmiş olsa da insanlar hâlâ Celia St. James'le ilgili hislerimi görmekten kolayca alıkonabiliyordu. Ama bu kez farklıydı. Çünkü artık hiçbir şey saklamıyordum.

Biraz dikkat etselerdi, gerçeği görebilirlerdi. Orada gerçek benliğimle karşılarındaydım ve aşkımın ölümünün verdiği acıyı dindirmesi için en yakın arkadaşımın yardımını istiyordum.

Ama elbette yanlış anlamışlardı. Doğruyu anlamak hiçbir zaman umurlarında olmamıştı ki. Medya, anlatmak istediği hikâye neyse onu anlatacaktı. Hep öyle yapmışlardı, hep de öyle yapacaklar.

İşte o an, herhangi birinin hayatımla ilgili gerçekleri öğrenmesinin ancak onlara doğrudan söylememle mümkün olacağını anladım.

Bir kitapta.

Connor'ın notunu sakladım, dergiyi ise çöpe attım.

62

CELİA'NIN ÖLÜMÜ, HARRY'NİN yokluğu ve benim kendimi cinsellik içermese de istikrarlı bir evliliğin içinde bulmamla birlikte yaşamım resmî olarak skandallardan tamamen temizlenmişti.

Ben. Evelyn Hugo. Sıkıcı, yaşlı kadın.

Robert'la sonraki on bir yıl boyunca dostane bir evliliği sürdürdük. 2000'lerin ortalarında Connor'a yakın olmak için yeniden Manhattan'a taşındık. Bu evi elden geçirdik. Celia'nın parasının bir kısmını LGBTQ+ örgütlerine ve akciğer hastalıkları araştırmalarına bağışladık.

Her Noel'de New York'taki evsiz gençlik kuruluşlarına yardımda bulunduk. Sessiz bir sahilde geçen yılların ardından bir şekilde yeniden cemiyetin parçası olmak güzeldi.

Ama aslında tek umursadığım Connor'dı.

Merrill Lynch'te kariyer basamaklarını tırmanmıştı. Robert'la New York'a taşınmamızdan kısa bir süre sonra Connor, Robert'a finans kültüründen nefret ettiğini itiraf etmiş, ayrılmak istediğini söylemişti. Robert, onu mutlu eden bir şeyin Connor'ı mutlu etmemesine üzülmüştü, bu ortadaydı. Ama hayal kırıklığına uğramamıştı.

Wharton'da eğitmenlik işini aldığında onu ilk tebrik eden de Robert olmuştu. Connor, Robert'ın onun adına birkaç görüşme yaptığını asla bilmedi. Bilmesini Robert istemedi. Tek isteği, elinden gelen her şekilde ona yardım etmekti. Seksen bir yaşında ölene dek de büyük bir sevgiyle gerçekleştirdi bunu.

Anma konuşmasını Connor yaptı. Tabutu taşıyanlardan biri de Connor'ın erkek arkadaşı Greg'di. Cenazeden sonra Greg'le Connor bir süreliğine benimle kalmak için eve geldi.

"Anne, yedi kocanın ardından kendi başına yaşama konusunda herhangi bir tecrüben olduğundan şüpheliyim," dedi yemek odasındaki masada, Harry, Celia ve John'la birlikte yaşadığımız günlerde oturduğu taburede otururken.

"Sen doğmadan önce hareketli bir yaşam sürdüm," dedim ona. "Bir kez yalnız yaşadım, yine yaşayabilirim. Greg'le ikiniz kendi hayatınıza dönün. Gerçekten."

Ama onların ardından kapıyı kapar kapamaz bu evin ne kadar büyük ve sessiz olduğunu fark ettim.

Grace'i de o zaman işe aldım.

Harry'den, Celia'dan ve şimdi de Robert'tan bana miras kalan milyonlar vardı. Şımartabileceğim tek insansa Connor'dı. Ben de Grace'le ailesini de şımarttım. Onları mutlu etmek, hayatımın büyük bir bölümünde keyfini sürdüğüm lüksün sadece bir kısmını onlarla paylaşmak beni mutlu etti.

Bir kez alıştın mı yalnız yaşamak o kadar da kötü değildir. Hele bunun gibi büyük bir evde yaşamak... Aslında bu evi Connor'a bırakmak istediğim için elimde tutuyordum ama bazı yönlerinin keyfini sürmediğimi de söyleyemem. Elbette Connor'ın burada kaldığı geceler evi daha çok seviyordum. Özellikle de Greg'le ayrılmalarından sonra.

Yardım yemeklerine evsahipliği yapıp sanat eserleri toplayarak koca bir yaşam geçirebilirsin. Gerçek ne olursa olsun mutlu olmanın bir yolunu bulabilirsin.

Ta ki kızın ölene kadar.

İki buçuk yıl önce Connor'a son evre meme kanseri teşhisi kondu. Otuz dokuz yaşındaydı. Yalnızca birkaç ay ömrü kaldığı söylendi. Sevdiğin birinin bu dünyadan senden önce gideceğini öğrenmenin neye benzediğini biliyordum. Ama hiçbir şey kendi evladımın acı çekişini izlemenin acısına hazırlayamazdı beni.

Kemoterapiden sonra kusarken onu tuttum. Soğuktan ağladığında onu battaniyelere sardım. Yeniden bebeğim olmuş gibi alnından öptüm. Çünkü o sonsuza dek benim bebeğim olarak kalacaktı.

Ona her gün varlığının benim için en değerli armağan olduğunu, bu dünyaya film çekmek ya da zümrüt yeşili kıyafetler giyerek kalabalıklara el sallamak için değil, onun annesi olmak için geldiğime inandığımı söyledim.

Hastane yatağında yanında oturdum. "Yaptığım hiçbir şey," dedim, "seni doğurduğum gün duyduğum gururu hissettirmedi bana."

"Biliyorum," dedi. "Her zaman biliyordum."

Babası öldüğünden beri ona tek bir boş söz bile etmemiştim. Birbirimize inandığımız, birbirimize güvendiğimiz bir ilişkimiz vardı. Sevildiğini biliyordu. Hayatımı değiştirdiğini, dünyayı değiştirdiğini biliyordu.

Ölmeden önce on sekiz ay boyunca mücadele etti.

Onu babasının yanına gömdüklerinde, daha önce hiç yaşamadığım kadar büyük bir yıkım yaşadım.

O yıkıcı panik lüksü beni ele geçirdi.

Bir daha da hiç terk etmedi.

63

HİKÂYEM BÖYLE BİTİYOR İŞTE. Sevdiğim herkesi kaybetmemle. Büyük, güzel bir Yukarı Doğu Yakası evinde, onun için bir anlamı olan herkesi özleyen bir benle.

Sonunu yazarken, bu evi sevmediğimi, hesabımdaki paranın umurumda olmadığını, insanların efsane olduğumu düşünmesini kıçıma bile takmadığımı, milyonların hayranlığının yatağımı ısıtmadığını açıkça ifade ettiğinden emin ol, Monique.

Sonunu yazarken, herkese asıl özlediğimin insanlar olduğunu söyle. Herkese yanıldığımı, çoğu zaman yanlış seçimler yaptığımı söyle, Monique.

Sonunu yazarken, okurların ömrümce aradığım şeyin yalnızca bir aile olduğunu anlamasını sağla, Monique. O aileyi bulduğumun iyice anlaşılmasını sağla. Ve o aile olmadan eksik olduğumu anlayacaklarından emin ol.

Gerekirse heceleyerek yaz.

Evelyn Hugo'nun, herkesin ismini unutmasını umursamadığını yaz. Bir zamanlar yaşadığının unutulması bile Evelyn Hugo'nun umurunda değil, anlat bunu.

Hatta onlara Evelyn Hugo'nun asla var olmadığını anlat. O, benim insanlar için uydurduğum biriydi. Onu yarattım ki beni sevsinler. Çok uzun bir zaman sevginin ne olduğu konusunda kafamın karışık olduğunu anlat. Ama artık anladığımı ve onların sevgisine ihtiyacım olmadığını söyle.

Onlara de ki, "Evelyn Hugo evine dönmek istiyor. Artık kızına, sevgilisine, en iyi arkadaşına ve annesine kavuşmasının zamanı geldi."

Onlara, Evelyn Hugo'nun veda ettiğini söyle.

64

"**Veda derken ne demek** istiyorsun? Veda deme, Evelyn."
Dosdoğru gözlerimin içine bakarak söylediklerimi duymazdan geldi.

"Tüm bunları bir hikâye hâline getirdiğinde," dedi, "yaptığım her şeyin ailemi korumak için olduğunun ve gerekirse *hepsini* yeniden yapacağımın iyice anlaşılmasını sağla. Onları koruyabileceğimi bilsem daha fazlasını da yapar, daha da çirkin davranışlar sergileyebilirdim."

"Bence çoğu insan aynı şeyleri hissediyor," dedim ona. "Kendi yaşamları ve sevdikleri için benzer şeyler düşünüyorlar."

Evelyn cevabım karşısında hayal kırıklığına uğramış gibiydi. Ayağa kalkıp masasına doğru ilerledi. Bir kâğıt parçası çıkardı.

Eski bir kâğıttı. Kırışmış ve katlanmıştı. Kenarı yanık turuncusuna dönmüştü.

"Arabada Harry'yle birlikte olan adam," dedi Evelyn. "Hani orada bıraktığım."

Bu, yaptığı en korkunç şeydi elbette. Ama sevdiğim biri için aynısını yapmayacağımdan emin değildim. Aynısını yapardım demiyorum. Sadece emin değilim diyorum.

"Harry, siyahi bir adama âşık olmuştu. Adı James Grant'ti. 26 Şubat 1989'da öldü."

65

Ö FKENİN OLAYI BU.
Göğsünüzde başlıyor.
İlk önce korku olarak ortaya çıkıyor.
Korku hızla inkâra dönüşüyor. *Hayır, bir yanlışlık olmalı. Hayır, bu olamaz.*
Sonra gerçeğe çarpıyorsunuz. *Evet, doğru söylüyor. Evet, olabilir.* Çünkü farkına varıyorsunuz. *Evet, bu doğru.*
Sonrasında bir seçim yapmanız gerekiyor. Üzgün müsünüz yoksa öfkeli misiniz?
Ve nihayet ikisi arasındaki ince çizgi, bir dizi cevabın üzerine yıkılıyor. Birini suçlayabilir misiniz?

Babamın ben yedi yaşındayken ölmesinden yalnızca bir kişiyi sorumlu tutmuştum hep. Babamı. Babam içkiliyken araba kullanmıştı. Daha önce hiç yapmadığı bir şeydi bu. Karakterine tamamen aykırıydı. Ama olmuştu. Bu yüzden ondan nefret edebilir ya da onu anlamaya çalışabilirdim. *Baban alkollü olarak direksiyona geçmiş ve aracın kontrolünü kaybetmiş.*

Ama bu... Babamın içkili olarak bir aracın direksiyonuna geçmediğini, karşımdaki kadın tarafından yol kenarında ölüme terk edildiğini, kendi ölümünün uydurma olduğunu, hatırasının kirletildiğini öğrenmek... Kazanın tek sorumlusunun o olduğuna inanarak büyümem... Sorumluluğunun birine yüklenmesi gereken çok fazla şey vardı etrafımda. Hepsi onları yakalayıp Evelyn'in göğsüne iliştirmemi bekliyordu.

Karşımdaki o pişman ama tam olarak üzgün diyemeyeceğim duruşuna bakılırsa, o da bu sorumluluğu üstlenmeye hazırdı.

Bu durum, yıllar süren acıma kibrit çakmak gibiydi ve büyük bir öfkeye dönüştü.

Bedenim akkor oldu. Gözlerim doldu. Ellerim yumruk şeklinde sıkıldı. Yapabileceklerimden korktuğum için geriledim.

Sonra ondan uzaklaşmak fazla bonkör hissettirdiğinden yeniden ona doğru ilerledim. Onu kanepeye doğru sıkıştırarak, "Kimsen kalmadığına seviniyorum. Seni sevecek kimsen kalmadığına seviniyorum," dedim.

Kendimi de şaşırtarak onu serbest bıraktım. Yeniden arkasına yaslandı. Beni izledi.

"Hikâyeni bana vermen bunların herhangi birini telafi eder mi sanıyorsun?" diye sordum. "Bunca zaman beni karşına oturtup hayatını anlattın. Böylece itiraf edecektin. *Biyografinin* bunun telafisi olacağını düşündün, öyle mi?"

"Hayır," dedi. "Şimdiye kadar günahların bağışlanmasına inanacak kadar naif biri olmadığımı anlamış olduğunu sanıyordum."

"Ne o hâlde?"

Evelyn uzanıp elindeki kâğıdı gösterdi bana.

"Bunu Harry'nin pantolon cebinde buldum. Öldüğü gece. Tahminime göre bunu okumuştu ve o akşam o kadar içmesinin nedeni oydu. Babandan."

"Yani?"

"Yani ben... Ben kızımın benimle ilgili gerçekleri öğrenmesiyle büyük bir huzura ermiştim. Onun gerçek beni tanıması müthiş bir rahatlıktı. Ben istedim ki... Sana bu gerçeği sunabilecekler içinde yaşayan tek insan benim diye düşündüm. Sana babanı verebilecek... Onun gerçekten kim olduğunu bilmeni istedim."

"Onun benim için kim olduğunu biliyorum zaten," dedim ama dediğim anda bunun tam olarak doğru olmadığını fark ettim.

"Onu tamamen tanımak isteyeceğini düşündüm. Al bunu, Monique. Mektubu oku. İstemiyorsan sende kalması gerekmez. Ama başından beri bu mektubu sana göndermeyi planlıyordum. Her zaman bunu bilmeyi hak ettiğini düşündüm."

Mektubu elinden kaptım. Kibarlığı, mektubu nazikçe alma derecesinde uzatmak bile istemiyordum. Oturup mektubu açtım. Sayfanın üzerinde ancak kan lekesi olabilecek birtakım izler vardı. Babamın kanı olup olmadığını merak ettim. Yoksa Harry'nin kanı mıydı? Bu konuyu düşünmemeye karar verdim.

Daha bir satır bile okumadan başımı kaldırıp Evelyn'e baktım.

"Çıkar mısın?" dedim.

Evelyn başıyla kabul ederek kendi çalışma odasından çıktı. Kapıyı arkasından kapadı. Başımı yeniden öne eğdim. Zihnimin içinde yeniden ele almam gereken çok şey vardı.

Babam yanlış hiçbir şey yapmamıştı.

Babam kendi ölümüne neden olmamıştı.

Hayatımın çok büyük bir bölümünü babamı o açıdan görerek, onunla o mercekten barış yaparak geçirmiştim.

Şimdiyse, neredeyse otuz yıl sonra ilk kez babamdan yeni sözler, taze düşünceler duyacaktım.

Sevgili Harry,

Seni seviyorum. Seni mümkün olacağını hiç düşünmediğim bir biçimde seviyorum. Hayatımın büyük bir kısmını, böyle bir sevginin bir efsaneden ibaret olduğunu düşünerek geçirdim. Ama şimdi karşımda işte. Öyle gerçek ki ona dokunabiliyorum ve nihayet Beatles'ın bunca yıldır neyle ilgili şarkılar söylediğini anlayabiliyorum.

Avrupa'ya taşınmanı istemiyorum. Ama aynı zamanda benim istemediğim şeyin senin için en iyisi olabileceğini de gayet iyi biliyorum. O yüzden benim arzularıma rağmen gitmen gerektiğini düşünüyorum.

Ben sana burada, Los Angeles'ta hayalini kurduğun hayatı veremem. Hiçbir zaman da veremeyeceğim.

Her ne kadar çarpıcı güzellikte bir kadın olduğu konusunda sana katılsam da ve hatta dürüst olmak gerekirse Royal Wedding'de ona ufaktan çarpılmış olsam da Celia St. James'le evlenemem.

Her ne kadar karımı hiçbir zaman seni sevdiğim gibi sevmemiş olsam da ondan asla ayrılmayacağım. Ailemi, onun dağılmasına bir an olsun izin veremeyecek kadar çok seviyorum. Günün birinde tanışmanı çok ama çok istediğim kızım, benim tek yaşama sebebim. Biliyorum ki ancak annesiyle ve benimle birlikteyken çok mutlu olabilir. Ancak ben olduğum yerde kalırsam o yaşayabileceği en iyi hayatı yaşar.

Angela belki hayatımın aşkı değil. Bunu artık biliyorum. Gerçek tutkuyu tattıktan sonra anladım. Ama pek çok yönden senin için Evelyn ne ise benim için de karım o. O benim en iyi arkadaşım, sırdaşım, yoldaşım. Evelyn ile ikinizin cinselliğinizi, isteklerini konuşabilmenizdeki dürüstlüğe hayranlık duyuyorum. Ama Angela ile benim için durum öyle değil ve değiştirmek istediğimi de sanmıyorum. Canlı bir cinsel hayatımız yok ama onu bir insanın eşini sevdiği gibi seviyorum. Ona acı çektirirsem kendimi asla affetmem. Onun yanında olmadığım her gün, her an onu aramak, düşüncelerini duymak, nasıl olduğunu öğrenmek isterken buluyorum kendimi.

Ailem benim kalbim. Bizim için onu kıramam. Sende bulduğum türden bir aşk için bile Harry'm.

Avrupa'ya git. Ailen için en iyisinin bu olduğuna inanıyorsan git.

Ve bil ki ben de burada, Los Angeles'ta kendi ailemle, seni düşünüyor olacağım.

Daima senin,
James

Mektubu bırakıp dümdüz karşıya baktım. O zaman, ancak o zaman gerçek yüzüme çarptı.
Babam, bir erkeğe âşıktı.

66

OKANEPEDE NE KADAR OTURDUM, ne kadar zaman tavanı izledim bilmiyorum. Babamla ilgili anılarımızı, arka bahçede beni havaya fırlatmalarını, ara sıra kahvaltıda muzlu tatlı yememe izin vermesini düşündüm.

O anılar hep ölme biçimiyle karışıyordu. Her zaman buruk bir tatları vardı çünkü onu benden bu kadar çabuk alan kendi hatasıydı.

Şimdiyse onunla ne yapacağımı bilmiyordum. Onu nasıl düşüneceğimi bilmiyordum. Tanımlayıcı bir karakter yok olmuş, yerine iyi ya da kötü daha kuvvetlisi gelmişti.

Aynı görüntüleri –babamın hayattaykenki hâlleri, son anlarının ve ölümünün hayal edilmiş görüntüleri– zihnimde tekrar tekrar döndürmeye başladıktan bir süre sonra daha fazla böyle hareketsizce oturamayacağımı fark ettim.

Ayağa kalkıp koridora çıktım ve Evelyn'i aramaya başladım. Mutfakta Grace'le otururken buldum.

"Yani bu yüzden mi buradayım?" dedim mektubu havada sallayarak.

"Grace, bize biraz izin verir misin?"

Grace oturduğu tabureden kalktı. "Tabii ki." Koridorda gözden kayboldu.

O gidince Evelyn bana baktı. "Seninle görüşmek istememin tek sebebi bu değil. Doğal olarak mektubu sana vermek için izini sürdüm. Kendimi sana tanıtmanın çok ani, çok şok edici olmayan bir yolunu arıyordum."

"*Vivant* da bu konuda epey işine yaradı anlaşılan."

"Bana bir bahane sundu, evet. Önemli bir derginin seni göndermesi, sana telefon açıp seni nereden tanıdığımı anlatmaya çalışmaktan daha rahat oldu."

"Sen de beni bir çoksatar vaadiyle yemlemeye karar verdin."

"Hayır," dedi başını sallayarak. "Seni araştırmaya başlayınca çalışmalarının çoğunu okudum. Özellikle de ölüm hakkıyla ilgili yazını dikkatle inceledim."

Mektubu masaya bıraktım. Oturmayı düşündüm bir an. "Ee?"

"Çok iyi bir yazı olduğunu düşündüm. Bilgili, zekice, dengeli ve merhametliydi. Bir ruhu vardı. Bu kadar duygusal ve karmaşık bir konuyu öyle ustaca ele alman karşısında hayranlık duydum."

Bana iyi bir şeyler söylemesine izin vermek istemiyordum çünkü bunun için ona teşekkür etmek zorunda kalmak istemiyordum. Ama annem, ruhuma en olmadık zamanlarda ortaya çıkan bir nezaket aşılamıştı. "Teşekkür ederim."

"O yazıyı okuduğumda hikâyemde çok iyi bir iş çıkarabileceğini düşündüm."

"Yazdığım küçücük bir yazı yüzünden mi?"

"Yetenekli olduğun için. Ayrıca kimliğimle ve yaptıklarımla ilgili karmaşayı anlayabilecek biri varsa o muhtemelen sendin. Seni tanıdıkça ne kadar haklı olduğumu gördüm. Benimle ilgili nasıl bir kitap yazarsan yaz, kolay cevapları olmayacak. Ama tahmin ediyorum ki oldukça cesur bir iş olacak. O mektubu sana vermek istedim. Benim hikâyemi yazmanı da. Çünkü bu iş için en iyi insanın sen olduğuna inanıyorum."

"Yani sırf içindeki suçluluk duygusunu bastırmak ve hayatına dair istediğin o kitabı elde edeceğinden emin olmak için beni bu şeyin içine soktun, öyle mi?"

Evelyn beni her an düzeltmeye hazır bir şekilde başını iki yana salladı ama ben henüz bitirmemiştim.

"İnanılmaz, gerçekten. Bu kadar çıkarcı olabilmen... Şimdi, kendini affettirmek istermiş gibi görünürken bile her şey hâlâ *seninle* ilgili."

Evelyn elini kaldırdı. "Bu işten sen de fayda sağlamamışsın gibi davranma. Sen de gönüllü olarak katıldın bu işe. Hikâyeyi istedin. Seni içine çektiğim durumdan avantaj sağladın. Epey ustaca ve zekice hallettiğini eklemeliyim."

"Evelyn, cidden," dedim. "Zırvalamayı bırak."

"Hikâyeyi istemiyor musun?" diye sordu Evelyn bana meydan okuyarak. "İstemiyorsan alma. Bırak hikâyem de benimle birlikte ölsün. Sorun değil."

Ne cevap vereceğimden, ne cevap vermek *istediğimden* emin olamayarak sessiz kaldım.

Evelyn sabırsızlıkla elini kaldırdı. Bu öneriyi havada bırakmaya niyeti yoktu. Öylesine söylemiyordu. Bir cevap bekliyordu. "Hadi," dedi. "Git, notlarını ve kayıtlarını getir. Hepsini hemen yakabiliriz."

Bana epey zaman vermiş olmasına rağmen kıpırdamadım.

"Ben de öyle düşünmüştüm," dedi.

"Hak ettiğimin ufacık bir kısmı bu," dedim savunmaya geçerek. "Bana verebileceğin en ufak şey."

"Kimse hiçbir şey hak etmez," dedi Evelyn. "Mesele kimin gidip almaya hazır olduğudur. Ve sen Monique, kalkıp istediğini almaya hazır olduğunu kanıtlamış birisin. Öyleyse bu konuda dürüst ol. Kimse yalnızca bir kurban ya da galip değil. Herkes arada bir yerde. Etrafta biri ya da diğeri olduğunu iddia ederek gezen insanlar yalnızca kendileriyle dalga geçmiyorlar, aynı zamanda acı verici derecede sıradanlar."

Masadan kalkıp evyeye doğru ilerledim. Ellerimi yıkadım çünkü böyle yapış yapış olmalarından nefret ediyordum. Ellerimi kuruladım. Sonra dönüp Evelyn'e baktım. "Senden nefret ediyorum, biliyorsun değil mi?"

Evelyn başıyla kabul etti. "Aferin sana. Ne kadar karmaşasız bir his değil mi? Nefret..."

"Evet," dedim. "Öyle."

"Hayattaki diğer her şey ondan daha karmaşıktır. Özellikle de baban. Mektubu okumanın bu kadar önemli olduğunu düşünmem de bundandı. *Bilmeni* istedim."

"Tam olarak neyi? Masum olduğunu mu? Yoksa bir erkeğe âşık olduğunu mu?"

"*Seni* sevdiğini. Bu kadar çok sevdiğini. Yanında kalmak için aşkı geri çevirmeye hazırdı. Ne kadar muhteşem bir baban olduğunun farkında mısın? Ne kadar çok sevildiğini biliyor musun? Birçok erkek ailelerini asla bırakmayacağını söyler ama baban o sınava tabi tutuldu ve tereddüt bile etmedi. Bunu bilmeni istedim. Benim öyle bir babam olsaydı, bilmek isterdim."

Kimse tamamen iyi ya da tamamen kötü değildir. Bunu elbette biliyordum. Çok küçük yaşta öğrenmek zorunda kalmıştım. Ama bazen bunun ne kadar doğru olduğunu unutmak kolayımıza gelir. Bunun *herkes* için geçerli olduğunu unutmak.

Ta ki en iyi arkadaşının itibarını kurtarmak için babanızın ölü bedenini sürücü koltuğuna koyan bir kadının karşısında oturana dek. Ve aynı anda, o kadının bir mektubu otuz yıldan uzun bir süre saklamış olduğunu fark edersiniz. Sırf sizin ne kadar sevildiğinizi bilmenizi istediği için...

Mektubu bana daha önce verebilirdi. Ama yırtıp atabilirdi de. İşte size Evelyn Hugo. Arada bir yerde.

Oturdum. Ellerimle gözlerimi ovuşturmaya başladım. Yeterince iyi ovuştururusam belki farklı bir gerçekliğe geçebilirmişim gibi...

Gözlerimi açtığımda hâlâ oradaydım. Boyun eğmekten başka şansım yoktu.

"Kitabı ne zaman yayımlayabilirim?"

"Buralarda çok kalmayacağım," dedi Evelyn masanın yanındaki bir sandalyeye oturarak.

"Bu kadar belirsizlik yeter, Evelyn. Kitabı ne zaman yayımlayabilirim?"

Evelyn dalgın dalgın, tezgâhın üzerinde öylesine duran bir peçeteyi katlamaya başladı. Sonra başını kaldırıp bana baktı. "Meme kanseri geninin kalıtsal olduğu bir sır değil," dedi. "Ama eğer dünyada adalet olsaydı, anneler, kızlarından daha önce yenilirdi bu hastalığa."

Evelyn'in yüzündeki ince noktalara baktım. Dudaklarının birleştiği noktalara, gözlerinin kenarına, kaşlarının yönüne. Çok az duygu vardı hepsinde. Bana bir kâğıttan bir şey okuyormuş gibi hissizdi yüzü.

"Meme kanseri misin?" diye sordum.

Başıyla onayladı.

"Ne kadar zamandır?"

"Bu işi bitirmek için acele etmeme yetecek kadar uzun zamandır."

Bana bakınca bakışlarımı kaçırdım. Neden bilmiyorum. Öfkeden değildi, gerçekten. Utançtandı. Bir yanım onun için kötü hissetmediğinden suçluluk duyuyordum. Aptal olan yanımsa onun için üzülüyordu.

"Kızımın bu süreci nasıl yaşadığını gördüm," dedi Evelyn. "Önümde ne olduğunu biliyorum. İşlerimi yoluna koymam önemliydi. Vasiyetimi yeniden düzenleyerek Grace'in hakkını alacağından da emin olduktan sonra en değerli kıyafetlerimi Christie's'e verdim. Bir de bu vardı. En sonuncusu. Mektup. Ve kitap. Sen."

"Ben gidiyorum," dedim. "Bugün daha fazlasını kaldıramam."

Evelyn bir şeyler söyleyecek oldu ama onu susturdum.

"Hayır," dedim. "Başka hiçbir şey duymak istemiyorum. Tek laf etme, tamam mı?"

Yine de konuştuğunda şaşırdığımı söyleyemem. "Sadece seni anladığımı söyleyip yarın görüşürüz diyecektim."

"Yarın mı?" derken Evelyn'le işimizin henüz bitmediğini hatırladım.

"Fotoğraf çekimi için," dedi.

"Buraya geri dönmeye hazır mıyım bilmiyorum."

"Eh," dedi Evelyn. "İçtenlikle umuyorum ki hazır olursun."

67

EVE DÖNDÜĞÜMDE ÇANTAMI düşünmeden kanepeye fırlattım. Yorgundum, öfkeliydim, gözlerim sanki sıkılmış çamaşır gibi kuru ve katıydı.

Montumla ayakkabılarımı çıkarmadan oturdum. Annemin gönderdiği, yarınki uçuş bilgilerini içeren e-postaya cevap yazdım. Sonra bacaklarımı kaldırarak ayaklarımı sehpaya uzattım. Uzatır uzatmaz da sehpanın yüzeyindeki bir zarfa değdiler.

Ancak o zaman bir sehpam olmadığını hatırladım.

David sehpayı geri getirmiş, üzerine de adımın yazılı olduğu bir zarf bırakmıştı.

M–

Sehpayı hiç almamalıydım. Ona ihtiyacım yok. Depoda durması çok salakça. Giderken kendimi küçülttüm.

Dairenin anahtarları ve avukatımın kartı zarfın içinde.

Sanırım benim yapamadığımı yaptığın için teşekkür etmek dışında söyleyebileceğim bir şey yok.

–D

Mektubu sehpaya bıraktım. Ayaklarımı yeniden uzattım. Kendimle boğuşarak ceketimi çıkardım. Ayakkabılarımı ayağımdan fırlattım. Başımı arkaya yasladım. Nefes aldım.

Evelyn Hugo olmasa evliliğimi bitiremezdim.

Evelyn Hugo olmasa Frankie'ye kafa tutamazdım.

Evelyn Hugo olmasa sağlam bir çoksatar yazma şansı bulamazdım.

Evelyn Hugo olmasa babamın bana bağlılığının gerçek boyutlarını anlayamazdım.

Sanırım Evelyn en azından bir konuda haksızdı.

Nefretim o kadar da pürüzsüz değildi.

68

Sabah Evelyn'in evine gittiğimde, bu kararı tam olarak ne zaman aldığımdan emin değildim.

Uyanmış ve kendimi yolda bulmuştum. Metrodan buraya doğru yürürken köşeyi döndüğümde, gelmemek gibi bir ihtimalin söz konusu olmadığını fark ettim.

Vivant'taki duruşumla çelişecek hiçbir şey yapamazdım ve yapmayacaktım. Son anda pes etmek için kadrolu yazarlık mücadelesi vermemiştim.

Tam zamanında gelmiş olsam da oraya varan son insandım. Grace kapıyı açtığında bir kasırgaya yakalanmış gibiydi. Saçları atkuyruğundan taşmıştı ve gülümsemek için her zamankinden daha çok çaba sarf ediyordu.

"Neredeyse kırk beş dakika erken geldiler," dedi Grace fısıltıyla. "Evelyn, derginin makyözünden önce onu hazırlaması için sabahın köründe bir makyöz getirtti. Evdeki en güzel ışığı bulmak konusunda ona rehberlik etmek için sabah sekiz buçukta bir ışık danışmanı geldi. En iyi ışık terastaymış. Ben de havalar hâlâ serin olduğundan terası temizlemek konusunda çok özenli davranmıyordum. O yüzden iki saattir baştan aşağı her yerini ovalıyorum." Grace başını şakadan omzuma koydu. "Neyse ki tatile gidiyorum."

"Monique!" dedi Frankie beni koridorda görünce. "Neden bu kadar geç kaldın?"

Saatime baktım. "Saat on biri altı geçiyor." Evelyn Hugo ile ilk karşılaştığım günü hatırladım. Ne kadar gergin olduğumu, onun gözüme nasıl da olduğundan büyük geldiğini... Şimdi ise acı verecek denli insandı benim için. Oysa tüm bunlar Frankie için yeniydi. Gerçek Evelyn'i hiç görmemişti. Hâlâ bir insandan ziyade bir ikonun fotoğraflarını çekeceğimizi düşünüyordu.

Terasa adım attığımda ışıkların, reflektörlerin, kabloların ve kameraların arasında Evelyn'i gördüm. İnsanlar etrafını çevirmişti. Evelyn bir tabureye oturmuştu. Gri-sarı saçları bir rüzgâr makinesiyle uçuşuyordu. Üzerinde imzası sayılan zümrüt yeşili bir elbise vardı. Bu kez uzun kollu, ipek bir elbise seçmişti. Köşedeki hoparlörden Billie Holiday duyuluyordu. Güneş Evelyn'in arkasında parlıyordu. Evrenin merkezi gibi görünüyordu o an.

Tam da evindeydi işte.

Kameraya gülümserken kahverengi gözlerinde benim hiç görmediğim farklı bir parıltı vardı. Kendini sergilerken bir şekilde huzurlu görünüyordu. Bir an gerçek Evelyn iki haftadır konuştuğum kadın değil de şimdi karşımda duran mı diye düşündüm. Neredeyse seksen yaşında olmasına rağmen etrafını daha önce hiç görmediğim bir şekilde kontrol ediyordu. Bir yıldız her zaman bir yıldızdır ve sonsuza dek öyle kalır.

Evelyn ünlü olmak için doğmuştu. Bedeni ona yardım etmiş olabilir. Yüzü ona yardım etmiş olabilir. Ama onu ilk kez eylem hâlinde, kameraların karşısında hareket ederken izlerken, bir konuda mütevazı davrandığı hissine kapıldım: Fiziksel olarak çok daha az şansla doğmuş olsa bile muhtemelen buralara gelmeyi başarırdı. Onda o *ışık* vardı. Herkesin durup ona dikkat kesilmesine neden olan o tanımlanamaz nitelik.

Işıkçılardan birinin arkasında durduğumu görünce yaptığı işi bıraktı. Eliyle yanına çağırdı beni.

"Millet, millet," dedi. "Monique'le birlikte birkaç fotoğrafımız da olmalı. Lütfen."

"Ah, Evelyn," dedim. "Bunu istemiyorum." Onun yakınında olmak bile istemiyordum.

"Lütfen," dedi. "Beni hatırlaman için."

Birkaç kişi Evelyn'in şaka yaptığını düşünerek güldü. Ne de olsa kim Evelyn Hugo'yu unutabilirdi ki? Ama ben onun ciddi olduğunu biliyordum.

O yüzden de kotum ve spor ceketimle ona doğru yaklaştım. Gözlüklerimi çıkardım. Işıkların sıcaklığını, gözlerimi yakışını, rüzgârın yüzüme değişini hissedebiliyordum.

"Evelyn, bunu daha önce de duyduğunu biliyorum," dedi fotoğrafçı. "Ama kamera seni seviyor."

"Ah," dedi Evelyn omuz silkerek. "Bir kez daha duymaktan zarar gelmez."

Derin göğüs dekolteli elbisesi hâlâ dolgun olan memelerinin çatalını ortaya çıkarıyordu. Birden, sonunda onu yıkacak olanın tam da o olduğunu idrak ettim.

Evelyn benimle göz göze gelerek gülümsedi. İçten, nazik bir tebessümdü. Neredeyse anaç bir yan vardı o gülüşte. Sanki nasıl olduğumu görmek ister gibi, umurundaymışım gibi bakıyordu.

Sonra bir anda gerçekten umursadığını fark ettim.

Evelyn Hugo yaşanan onca şeyden sonra iyi olup olmadığımı, toparlanıp toparlanmadığımı öğrenmek istiyordu.

Bir zafiyet anında kendimi, kolumla onu sararken buldum. Hemen sonra ise kolumu geri çekmek istediğimi, bu kadar yakın olmaya hazır olmadığımı fark ettim.

"Bunu sevdim!" dedi fotoğrafçı. "Aynen böyle."

Artık kolumu geri çekemezdim. Ben de rol yaptım. Bir fotoğraflık süre boyunca bir kas yığınından oluşmuyormuşum gibi davrandım. Öfkeli, kafası karışık, kalbi kırık, üzgün, hayal kırıklığına uğramış, şok olmuş ve huzursuz değilmişim gibi yaptım.

Evelyn Hugo tarafından büyülenmişim gibi...

Çünkü, her şeye rağmen, hâlâ onun büyüsü altındaydım.

♦ ♦ ♦

Fotoğrafçı işini bitirip herkes gittikten, Frankie de mutluluktan kanat takıp ofise uçarak gidebilirmiş gibi görünerek evden çıktıktan sonra, ben de gitmek için hazırlanmaya başladım.

Evelyn üst katta üzerini değiştiriyordu.

Tek kullanımlık bardak ve tabakları mutfağa götürürken gördüğüm Grace'e seslendim. "Evelyn ile işimiz bitti de, sana da bir hoşça kal demek istedim."

"Bitti mi?" diye sordu Grace.

Başımla onayladım. "Hikâyeyi dün bitirdik. Bugün de fotoğraf çekimi yapıldı. Artık yazmaya başlayacağım," dedim, her ne kadar tüm bunları ne açıdan ele alacağıma ya da bir sonraki adımımın ne olacağına dair hiçbir fikrim olmasa da.

"Ah," dedi Grace omzunu silkerek. "Yanlış anladım herhâlde. Ben tatildeyken senin burada, Evelyn'le olacağını sanıyordum. Ama dürüst olmak gerekirse düşünebildiğim tek şey elimde Costa Rica'ya iki bilet olduğuydu."

"Çok heyecanlı. Ne zaman gidiyorsun?"

"Gece," dedi Grace. "Evelyn biletleri bana dün gece verdi. Kocamla ikimiz olacağız. Bütün masraflar ödenmiş. Bir hafta. Monteverde yakınlarında kalacağız. Aslında bulut ormanında çelik halatla tepeden inmeyi duyar duymaz ikna oldum."

"Hak ettin," dedi Evelyn merdivenin tepesinden bize doğru yaklaşırken. Üzerine bir kotla tişört geçirmişti ama saçıyla makyajı duruyordu. Hem mükemmel hem çok sade görünüyordu. Ancak Evelyn Hugo'da aynı anda bulunabilecek iki şey.

"Bana burada ihtiyacın olmadığından emin misin? Monique'in buralarda olup sana eşlik edeceğini sanıyordum," dedi Grace.

Evelyn hayır der gibi başını salladı. "Sen git. Son zamanlarda benim için çok şey yaptın. Kendine biraz zaman ayırmaya ihtiyacın var. Eğer bir şey olursa aşağıya seslenebilirim."

"Ama benim..."

Evelyn sözünü kesti. "Hayır, gidiyorsun. Burada yaptıkların için sana ne kadar minnettar olduğumu anlaman önemli. Bırak da sana böyle teşekkür edeyim."

Grace ağırbaşlılıkla gülümsedi. "Tamam," dedi. "Madem ısrar ediyorsun."

"Ediyorum. Hatta hemen şimdi eve gidebilirsin. Bütün gün temizlik yaptın. Eminim eşyalarını toparlamak için zamana ihtiyacın olacaktır. O yüzden git hadi. Gözüm görmesin seni."

Grace şaşırtıcı bir şekilde onunla mücadele etmedi. Sadece teşekkür ederek eşyalarını toplamaya başladı. Evelyn onu durdurup sımsıkı sarılana kadar her şey olağan görünüyordu.

Grace bu kucaklama karşısında hafiften şaşırmış olsa da memnundu.

"Sen olmasan şu son birkaç yılı asla atlatamazdım, biliyorsun değil mi?" dedi Evelyn ondan ayrılırken.

Grace kızardı. "Teşekkürler."

"Costa Rica'da iyi eğlenceler," dedi Evelyn. "Keyfine bak."

Grace kapıdan çıkınca neler olduğunu anladığımı düşündüm.

Evelyn, onu olduğu yere getiren şeyin onu yok etmesine asla izin vermeyecekti. Hiçbir şeyin, isterse kendi bedeninin bir parçası olsun, üzerinde öyle bir güce sahip olmasına izin vermeyecekti.

Evelyn, kendi istediği zaman ölecekti.

Ve şimdi ölmek istiyordu.

"Evelyn," dedim. "Sen ne yapmaya..."

Aklıma geleni dillendirmeye cesaret edemedim. Çok saçma geliyordu kulağa. Düşüncesi bile. Evelyn Hugo kendini öldürüyor.

Bunu dile getirdiğimi ve sonra Evelyn'in bana kahkahalarla güldüğünü izlediğimi hayal ettim. Hayal gücümün ne kadar yaratıcı olduğuna, ne kadar salaklaşabildiğime güldüğünü.

Ama aynı zamanda bunu dile getirdiğimi, Evelyn'in ise basit, uysal bir kabullenişle karşılık verdiğini de hayal ettim.

İki senaryoyu da kaldırabileceğimden emin değildim.

"Evet?" dedi Evelyn bana bakarak. Endişeli, huzursuz ya da gergin görünmüyordu. Sıradan bir günmüş gibi davranıyordu.

"Hiç," dedim.

"Bugün geldiğin için teşekkürler," dedi. "Bunu yapıp yapamayacağından emin değildin, biliyorum. Ben... Ben geldiğine sevindim."

Evelyn'den nefret ediyordum ama sanırım bir yandan da onu çok seviyordum.

Hem hiç var olmamış olmasını diliyordum hem de ona büyük bir hayranlık duymaktan kendimi alamıyordum.

Bununla ne yapacağımı bilmiyordum. Tüm bunların ne anlama geldiğinden emin değildim.

Kapıya doğru ilerledim. Ciyaklar gibi söyleyebildiğim tek şey, söylemek istediklerimin özüydü aslında. "Lütfen kendine dikkat et, Evelyn," dedim.

Uzanıp elimi tuttu. Hafifçe sıktıktan sonra bıraktı. "Sen de, Monique. Önünde fevkalade bir gelecek var. Bu dünyadan en iyisini alacaksın. Buna tüm kalbimle inanıyorum."

Evelyn bana bakarken, kısacık bir an yüzündeki ifadeyi okuyabildim. Üstü kapalı, geçici bir ifadeydi ama oradaydı. Şüphelerimde haklı olduğumu anladım.

Evelyn Hugo veda ediyordu.

69

Turnikelerden geçip metronun içlerine doğru ilerlerken geri mi dönsem diye düşünüyordum.
Kapısını mı çalmalıydım?
911'i mi aramalıydım.
Onu *durdurmalı* mıydım?
Metronun merdivenlerinden geri çıkabilir, bir ayağımı diğerinin önüne ata ata Evelyn'e geri dönebilir ve "Bunu yapma," diyebilirdim.
Bunları yapabilecek durumdaydım.
Yalnızca bunu isteyip istemediğime karar vermem gerekiyordu. Yapmalı mıydım yoksa yapmamalı mıydım? Hangisi doğru olandı.
Beni, bana borçlu olduğunu düşündüğü için seçmemişti. Ölüm hakkı yazım nedeniyle seçmişti.
Beni seçmişti çünkü onurlu ölüm ihtiyacına dair özgün bir yaklaşım sergilemiştim.
Beni seçmişti çünkü merhameti oluşturan şeyleri hazmetmesi zor olsa bile merhamet ihtiyacını görebileceğime inanıyordu.
Beni seçmişti çünkü bana güveniyordu.
Bana güvendiğini yeni yeni hissediyordum.
Tren gürültüyle istasyona yanaştı. O trene binip annemi karşılamak için havaalanına gitmeliydim.
Kapı açıldı. Kalabalık dışarı aktı. Kalabalık içeri aktı. Sırt çantalı bir oğlan geçerken bana omuz attı. Vagona adım atmadım.

Tren sinyal verdi. Kapılar kapandı. İstasyon boşaldı.

Ben orada öylece duruyordum. Donup kalmıştım.

Birinin canına kıyacağını düşünüyorsanız, onu durdurmayı denemez misiniz?

Polisi aramaz mısınız? Onu bulmak için duvarları yıkmaz mısınız?

İstasyon ağır ağır dolmaya başladı tekrar. Yeni yeni yürüyen çocuğuyla bir anne. Market alışverişi yapmış bir anne. Saçma sakallı üç *hipster*. Kalabalık artık onları fark edemeyeceğim kadar hızlı toplanıyordu.

Annemi karşılayıp Evelyn'i arkamda bırakmak için bir sonraki trene binmem gerekiyordu.

Buradan çıkıp Evelyn'i kendisinden korumam gerekiyordu.

İleride trenin yaklaşmakta olduğunu işaret eden iki yumuşak ışık gördüm. Sonra gürlemeyi duydum.

Annem evimi kendi başına bulabilirdi.

Evelyn'in hiçbir zaman birinden korunmaya ihtiyacı olmamıştı.

Tren istasyona girdi. Kapılar açıldı. Kalabalık dışarı aktı. Ancak kapılar kapandığında trenin içinde olduğumu fark ettim.

Evelyn hikâyesi konusunda bana güveniyordu.

Evelyn ölümü konusunda bana güveniyordu.

Kalbimin derinliklerinde, onu durdurmanın bir ihanet olacağına inanıyordum.

Evelyn'le ilgili hislerim ne olursa olsun, aklının başında olduğunu biliyordum. İyi olduğunu biliyordum. Yaşadığı gibi ölmeye, tamamen kendi tercihiyle, hiçbir şeyi kadere yahut şansa bırakmadan, bütün gücü kendi ellerinde tutarak ölmeye hakkı olduğunu biliyordum.

Önümdeki soğuk metal direğe tutundum. Vagonun hızıyla salınıyordum. Tren değiştirdim. AirTrain'e geçtim. Ancak gelen yolcu kapısında durmuş annemin bana el sallayışını izlerken neredeyse bir saattir taş kesilmiş olduğumu fark ettim.

Bu kadarı çok fazlaydı.

Babam, David, kitap, Evelyn.

Annem ona dokunabileceğim kadar yaklaştığında kollarımı boynuna dolayarak omzuna gömüldüm. Ağladım.

Gözyaşlarım sanki on yıllardır içimde tutuyormuşum gibi akıyordu. Sanki içimden kendimin eski bir versiyonu sızıp gidiyor, yeni bene yer açmak için bana veda ediyordu. Daha güçlü, insanlara dair daha alaycı ama aynı zamanda dünyadaki yerimle ilgili de daha iyimser bir bene.

"Ah, tatlım," dedi annem çantasını omzundan rasgele bırakırken. Nereye düştüğünün bir önemi yoktu. Etrafımıza toplanmış olması muhtemel insanlara aldırmadı. Kollarıyla sırtımı sıvazlayarak sımsıkı sarıldı bana.

Ağlamayı kesmek için bir baskı hissetmiyordum. Kendimi açıklama ihtiyacı duymuyordum. İyi bir anne için iyiymişsiniz gibi yapmanıza gerek yoktur. İyi bir anne sizin için iyiymiş gibi yapar. Benim annem de her zaman iyi bir anne olmuştu. Mükemmel bir anne.

Ağlamam geçince toparlandım. Gözlerimi sildim. Sağımızdan ve solumuzdan insanlar geçiyordu. Evrak çantalı iş kadınları, sırt çantalı aileler... Bazıları bize bakıyordu. Ama insanların annemle bana bakmasına alışkındım. Manhattan gibi farklılıkların bir arada bulunduğu bir yerde bile annemle bana benzer bir anne kız görmeyi beklemeyen bir sürü insan vardı.

"Ne oldu, tatlım?" diye sordu annem.

"Nereden başlayacağımı bile bilmiyorum," dedim.

Elimi tuttu. "Benim sana metro sistemini anladığımı kanıtlamaya çalışmaktan vazgeçip taksi çağırmamla başlamaya ne dersin?"

Gülerek başımı sallarken bir yandan da gözlerimin kenarını sildim.

Eski bir taksinin arka koltuğuna kurulduğumuzda sabah haberlerinin görüntüleri konsolda durmadan tekrar ederken kendimi rahat bir nefes alacak kadar toparladım.

"Ee, anlat bakalım," dedi annem. "Kafanda ne var?"

Bildiklerimi ona anlatacak mıydım?

Ona başından beri inandığımız o üzücü bilginin, babamın alkollü araba kullanırken öldüğünün doğru olmadığını söyleyecek miydim? Bir ihaneti diğeriyle değiştirecek miydim? Babamın ölürken başka bir erkekle ilişki yaşadığını söyleyecek miydim?

"David'le resmî olarak boşanıyoruz," dedim.

"Çok üzgünüm, tatlım," dedi annem. "Zor olduğunu biliyorum."

Evelyn'le ilgili şüphelerimi ona yük edemezdim. Yapamazdım.

"Bir de babamı özledim," dedim. "Sen de onu özlüyor musun?"

"Ah, Tanrım," dedi. "Hem de her gün."

"Babam iyi bir koca mıydı?"

Hazırlıksız yakalanmış gibiydi. "Harika bir kocaydı, evet," dedi. "Neden sordun?"

"Bilmem. Sanırım ilişkinize dair çok bir şey bilmediğimi fark ettim. Nasıl biriydi? Sana karşı yani?"

Annem gülümsemeye başladı. Sanki kendine engel olmaya çalışıyor ama başaramıyor gibi. "Ah, çok romantikti. Her yıl üç mayısta bana çikolata alırdı."

"Yıl dönümünüz eylülde sanıyordum."

"Öyle," dedi gülerek. "Bir sebepten her üç mayısta beni şımartırdı. Benimle geçireceği yeterince resmî tatil olmadığından yakınırdı. Sırf benim için resmî bir gün ilan etmesi gerektiğini söylerdi."

"Gerçekten çok tatlıymış," dedim.

Şoförümüz otoyola girdi.

"Ayrıca en güzel aşk mektuplarını da baban yazardı," dedi. "Gerçekten çok güzellerdi. Beni ne kadar güzel bulduğuna dair şiirler eklerdi. Çok saçmaydı çünkü ben hiç güzel olmadım."

"Elbette güzeldin," dedim.

"Hayır," dedi sakin bir sesle. "Gerçekten değildim. Ama baban bana kendimi Amerika Güzeli'ymişim gibi hissettirirdi."

Güldüm. "Çok tutkulu bir evlilik gibi görünüyor," dedim.

Annem bir an sessiz kaldı. Sonra, "Hayır," dedi elime vurarak. "Tutkulu denebilir miydi bilmiyorum. Biz aslında birbirimizden *hoşlanıyorduk* sadece. Sanki onunla tanıştığımda, diğer yarımla tanışmış gibiydim. Beni anlayan ve kendimi güvende hissettiren biriyle. Ama tutkulu değildi. Birbirimizin kıyafetlerini yırtıp atmak gibi bir tutku olmadı hiç. Sadece birlikte mutlu olabileceğimizi biliyordum. Birlikte bir çocuk büyütebileceğimizi... Kolay olmayacağını, ailelerimizin bundan hoşlanmayacağını da biliyorduk. Ama bu, pek çok açıdan bizi birbirimize yaklaştırdı. Dünyaya karşı biz gibi bir şey.

"Bunu söylemem pek uygun değil, biliyorum. Bugünlerde herkes seksi evlilikler peşinde, biliyorum. Ama ben babanla gerçekten mutluydum. Bana sahip çıkan ve benim sahip çıkabileceğim biri olmasını seviyordum. Günlerimiz birlikte geçirebileceğim gibi. Onu hep çok ilgi çekici bulmuşumdur. Düşüncelerini, yeteneğini. Hemen her konuda sohbet edebilirdik. Saatlerce hem de. Sen yeni yeni yürümeye başladığın günlerde bile sırf *konuşmak* için geç saatlere kadar uyumadığımızı bilirim. O benim en iyi arkadaşımdı."

"O yüzden mi yeniden evlenmedin?"

Annem soruyu düşündü. "Aslında çok komik biliyor musun. Tutkudan bahsediyorum. Babanın ölümünden sonra zaman zaman bazı erkeklerde tutkuyu buldum. Ama sırf onunla birkaç gün daha geçirmek için hepsinden vazgeçerdim. Tek bir gece sohbeti için. Tutku benim için hiçbir zaman çok fazla şey ifade etmedi. Ama babanla aramızdaki o yakınlık... İşte o benim için çok değerliydi."

Belki günün birinde ona bildiklerimi anlatırdım.

Belki de hiç anlatmazdım.

Belki Evelyn'in biyografisine eklerdim. Ya da olayı Evelyn'in açısından anlatır, o arabanın yolcu koltuğunda kimin olduğunu açıklamazdım.

Belki o kısmı tamamen çıkarırdım. Annemi korumak için Evelyn'in hayatına dair yalan söylemeye hazırdım. Çok sevdiğim birinin mutluluğu ve huzuru için gerçeği insanlardan saklamaya hazırdım.

Ne yapacağımı bilmiyordum. Tek bildiğim, bana yol gösterecek olan, annem için en iyisinin ne olacağıydı. Eğer bunun bedeli dürüstlük olacaksa, dürüstlüğümden bir parçayı feda etmem gerekecekse, ederdim. Kesinlikle, tereddütsüz ederdim.

"Baban gibi bir eş bulduğum için çok şanslı olduğumu düşünüyorum," dedi annem. "Bir çeşit ruh eşi bulduğum için."

Yüzeyi birazcık kazıyıp altına baktığınızda herkesin aşk yaşamı orijinal, ilgi çekici, inceliklidir; bütün basit tanımlara kafa tutar.

Belki günün birinde ben de Evelyn'in Celia'yı sevdiği gibi sevebileceğim biriyle karşılaşırım. Ya da annemle babamın birbirini sevdiği gibi sevebileceğim biriyle. Hayatta birbirinden çok farklı türde büyük aşklar olduğunu bilmek ve ummak şimdilik benim için yeterliydi.

Babamla ilgili bilmediğim çok şey vardı hâlâ. Belki eşcinseldi. Belki kendini heteroseksüel olarak görüyordu ama bir erkeğe âşık olmuştu. Belki biseksüeldi. Ya da her ne sözcükle ifade edilebilirse işte. Mesele şu ki, gerçekten önemi yoktu.

Beni seviyordu.

Annemi de seviyordu.

Onunla ilgili öğreneceğim hiçbir şey bu gerçeği değiştiremezdi. Tek bir zerresini bile.

Şoför bizi kapımın önünde bıraktı. Annemin çantasını aldım. Birlikte içeri girdik.

Annem akşam yemeği için şu meşhur mısır çorbasından yapmayı teklif etti ama buzdolabında neredeyse hiçbir şey olmadığını görünce en iyisinin pizza söylemek olduğunu kabul etti.

Yemeğimiz gelince Evelyn Hugo'nun filmlerinden birini izlemek ister miyim diye sordu. Neredeyse gülecekken ciddi olduğunu fark ettim.

"Onunla röportaj yapacağını söylediğinden beri *All for Us*'ı izlemek istiyorum," dedi annem.

"Bilmem," dedim. Evelyn'le ilgili hiçbir şey yapmak istemiyordum ama bir yandan da annemin ikna etmesini umuyordum. Çünkü biliyordum ki henüz gerçek bir vedaya hazır değildim.

"Hadi ama," dedi. "Benim için."

Film başladı. Evelyn'in ekrandaki dinamik görüntüsüne, o varken başka herhangi bir şeye bakmanın imkânsızlığına hayret ettim.

Birkaç dakika sonra ayağa kalkıp ayakkabılarımı giymek ve Evelyn'in kapısını çalıp vazgeçirmek için dayanılmaz bir dürtü duydum.

Ama o dürtüyü bastırdım. Onu kendi hâline bıraktım. İsteklerine saygı gösterdim.

Gözlerimi kapayıp Evelyn'in sesini dinleyerek uykuya daldım.

Tam olarak ne zaman oldu bilmiyorum, rüyamda bir şeyleri anlamlandırdığımdan şüpheleniyorum ama uyandığımda henüz çok erken olsa da, günün birinde onu affedeceğimi fark ettim.

PRIYA AMRIT 26 Mart 2017

Efsanevi Film Yıldızı Evelyn Hugo Öldü

Evelyn Hugo, 79 yaşında öldü. İlk bilgilere göre ölüm nedeni henüz belirtilmemiş olsa da farklı birkaç kaynağın Hugo'nun sisteminde birbiriyle çelişen reçeteli ilaçlar bulunmasına dayanan iddialarına göre kazara aşırı dozda ilaç alınmasından kaynaklandığı düşünülüyor. Büyük yıldızın öldüğü sırada meme kanserinin ilk evreleriyle mücadele ettiği bilgisi henüz doğrulanmadı.

Oyuncu, Los Angeles'taki Forest Lawn Mezarlığı'na gömülecek.

50'lerde bir stil ikonuyken 60'larda ve 70'lerde bir seks bombasına dönüşen, 80'lerde ise Oscar'lı bir oyuncu olan Hugo, lüks yaşamı, cüretkâr rolleri ve fırtınalı aşk hayatıyla ünlenmişti. Yedi kez evlenen Hugo, bütün eşlerinden daha uzun yaşadı.

Oyunculuğu bıraktıktan sonra şiddete uğramış kadınların yer aldığı sığınma evlerine, LGBTQ+ topluluklarına ve kanser araştırmalarına yüklü miktarda bağış yaptı. Yakın zamanda Christie's'in Amerikan Meme Kanseri Derneği yararına yapacağı bir açık artırma için ünlü oyuncunun en meşhur 12 elbisesini aldığı duyurulmuştu. Açık artırmadan milyonlar elde edileceğinden herkes emindi ancak şimdi şüphesiz teklifler epey yükselecek.

Hugo'nun vasiyetinde varlığının önemli bir kısmını, onun için çalışanlara verdiği cömert hediyeler dışında, hayır kurumlarına bırakmış olması büyük bir sürpriz olmadı. En büyük pay sahibi ise GLAAD oldu.

Hugo geçen yıl İnsan Hakları Kampanyasında yaptığı konuşmada, "Bu hayatta bana çok şey verildi," demişti. "Ama bunlar için dişimi tırnağıma takıp çalışmam gerekti. Eğer günün birinde, benden sonra geleceklere biraz daha güvenli ve biraz daha rahat bir dünya bırakabilirsem... İşte o zaman hepsine değmiş olacak."

Evelyn ile Ben

Efsanevi aktris, yapımcı ve hayırsever Evelyn Hugo öldüğünde, birlikte anılarını kaleme alıyorduk.

Evelyn'in son birkaç haftasını birlikte geçirmiş olmanın bir onur olduğunu söylemek hem durumu hafife almak olur hem de dürüst olmak gerekirse yanıltıcı olacaktır.

Evelyn son derece karmaşık bir insandı ve onunla geçirdiğim zaman da en az onun imgesi, yaşamı ve efsanesi kadar karmaşıktı. Bugüne kadar Evelyn'in kim olduğunu ve üzerimdeki etkisini anlamak için mücadele verdim. Kimi gün kendimi ona, tanıdığım herkesten daha çok hayran olduğuma ikna olmuş buldum, kimi gün de onun bir yalancı ve hilebaz olduğunu düşündüm.

Bana kalırsa Evelyn bundan memnun olurdu aslında. Artık saf hayranlıkla ya da açık seçik skandallarla ilgilenmiyordu. Önceliği, gerçeklerdi.

Notlarımızın üzerinden yüzlerce kez geçerken, birlikte geçirdiğimiz günlerin her dakikasını zihnimde tekrar tekrar döndürürken, Evelyn'i kendimden daha iyi tanıdığımı söylemek yanlış olmaz diye düşündüm. Evelyn'in ölümünden saatler önce çekilen çarpıcı fotoğraflarla birlikte bu sayfada açıklamak isteyeceği şeyin çok şaşırtıcı ama güzel bir gerçek olduğunu da biliyorum.

O da şu: Evelyn Hugo biseksüeldi ve hayatının büyük bir kısmını aktris arkadaşı Celia St. James'e deliler gibi âşık olarak geçirdi.

Bunu bilmenizi istedi çünkü Celia'yı hem müthiş hem de yürek sızlatan bir şekilde sevdi.

Bilmenizi istedi çünkü Celia St. James'i sevmek belki de en büyük politik hareketiydi.

Bilmenizi istedi çünkü hayatı boyunca LGBTQ+ topluluğundaki diğer insanların görünebilir olması, görülmesi konusundaki sorumluluklarının farkındaydı.

Ama her şeyden öte, bilmenizi istedi çünkü bu onun benliğinin tam merkeziydi. Onunla ilgili en dürüst ve gerçek nokta.

Hayatının sonunda, nihayet gerçek olmaya hazır hissetti kendini.

Ben de size gerçek Evelyn'i göstereceğim.

Aşağıda, önümüzdeki yıl yayımlanacak olan biyografisi *Evelyn Hugo'nun Yedi Kocası*'ndan bir bölüm yer alıyor.

Bu başlığı seçtim çünkü bir keresinde ona bu kadar çok evlenmiş olmaktan utanç duyup duymadığını sormuştum.

"Seni rahatsız etmiyor mu?" demiştim. "Kocalarının manşetlik bir hikâyeye dönüşmesi, bu kadar sık anılması ve hatta işini ve seni gölgede bırakması? Biri senden bahsederken Evelyn Hugo'nun yedi kocasından bahsetmesi seni rahatsız etmiyor mu?"

Cevabı tam Evelyn'likti.

"Hayır," dedi bana. "Çünkü onlar sadece koca. Evelyn Hugo *benim*. Hem zaten insanlar gerçeği öğrendikten sonra daha çok karımla ilgilenecekler."

Teşekkürler

Bu kitap, okurun yedi kez evlendiğine inandığı bir kadınla ilgili tamamen farklı bir şeyler yapmak istediğimi söylediğimde, "Göreyim seni!" diyen editörüm Sarah Cantin'in nezaketinin, inancının ve güveninin sonucudur. Ben o inancın güvenli sınırları içinde Evelyn Hugo'yu yaratacak özgürlüğü buldum. Sarah, senin gibi bir editörüm olduğu için çok şanslıyım. İçtenlikle teşekkür ederim.

Kariyerim için yaptığı her şey adına kocaman bir teşekkür de Carly Watters'a gidiyor. Bir sürü kitapta seninle birlikte çalışmaya devam edeceğim için kendimi şanslı hissediyorum.

Benzersiz temsilci ekibime: İşinizde o kadar iyisiniz ve öyle bir tutkuyla çalışıyorsunuz ki kendimi müthiş bir zırhın içinde hissediyorum. Theresa Park, bize katıldığın ve gerçekten eşsiz olan o gücün ve zarafetinle hemen kolları sıvadığın için teşekkür ederim. İşin başında sen varken kendimi yepyeni yüksekliklere ulaşabilecek kadar güvende hissediyorum. Brad Mendelsohn, bana güçlü bir inanç duyarak ipleri eline aldığın ve bozulan sinirlerimin karmaşık detaylarıyla baş ettiğin için teşekkür ederim. Sylvie Rabineau, zekân ve becerinin önüne geçebilecek tek şey belki de tutkun.

Jill Gillett, Ashlet Kruythoff, Krista Shipp, Abigail Koons, Andrea Mai Emily Sweet, Alex Greene, Blair Wilson, Vanessa Martinez ve WME, Circle of Confusion ve Park Literary & Media'nın diğer sakinleri; hiç durmadan mükemmel işler üretmeniz karşısında gerçekten çok şaşkınız. Vanessa'ya da özel teşekkürler. *Para el espanol. Me salvaste la vida.*

Judith, Peter, Tory, Arielle, Alfred ve Atria ailesine, kitaplarımın dünyada başarılı olmasına çalıştıkları için çok teşekkür ederim.

Crystal, Janay, Robert ve BookSparks ekibinin diğer üyeleri, sizi durdurmak imkânsız. Mükemmel tanıtım makineleri ve harika insanlarsınız. Tüm yaptıklarınız için bin tane dua eden el emojisi.

Beni okurken dinleyen, kitaplarımı alan, çalışmalarımı başkalarına öneren ve kitaplarımı gizlice kitapçıların ön kısımlarına koyan tüm arkadaşlarıma sonsuza dek minnettar kalacağım. Kate, Courtney, Julia ve Monique, bana kendimden farklı insanları yazmamda yardımcı olduğunuz için teşekkürler. Naçizane üstlendiğim iş oldukça meşakkatliydi ve yanımda olduğunuzu bilmenin çok faydası oldu.

Mesaj, tweet ve snap fotoğrafları atarak insanlara çalışmamdan bahseden kitap bloggerları, siz, yaptığım şeye devam edebilme nedenimsiniz. Ayrıca Natasha Minosa ve Vilma Gonzalez'e müthiş komik oldukları için tam puan.

Reid ve Hanes ailelerine beni destekledikleri, en gürültülü tezahüratları yaptıkları ve her ihtiyaç duyduğumda yanımda oldukları için teşekkürler.

Annem Mindy'ye, bu kitapla gurur duyduğu ve yazdığım her şeyi bir an önce okumak istediği için teşekkür ederim.

Erkek kardeşim Jake'e, beni görülmek istediğim gibi gördüğü için, o derinliklerde ne yapmak istediğimi anladığı için ve akıl sağlığımı korumama yardımcı olduğu için teşekkür ederim.

Biricik Alex Jenkins Reid'e: Bu kitabın benim için ne kadar önemli olduğunu anladığın ve onu bu kadar *sevdiğin* için teşekkürler. Ama daha da önemlisi beni daha yüksek sesle haykırmaya, daha büyüğünü düşlemeye ve daha az boka batmaya teşvik eden nazik bir adam olduğun için teşekkür ederim. Başka birini daha iyi hissettirmek için kendimi küçültmem gerektiğini hissetmeme asla izin vermediğin için teşekkür ederim. Kızımızın, kim olursa olsun hep yanında olacak, ona nasıl davranışlar beklemesi gerektiğini örnekleyerek gösterecek bir babayla büyüdüğünü düşünmek bana emsalsiz bir gurur ve mutluluk veriyor. Evelyn'in böyle bir babası yoktu. Benim de. Ama onun olacak. Çünkü sen varsın.

Ve son olarak, benim küçük kızım. Ben bu kitabı yazmaya başladığımda sen miniminnacıktın, sanırım bu cümlenin sonundaki noktanın yarısı kadar falan. Bitirdiğimde ise gelişine günler kalmış durumda. Bu yolculuğun her adımında benimle birlikteydin. Bu hikâyeyi yazma gücünü bana verenin hiç azımsanmayacak derecede *sen* olduğunu düşünüyorum.

Sana söz, bu iyiliğinin karşılığını seni koşulsuz severek, seni her hâlinle kabul ederek, sana kendini kafana koyduğun her şeyi yapabilecek kadar güçlü ve güvende hissettirerek ödeyeceğim. Evelyn senin için bunu isterdi. Derdi ki, "Lilah, ortaya çık, nazik ol ve bu dünyadan her ne istiyorsan iki elinle tutup kopar." Eh, o nazik olmak kısmını pek vurgulamaya bilirdi. Fakat ben, annen olarak bu konuda ısrarcıyım.